目 录

序 言 I

第一编 在传统与现实之间 / 1

中国文学传统的复兴三题 / 3

  一、中国文学传统的复兴之旅 / 3

  二、复兴论：重构中国形象的文学新范式 / 7

  三、重申中国文学传统的复兴路径 / 16

"文艺复兴"与中国当代文学的历史重述 / 22

迎中华诗词在新世纪的复兴

  ——《21世纪新锐吟家诗词编年》缘起 / 45

新时代的现实主义文学命运三题 / 65

  一、"现实"与"主义" / 65

  二、从"现实主义"到"微写实主义"

    ——近三十年中国文学新潮探微 / 68

  三、中国农民形象谱系的接续：从启蒙到复兴 / 81

"70后"：文学史的可能性及其限度 / 87

第二编　经典的延传与重构 / 97

贾平凹：走向"微写实主义" / 99

重塑传统与刘醒龙长篇小说创作新趋向
——从《蟠虺》到《黄冈秘卷》/ 119

"我们的父亲"与传统
——解读刘醒龙的《黄冈秘卷》/ 159

博物、传奇与黔地方志小说谱系
——论欧阳黔森的小说创作 / 177

未完成的现代性反思
——《姜天民文集》读后 / 207

第三编　她们的文学与传统 / 225

"海洋"与迟子建的长篇小说文体美学
——从《树下》到《群山之巅》/ 227

重构中国长篇历史小说的叙事传统
——论迟子建的长篇小说《伪满洲国》/ 273

传奇·反讽·寓言
——迟子建长篇近作《群山之巅》的文体选择 / 299

"新世情小说"的艺术探寻
——乔叶与传统 / 319

地方性叙事中的"光谱"诗学
——评张好好的长篇新作《布尔津光谱》/ 344

后　记 / 363

李遇春 著

中国文学传统的涅槃

2018年度国家社会科学基金重大项目（18ZDA263）资助

商务印书馆（成都）有限责任公司出品

序　言

於可训

遇春出书快，每有原创性著作问世，必向我索序。这一来是因为我做过他的老师，曾经"误过"他几年，他要用他的勤奋来追回被"耽误"的时光。二来大约也因为这些年我们关于文学问题，有一些相近的或共同的想法，可以借这个机会，切磋切磋。这相近或共同的想法，说起来也不是什么创新之论，就是现在已经很流行的传统的创造性转化和创新性发展。这个问题，我在遇春的《中国文学传统的复兴》序中，已经说过一回。这回在他的这个姊妹篇的序中，又拿来再说一遍。就像两个姐妹出嫁，对姐姐说了"宜其室家"，就不能不对妹妹说"宜其家室"了。

"传统的创造性转化"以前只是学术界谈论的话题，现在连同"创新性发展"一起，写进了官方的文本。说明这个问题已经不是某些学者的一家一派之言，而是被主流意识所认同的一种文化和文学发展的观念。这当然是一件好事。但问题是，但凡一种观念被主流意识所认同，就很容易成为一种流行的观念。而一旦成为一种流行的观念，这种观念也就很容易因为流行而沦为谈资，失去了它原本所包含的问题意识。比如说,在这个问题上,长期以来,我们往往喜欢谈论"创造性转化"和"创新性发展",这些最近更成热门话题。但对这个问题的前提,即什么是我们要"转化"和"发展"的"传统",这个"传统"的存在状态怎样,我们对这个"传统"到底有多少了解,诸如此类的问题,却不加深究。连自己的"传统"是什么、怎么样都没搞清楚,遑论"创造"和"创新","转化"和"发展"。这就好比一个裁缝要做一件衣服,连布料的花色质地都不清楚,又怎么能裁剪得出新的式样呢?结果,创造性转化和创新性发展,就难免要流为一句空洞的说辞。

  传统正如历史,在许多人眼里,都认为是过去年代留下来的东西,用一句老话说,都认为是一个不以人的意志为转移的客观存在物。所以,在这些人看来,所谓继承传统,正如接受历史,只要把这些老祖宗留下的东西照单全收即可。若嫌这些旧物中有些东西太过陈旧,把它拣出来丢弃便是。至于其中尚有可用者,只管照用,倘要做些修补,全凭需要而定。但是,也有人说,传统是不能像这样继承的。甚至说,"传统是继承不了的,如果你需要传统,就得花上巨大的劳动才能得到"。说这话的是英国诗人艾略特。因为在他看来,传统不是外在的物件,而是隐而不现的血缘。譬如说一个诗人,如果不是要刻意寻求他的创作的独特性的话,你会发现,"在他的作品中,不仅其最优秀的部分,而且其最独特的部分,都可能是已故的诗人、他的先辈们所强烈显出其永垂不朽的部分"。这也就是说,不管你承不承认,意没意识到,"传统"都隐含在你的创作中,是影响你的创作,决定你的创作特点和成就的潜因。这种说法,很可能会让一些自认为是一空依傍的创新家感到扫兴,也可能会让一些自认为是别开生面的新潮迷感到沮丧,但事实又确是如此。所以,论鲁迅的杂文就不免要提到魏晋文章,论郭沫若的诗歌就不免要提到屈李传统,论赵树理的小说也不免要提到民间说唱。就连当今作家,或言浸润于话本、笔记，或言脱胎于《金瓶梅》《红楼梦》，都不免留有"传统"的影子，刻下"传统"的印记。所以艾略特又说，一个作家在写作时，"不仅要想到自己的时代，还要想到自荷马以来的整个欧洲文学以及包括于其中的他本国的文学"，意识到这些是"同时并存的秩序"，他才能说他是"传统的"，或"传统性的"和带有传统色彩的。用今天的话说就是，只有这样，他才能说他的创作是与传统有关系的，是对传统的继承和发展，或是由传统转化而来的。可见，对传统的创造性转化和创新性发展，首先得像艾略特所说的那样，在从事文学创作时，能想到从古到今的文学，能意识到古今文学是联系在一起的一个有机的整体。

在现代中国文学史上，似乎并不是每个时期的作家都能做到这一点。五四及其后一个时期的作家，是做到了的。一来是因为他们去古未远，对古物记忆犹新；二来是因为他们所受的文学教育，多源自古典。所以，虽然他们反传统的口号叫得很响，轮到创作新文学时，还不免时时要"想到"古人的作品。我曾经著文专门谈过这个问题，在这里就不多说了。20世纪二三十年代以后的作家革命是革命了，但并没有忘记自《诗经》《楚辞》以降的古代文学作品，只是因为革命所依靠的主要是人民大众，不是文人雅士，所以，在创作革命文学时，"想到"更多的，不是文人创作的正统诗文，而是在人民大众中流行的或从古代流传下来的民间文艺作品。这些被"想到"的民间文艺作品因而也就融入了他们的当下创作，成为他们当下创作的一个有机的组成部分。从20世纪40年代到五六十年代，都是如此。这也是尽人皆知的历史。虽然这些年代的文学也受了外国文学的影响，但从根子上却是从自己的传统转化而来的。以前把这些年代的文学叫"新"文学，而不叫"现代"文学，也包含这层由旧"变"新的意思。

20世纪80年代以后就不这样了。那时节，禁锢解除，国门大开，封闭已久的作家、诗人发现外面的文学世界,已经不是他们熟知的19世纪及其前的模样,于是便奋起直追,想沿着别人的来路,尽快走向世界。一套《外国现代派作品选》,也就取代了本国的诗骚辞赋、唐宋诗文、明清小说,成为文学创作的秘笈宝典。满脑子装的都是别人家的货色,自然就很难"想到"自家先人留下的宝贝。加之新一代的作家旧文学的根底肤浅,或毫无根底,就算是"想到"一二,也未必真能得其精要。所以,我曾戏言,80年代以后的文学,一路向西,走的是一条唐僧师徒的取经之路。

20世纪90年代以后,文学转向,由一路向西复归东土,这才又"想到"了前情种种,于是翻检老祖宗的存货,梳理旧家族的谱系,故事新编,旧曲新裁,竟成一时风尚。遇春近年专注于此,亦属流风所致,也是他的学术志趣所在。他的《中国文学传统的复兴》,已尽说当今文学的创造性转化和创新性发展种种,《中国文学传统的涅槃》复"踵其事而增华,变其本而加厉",对这个问题进一步从宏观到微观做扩展和延伸论述。两书合为双璧,是这个领域收获的一项最新的研究成果。遇春素怀中国文学"复兴"之志,迩来出入新旧文体,所积研究心得甚伙,期望有更多的新著问世,以为"中国文学传统的涅槃"之助。

2019年5月9日写于珞珈山临街楼

第一编　在传统与现实之间

中国文学传统的复兴三题

一、中国文学传统的复兴之旅

按照通行的中国现代文学史的界定，1917年是中国文学革命年，是中国新文学元年，正是以这一年为界碑，作为整体的中国文学史被划分为似乎截然不同的两段，即"古代文学"与"现代文学"。毫无疑问，这是一种断裂论的文学史观，它将"现代"与"传统"直接二元对立处理，忽视了二者之间的历史同一性。而在整整一百年后的2017年，透过层层的历史雾霭，我们在回望中发现，中国新文学的百年历程其实并非表面上人们所熟知的那样，是一个不断地告别中国古典文学传统的过程，恰恰相反，它是一个不断地复兴中国古典文学传统的过程。前者是中国新文学的显性历程，表现为不断地学习西方和借鉴外国文学资源；而后者是中国新文学的隐性历程，其实质是借助外国文学和文化的力量，不断地激活本民族的古典资源和复兴本民族的文学传统。这意味着我们必须调整现行的文学史观，我们应该放弃那种断裂式的文学史思维，转而采用中国文学史整体观或一体观。

从中国文学史整体观出发，我们会发现百年中国新文学的发展与中国古代文学传统之间存在着深层血缘，而且在中国新文学的百年历程中隐含着中国文学传统的三次复兴运动。其实，第一次中国文学传统的复兴运动就发生在民国时期的所谓"中国现代文学三十年"里，而长期以来我们已经习惯了将这个三十年的文学史视为中国古代文学史的断裂地带，视为中国现代文学的现代性生成史，殊不知正是在这种历史断裂和现代转型中，中国新文学内部或显或隐地发生着一场中国文学传统的复兴运动。众所周知，早在五四文学革命时期，以胡适、陈独秀、周氏兄弟等为代表的新文学先驱几乎明确宣判了中国古典文学的死刑，除了《红楼梦》等极少数古典文学作品受到新文学先驱的有限肯定之外，绝大部分中国古典文学作品都被视为"非人的文学"而遭到否定。然而，随着五四激进运动的落潮，胡适和周作人的文学史观开始逐步发生调整，他们不再全盘否定中国文学传统，而是转入中国文学传统中去寻找中国新文学的源流。如胡适写《白话文学史》，其目的就是为了说明中国新文学的历史合法性，因为中国新文学作为白话文学其来有自、源远流长，它是对中国古代白话文学传统的创造性发展，当然也是对中国古代文言文学传统的抵制，这样就重续了中国新文学与中国古代文学的历史谱系。至于周作人，他在《中国新文学的源流》中将中国古代文学史提炼为"言志派"与"载道派"两种文学思潮的起伏，由此将中国新文学思潮的发生与中国古代文学思潮的历史变迁勾连起来，这就与胡适殊途同归，都站在了重建中国新文学与古代文学传统的历史关联这一边。尤其是胡适，他后来干脆直接认定五四新文学运动就是一场中国的文艺复兴运动，而不再将五四新文学运动径直视为一场现代思想启蒙运动，这种文学史观的改变意味深长，它说明五四文学革命家不再简单地打倒传统和拒绝传统，而是致力于中国文学传统在现代语境中的复兴。事实上，这种复兴论在20世纪三四十年代的抗战环境中不断地得到强化，从文学理论家到各体文学创作者，大都有意无意地选择了回归民族文学传统。

回望中国新文学的百年旅程，第二次中国文学传统的复兴运动发生在中华人民共和国成立后的第一个三十年里，也就是人们习惯上所说的"五十至七十年代文学"时期。与民国时期第一次中国文学传统的复兴运动处于隐性和悖论状态中不同，中华人民共和国成立初期即开始的第二次中国文学传统的复兴运动处于显性和确定状态。如果说在隐性的复兴运动中尚存在着现代与传统、中国与西方之间的巨大矛盾和张力，由此带来了新文学家和理论家在文化立场和艺术姿态上的含混或暧昧，他们中的许多人甚至是在激进的现代化姿态中实现了民族文学传统的悄然回归，那么在显性的复兴运动里，由于民族国家的统一和新的人民政权的诞生，尤其是由于《在延安文艺座谈会上的讲话》被确定为新中国的人民文学指南，由此，新中国作家和文学理论家大都走上了文学的大众化和民族化道路，"中国作风"和"中国气派"成为"五十至七十年代文学"的明确而共同的追求。无论是农业合作化小说还是革命历史小说，以"三红一创""青山保林"为标志，这些红色经典作品无不打上了深刻的民族文学传统烙印。中国古代的话本小说、章回小说传统开始在赵树理、周立波、梁斌、曲波等人的笔下悄然复活。而在诗歌领域，随着毛泽东诗词的广泛传播，中国古典诗词传统也在当代新诗创作中全面复苏，以贺敬之、郭小川为代表的政治抒情诗人开始大量借鉴中国古典诗歌资源，将诗词歌赋等本土诗体传统与西方自由体嫁接，从而形成了中国式的楼梯体或新辞赋体。至于戏剧领域中的地方戏曲改造和革命现代京剧的培植，同样也显示出了革命年代中国文学传统复兴的态势。当然，由于极左思潮的干预，那个年代的中国文学传统复兴运动中也出现了种种不尽如人意之处，比如"大跃进"时期的新民歌运动，还有后来的革命样板戏试验之类。究其根源，主要是将中西二元对立起来，表现为对西方现代派文学的拒斥和对中国文学传统的膜拜，由此不仅没有激活本民族的文学传统，反倒是在复古的声浪中让民族传统陷入僵化。

　　进入新时期以来，在改革开放的历史语境中，我们迎来了中国文学传统的第三次复兴运动。这一次以20世纪80年代中期掀起的寻根文学运动作为显著标志，一时之间包括韩少功、贾平凹、莫言、王安忆、阿城、张炜、张承志等在内的一大批"50后"作家涌入其中，当代中国文学创作开始摆脱固有的社会政治视角，转而从文化视角切入我们民族的本土生存经验，到中国的儒释道主流传统文化或民间野性文化传统中去寻找有益的资源。无论是对待精英文化的"大传统"还是对待民间文化的"小传统"，一代寻根作家大都能秉持理性的文化立场，在批判中审视，在审视中重构，其意在于重新镀亮我们民族的灵魂。必须看到，寻根文学不仅仅是一场文化寻根运动，同时也是一场文体寻根运动。寻根作家在现代性视野中重新烛照中国本土文化传统的同时，也开始逐步复活中国古代的"大文学"和"杂文学"文体传统，他们大胆地打破了西方现代文体分类模式，大都有意无意地致力于文体分裂后的重新整合，到中国史传传统、抒情传统、话本传统、神话传统中去寻觅"跨文体写作"的灵感。事实上，早在寻根文学运动兴起之前，汪曾祺、邓友梅、陆文夫等人的文化民俗小说就已经悄然开启了广义上的寻根文学帷幕，他们不再纠结于各种西式现实主义文学规范，而是选择了中国文学传统叙事的回归，致力于中国化的小说艺术形态的重塑。及至寻根文学思潮正式兴起后，寻根思维模式在中国作家作品中日益明确起来并开始泛化，当时的各体文学创作中都存在着寻根思维的影子，由此出现了寻根诗歌、寻根小说、寻根散文、寻根戏剧乃至寻根电影，这无疑是新时期的一场中国文学传统的复兴运动。而且以"50后"为代表的这代寻根作家即使在进入20世纪90年代以后也并未放弃他们的寻根文学初衷,他们甚至拿出了更有分量的系列长篇小说来为寻根文学正名,直至进入新世纪以后也依旧坚持不懈、矢志不渝。这意味着寻根文学及其寻根思维已然成为了他们的核心创作美学,他们的文学存在一直引领着新时期中国文学传统复兴运动的方向。显然,寻根文学及其寻根思维并未随着 20 世纪 80 年代的一场文学思潮而时过境迁,而是作为一种文学精神流贯在整个新时期文学的主潮中。以格非、苏童、叶兆言、迟子建、毕飞宇、红柯等为代表的"60后"作家,还有魏微、冯唐、葛亮、付秀莹等"70后"作家,不管他们被放置在哪一种新锐文学思潮中,都无法掩盖他们在不同程度上受到的寻根文学及其寻根思维的影响。当然,与"50后"那代寻根作家相比,后起的"60后"和"70后"作家似乎对中国文体传统的追寻更有兴趣,而不像前辈们那样执着于对中国文化传统的追寻,这也是值得我们深思的代际差异与选择。

以上不过是匆匆的历史检省与巡视,但是,当我们站在新的历史驿站口重新审视百年中国新文学历史进程时,我们必须采用新的历史视野以获取新的历史启示。虽然五四以来的中国新文学发展史被普遍认为是一场告别中国文学传统的现代性文学革命运动,但事实上,这是一场现代语境中的中国文学传统复兴运动。至于具体的复兴路径则是中国文学传统的创造性转化,或以中化西,或以西化中,不拘一格,不必拘泥于中体西用或西体中用的体用论思维定式,由此方能成就中西会通、古今融合的现代中国文学新境界。

二、复兴论:重构中国形象的文学新范式

文学与中国的关系,牵涉现在世界范围内流行的国家形象学。在全球化时代里,一个国家的形象建基于经济硬实力,更关乎文化软

实力。通常我们认为，一个国家形象的建构与重构，是一种社会政治实践活动，但不能忽视的是，它其实还是一种话语行动，或者说是符号的编码与解码、传播与接受活动。显然，在众多的话语或符号形式中，文学正是一种能够充分发挥其国家形象建构功能的文字符号审美系统。事实上，我们对世界上许多国家的形象定式的形成，经常离不开我们对特定国家的文学经典作品的解读与阐释，所以文学经典往往是建构一个国家形象的重要载体。但我们在今天讨论文学与中国的关系，不仅仅关涉中国古代文学经典的传播与接受问题，更重要的是还牵涉近百年来现代中国文学如何通过创制我们时代的文学经典来重构我们的国家形象。

回眸近百年的中国新文学发展历程，我们在建构"文学中国"形象的过程中有过成功的经验，但也存在着无法回避的缺憾。众所周知，由于中国是一个后发性的现代化国家，所以我们的现代民族国家观念是在西方列强的强势入侵下被动发生的，我们被迫采用新型的世界观念取代了原有的天下观念，用现代民族国家观念取代了原有的家国或王朝观念，由此展开了由传统中国向现代中国的形象转变。近现代的历史风雨告诉我们，这个现代化的国家形象转型进程并非一帆风顺，更不是一蹴而就，而是掺杂着种种曲折的蜕变、激进的冒险与自我的迷失。这主要是因为我们没有很妥善地处理好两种关系：一个是主体性与他者性的关系，再一个是同一性与差异性的关系。就前者而言，我们在竭力认同西方现代民族国家形象时，不由自主地丧失了我们民族的文化主体性，不经意间沦落为西方国家文化规训的他者。就后者而言，有时候我们过于强调我们民族国家作为文化共同体的同一性，由此压抑乃至放逐了民族国家内部生命个体的差异性；而另一些时候，我们又过于强调我们民族国家内部的生命个体差异性，由此导致文学的碎片化与欲望化，这虽然有利于破除或拆解既有的落后的文学国家形象定式，但终究无法重构我们作为现代民族国家形象的同一性与整体性。

迄今为止，在现代中国文学史上主要出现过三种建构中国形象的文学范式，它们分别受制于三种现代中国文学话语体系，由此呈现出三种不同的建构理念与思维方式。首先是启蒙文学范式，作为中国现代启蒙话语体系的产物，它长期以来一直在支配着中国作家笔下的中国形象建构，不仅影响深远而且拥趸甚众。这种文学范式主张以西方视界审视中国，此时的中国成为被审视的客体，沦为西方眼中的他者形象，期待着强势的现代西方话语的拯救与重构；而原本应该是他者的西方则一举在中国的现代化浪潮中僭越为高高在上的话语主体，它主宰着传统中国向现代中国的形象转型逻辑与方式，于是现代性崇拜逐渐深入中国人心，并以民族集体无意识的形式成为现代中国人心目中神话般的存在。毫无疑问，这种启蒙文学范式在现代中国文学史上已经并将继续发挥着重要作用，无论是五四启蒙文学运动还是新时期以来的新启蒙文学思潮，都扮演着借助西方话语权柄消解或重估中国既有的主流权力话语的角色，对现代中国的思想启蒙产生过巨大的历史推动力，也为提升或重构中国的现代或当代形象做出了巨大贡献。但毋庸讳言，中国的启蒙文学范式中隐含着一种与生俱来的话语权力等级结构，西主中客或西上中下的思维定式决定了现代中国启蒙作家的价值立场，他们在颠覆近代洋务派中体西用思维定式之后，走向了西体中用的另一极端，甚至是滑入了全盘西化的陷阱。中国新文学的启蒙先驱者鲁迅和胡适等人都未能幸免。自从20世纪90年代后殖民主义理论在中国内地风行以来，包括著名作家冯骥才在内的诸多当代中国知识分子开始对鲁迅和胡适为代表的现代中国启蒙文学话语体系加以理性的反思和清算，虽然其中有些言论有过激之嫌，被认为亵渎了五四启蒙先驱的神圣性，抹杀了他们不应抹杀的历史功绩，犯了反历史主义的错误，但不能不承认，这种对五四启蒙文学话语范式的反思和清算是历史的必然趋势,在新的历史时期我们需要新的话语逻辑与言说方式。值得指出的是,现代中国启蒙文学范式不仅未能解决中国形象建构中的主体性与他者性问题,而且遮蔽了同一性与差异性问题。现代中国启蒙作家过于注重中国走向世界和融入西方的同一性,而在很大程度上忽视了中国特殊的民族性,后者的个性和差异性被无原则地消融到了前者之中,这就是现代中国启蒙文学胜利的代价。

作为中国现代革命话语体系的产物,革命文学范式在新中国形象建构中发挥着巨大功能。中国现代革命话语起源于五四时期中国早期共产党人对马列主义思想的译介与传播,但在毛泽东等老一辈革命家的倡导和践行下,原本来自西方的现代革命话语走上了马克思主义的中国化进程,并最终在中国生根发芽并且枝繁叶茂。与之相匹配的是,现代中国革命文学范式也经历了一个逐步中国化和本土化的文学史进程,从左翼文学到延安解放区文学再到"十七年文学",现代中国革命文学一直在探寻着属于中国自己的革命文学道路。以土改和合作化小说、革命历史小说、政治抒情诗和革命样板戏为代表的红色中国文学形态各自以其独特的文学体式参与新中国形象的审美建构之中,翻身解放的工农兵形象一跃成为新中国文学形象的主体,曾经自诩为精英的知识分子形象在革命文学话语体系中沦为被改造和规训的对象。这是革命文学范式对启蒙文学范式的历史反拨,也是革命文学范式对启蒙文学范式中隐含的话语等级结构的颠覆,即颠覆了现代中国知识精英的文化启蒙霸权,拆解了那种流行一时的西上中下、西主中客、西体中用乃至全盘西化的现代启蒙话语逻辑与思维定式。于是我们看到,在毛泽东时代里,当代中国文学开始走上了一条民族化与大众化的道路,通过对中国传统文学样式的学习与改造,革命中国的文学呈现出不同于启蒙中国的另一种文学形态,这就是毛泽东所说的中国作风与中国气派。在这种革命中国形象的文学话语建构中,中国作家不再以西方视界审视中国,不再把中国当作西方的客体，而是以中国为话语主体审视西方和整个世界。正是在这个意义上，当年的红色文学经典作品具有不可替代的文学史功能，它向我们展示了新中国文学建构新中国形象的另一种努力。毋庸讳言，这种革命中国的形象建构进程中曾经发生过某些激进的偏差乃至错误，这直接导致了20世纪80年代新启蒙文学的兴起对激进革命文学话语的清算与反思。但必须正视的是，随着90年代市场经济转型以来所导致的诸多社会公平与正义问题的出现，新左翼文学或后革命文学再度回潮，以底层文学的兴起为标志，宣告了新左翼文学与新启蒙文学一样，依然具有强大的中国形塑力量。然而，现代中国革命作家的左翼文学或者新左翼文学，在新中国形象的主体性与同一性建构中，很容易陷入民族国家本位主义，总是或显或隐地忽视了与西方的平等对话机制，在破解西方中心主义圈套的同时，不经意间走向民族自我中心，而缺乏中西对话主体间性的民族国家想象无疑是需要警惕的。

只有在阐明革命论和启蒙论这两种建构中国形象的文学范式的基础上，我们才能在比较中鉴别复兴论作为一种建构中国形象的文学新范式的特点和价值。其实，现代中国复兴话语的起源由来已久，早在近代民族危机日渐加深加剧之际，中国近代知识分子便开始想象着中华民族实现伟大复兴的愿景。资产阶级维新派旗手梁启超在《少年中国说》和《新中国未来记》中所想象的新中国，就是一种古老的中华民族在不割断传统的基础上借助西方外力而复兴的现代中国形象。及至五四时期，中国早期共产党人李大钊在《青春》中呼唤的"青春中国"与梁启超的"少年中国"一脉相承，都是期待传统中国蜕变为现代中国，仿佛生命返老还童或者病夫经妙手而回春。至于五四新文学主将郭沫若的《凤凰涅槃》更是一则古老中国死而复生的诗歌预言，其中同样隐含着中华民族复兴与重建的理念与逻辑。这种坚守中华民族国家本位的现代复兴话语与那种以西方现代民族国家为认同中心的中国启蒙话语之间的差异是根本性的,前者主张借鉴西方但不丧失民族主体性和同一性,后者在认同西方的过程中往往沦为西方的他者与客体,逐渐失去了中华民族自身的本源与特色。中华人民共和国成立以后,革命领袖毛泽东主张在百废待兴的历史语境中自力更生、艰苦奋斗,不断重塑世界范围内独立自主的新中国新形象。但同时期的新中国文学中所建构的新中国形象因为缺少了西方外力资源的借镜而显得孤独而倔强,中华民族虽然站起来了但并没有实现真正意义上的民族重生与复兴。及至新时期以来,新一代的中国领导人尤其是习近平总书记在新的世界语境中进一步把中华民族伟大复兴的历史进程推向了新的历史高度。他明确提出当代中国文学的发展要与中华民族的复兴同步,这意味着实现中华民族伟大复兴的同时我们也要实现中国文学的伟大复兴,要对中国文学传统进行创造性转化与创新性发展,要发扬中华民族优秀的传统文化,要借鉴世界各民族国家的优秀文化资源,坚持古为今用和洋为中用,如此才能开创出有别于现代中国启蒙文学和革命文学的第三种新型的中国文学形态。同理,我们才能用第三种建基于复兴论的中国文学话语体系重构我们民族国家新形象。

　　回望新时期之初的中国文学,在拨乱反正和改革开放的新历史语境中,文学中国形象也开始一反此前激进的革命姿态而发生转型。最初呈现在读者面前的是"伤痕中国""反思中国"和"改革中国""先锋中国"形象,它们标志着当代启蒙中国形象谱系的重建或重塑。与此同时,另一种中国文学复兴思潮开始崛起,这就是寻根文学的出现,由此拉开了"复兴中国"的文学形象帷幕。但在众多的寻根文学作家及其作品中,借助西方文化力量批判性地审视中国本土文化劣根性的作品依然占据多数,这类寻根作品中依旧延续着启蒙中国形塑的五四路径,唯有阿城的《棋王》、莫言的《红高粱》、陈忠实的《白鹿原》等少数寻根作品在致力于挖掘中华民族的本土文化传统力量,包括精英文化大传统和民间文化小传统的力量,在此基础上展开现代与传统、中国与西方的文化对话,由此呈现出一个别样的中国形象。《棋王》让中外读者看到了一个以道家为核心的中国传统文化形象的复活,王一生外柔内刚的文化性格彰显了一个有别于西方世界的现代中国民族国家形象在乱世中的重建。《红高粱》让中外读者看到了中国民间本土野性文化力量的现代崛起,这部作品是关于中国复兴或民族复活的历史文化寓言,不能简单地视为向西方兜售中国落后文化的后殖民主义文本。至于《白鹿原》,它以寻根文学集大成的千钧笔力,更是向世人直接昭示了中华民族文化传统不死的现代神话。不管政治历史风云如何变幻,也不管欧风美雨如何展开文化侵袭,中华民族必将在历史和文化的阵痛中复活乃至复兴复壮,而一切的牺牲都成了痛苦的代价。如果说鹿子霖最后的疯癫隐喻了中华民族本土儒家功利主义文化的崩溃,那么白嘉轩宁折不弯的脊梁骨则象征着我们民族儒家文化传统中精英德性人格的巨大力量。《白鹿原》的结局固然是苍凉而反讽的,但并不能掩盖作者骨子里的民族文化自信,这当然不是简单的盲目的文化自大,而是建立在自由思想和独立人格基础上的民族文化自信或曰自性的重建。

自性是自信的源泉,无自性即无自我,也就谈不上自信。正如陈忠实先生生前接受笔者访谈时所说,他相信中华民族传统文化绝不是一个"豆腐渣"工程。① 我们民族之所以能绵延数千年而文化不亡,就是因为中华民族传统文化系统中包含着优秀的文化因子或精华。历朝历代,凡是政权更迭或者民族危难之时,总是有那么一些超拔卓群的豪杰之士站出来担当民族历史前行的重任。近代鸦片战争以来,无数的仁人志士像普罗米修斯一样从西方文化中盗火,他们希望用西

---

① 李遇春:《在自我反省中寻求艺术突破——陈忠实访谈录》,《西部作家精神档案》,商务印书馆2012年版,第163页。

方火种来重新点燃我们民族复兴的理想之灯。即使是鲁迅先生这样经常在批判中华民族传统文化时不遗余力的五四先驱，他也曾在20世纪30年代一片亡国论的绝望情绪中希望能重建我们民族的自信力。他说："我们从古以来，就有埋头苦干的人，有拼命硬干的人，有为民请命的人，有舍身求法的人，……虽是等于为帝王将相作家谱的所谓'正史'，也往往掩不住他们的光耀，这就是中国的脊梁。"① 可见鲁迅先生并没有失去民族的自信力，他一辈子要批判的是"他信力"和"自欺力"。"他信力"就是信他者或者他者性，把民族的未来简单地寄托在外来力量的身上而忽视了激发民族自身的潜能，这就是丧失了主体性的后果。"自欺力"就是陶醉在民族自身的文化幻觉中而不知道反思和自我批判，由此简单地拒绝援引西方外在文化资源而犯下文化保守主义的错误，这样的民族主体性是虚幻或虚构的主体性，骨子里是自欺欺人。唯有破除"他信力"和"自欺力"，我们才能在吸收人类世界一切优秀文化成果的基础上重建我们民族的"自信力"。在当下全球化的时代里，真正的"自信力"必须建立在"公信力"的基础上，而"公信力"就是人类思想文化的精华，即所谓普世价值。我们需要在普世价值和文化公信力的基础上对中华民族传统文化进行重估，然后开展创造性转化或现代转换，把那些优秀的民族文化因子转换到新中国民族国家形象的重构中。比如贾平凹的《带灯》和刘醒龙的《蟠虺》，这两部新世纪长篇小说力作虽然谈不上是寻根文学作品，但两位作家致力于寻找和发掘当代中国社会现实生活中的民族文化力量却显示了惊人的一致。贾平凹笔下的乡村女干部带灯，和刘醒龙笔下的知识精英曾本之，他们的青铜人格和带灯人格中均折射了中国传统文人的风骨。这就是当代中国文学

---

① 鲁迅：《中国人失掉自信力了吗》，《且介亭杂文》，《鲁迅全集》第6卷，人民文学出版社1981年版，第118页。

中复兴中国或中国复兴的艺术标本。这两部作品不仅在文化取向上向中华民族的优秀传统文化致敬，而且在语言形式和文体风格上均散发出浓郁的中国风味。俗话说画鬼容易画人难，当前我们并不缺乏那种将中国人妖魔化或丑陋化的作品，而是缺乏那种在批判中重建的作品，各种苦难大展览和黑镜头集锦并不鲜见，各种人性恶的表演和极端的暴力叙事也随处可见，而我们需要的是在中西文化平等对话中重铸我们民族的灵魂或重镀我们民族的自我。那种单向度的西式批判所导致的文学中单向度的中国人形象谱系需要理性清算，其历史功绩虽然不能简单地否定，但毕竟到了新的文学中国形象学话语转型的时候了。

  但通往光明前途的道路也许充满了曲折，我们在展望中国文学复兴与重构中国形象的同时也必须保持足够的历史清醒。建立在中国复兴论基础上的新中国形象建构工程必须要吸收启蒙论与革命论的历史经验和教训，要妥善处理好主体性与他者性、同一性与差异性的辩证关系。我们要坚持中西主体间性立场，要时刻保持中西文化与文学的对话性。我们不能因为要固守或确保中华民族国家本位立场而忽视或者中断了与世界文明和世界文学的对话，我们也不能为了拆解长期盛行的中西话语权力等级结构而退回狭隘的文化民族保守主义立场。无论以西方中心主义把中国异化成他者或客体，还是以中华文化民族保守主义把西方想象成他者或客体，都违背了中西主体间性哲学基础，都不利于重构新中国形象。只有中西彼此互为主体、平等交流，才能辩证地重构全球化时代的中国新形象。没有他者的主体性是虚妄的主体性，没有差异性的同一性是伪造的同一性，哲学上是如此，文学上亦然。让我们一起期待中华民族文学的伟大复兴！

三、重申中国文学传统的复兴路径

在五四文学革命以来的百年间,作为中国新文学发展的历史河床,中国文学传统一直或显或隐地在不同程度上支配着中国新文学的历史走向。大体而言,百年中国新文学在第一个三十年间与中国文学传统之间以"新旧对立"的方式进行潜在的新旧融合;而在第二个三十年间则明确以"古为今用"的方式与中国文学传统之间展开显性对接;及至改革开放以来的全球化语境中,以寻根文学思潮的崛起及其持续流变为主线,中国新文学终于迈上了中西会通与古今交融并重的立体发展轨道,由此掀开了中国文学传统复兴的新篇章。在这个意义上,我们不能说百年中国新文学是一场西方现代性文学的中国移植运动(包括启蒙与革命的双重文学现代性),而应该将其视为一场现代语境中的中国文艺复兴运动。

一百年来,中国新文学与中国文学传统之间的关系可谓代有新变,探讨二者之间关系的学者及其著述更是不可计数。其中,除了文学家和文学研究者之外,不少属于文化学者和思想史学者,他们的著述是我们今天继续探讨问题的基础。在现代文学界,明确借鉴西方的文艺复兴运动来探讨中国新文学的历史进程,并标举中国文艺复兴旗帜的学人有胡适、李长之、顾毓琇、郑振铎等人。新时期以来,受海外汉学家林毓生、普实克、陈世骧等人的影响,以李泽厚、王富仁、陈平原等为代表的国内人文学者开始大力倡导中国文学传统的创造性转化或转化性创造,其目标虽然有的学人并没有明说,但却基本上指向了中国文学传统的复兴或曰中国的文艺复兴。然而,具体在文学创作和文学研究中如何创造性地转化中国文学传统,或者说如何转化性地创造出新的中国文学形态和文学批评模式,这是一道摆在中国作家和人文学者面前的世纪难题。换句话说,在走向中国文艺复兴的征途中，中国既有的文学传统该以何种方式或路径进入中国新文学话语体系？如果我们继续在理论上断定新旧不能融合，坚执现代与传统二元对立，那么就等于彻底否认了中国文学传统复兴的可能性。但历史和现实并不以我们流行的现代性崇拜为转移，一百年来的中国新文学历史与现状都昭示了中国文学传统始终在以各种方式介入中国新文学的创作与研究。所以我们不能罔顾事实，而应该实事求是地投入中国文学传统复兴路径的总结与思考之中。只有立足于活生生的古今中外熔冶于一炉的中国文学经验，抛弃固有的定式与成见，我们才可能有新的发现与创造。

诚然，我们不能满足于笼统地将中国文学传统的复兴路径归结于创造性转化或转化性创造，我们还需要深入地解读并提炼出中国文学传统创造性转化的内在逻辑与深层机制。但具体的微观探究毕竟是一个宏大的学术系统工程，所以在宏观上确立所谓创造性转化的新思路也是很有必要的。长期以来，无论是中西文化还是中西文学研究，学界一直盛行两种针锋相对的理论路径：一种是"中体西用"说，主张以中国传统文化和中国古典文学为本体或本位，在此基础上借鉴或吸纳西方现代文化与文学的有益资源，做到为我所用、洋为中用。这种理论路径容易陷入文化和文学上的保守主义，极端者会彻底否定新文学和新文化。另一种是"西体中用"说，主张以西方近现代以来的文化和文学为本体或本位，在此基础上有选择性地继承中国传统文化和古典文学的养分，这就颇有点反客为主的味道了。这种理论路径其实是文化和文学上的激进主义表现，极端者会全盘性地反传统，落入全盘西化的陷阱。而就在这一正一反的两种理论路径的背后，实际上存在着第三条融合路径。我们完全可以拆解中体西用或西体中用的体用论思维定式，在现代主体间性哲学视域中重构中西文化与文学的交通基础。这就是中西之间彼此互为主体、交相为用。我们可以根据不同的领域和特定的条件，或以中化西，或以西化中,在具体实践中不拘格套,因缘际会、顺势而为,由此创造性地转化出一种中西会通、古今融合的当代中国文学新形态。只有跳出了中西整体性体用论与新旧二元对立论的理论窠臼,我们才算是寻找到了中国文学传统复兴的不二法门。

所谓中国文学传统的复兴,它必须建立在中西文学乃至文化的立体交流与碰撞过程中,因为只有在这个过程中才能实现中西视域融合,才能借助西方文学和文化的力量,有效地整合其价值资源,以此激活或者重构中国文学传统,达成中国文学传统的创造性转化或转化性创造。毫无疑问,这一转化机制甚为复杂,这里仅从文体和文化两个层面粗略言之。就文体而言,中国文体传统的创造性转化迄今为止应该说取得了引人瞩目的艺术实绩。尤其是在小说创作领域,新时期以来致力于转化性创造中国当代小说新文体的作家难以计数。比如汪曾祺小说对唐人传奇文体和桐城派古文作法的创造性转化就深得读者和学者的一致激赏,他所引领的当代中国新笔记体小说热潮至今未曾消歇。但仅止于看到汪氏小说传承中国古代文体资源则未免皮相,实际上西方现代短篇小说大师对于汪曾祺的艺术启示同样不可忽略,只有中西文体互动共荣才能成就汪氏笔记小说的新文体。还有韩少功小说对魏晋志人志怪小说文体的创造性转化同样好评如潮,其备受争议的《马桥词典》和《暗示》的文体资源不仅仅来自西方词典体和随笔体的启发,而且是直接脱胎于《世说新语》的文化关键词集束体小说。至于莫言、贾平凹、王安忆、刘震云、刘醒龙、迟子建、格非、苏童等人的小说创作,都在不同程度上创造性地转化了中国明清话本小说的文体资源,尤其是他们的长篇小说代表作都明显地打下了《红楼梦》《金瓶梅》《水浒传》的艺术印痕。这表现为他们对中国古典长篇小说的时空结构、日常叙事、抒情传统、语言风格等不同层面的文体传承。即使是新世纪小说界的后起之秀如乔叶、魏微、付秀莹、冯唐、徐则臣等人的创作,我们同样也不难发现他们在吸纳西方现代派小说技法的同时，对中国古代文体资源所做出的转化性创造。

毫无疑问，中国古代文体传统正在当下中国文学创作中走向全面复活与复兴。当代中国作家不再像新时期初那样热衷于直接制造外国文体的中国版本，不再满足于被西方中心赐予"中国的马尔克斯""中国的卡夫卡""中国的福克纳""中国的博尔赫斯"之类的所谓桂冠，而是想真正地做回自己，为中国文体与中国文学正名。但这并非说他们回归本土以抗拒西方，而是说他们把西方文体资源"拿来"后必定要加以整合与重构，让西方文体资源与中国文体资源在平等的"创造性对抗"与"创造性对话"中实现"创造性转化"。于是我们看到，新时期以来已经有越来越多的中国作家开始打破"纯文学"与"新文学"概念或范域，他们开始大规模地致力于中西古今文体互渗式的跨文体写作，试图重建中国的"大文学"或"杂文学"文体传统。作为一个西洋文学概念，"纯文学"来到中国后实际上重建了中国新文学文体谱系。一百年来，谈诗歌必定是欧化的"新诗"或"纯诗"，中国古典诗词被目为"旧体诗词"打入另册；谈小说必定是欧化的"新小说"，以笔记体、话本体和章回体为代表的中国古代小说文体也不允许再登大雅之堂；谈散文必定是欧美式"美文"，中国古代散文中的众多文体类别被排拒在散文乃至文学之外；谈戏剧也必定是欧美式"话剧"，中国古代戏曲像"旧体诗词"一样被目为"旧剧"放逐，全然不顾京剧乃至各种地方戏曲的艺术存活。如此这般重建中国新文学文体新秩序的结局，就是中国文学虽然在文学观念与文体上与西方接轨了，这当然对于中国文学的现代转型功莫大焉，但与此同时也付出了代价，即中国新文学文体谱系与中国传统文学文体谱系之间出现了无法兼容的尴尬地带。正是在这个意义上，我们必须要为当下中国作家致力于古今中西新旧融合的跨文体写作叫好，向他们重建中国文史哲不分家的"大文学"或"杂文学"文体新秩序致敬!

　　说到文化层面上的中国文学传统的创造性转化与转化性创造,这个问题会更加复杂。毋庸讳言,百年中国作家在中国文化重建上虽然做出了相当大的努力,但与中国文体重建比较起来,其成就依旧逊色不少,这意味着在文化重建上中国文学还有很广阔的上升空间。许多中国作家的文学作品虽然在中西文体互渗或新旧文体融合上呈现出了中国气派与中国形态,但外在的中国艺术风范还是掩饰不住内在的西方精神底色。这说明由于主客观条件的制约,我们的作家在中国文化建设问题上批判性或破坏性有余,而创造性或建设性不足,如此就只能把西方思想文化全盘移植过来,在中国文体土壤中培植西方精神之花。当然,我们时常也能看到中国作家的作品中出现大量的儒家文化、道家文化、佛禅文化的元素或资源,但这些传统文化资源或元素经常并不是内在于文学作品中的精神存在,而是作为外在的文化装饰物被镶嵌进了文学作品结构中,这样的做法显然谈不上传统文化的创造性转化。还有一种更常见的做法就是通过文学创作对中国以儒家为主体的传统文化体系进行批判,这种传统文化批判与现代文化启蒙确实在中国社会现代化转型中十分必要,但如果我们对启蒙作家有了更高的要求,即要求他们在文化上从创造性对抗走向创造性转化或转化性创造,以建设性的姿态创造出真正的中国现代文化新体系与新话语,为未来的中国文化发展立法定向,这无疑是一个比文化启蒙更加庄严的文化使命。这倒不一定指向陈寅恪所谓的"新宋学",以当代中国经验的复杂性与独特性,我们对中国作家文化重建的想象力理当有更高的期待。当年山东作家张炜在长篇小说处女作《古船》中塑造过隋抱朴的形象,那是一个冥思苦想的精神求索者形象,评论家往往习惯于以中国的哈姆雷特进行类比,殊不知隋抱朴的形象中其实还隐含着中国文人文学之父屈原的精神影像,屈子的天问精神、求索意识、担当意识都是中国儒家文化精神中的精髓，我们不能用固化的儒家文化体系去规范当代作家对中国文化传统的创造性转化，而应该欢迎他们为中国文化重建付出更大的艺术想象力。

最后要说一下文学批评。为了与文学创作上的中国传统创造性转化相适应，我们的文学批评也不能一味地简单移植西方文学批评方法与模式，而要创造性地转换我们民族的文学批评传统。主要途径有二：一是批评方法的调整。以前的文学批评过于注重中西维度的文学批评方法与模式的简单对接，由此落下了西方文艺理论崇拜的弊端。今天我们要重建中国文学批评的古今维度，以《文心雕龙》倡导的"通变"立场积极转化我们的民族文学批评资源，在此基础上重建中西古今融会贯通的文学批评立体框架和思路。二是批评对象的拓展。百年中国新文学批评的发展，更多受到西方"纯文学"观念谱系的影响，我们注意的重心落实到新体文学批评上，而忽视了对中国民族文学传统样式的批评与研究，如旧体诗词、通俗小说、传统戏曲以及新兴的网络文学常常被排除在主流文学批评之外。这意味着我们的文学批评对象与范围需要扩容，需要融合，需要建立新型的"大文学批评"或"杂文学批评"体系来取代既有的"纯文学批评"和"新文学批评"观念和谱系。

"文艺复兴"与中国当代文学的历史重述

在五四运动一百周年之际,回望近百年来中国文学所走过的历史道路,我们心中不禁五味杂陈。这是因为,不同的人群心中对于五四存在着不同的历史面影,由此必然会带来他们对深受五四影响的"中国现当代文学"历史叙述的不同。依照周策纵在《五四运动史》中的说法,国人对于五四存在着各种各样的阐释和评价,其中比较有代表性的观点有:自由主义者认为五四是"一场文艺复兴运动""一场宗教改革运动""一场启蒙运动";保守的民族主义者和传统主义者认为五四是"中国的一场大灾难";共产主义者认为五四是"由列宁引起的一场反帝反封建运动"[①]。其实在这五种代表性的五四话语体系中,"文艺复兴运动"和"宗教改革运动"是可以合并的,这不仅是因为在欧洲近现代文化运动中,宗教改革运动已然成为广义上的文艺复兴运动的重要组成部分,而且还因为在近现代中国文化运动中,

---

① [美]周策纵:《五四运动史》,陈永明等译,岳麓书社1999年版,第476—496页。

无论是"新佛教"还是"新儒学"运动，都可以被纳入广义上的"文艺复兴运动"话语体系中。由此，如果我们进一步将那种彻底否定五四的极端民族主义或保守主义话语排斥在外，那么实际上百年来的五四话语体系仅剩下三种，即"复兴""启蒙"和"革命"。众所周知，有关五四的启蒙话语体系是由五四知识精英群体创建的，他们所倡导的"民主与科学"口号、"改造国民性"理论彰显了时代最强音。而有关五四的革命话语体系是由毛泽东后来在《新民主主义论》等红色经典文献中所建构起来的，马列主义的"阶级斗争"学说成为中国共产党人阐释五四的核心思想。至于有关五四的中国文艺复兴话语体系，在五四时期主要是由胡适所倡导并阐释的，其后周作人、郑振铎、李长之、顾毓琇等人在20世纪三四十年代做过回应或鼓吹，可惜应者寥寥。至少相对于"启蒙"和"革命"两种五四话语阐释体系而言，中国的文艺复兴话语体系尚未得到足够的认同与长足的发展。这就给我们留下了无限的话语空间。

然则何谓"中国的文艺复兴"？胡适生前曾多次阐述这个话题或命题。1933年7月，胡适应邀到美国芝加哥大学比较宗教学系"哈斯克讲座"做系列专题讲演，原题为《当代中国的文化走向》，后结集为英文版著作《中国的文艺复兴》（芝加哥大学出版社1934年初版）。胡适在《前言》里指出："如果说我想提出什么命题的话，那就是我希望读者明白，具有重大意义的文化变革已经而且正在中国发生，尽管缺乏统治阶级的有效领导和有效的中央控制，尽管任何变革发生之前会有诸多破坏和腐蚀，虽令人难过，却又是必需的。悲观者所悲叹为中国文明的崩溃的东西，正是这种破坏和腐蚀，没有它，就不会有古老文明的再生。缓慢地、平静地、然而明白无误地，中国的文艺复兴正在变成一种现实。这一复兴的结晶看起来似乎使人觉得带着西方色彩。但剥开它的表层，你就可以看出，构成这个结晶的材料，在本质上正是那个饱经风雨侵蚀而可以看得更为明白透彻的中国根底——正是那个因为接触新世界的科学、民主、文明而复活起来的人文主义与理智主义的中国。"[1] 在胡适看来，五四以来的中国正在进行一场古老文明的再生运动，即现代中国的文艺复兴运动。这场运动缓慢而平静地发生和发展着，虽被"启蒙"或"革命"话语所掩抑，但却是明白无误和毫无疑义的事实。表面上看，现代中国的文化和文艺运动笼罩着强烈的西方色彩，但在骨子里却是复活后的"中国根底"。与启蒙或革命话语体系相比，中国的文艺复兴话语体系更加注重本土化和民族性，它不是简单地将中西和古今二元对立起来处理中国问题，而是寄希望于通过借助西方现代文化和文艺的外力来激活或复活我们本民族的文化和文学传统资源，最终达成中华民族的文艺复兴愿景。在这个意义上，其实近现代以来中国的主流话语体系，如"革命"和"启蒙"话语体系，与中国的文艺复兴话语体系之间并不存在根本性的冲突，而是可以三者共存互补，各自从不同角度丰富和拓展了中国现当代文化史和文学史。而如果站在21世纪的新的历史高度而言，中国的文艺复兴话语体系更具有包容性和无限的可能性。因为无论启蒙还是革命，最终的历史目标都不可能有悖于中华民族的伟大复兴进程。文化上如此，文艺上亦然。在中国现代文学主潮中，不论是启蒙性质还是革命性质的文学形态，以及长期被抑制的新保守主义性质的文学形态，大抵都可以纳入中国的文艺复兴话语体系中予以重述。因此，正如五四有三重历史面影一样，中国现代文学史也有三种重构的角度和方法，其中的"启蒙"和"革命"作为文学史的叙述方法早已成形乃至定型，而"中国的文艺复兴"作为一种文学史的叙述方法或范式，迄今尚未产生令人满意的文学史样本。

---

[1] 胡适：《中国的文艺复兴》（英汉对照），欧阳哲生、刘红中编，外语教学与研究出版社2000年版，第151页。

让我们把视野转移到中国当代文学上来。不难发现,"中国的文艺复兴"作为一种文学史叙述方法或范式在中国当代文学七十年的历史描述中依然适用,甚至充满了无限的可能性。对于"复兴论",新中国的创建者们并不陌生。毛泽东在抗战时期一直在不遗余力地倡导中国文学的"中国作风"和"中国气派"①,希望中国现代作家能够植根于中国国情和本土资源创建中国新文学话语,而反对那种"洋化"或者"欧化"的新文艺形态。而在中华人民共和国成立前夕,毛泽东进一步断言:"伟大的胜利的中国人民解放战争和人民大革命,已经复兴了并正在复兴着伟大的中国人民的文化。"②显然,在毛泽东的心目中,无论是"解放前"还是"解放后",中国人民的民族复兴梦想不会改变。古今中外历史表明,民族复兴与文化复兴、文艺复兴血肉相连。作为新中国文艺界的权威领导者,周扬在中华人民共和国成立后的中华民族复兴浪潮中也逐渐形成了自己的中国文艺复兴观念。在1958年的民族(民间)大众文学思潮中,周扬不仅想到了"建立中国自己的马克思主义的文艺理论与批评",而且明确地提出了"东方的文艺复兴"课题。在周扬看来,"欧洲经过文艺复兴,工业革命,资本主义大发展,不但在政治、经济上而且在文化上支配了全世界,使农业国屈服于工业国,东方屈服于西方。东方落后了一百多年,欧洲走到前面去了。十月革命到现在,情况变了,西方资本主义文化开始没落了,世界上出现了社会主义国家,也就出现了社会主义的文化以及无产阶级领导的人民大众的文化。我们前进了,走到前边去了。我们农民写的民歌中,那种伟大的共产主义气魄,恐怕欧洲的许多工人也写不出来。列宁讲先进的亚洲,落后的欧洲,

---

① 毛泽东:《中国共产党在民族战争中的地位》,《毛泽东选集》第二卷,人民出版社1991年第2版,第534页。

② 毛泽东:《历史唯心观的破产》,《毛泽东选集》第四卷,人民出版社1991年第2版,第1516页。

这句话不但政治上如此,文化上也是如此。资产阶级知识分子所特有的那种崇拜外国的思想,是一百多年被帝国主义所侵略和奴役所养成的一种奴性心理,不打破这种心理状态,我们就不能在精神上真正抬头。这不单是中国的问题,也是世界上许多民族独立国家的问题。许多亚非国家已经取得了民族独立,中国成了社会主义国家,将来的世界史,世界文化、文学史,都要重新写,因为中国、印度、阿拉伯及其他许多东方国家在历史上的贡献没有在世界史上得到应有的地位,从来一切都以欧洲为中心。"①周扬的这套表述和论断,虽然存在那个时代特有的民族激进主义情绪,但今天读来依旧不乏真理的光芒。周扬明确反对"欧洲中心论",主张破除近现代以来中国知识分子崇洋媚外的奴性文化心理,倡导重写"世界史(世界文化史、世界文学史)",指出了继欧洲/西方文艺复兴之后,亚洲/东方文艺复兴的可能性与现实性。

在1959年中国作协召开的创作工作座谈会上,周扬进一步阐述了"东方的文艺复兴"口号。他说:"外国的朋友们很希望看到东方的文艺复兴。我们的群众创作如此蓬勃发展,能不能说是文艺复兴?大家可以考虑。'五四'是一个文艺复兴,鲁迅、郭沫若、茅盾都是在那个时代产生的。我们所企望的文艺复兴,应该有大批的大作家、大艺术家出来!应该有大批的好作品出来!当然,我不是要求短短的几年内就出现大批的作家、艺术家,但我们的工作要朝着这个方向努力。盛唐时代的文艺是文艺复兴,十九世纪俄罗斯的文艺也是文艺复兴,在他们的时代当中都出现了大批的作家和作品。为什么它那个时代会出大批的作家和作品?这是值得我们研究的历史经验。当然它们那还是封建社会和资本主义社会。对我们来说,要有一个

---

① 周扬:《建立中国自己的马克思主义的文艺理论与批评》,《周扬文集》第三卷,人民文学出版社1990年版,第39页。

社会主义文学艺术的大繁荣,要有一个真正的文艺复兴,东方文化要盖过西方,盖过封建主义文化和资产阶级文化的上升时期,并且不是讲我们的思想,而是讲作家的出现之多,概括时代的深刻程度之高。要讲思想,我们早已超过了关汉卿和曹雪芹,可是,像《红楼梦》那样的概括封建主义时代和家庭的作品,应该承认我们还没有。所以,我们在这方面要把眼光扩大一些,看得更远一些,做更大的努力。根据历史的经验,欧洲的文艺复兴也好,盛唐的文艺复兴也好,大体上都是研究了古代,大量吸收外来的东西以后形成的。不研究古代,不大量吸收外来的东西,很难设想能有一个文化的高潮。问题是,现在就有人想不到这一点,也看不到这一点,仿佛我们这样已经很行了。不能这样看!我们要用无产阶级的马克思主义观点来批判和整理遗产。同时按照我们国家和人民的需要,把外国的东西吸收进来,以丰富我们的文化。不是教条主义地吸收,而是创造性地吸收。"① 在周扬看来,要实现"东方的文艺复兴"(其实主要是"中国的文艺复兴"),必须研究和激活中国古代文化和文艺传统资源,同时也要创造性地吸收外国文化和文艺滋养;唯有破除中西古今的立体话语壁垒,才能实现新中国的文艺复兴。显然,周扬所理解的文艺复兴并非特指狭义的14至16世纪欧洲的文艺复兴运动,而是广义上的借助外来力量激活本土传统的民族文化(文艺)再生思潮。所以他才说盛唐文艺是文艺复兴,五四文艺是文艺复兴,19世纪俄罗斯文艺也是文艺复兴。因为没有对外来的佛教文化的创造性吸收就不可能有盛唐文艺的大繁荣,没有对西方近现代文化的创造性吸收就不可能有五四文艺的大繁荣,同理,没有对西欧现代民主文化的创造性吸收就不可能有19世纪俄罗斯文艺的大繁荣。而对于新中国文艺而

---

① 周扬:《对文艺工作的希望和对作家的要求》,《周扬文集》第三卷,人民文学出版社1990年版,第70—71页。

言，要想实现一个真正的文艺复兴就必须创造性地吸收外国文化和文艺资源，就必须创造性转化中国古代文化和文艺传统，而不能错误地以为文艺复兴就是固守本民族古代传统，就是简单地激发民间群众创作热情，因为所谓民粹主义和极端民族保守主义无法实现民族文艺的再生和中兴。从周扬的讲话中我们不难窥见其矛盾心理：一方面，他看到"东方的文艺复兴"的可能性，为此而感奋；另一方面，他对"大跃进"中的激进民族主义文艺浪潮保持了难得的清醒，他在理性上意识到了当代中国文艺复兴的艰巨性。

据说周扬当年提出的"东方的文艺复兴"口号得到了日本友人的称赞，他颇以自喜①；而且这一口号在当时也得到了全国文艺理论界高端或精英人士的欣赏。何其芳、冯至、杨晦、唐弢、蔡仪、卞之琳、邵荃麟、张光年、陈荒煤、严文井、袁水拍、林默涵、叶以群、刘绥松、王亚平、李亚群等人出席了1959年的文艺理论工作会议和文艺理论小组成立会议，他们都表示复兴中国文化是几代人的梦想，因此都很欣赏周扬提出的"东方的文艺复兴"口号。②应该承认，周扬所倡导的"东方（中国）的文艺复兴"是符合当时中国的文艺发展方向和实践情形的，中国当代文学史上所谓"十七年文学"或者更大范围的"五十至七十年代文学"基本上是沿着"东方（中国）的文艺复兴"道路往前发展的，当然由于特定的社会政治历史条件的制约，毛泽东时代的中国当代文学过于偏重对中华民族文学传统资源的激活，即过于推重"古为今用"，而相对地忽视了"洋为中用"，尤其是把欧美现代主义文学主潮摒弃于红色中国文学理想国之外，这就在很大程度上造成了红色中国文学时代的历史偏颇，使得期待中的"东方（中国）的文艺复兴"并未完全得以实现，以至于后来的文学史家

---

① 黎之：《文坛风云录》（增订本），人民文学出版社2015年版，第146页。
② 黎之：《文坛风云录》（增订本），人民文学出版社2015年版，第174—175页。

将"十七年文学"乃至"五十至七十年代文学"视为一种"新古典主义"①的当代中国文学形态。但无论如何,新中国的"新古典主义"究竟不同于古代中国的"古典主义"文学形态,毋宁说"新古典主义"正是当代中国作家在新中国革命语境中对中国古典主义文学传统的创造性转化与创新性发展。曾几何时,陈独秀在《文学革命论》中倡导要"推倒陈腐的、铺张的古典文学,建设新鲜的、立诚的写实文学"②,他将程式化的古典主义视作中国新文学革命的最大障碍,而世易时移,曾经被五四新文学家所唾弃的古典主义在新中国革命文学语境中居然获得了再生与复活。至今还在为国人所津津乐道的"红色经典",其中绝大部分都可以被划入"新古典主义"文学范畴,它们对中国古典主义文学传统资源的借镜与化用,为后来的文学史家从"中国的文艺复兴"角度叙述新中国前三十年的文学史进程提供了重要的文本基础。曾经我们习惯于从"社会主义现实主义"或"革命现实主义"思潮来理解毛泽东时代的主流中国文学形态,显然这是偏重于中外文学横向比较而立论,此论看重的是当时中国文学所受到的苏联社会主义文学的影响,从文学口号的借用到创作模式的习用,无不表明了当时的中国作家和文学理论、评论家尚缺乏足够的中国文学民族性自觉。而周扬在20世纪五六十年代之交所提出的"东方(中国)的文艺复兴"旗号则不同,他更看重当时中国文学与中国古代文学传统资源的关系,试图由中外文学横向影响研究转移到中国文学自身内部的古今演变研究上来,希望当时的中国作家能够借助于外国文学资源来激活本民族的文学传统,在当代中国掀起一场真正意义上的东方文学复兴运动。顺着这条思路,我们再

---

① 陈美兰:《新古典主义的成熟与现代性的遗忘——对"十七年文学"的一种阐释》,《陈美兰文集》第2卷,武汉大学出版社2019年版,第339—341页。
② 陈独秀:《文学革命论》,原载1917年2月1日《新青年》第二卷第六号。

来重读当年的"红色经典"小说，无论是战争题材的"革命历史小说"或"革命英雄传奇"，还是农村题材的"土改小说"和"合作化小说"，无不闪烁着中国古典英雄传奇或话本小说的艺术光晕。从人物塑造模式到故事情节模式，再到语言风格和艺术形态，当年的"红色经典"小说既是世界范围内的社会主义现实主义文学思潮的产物，也是具有中国作风和中国气派的中华民族文学新经典。即使是在20世纪六七十年代流行的"革命样板戏"，如果我们理性地剥离其中的极左意识形态内核，就会发现在那个特殊的历史年代里其实也在上演着一场"东方（中国）的文艺复兴"运动。众所周知，"革命样板戏"以"革命现代京剧"为主体，而京剧在现代中国的命运可谓两极分化，支持者视之为国粹，反对者斥之为国渣，当年的五四新文学运动健将们无不欲置"旧剧"于死地而后快，但"旧剧"不但没有真正死亡，反而在抗战时期的民族文学浪潮中得以浴火重生。而在新中国革命文学语境中，曾经的"旧剧"，以传统戏曲或地方戏的名义重新焕发艺术生机，包括京剧、昆曲、评剧、越剧、黄梅戏等在内，在当时涌现出了一大批脍炙人口、家喻户晓的新戏曲杰作。这些新中国的新戏曲，既是革命现实主义的产物也是"新古典主义"的产儿，归根结底，它们都是新中国文艺复兴运动的艺术结晶。即使是诞生于十年浩劫的《沙家浜》《红灯记》《智取威虎山》《杜鹃山》这样的"革命现代京剧"，我们亦可以作如是观。

如果我们把视野转移到毛泽东时代的中国诗歌实践，同样可以看到这种"东方（中国）的文艺复兴"的历史趋势与进程。在很大程度上，周扬提出"东方的文艺复兴"口号直接受到了毛泽东"大跃进"时期文艺思想的启发与导引。就在1958年的成都中央工作会议上，毛泽东针对中国当代诗歌的出路问题下了著名的断语："我看中国诗的出路恐怕是两条：第一条是民歌，第二条是古典，这两面都提倡学习，结果要产生一个新诗。现在的新诗不成形，不引人注意，谁去读那个新诗。将来我看是古典同民歌这两个东西结婚,产生第三个东西。形式是民族的形式,内容应该是现实主义与浪漫主义的对立统一。"①在毛泽东看来,中国新诗实践的最大问题在于"不成形",或曰"不得体",可以说这是"新诗"与"旧诗"相比的最大劣势,而"成形"与"得体"正是中国古典诗词的最大优势所在。由此毛泽东提出了他的"新古典主义"诗学构想,即通过创造性地转化"民歌"和"古典"的诗体资源来重新创造当代中国的新诗体式。如果按照美国学者芮德菲尔德有关"大传统"与"小传统"的著名分类②,那么毛泽东所谓的"古典"其实就是指中国古代文人诗歌的"大传统",而他所谓的"民歌"则是指中国民间大众诗歌的"小传统",这两种传统之间尽管雅俗有别,但也存在文体/诗体上的高度同一性。换句话说,中国的民歌其实是中国古典诗词的源头活水,而中国的古典诗词则是中国民歌的文人版或雅化物。因此,毛泽东当年给中国新诗所指的出路就是一条"新古典主义"或"新传统主义"之路,即中国古代诗体传统的创造性转化之路。他理想中的中国新诗,其形式必须是新古典主义的民族诗体形式,而内容则是红色革命话语体系的艺术传达与诠释。由此在他的亲自发动下,中国大陆在20世纪50年代末掀起了轰轰烈烈的"新民歌运动",直到20世纪70年代的"小靳庄赛诗会",中间余波不断。以前我们的文学史习惯于从"伪浪漫主义"角度否定"新民歌运动",但从"东方(中国)的文艺复兴"角度来看,包括毛泽东和周扬在内的"新民歌运动"倡导者其实怀抱着复兴中国古代诗歌伟大传统的民族文学梦想,尽管这场民族

---

① 毛泽东:《在成都会议上的讲话提纲》,《建国以来毛泽东文稿》第七册,中央文献出版社1993年版,第124页。

② [美]罗伯特·芮德菲尔德:《农民社会与文化》,王莹译,中国社会科学出版社2013年版,第95页。

诗歌复兴运动最终主要因为意识形态的激进主义遭遇挫折乃至失败，但我们依旧不能轻易抛弃其诗学理想中"东方（中国）的文艺复兴"内核或神髓。在郭沫若和周扬联合主编的《红旗歌谣》的《编者的话》中这样写道："这是社会主义新时代的新国风。这是做了自己命运的主人的中国人民的欢乐之歌，勇敢之歌。他们歌颂祖国，歌颂自己的党和领袖；他们歌唱新生活，歌唱劳动和斗争中的英雄主义，歌唱他们对于更美好的未来的向往。这种新民歌同旧时代的民歌比较，具有迥然不同的新内容和新风格，在它们面前，连诗三百篇也要显得逊色了。"①《红旗歌谣》共选辑三百首新民歌，它是"大跃进"时期"新采风运动"的产物，它在体制和规模上有意识地与古老的《诗经》形成对话关系，因此被定义为"社会主义新时代的新国风"。甚至在编选者的眼中，这部"红色诗经"会让古老的《诗经》相形见绌，从中我们不难窥见当年的文坛领袖复兴中国文艺（诗歌）的"壮志雄心"。不仅如此，他们还有充分的历史依据来为这场中国诗歌的复兴运动辩护："历史将要证明，新民歌对新诗的发展会产生愈来愈大的影响。中国文艺发展史告诉我们，历次文学创作的高潮都和民间文学有深刻的渊源关系。楚辞同国风，建安文学同汉魏乐府，唐代诗歌同六朝歌谣，元代杂剧同五代以来的词曲，明清小说同两宋以来的说唱，都存在这种关系。"②可见当年的民族诗歌复兴运动的主要理论基础是以"小传统"推动"大传统"，以"民间"推动"庙堂"，以大众诗歌推动精英诗歌的复兴。而从贺敬之、郭小川、李季、田间、闻捷等红色经典诗人的主要创作路径来看，不仅"民间"的"小传统"得以复活，而且"古典"的"大传统"同样得以复苏，正是在"民歌"加"古典"的基础上，共和国红色诗坛才呈现出浓郁的民族文学复

---

① 郭沫若、周扬：《编者的话》，《红旗歌谣》，红旗杂志社1959年版，第2页。
② 郭沫若、周扬：《编者的话》，《红旗歌谣》，红旗杂志社1959年版，第3页。

兴色彩。如果考虑到毛泽东时代随着"毛主席诗词"的公开发表与广泛传播，作为中国古典诗词传统延伸的"旧体诗词"重新获得文学合法性，我们将有更充分的理由相信，毛泽东时代的中国当代文学确实行走在"东方（中国）的文艺复兴"道路上。只不过这场"旧体诗词"或"古典诗词"传统的复兴主要不是通过公开发表的"颂歌"或"战歌"来完成的，而主要凭借陈寅恪、聂绀弩、沈祖棻等人高水准的"潜在写作"将新中国的旧体诗词推向了复兴之旅。

以上我们从"文艺复兴"的角度重述了中国当代文学前三十年的历史进程与基本轮廓。接下来我们试图从"文艺复兴"的角度重述中国当代文学进入改革开放后四十年来的历史进程与基本轮廓。这显然是一次学术冒险。改革开放四十年的中国当代文学史，目前学界基本上分为三个时段来进行叙述：一是"八十年代文学"或曰"新时期文学"，大体上沿袭"伤痕—反思—改革—寻根—先锋—新写实"的文学史（主要是小说史）序列进行讲述，或者进一步以1985年为界，分为"现实主义"和"现代主义"（或"后现代主义"）两段依次分述；二是"九十年代文学"或曰"后新时期文学"，大体上沿着雅俗之争的思路讲述，以"人文精神讨论"为标志性事件，一部分作家继续沿着八十年代的精英文学（或曰"雅文学""纯文学"）路线向前推进，另一部分作家则随着大众文学（或曰"俗文学"）浪潮的崛起而推波助澜，由此出现了"雅俗分流"乃至"雅俗合流"的趋势；三是"新世纪文学"，在网络时代的新媒体语境下，将既有的精英文学与大众文学之争，也就是雅俗之争进一步推向极致，而大众文学因为网络文学的加持而给纯文学或精英文学带来了更为巨大的冲击，乃至纯文学界一片哀号，不断有人宣布文学之死。但文学显然不会就此死亡，它会不以任何人的意志为转移地活下去，不断地在死亡中再生，在传统中涅槃。改革开放四十年来，中国文学在总体上取得了举世瞩目的成就，这是不能轻易抹杀的成就，而随着时间的推移，这种成就会日益凸显。我们承认并重视这种成就并不是因为改革开放四十年来中国当代文坛上飘扬着种种不断翻新的文学旗号，而是因为四十年来中国当代文学虽然也曾有过极端或者激进的西化时刻，但总体上而言一直走在传统与现代的历史交汇点上，不断破除中西古今之间的艺术壁垒，不断促进新与旧、中与西、古与今之间的文学融合，从而成就了以"50后"和"60后"为创作主体的当代中国文艺复兴新群体。在很大程度上，改革开放以来的中国文艺复兴运动正是以"50后"作家为创作主力的"寻根文学"思潮在当时以及后来体现并承载的。在笔者看来，改革开放四十年来的众多文学旗号和文学思潮中，"寻根文学"的文学史意义和地位一直遭到低估，我们一直习惯于将"寻根文学"仅仅视为"八十年代文学"中的一个特殊的文学思潮来看待，而没有从根本上认识到"寻根文学"实际上是改革开放四十年来中国当代文学的"主潮"。无论是在所谓"八十年代文学""九十代文学"中，还是在"新世纪文学"里，"寻根文学"作为一种显在或潜在的整体性的创作潮流可谓无处不在、无时不在，"寻根思维"在近四十年来的主流中国作家群体中具有明显的支配性。以莫言、贾平凹、陈忠实、韩少功、张炜、张承志、王安忆、阿城、铁凝、阿来、刘醒龙、阎连科、刘震云等人为代表的"50后"（或接近于"50后"）重量级作家自不必说，他们本身就是20世纪80年代中国文学寻根运动的主将或健将，而以余华、苏童、格非、叶兆言、迟子建、毕飞宇、红柯等为代表的"60后"作家在先锋文学转向后都在不同程度上走向了本土文学或文化的寻根之旅，至于那些拒绝转向本土文化和文学资源的"先锋派"则大都淡出了"后新时期"以来的中国文学主力阵容。除了这两拨文学主力军之外，新时期文学之初的许多"归来者"作家，如王蒙、陆文夫、邓友梅、高晓声、李国文、刘绍棠、宗璞等人，还有晚年的孙犁、汪曾祺等老作家也可以被划入广义上的"寻根文学"或"泛寻根文学"阵容中,至少他们的创作中都存在着或显或隐的"寻根思维"痕迹。事实上,当年"寻根文学"的兴起虽然"50后"作家是发动者,但那拨年龄更长的"归来者"或"复出者"的文化小说或笔记小说才是"寻根文学"的艺术滥觞。如此看来,在改革开放四十年的前三代文学主力军中,差不多都有不程度的"寻根文学"血缘。至于随后的"70后""80后"等更年轻的新世纪青年作家群体,如果把他们同时代的网络文学作家("网络大神")包括在内来看,他们作为文学群体在整体创作倾向上向中国本土文学传统回归就更是不争的事实。毫无疑问,作为类型文学的网络文学(包括旧体诗词)大都可以在中国古典文学传统资源中找到原型,这意味着中国网络文学的大发展与大繁荣是与网络作家群体对中国文学传统的创造性转化诉求是分不开的。由此可见,新世纪的网络文学大潮实际上与传统的精英文学一道,进一步将改革开放以来的中国文艺复兴运动推向了历史新高潮。如果我们站在更加阔大的中国文艺复兴的历史高度上看,曾经的"先锋文学"浪潮不过是短暂的过眼云烟,它们作为"拟现代派"[①]文学由于过度西化而未能植根于中国本土文学土壤,等待它们的除了艺术转向不可能有更好的命运。这也从反向证明了改革开放以来,以"寻根文学"为整体趋势而不断推进的当代中国文艺复兴运动的历史必然性与合理性。

虽然在狭义的"寻根文学"思潮之外还存在着广义的"泛寻根文学"(包括"前寻根文学"和"后寻根文学")思潮,但不可否认的是,在20世纪80年代中期流行的狭义的"寻根文学"思潮之中已然包含了广义上的"泛寻根文学"思潮的基本观念和主要问题,以及破解"寻根"难题的总体路径。所以,要深入探讨"泛寻根文学"思潮与

---

① 於可训:《中国当代文学概论》,《於可训文集》第8卷,长江文艺出版社2018年版,第200页。

改革开放四十年来中国的文艺复兴运动之间的关系,我们还必须回到狭义的"寻根文学"运动现场。毋庸置疑,韩少功是当年那场"寻根文学"运动的理论旗手,他在当时以及后来持续不断地发表的对于"寻根文学"乃至"泛寻根文学"的理论阐述中始终隐含着对"东方(中国)的文艺复兴"的宏大诉求。在《文学的根》(1985)中他写道:"文学有'根',文学之'根'应深植于民族文化传统的土壤里,根不深,则叶难茂。"① 又说:"我们读外国文学,多是读翻译作品,而被译的多是外国的经典作品、流行作品、获奖作品,即已入规范的东西。从人家的规范中来寻找自己的规范,模仿翻译作品来建立一个中国的'外国文学流派',想必前景黯淡。"② 由此可见韩少功的"寻根文学"基本立场,他反对一味地模仿外国文学(尤其是西洋文学),主张把中国当代文学的"根"深植于我们的民族文化传统土壤中。同时他也反对文学上的闭关自守:"五四运动以来,中国文学界向外国学习,学西洋的、东洋的、南洋的、俄国和苏联的;也曾向外国关门,夜郎自大地把一切洋货都封禁焚烧。结果带来民族文化的毁灭,还有民族自信心的低落——且看现在从外汇券到外国香水,在某些人那里都成了时髦。但在这种彻底的清算和批判之中,萎缩和毁灭之中,中国文化也就能涅槃再生了。英国历史学家汤因比曾对东方文明寄予厚望,认为西方基督教文明已经衰落,而古老沉睡着的东方文明,可能在外来文明的'挑战'之下,隐退然后'复出',光耀整个地球。"③ 显然,韩少功在这里期待着一场"东方(中国)的文艺复兴",他援

---

① 韩少功:《文学的根》,《熟悉的陌生人(韩少功作品系列)》,上海文艺出版社2012年版,第271页。
② 韩少功:《文学的根》,《熟悉的陌生人(韩少功作品系列)》,上海文艺出版社2012年版,第274页。
③ 韩少功:《文学的根》,《熟悉的陌生人(韩少功作品系列)》,上海文艺出版社2012年版,第274—275页。

引汤因比的"挑战—应战"文化理论来为自己的观点辩护,而文中的"涅槃""再生""复出"等概念其实都是文化和文艺"复兴"的代名词。韩少功不希望将新兴的中国当代文学变成一个中国的"外国文学流派"或文学分支,而是主张在不丧失本民族自我的基础上复兴中国的文学传统。他的理论依据是:"但阴阳相生,得失相成,新旧相因。万端变化中,中国还是中国,尤其是在文学艺术方面,在民族的深层精神和文化物质方面,我们仍有民族的自我。我们的责任也许就是释放现代观念的热能,来重铸和镀亮这种自我。"[①] 重铸也好,镀亮也罢,无非表达了韩少功让中华民族精神和民族文艺传统得以再生或复兴的文学理想。在随后的《东方的寻找与重造》(1986)中,韩少功进一步明确阐述了自己寻找和重造东方文化和文艺传统的意图。他说:"就我自己的理解,所谓寻根就是力图寻找一种东方文化的思维和审美优势。"他明确反对"西方中心论"立场,注意到"各个领域,都展现出东方文化重新活跃的势头"。同时他也意识到"东方文化自然有糟糕的一面,不然的话,东方怎么老是挨打?因此寻根不能弄成新国粹主义、地方主义。要对东方文化进行重造,在重造中寻找优势。"具体到文学创作,他认为"中国的现代小说,基本上是从西方舶来,很长一段时间与中国这个审美传统还有'隔',重情节,轻意绪;重物象,轻心态;重客观题材多样化,轻主观风格多样化",这就从东西小说传统比较的层面阐述了"东方文化的思维和审美优势"。最后他还以宏阔的视野做出判断说:"现在是东方精神文明的重建时期。我们不光要看到建设小康社会的这十几年,还要有更长远的目标,建树一种东方的新人格、新心态、新精神、新思维和审美的体系,

---

[①] 韩少功:《文学的根》,《熟悉的陌生人(韩少功作品系列)》,上海文艺出版社2012年版,第275页。

影响社会意识和社会潜意识,为中华民族和人类做出贡献。"①在很大程度上,从《文学的根》到《东方的寻找与重造》,韩少功已经从整体上颇有预见性地阐述了改革开放以来"寻根文学"乃至"泛寻根文学"思潮中致力于"东方(中国)的文艺复兴"的基本理论纲领。可见这是两篇具有文学史意义的理论文献。

时隔二十多年后,韩少功在《群体寻根的条件》(2009)中反顾了二十多前"寻根文学"兴起的各种因缘。他冷静地指出:"一种另类于西方的本土文化资源,一份大体上未被殖民化所摧毁的本土文化资源,构成了'寻根'的基本前提。"②确实如此,中国文化虽然深受印度文化和西方文化的影响,属于"杂交串种"的大文化或杂文化,但大体上仍属于另类于西方而又未被殖民化所摧毁的本土文化资源。问题是,中国本土文化资源在当代中国作家笔下如何被发现、被唤醒、被启用?如何变成了狭义或者广义上的"寻根小说""寻根诗歌""寻根散文""寻根戏剧"以及"寻根理论与批评"?对此,韩少功从当年倡导或卷入"寻根文学"思潮的作家群体身份与历史境遇角度做出了解释。在他看来,通常顶着"寻根"标签的作家,如贾平凹、李杭育、阿城、郑万隆、王安忆、莫言、乌热尔图、张承志、张炜、李锐等人,无论他们事实上是否合适这一标签,都有一个共同特点:"曾是下乡知青或回乡知青,有过泛知青的下放经历。"而"知青"身份意味着"他们曾离开都市和校园——这往往是文化西方最先抵达和覆盖的地方,无论是俄苏为代表的红色西方,还是以欧美为代表的白色西方;然后来到了荒僻的乡村——这往往是本土文化悄悄

---

① 韩少功:《东方的寻找与重造》,《熟悉的陌生人(韩少功作品系列)》,上海文艺出版社2012年版,第276—278页。

② 韩少功:《群体寻根的条件》,《熟悉的陌生人(韩少功作品系列)》,上海文艺出版社2012年版,第404页。

积淀和藏蓄的地方，差不多是一个个现代博物馆。交通不便与资讯闭塞，构成了对外来文化的适度屏蔽。丰富的自然生态和艰辛的生存方式，方便人们在这里触感和体认本土，方便书写者叩问人性和灵魂。这样，他们曾在西方与本土的巨大反差之下惊讶，在自然与文化的双轴坐标下摸索，陷入情感和思想的强烈震荡，其感受逐步蕴积和发酵，一遇合适的观念启导，就难免哗啦啦地一吐为快。"[①] 这显然是一种颇具解释力的说辞。当年的"寻根文学"思潮由"知青作家"或"泛知青作家"率先发动，并不是偶然的文学现象，是"知青"或"泛知青"身份使他们得以重新认识和体验本土中国文化资源。在一个个的中国乡村博物馆里，那种有别于"红色西方"或者"白色西方"的本土中国文化经验得以鲜活而立体地敞开，这成了日后"知青文学"从肤浅的"伤痕书写"转入"文化寻根"的重要内驱力。有意味的是，我们从韩少功的这段解释中不由得深思另外一个问题，即置身于"新时期文学"语境中的"知青"或"泛知青"作家与置身于"十七年文学"或"五十至七十年代文学"语境中的"革命"作家之间的文化和文学血缘问题。如前所述，在毛泽东的文学时代里，由周扬明确倡导的"东方（中国）的文艺复兴"运动并未随着周扬日后的沉沦而中止，而是一直在如火如荼地进行。新中国革命作家群体在国家意志的引导下广泛地深入中国乡村大地，沉入中国本土文化和文学传统资源中汲取文艺滋养，这不仅表现在赵树理、柳青、周立波、浩然、贺敬之、郭小川、闻捷等革命中坚作家群体中，而且也体现在年轻的"上山下乡"一代知青作家群体中。要知道后来在"新时期文学"中始终占据着文学重镇的诸多"知青"或"泛知青"作家里，很多人都在早年的"知青"或"泛知青"岁月中就已经开

[①] 韩少功：《群体寻根的条件》，《熟悉的陌生人（韩少功作品系列）》，上海文艺出版社2012年版，第405页。

始了文学创作，如韩少功、贾平凹、张炜等人就都在"文化大革命"后期开启了文学生涯。因此，我们很难否认这不同代际的当代中国作家群体之间的历史关联性。毋宁说，改革开放四十年来在中国文坛上持续发力的"寻根文学"或"泛寻根文学"思潮正是新中国前三十年所倡导的"东方（中国）的文艺复兴"运动的回声与变奏。区别在于，同样是向"民间"和"古典"学习，革命语境中的"东方（中国）的文艺复兴"运动在整体上是拒绝以欧美为代表的"白色西方"话语资源的，仅止于融合和借鉴以俄苏为代表的"红色西方"话语资源；而在改革语境中的"东方（中国）的文艺复兴"运动则偏重于融合和借鉴以欧美为代表的"白色西方"话语资源，而相应地淡化了以俄苏为代表的"红色西方"话语资源。区别还在于，如果说革命语境中的"东方（中国）的文艺复兴"运动在整体上主要是激活或者复兴了中国古代的民间大众通俗文学传统，即所谓"小传统"；那么到了改革语境中的"东方（中国）的文艺复兴"运动中，不仅是中国古代的民间大众通俗文学传统得到了复苏和唤醒，而且中国古代的精英文人高雅文学传统也到了同步回归，即"大传统"与"小传统"此时已同时得以复兴。在很大程度上，正是这两种根本性的区别，导致了在中国当代文学历史进程中的两次"东方（中国）的文艺复兴"运动之间存在着不同的文化融合取向与不同的审美融合境界。

若从改革语境中的"东方（中国）的文艺复兴"运动来看，这场尚在行进中的中国文艺复兴主要表现为"寻根文学"和"泛寻根文学"思潮，而正是借助于"文化寻根""文体寻根"和"语言寻根"三种（层次）"寻根"路径，当代中国作家不断地将"东方（中国）的文艺复兴"推向高峰和深处。就"文化寻根"而言，这场"东方（中国）的文艺复兴"主要诉诸以儒道禅为核心的中国文化传统的创造性转化或现代转换。进入"新时期"以后，随着中西文化比较研究的兴盛，中国内地"现代化热"和"传统文化热"交错并行、交相渗透，尤其是随着"海外新儒家"思想在中国内地的回潮和流行,当代中国作家越来越意识到中国传统文化的重造与再生是民族发展的内在主体需求。以林毓生的《中国传统的创造性转化》(1988)、杜维明的《儒家思想新论——创造性转换的自我》(1991)等为代表的海外华裔学者的著述译介,为中国内地学人和作家进一步提供了复兴中国文化传统和将"文化寻根"进行到底的学理基础。正如杜维明在阐述"东亚思想中自我实现的双重方法的基本原理"时所说,传统中国人相信"每个人都有一个无限自我变革的充足的内在源泉:通过我们的自我努力,我们就能成圣、成佛或成真人,因为圣性、佛性或道就内在于我们的人性",然而,"通向至善、涅槃或圆融于道的路径是漫长坎坷的。自我修养无止境,在我们一生中的任何时刻,我们都不可以说自己已经功德圆满。"总之儒道释"三种东亚传统都把自我视为动态的、圣洁的和开放的系统,这种系统恰好与自私化的自我概念相对立"①。而在"新时期"以来的"寻根文学"或"泛寻根文学"思潮中,致力于将东方(中国)文化的自我观念进行创造性转换的文学作品委实不少,比如阿城的《棋王》致力于道禅文化人格的现代转化,陈忠实的《白鹿原》和唐浩明的《曾国藩》致力于儒家文化人格的现代转换,还有汪曾祺的《受戒》和莫言的《红高粱》对民间野性人格的现代重塑等等,都是著例。进入新世纪以来,贾平凹的《秦腔》、王安忆的《天香》、刘醒龙的《蟠虺》和《黄冈秘卷》也都是致力于中国文化传统的现代转换的长篇力作。即使是"新时期"以来的那些一般不被视为"寻根文学"而在我看来却有"泛寻根文学"色彩的长篇力作,如路遥的《平凡的世界》、余华的《活着》和《许三观卖血记》之类,其中所隐含的对中国传统文化人格

---

① [美]杜维明:《儒家思想新论——创造性转换的自我》,曹幼华、单丁译,江苏人民出版社1991年版,第3页。

的现代重塑意图也是耐人寻味的。路遥曾明确地说过:"如果一味地模仿别人,崇尚别人,轻视甚至藐视自己民族伟大深厚的历史文化,这种生吞活剥的'引进'注定没有前途。""事实上,我们已经看到,当代西方许多新的文化思潮,都不同程度地受到中国传统文化的启发和影响,甚至已经渗透到他们社会生活的许多方面,而我们何以要数典忘祖轻薄自己呢?"[1]由此我们不难理解为何他要在《平凡的世界》里去寻找和重塑孙家兄弟身上儒家刚健文化人格的力量。至于福贵和许三观的文化人格和人生哲学恐怕也不是新潮评论界常说的西方存在主义哲学精义所能涵盖得了的,其中隐含的民族文化性格或深层的文化人格心理结构问题,还需要在"东方(中国)的文艺复兴"运动背景下予以重新阐释,毕竟比起此前的"先锋小说"或"拟现代派"小说来,余华的这两部长篇力作充满了浓郁的中国味道。当然,改革语境中的"东方(中国)的文艺复兴"并不止于表现在"文化寻根"层面,它还表现在"文体寻根"和"语言寻根"层面上。近些年来学界关于中国文学文体传统和语言传统的现代转换研究日渐繁荣,举凡"抒情传统"[2]"传奇传统""话本传统""笔记传统""语言传统"[3]等论著不一而足。这些学术文本与文学文本一道,共同推进和繁荣了改革开放以来"东方(中国)的文艺复兴"运动。

最后需要补充说明的是,无论是"东方(中国)的文艺复兴"问题,还是"中国传统的创造性转化"或"现代转换"问题,我们都必须意识到其中的复杂性,即要处理好"同一性"与"差异性"的关系。就同一性而言,中华人民共和国成立七十年来,无论是"前三十年"

---

[1] 路遥:《早晨从中午开始》,《路遥全集·早晨从中午开始》,北京十月文艺出版社2010年版,第88页。

[2] 参阅[美]王德威、[中国香港]陈国球编:《抒情之现代性——"抒情传统"论述与中国文学研究》,生活·读书·新知三联书店2014年版。

[3] 参阅郜元宝:《汉语别史——现代中国的语言体验》,山东教育出版社2010年版。

还是"后四十年",无论是"革命"语境中还是"改革"语境中,当代中国作家始终都在不同程度上或显或隐地、或自觉或不自觉地进行着"中国传统的创造性转化"或"现代转换"工作,都在有意无意地推进着"东方(中国)的文艺复兴"运动。而从差异性的角度来看,七十年来,不同代际或者不同身份的中国作家在从事"中国传统的创造性转化"和"东方(中国)的文艺复兴"运动的过程中确实存在着不同的文化取向和审美趣味。比如有的作家偏重于对中国传统文化进行批判性的审视,而有的作家偏重于对中国传统文化进行建设性的认同,更多的作家则是在传统文化与现代文明的巨大冲突中如同屈原或浮士德一样苦苦地上下求索,呈现出迷惘与痛苦相交织的复杂文化体验。但无论如何,这些都体现了他们激活中国本土文化传统的艺术诉求。由此我们还必须提醒自己,当我们试图用"东方(中国)的文艺复兴"来重述中国当代文学史的时候,并不能以此视角的建立而否定其他视角的成立,毕竟任何一个时段的文学史都存在着不同的观察视角和叙述模式,我们不能非此即彼,以一种文学史观和述史模式的合法性论证去否定另一种文学史观和述史模式的合理性,我们需要的是文学史编纂上的"兼容并包主义"或"多元共生主义"。具体来说,当我们用"复兴"史观来描述中国当代文学的历史逻辑进程的时候,我们极有可能会遮蔽"启蒙"或"革命"视野下中国当代文学的另外两副历史面孔。毋庸讳言,多年来我们习惯于从"启蒙"或"革命"两种文学史观或两套话语体系来描述中国当代文学的历史逻辑进程,在总体性上未能给予"中国文艺复兴"话语体系或文学史观以足够的地位或充分的重视。这就需要来一场文学史书写的反拨,其意在于提供一种有别于线性发展的"现代性"文学史观之外的"反思现代性"或"现代性反思"的文学史观。因为,毕竟"革命"和"启蒙"这两种通行的文学史范式都属于现代性的"进化论"述史模式,而"复兴"或"东方(中国)的文艺复兴"

则属于一种兼具"进化论"与"循环论"双重特性的文学史新范式，它主张一切历史（文学史）都在进化中循环、在循环中进化[①]。可以预期的是，这种文学史新范式将勾画或还原出另一种不同面目的"中国当代文学史"图景来，甚至于还会勾画或还原出近现代以来整个百年"现代中国文学"的另一种历史面影或者另一种历史逻辑进程。

---

① 葛贤宁：《中国的民族复兴与文艺复兴》，上海三联书店2013年版，第1页。

迎中华诗词在新世纪的复兴

——《21世纪新锐吟家诗词编年》缘起

众所周知,中国古典诗词在五四新文学运动中被打入另册,虽然此后这种诗体并未消亡,甚至还在不同的历史时期强劲地展示着自己独特的艺术生命力,但遗憾的是,长期以来的现代中国文学史书写中,基本上没有了古典诗词文体的位置。一百多年来,随着"新诗"的强势崛起,中国古典诗词一直被视为"旧体诗词"而遭到歧视,正所谓名不正而言不顺,戴上了"旧"帽子之后的古典诗词就仿佛戴上紧箍咒的齐天大圣,纵有天大的本事,也总还是摆不脱各种各样的发展限制,由此必然妨碍了古典诗词文体在现代中国的自由生长。于是新时期以来,随着时势的变迁,一些有识之士会同体制中人一起为"旧体诗词"正名,他们先是成立了中华诗词学会,随即又创办了《中华诗词》杂志,进而在新世纪还成立了中华诗词研究院,"中华诗词"的概念由此深入人心。虽然也有"国诗""汉诗"这样的新概念用以命名"旧体诗词",但前者容易让人联想到"国学"的民粹主义，后者又容易让人联想到"汉学"的民族主义，大抵都给人留下保守封闭的印象，不如"中华诗词"新概念更具有包容性，更能指引中国古典诗词在现代中国历史语境中的发展新方向。至于有人指责中华诗词学会及其《中华诗词》杂志已沦为当代中国"老干体"诗词的大本营，其中网络诗词界的讥议尤盛，那是另一个层面的问题，与"中华诗词"新概念的合理性无关。

进入新世纪以来，中华诗词确实出现了新的艺术面貌和新的发展态势，长期被新诗和主流学界所压抑的旧体诗词终于出现了复兴的迹象。中华诗词在新世纪已经开始复兴，这种复兴的势头方兴未艾，艺术前景十分广阔。这不光是因为《中华诗词》杂志在发行量上已经超越《诗刊》成为了中国第一大诗歌刊物，更重要的是，如今许多原本只刊登新诗的诗歌杂志也专门开辟旧体诗词栏目以示尊重或者和解，《诗刊》甚至还专门创办了增刊《子曰》，这就更不用说国内各种琳琅满目、不计其数的地方性旧体诗词专刊了。毫无疑问，旧体诗词在当下中国的复兴已是大势所趋，尽管在学界关于旧体诗词能否入史的问题依旧充满了争议[1]，但中华诗词的艺术绵延和客观历史发展进程并不会以少数人的学术意志为转移，而是在新的历史语境中展示出生命蓬勃的艺术力量。如果不带偏见地理性回顾百年来的中华诗词演进历程，我们就会发现，所谓旧体诗词，它不仅没有消亡，

---

[1] 近年来主张旧体诗词可以入史的文章有马大勇的《"二十世纪诗词史"之构想》(《文学评论》2007年第5期)和《论现代旧体诗词不可不入史——与王泽龙先生商榷》(《文艺争鸣》2008年第1期)，刘梦芙的《20世纪诗词理当写入文学史——兼驳王泽龙先生"旧体诗词不宜入史"论》(《学术界》2009年第2期)，夏中义的《中国当代旧体诗如何"入史"——以陈寅恪、聂绀弩、王辛笛的作品为中心》(《河北学刊》2013年第6期) 等；反对旧体诗词入史的文章有王泽龙的《关于现代旧体诗词的入史问题》(《文学评论》2007年第5期)，吕家乡的《新诗的酝酿、诞生和成就——兼论近人旧体诗不易纳入现代诗歌史》(《齐鲁学刊》2008年第2期) 等。

而且还在艰难的历史时空中曲折地存在着和发展着，百年间无数的诗人词客在殚精竭虑地传承着中华诗词的艺术命脉，虽然其间有盛有衰、有高潮有低谷，但毕竟没有中断，事实上也不可能中断，由此终于迎来了新世纪中华诗词复兴的历史转机。正如清人叶燮在《原诗》中所言："乃知诗之为道，未有一日不相续相禅而或息者也。但就一时而论，有盛必有衰；综千古而论，则盛而必至于衰，又必自衰而复盛。"而盛衰之理在正变之中，故叶燮反对"伸正而诎变"，主张用动态的流变眼光看待诗史的演变。他说："且夫风雅之有正有变，其正变系乎时，谓政治、风俗之由得而失，由隆而污。此以时言诗；时有变而诗因之。时变而失正，诗变而仍不失其正，故有盛无衰，诗之源也。吾言后代之诗，有正有变，其正变系乎诗，谓体格、声调、命意、措辞、新故升降之不同。此以诗言时；诗递变而时随之。故有汉、魏、六朝、唐、宋、元、明之互为盛衰，惟变以救正之衰，故递衰递盛，诗之流也。"① 其实有清以降，中华诗史同样符合叶氏所言正变盛衰之理，由康乾盛世至晚清末世，由民初走向共和至抗战军兴，再由新中国的革命年代至改革时期，中华诗词之盛衰正变确实系乎时代的正变盛衰。当然，正体与变体、盛世与衰世之间并非绝对化理解，正体可以是另一种意义上的变体，衰世可以是另一种意义上的盛世。但无论如何，求新求变以救正体之衰，振衰起弊而复盛，这是中华诗词千百年来历史演变轨迹的根本至理。

在我看来，近百年来现代中国旧体诗词发展进程中大致出现过三次创作高潮，而且这三次创作高潮都体现了时代与诗词之间的盛衰正变之理。第一次旧体诗词创作高潮出现在 20 世纪 30 至 40 年代的抗战时期。自 1931 年"九一八"事变之后，日寇侵华野心开始全面暴露，

---

① ［清］叶燮：《原诗》，收入《原诗：一瓢诗话 说诗晬语》，人民文学出版社 1979 年版，第 3—4、7 页。

中华民族继晚清鸦片战争之后再度陷入了全面的民族危机之中。民国改元以来的国家内部矛盾开始被中日民族矛盾所压倒，而在那个民族救亡年代里，旧体诗词感时忧国的现实主义诗歌传统得到了极大的发扬，一改民国初年北洋军阀统治时期旧体诗词界沉闷平庸的艺术局面。民初的旧体诗坛实际上为晚清诗坛遗老所掌控，诸如陈三立、郑孝胥、沈曾植等同光体诗人，樊增祥、易顺鼎、梁鼎芬等中晚唐诗派诗人已经日渐沦为时代的边缘人物，他们几乎丧失了与广阔的现代社会现实生活对话的能力，大都以遗老遗少自居，然而那份孤臣遗民情结又与现代中国语境格格不入。而康有为等诗界革命派以及柳亚子等南社中人也日渐与时代主潮相脱离，甚至再度陶醉于明清两朝就纠缠不清的宗唐与宗宋的诗坛门户之争中。① 而曾经的北洋政府大总统徐世昌退隐后组织晚晴簃诗社，笼络一批晚清遗老遗少辑编《晚晴簃诗汇》，虽于有清一代诗歌编纂善莫大焉，但徐氏所作诗几乎没有忧国忧民情怀，"其诗冲淡雍容而不俗，有唐代大历之风"②。这种贵族化的大历诗风并非为徐氏所独有，而是颇能代表民国初年旧体诗词远离现实的古典主义倾向。加之五四新文学运动和新诗的强势崛起，旧体诗词遂陷入日渐衰微的境地。直至抗战军兴，新生的旧体诗词创作力量得以重新集结，他们直面现实，以旧瓶装新酒，大胆发挥民族艺术形式的长处，一举扭转了民初以来的旧体诗词创作颓势。在战火纷飞的20世纪30至40年代，除了国共党人的旧体诗词创作之外，一大批现代学者和新文学家都卷入了旧体诗词创作的时代浪潮中，尤其是众多新文学家"勒马回缰写旧诗"（闻一多诗语）的现象颇为引人瞩目，而《词学季刊》《青鹤》《民族诗坛》《同声月刊》等一批旧体诗词刊物的创办则为抗战旧体诗词的"中兴"

---

① 柳亚子：《我与朱鸳雏的公案》，《南社纪略》，上海人民出版社1983年版，第149—154页。
② 胡迎建：《民国旧体诗史稿》，江西人民出版社2005年版，第90页。

提供了有力的传播载体与渠道。时至今日,抗战旧体诗词中兴的现象依旧是中国现当代旧体诗词发展史研究中的一个绕不开的重要课题。虽然当时中国处于战乱之世,"时变而失正",但抗战诗词作为变体却不失为正,它是对民初远离现实的贵族诗风和古典格调的大力反拨,由此成就了抗战诗词的艺术高峰。正所谓"国家不幸诗人幸,赋到沧桑句便工"(清人赵翼诗语),抗战诗词的中兴与当时的衰世或乱世可谓相反相成,唯其以变救正之衰,故能成就一代诗史。

第二次旧体诗词创作高潮出现在 20 世纪 60 至 70 年代。毋庸讳言,中华人民共和国成立初年的主流旧体诗词在整体上是以"新台阁体"为显著文体特征的,除了革命领袖的红色诗词广为传颂之外,众多将帅诗词也集中涌现,而且以郭沫若为代表的文官诗人群体更是沉醉于革命诗词的主潮之中,这其中既有新文学家出身的革命诗词作者,也有各民主党派的革命诗词作者,他们的创作共同汇聚成了中华人民共和国成立后的"新台阁体诗词"潮流。这种与明代初年"台阁体"诗潮相类似的雍容华贵、铺排肤廓的诗风显然是与当时的真实社会现实生活相脱节的,它染上了华而不实的伪浪漫主义格调,表面上尊唐抑宋,而实际上与真正的唐风大相径庭,称之为"伪唐风"并不为过。1958 年《光明日报》创辟的《东风》副刊就是一个集中刊登"新台阁诗词"的红色园地。据称编辑部时常收到读者来信,对这个栏目表示欢迎,"使我们记忆犹新的是,毛主席读《东风》发表的旧体诗词,既仔细,又认真"[①]。这也侧面说明了当时"新台阁体诗词"盛行的原因。事实上,唐诗有初盛唐与中晚唐之别,宋词有北宋词与南宋词之别。北宋词比较接近于初盛唐诗,大体属于盛世欢歌;而南宋词比较接近于中晚唐诗,大体属于乱世悲歌。而"新台

---

① 光明日报文艺部编:《编后记》,《〈东风〉旧体诗词选》,光明日报出版社 1985 年版,第 417 页。

阁体诗词"显然是所谓盛世欢歌,虽然历史最终告诉我们那不过是一场激进的"大跃进"诗词运动而已,但毕竟它是当时的诗词正体。然而,"反右"和"大跃进"之后的中国很快"时变而失正",20世纪60至70年代的中国陷入了困境乃至于浩劫之中。由此在诗词界出现了艺术反弹,一大批被排挤、被流放、被批斗的新文学家、学者、书画家、艺术家、政界中人开始"反正求变",他们汇聚所成的地下诗词创作潮流蔚为大观,聂绀弩及其"聂体"就是这股地下诗词潜流中的翘楚,虽然时过境迁但依旧还为读者、学界和史界所重。这是一股在当代中国政治动荡时期涌现的反叛性的诗词浪潮,它传承的是中国古典诗词在时代逆境中的现实主义精神和战斗功能,故而能在当时构成对主流"新台阁体诗词"正体的艺术反拨。借用清人叶燮的说法,这就是以中晚唐的"衰飒"诗风对抗当时流行的"伪唐风",以"秋花""秋声""秋气"有意区别于"春花""春声""春气",即以中晚唐诗风对抗初盛唐诗风,或曰以南宋词风反拨北宋词风。正如叶燮所言:"然衰飒之论,晚唐不辞;若以衰飒为贬,晚唐不受也。"① 同理,革命年代地下诗词创作虽以"衰飒"之风见长,但毕竟是真正的"秋声",而当时的主流"新台阁体诗词"虽雍容华贵、貌美如同春花,但却不过是"伪唐风"罢了。

　　随着1976年天安门诗歌运动(以旧体诗词为主)的爆发和"文化大革命"的结束,中国当代旧体诗词创作步入了新时期。新时期的旧体诗词在新的历史语境中其实传承了革命年代旧体诗词"二水分流"的发展态势。一方面,主流诗坛将"新台阁体诗词"进一步推向极致,由此异化为当今中国常见的"老干体"诗词大行其道;另一方面,民间诗坛(包含新世纪以来的网络诗坛)将革命年代的地下

---

① [清]叶燮:《原诗》,收入《原诗·一瓢诗话 说诗晬语》,人民文学出版社1979年版,第66页。

诗词创作潮流引入地上和公开传播，与作为正体的"老干体"相对立，而这种民间写作的诗词变体显然更能代表新时期旧体诗词创作的思想和艺术水准。如果说"老干体"是"春花"，那也只能是丧失了"春声"和"春气"的纸扎的春花；而在民间诗坛艰难行进的旧体诗词则是"秋花"，虽然难免时常笼罩着"衰飒"的"秋意"和"秋气"，但作为一种诗词风格的"衰飒"是不应该受到贬低或责难的，因为它是另一种审美形态，有别于空疏浮泛的伪唐风和伪浪漫，而更接近于中晚唐诗风和南宋词格，以忧愤悲凉的现实关怀和沉郁新警的艺术风格为其主要特征。所以，我们这个时代的旧体诗坛依旧存在着脱离现实的古典主义艺术路线——"老干体"取向，与直面现实的现实主义或现代主义的民间诗词艺术路线的对立。而经过三十多年来的民间诗词发展，尤其是新世纪以来网络旧体诗词的勃兴，人们必须正视中华诗词在新世纪已然复兴的现实。这次诗词复兴有着极其厚实宽广的社会文化基础和传媒载体支撑。20世纪90年代以来全球化时代的到来，激发了国内民族传统文化热潮，而旧体诗词写作热潮正是这次民族传统文化热潮的一部分。虽然这种传统文化热有着文化保守主义倾向，这当然需要警惕，但对于中华诗词千年命脉的传承而言，却是一次难得的历史发展机缘。更何况西方中心主义的全盘现代化模式本身也并非无懈可击，中国文学和中国诗歌的发展在追求西方式的现代化的同时，是不应该完全丢弃自己本民族的诗歌传统和文学传统的，相反应该在中西会通和古今融合的立体艺术轨道上探寻，仅仅热衷于单向度的西化新诗写作而彻底放弃民族传统诗词文体是行不通的，也是不必要的。旧体诗词完全可以而且应该获得与新诗同等的发展权利。实际上，新旧诗兼擅的两栖诗人百年来举不胜数，有的人新诗比旧诗成就高，有的人旧诗成就赛过新诗，甚至同一诗人在不同时代里由不同的诗体代表着他的水准。我们完全没必要把新诗与旧诗二元对立起来，把传统与现代二元对立起来，而应该探寻二者的艺术对话通道。事实上，当今优秀的旧体诗词作者大都有过新文学和新诗写作经历，他们并不一味地排斥新诗和西方，而是表现出吞吐中西古今的新世纪胸襟，倒是许多新诗人在如何汲取本民族的诗词传统养料方面存在着封闭化和绝对化倾向。好在新世纪以来的诗学观念已经悄然变革，中国现当代文学界的诸多知名学人都对旧体诗词表现出了足够包容的学术胸襟，除了黄修己、钱理群等为旧体诗词的合法地位鼓与呼之外，陈思和甚至还公开出版了他的旧体诗集①。至于世纪转折之交的网络时代的到来，更是给旧体诗词的复兴创造了新的传播空间。李子、嘘堂等网络诗词名家的崛起，把新世纪民间诗词创作提升到了一个新的艺术高度。当然，还有那些不以网络成名的旧体诗词民间写作，如蔡世平、高昌等人的民间写作，与网络诗词界一道创造了新世纪中华诗词复兴的态势。

　　这就是《21世纪新锐吟家诗词编年》丛书的编纂缘起。我们编纂这套丛书的目的正是为了集中展示近二十年来中华诗词创作所取得的思想和艺术实绩，也借此为中华诗词在新世纪的艺术复兴正名，我们想表明在"老干体"之外还存在着另一种中华诗词，正是这种现实主义或现代主义的新兴诗词创作潮流代表着新世纪中华诗词的历史成就，也必将指引未来中华诗词的艺术走向。这一次我们总共出版两辑：第一辑收录了蔡世平、魏新河、高昌、段维、何永沂的诗词编年小集，每人150首左右，依创作年份编排（少数作者的诗词写作时间不是那么具体，所以适当放宽），每集前还有作者自撰的《我的诗词创作道路》，这样的体例便于让读者看到每位诗人所走过的艺术轨迹，以及他们各自的诗词观念和艺术旨趣。由于新世纪文学的起点向来在中国当代文学研究界说法不一，故而我们在编选时适当

---

① 陈思和：《鱼焦了斋诗稿初编》，漓江出版社2013年版。

收录了20世纪90年代的部分诗词作品,这主要是为了更完整地显示新世纪新锐吟家所走过的艺术历程。第二辑的编纂体例完全相同,收录了李子、嘘堂、独孤食肉兽、无以为名、添雪斋的诗词作品,这五位是当下网络旧体诗坛举足轻重的青年诗词名家,而第一辑的五位作者相对而言并不依赖网络媒体成名或并不以网络空间作为诗词发表的主要载体。按照通常的说法,第一辑的作者以传统媒体的诗词写作为主,而第二辑的作者以网络媒体的诗词写作为主,他们的诗词创作共同交汇成就了当今中华诗词艺术的新高潮。毫无疑问,除了这两辑所选入的中华诗词新锐十家之外,新世纪中华诗坛还有不少足以名列新锐吟家的优秀诗人词客,但由于诸种主客观条件的限制,我们此次只是初步选录了以上十家的诗词编年作品,今后条件成熟,我们将继续编纂《21世纪新锐吟家诗词编年》续集,将更多的优秀诗词作者囊括进来,如碰壁、胡马、胡僧、天台、军持、燕垒生、矫庵、伯昏子、莼客、披云、响马、孟依依、发初覆眉等网络诗词作手,还有马斗全、刘梦芙、陈仁德、王翼奇、王亚平、刘庆霖、王震宇、周燕婷等传统媒体成长起来的诗词作家,他们也都活跃在新世纪中华诗词坛坫中,其创作实绩也值得后人尊重。这些新世纪中华诗词新锐吟家虽然大都是中青年,以"60后"和"70后"为主,但也有年岁较长的"50后"乃至于"40后",比如湘人蔡世平和粤人何永沂就属于年齿较长者。但显然"新锐吟家"并非一个年龄概念,而是一种诗学和审美范畴,它特指那些在中华诗词艺术上锐意创新的作者,所以年龄不是问题,问题在于是否具备新锐的艺术气质和艺术能量。而在我们这个时代里,这种新锐特质主要表现为对中华诗词现实主义艺术传统的传承和新变,以及对中华诗词现代主义先锋形态的创造和塑型。

需要强调的是,创新并不仅止于革新,而是有因有革,即俗语所云,在继承的基础上创造性发展。没有继承的革新不是创新,而是断裂。理论上不可能，实践上也难行得通。刘勰在《文心雕龙》中明确指出"通变之数"在于"参伍因革"①，一味地因循守旧是没有前途的，而完全断裂式的开新也终将因为水无源、木无本，难以为继而返回原点寻根。回想20世纪80年代中期，中国新文学在行进了大半个世纪后由韩少功、贾平凹、莫言、王安忆等人掀起"寻根文学"潮流并不是没有来由的，其根本旨趣正在于返回中国文化（文学）传统中，寻觅创造性转化的民族资源，正是为了有意识地、群体性地修复五四以来长期被新文学家所有意割裂的民族文学（文化）血缘脐带。所以，文学寻根的目的在于文学传统的再生，在于用西方话语激活中国文学传统，由此发生传统的创造性转化。而刘勰的文学"通变"观念显然值得今人好好地温故而知新，不同之处在于，我们需要在刘勰的古今维度之外增加中西维度，形成立体式的文学通变观或文学创化观。如果用清人叶燮的话来描述，即一个时代的文学创新往往是这样一幅历史图景："从来豪杰之士，未尝不随风会而出，而其力则尝能转风会。人见其随乎风会也，则曰：其所作者，真古人也；见能转风会者，以其不袭古人也，则曰：今人不及古人也！"②这暴露了中国文学传统中好古贱今、厚古薄今的文学史惯性思维，但自从五四新文学运动以来，这种文学史惯性思维发生了历史性反转，国人转而迷信现代线性的进化论文学史观，唯求新求变马首是瞻，只顾给那些"不袭古人"的"转风会者"喝彩，给那些割裂传统的文学现代性膜拜者喝彩，而对那些既能"随风会"又能"转风会"的文坛"豪杰之士"报以新保守主义的蔑视，这就彻底混淆了文学复古与文学创化或通变的本质区别，是对现代中国文学发展道路的极大误解。

---

① ［梁］刘勰著，范文澜注：《通变第二十九》，《文心雕龙注》（下），人民文学出版社1958年版，第521页。
② ［清］叶燮：《原诗》，收入《原诗·一瓢诗话·说诗晬语》，人民文学出版社1979年版，第7页。

好在这种误解在新时期乃至于新世纪以来已经得到了更多有识之士的澄清，无论学术界还是创作界，均涌现出了越来越多的豪杰之士，他们在返回传统的基础上锐意创新，既顺应时代的风会和召唤，也能凭借独特的艺术个性共同塑造一个时代的文学风会。而这套《21世纪新锐吟家诗词编年》丛书正好可以群体性地展示我们时代中华诗词的艺术新变和时代风会。

其实，无论是回归现实主义还是走向现代主义，新世纪中华诗词的艺术新变归根结底是一场对中国古典诗词文体的现代重塑和再造运动。常常听到不了解旧体诗词创作现状的人这样绝对化地抛下他们的判语断词，即旧体诗词都是老古董，这种古典的诗体根本无法反映或表现现代人的生活经验和生命体验。但问题是，究竟什么样的人才是现代人？现代人是不是只有现代性的生活经验和生命体验？是不是只有那些仅有单向度的现代性经验的人，才是所谓的现代人？显然，事实并不是这样。我们常常习惯于将现代人的概念加以抽象化处理或者窄化处理，将现代性的人与现代人两个概念相混淆。实际上，纯粹现代性的人几乎是不存在的，因为现实生活中谁也无法彻底割裂自己与传统的关系，传统已经渗透进了现代人的血液和语言符号之中，如同生命基因一样不可彻底摧毁，而只能借助新的质素的介入，去调整或改善已有的生命结构和功能。这意味着传统就在现代之中，它经过调试后可以成为现代的一部分或有机整体，即使是那些与现代严重冲突的传统因素，也会一直与现代相伴生，作为现代性的一种反对力量而与现代性如影随形。正如有西方论者所指出的那样："这个批评现代化的'传统'和现代化本身一样有其普遍性与同一的内涵。民国初期批判西方的人是此一传统的一部分。我们可总结道：现代化以及与其同时存在的反现代化批判，将以这个二重性的模式永远地持续到将来。"①这意味着，反现代化或反现代性与现代化与现代性一样，也是现代人不可或缺的双重性人格的一部分。二者不是你死我活的关系，而是在冲突中对话的关系。这就如同浮士德和摩菲斯特一样谁也少不了谁，他们在精神上二位一体。不要以为摩菲斯特是魔鬼，浮士德是人，事实的真相是浮士德有时候比魔鬼还可怕，而摩菲斯特有时候比人还要更有人性的悲悯。同理，不要以为那些坚定的现代化或现代性论者就是代表着人类未来的天使，因为他们很有可能像魔鬼一样将人类导向灭亡；而那些常常被我们视为新保守主义的反现代化论者，则有可能是最终拯救我们走出现代化沼泽的天使。如果有了这样开放而立体的现代人观念，那我们在谈论中国现当代旧体诗词创作的时候就不会轻易跌入现代性的陷阱，就不会简单地将其视为现代人的历史赘生物，而视为现代人整体生命表现形式的有机组成部分。鲁迅先生当年曾说过，只要作者是一个"革命人"，"则无论写的是什么事件，用的是什么材料，即都是'革命文学'。从喷泉里出来的都是水，从血管里出来的都是血。'赋得革命，五言八韵'，是只能骗骗盲试官的"②。借用鲁迅先生的话，我们也可以这样说，只要作者是活生生的现代人，无论他的诗采用的是新体还是旧体，也无论他的诗写的是什么题材或者表达了何种思想情感，哪怕是反现代化或现代性反思的思想情感，同样也属于现代人的现代诗。现代诗不是新诗的专门名号，旧体诗词也属于现代诗歌范畴。

明白了这一点，我们就可以客观公正地审视这套新世纪旧体诗词选集中的篇什了。如前所说，新世纪中华诗词创作的一个突出特征就

---

① ［美］艾恺：《世界范围内的反现代化思潮——论文化守成主义》，贵州人民出版社1991年版，第216页。
② 鲁迅：《革命文学》，《而已集》，《鲁迅全集》第3卷，人民文学出版社1981年版，第544页。

是现实主义诗歌精神的回归与新变,这当然是相对于新时期以来长期占据主潮位置的"老干体"诗词写作模式而言的,而且随着20世纪90年代以来中国社会日益转向商业化和消费主义,类似古典应制体的"参赛体"诗词写作模式也应景而生,这些高度模式化的旧体诗词写作的一大弊病就在于严重脱离现实社会生活,为格律而格律,为形式而形式,从而使旧体诗词写作沦为空心人的伪古董。而作为对"老干体"和"参赛体"诗体的反拨或反对,直面社会现实生活乃至于直面中国社会历史的民间诗词潮流应运而生。新世纪民间(网络)诗词创作中的现实主义诗歌精神首先表现为捍卫艺术的真实性原则,他们坚持"写真实",既包括外在的社会现实也包括内在的心理真实,既不歌舞升平、文过饰非,也不回避诗人内心的矛盾和痛苦。比如蔡世平的"南园词",大都流露着词人刻骨的"乡愁",这是作为现代都市人的词人对乡村生活的观照和审视,因此这种乡愁不同于古人的田园山水情结,而是凝结着词人对当代中国乡村现代化进程的反思意识。《浣溪沙·土地生悲》《踏莎行·洪湖》《生查子·大湖泪》《蝶恋花·路遇》《蝶恋花·留守莲娘》等词作极为强烈地抒发了词人的乡土情怀和现代家园意识,同时尖锐地批判了乡村现代化进程中的世态炎凉和人情冷暖。读这样既有强烈的画面感,又有娴熟的叙事性的旧体词,我们是很难不诧异于词人的艺术驾驭能力的,仿佛阅读着那些充满了忧患意识和批判精神的现代散文佳作,甚至还会有阅读匠心别具的短篇小说的艺术感受。读李子的乡土词同样有类似的品读体验,但相对而言,李子词显得更客观、更冷静、更写实,词人往往刻意地规避画外音,极力地让纯粹的画面感和艺术镜头凸现在前,而把创作主体的主观情志隐藏起来,这是李子的乡土词与蔡世平的南园词在艺术取向上的最大差异。但从《卜算子·铲松油人》《西江月·砍柴人》《阮郎归·伐木人》《木兰花·挖冬笋人》《临江仙·小山娃》《虞美人·山妹子》《柳梢青·老猎户》《临江仙·鬼故事》等反映词人故乡赣南山区生活的系列词作中，我们不难体会到李子词与南园词中共通的乡土忧思和底层关怀。读这样的乡土词，确实会有阅读乡土小说的类似体验，这意味着词这种古老的诗体也可以精妙地反映乡土中国的现代变迁。不仅如此，旧体诗词在反映现代城市生活方面同样大有可为，网络诗人独孤食肉兽、李子、嘘堂、添雪斋、无以为名等人的旧体诗词在现代城市生活书写方面都让人耳目一新。这就从整体上回应了中国古典诗词长于书写乡土中国经验，而不适应现代城市生活书写的普遍质疑。

除了乡土诗词和城市诗词值得关注之外，我们还应密切关注新世纪旧体诗词创作中的"底层写作"现象。蔡世平的《贺新郎·寻父辞》、段维的七律组诗《民生即景（十七首）》、嘘堂的古体诗《湔可食·网上见老妇食湔水组照，哀而写之》、魏新河的《浣溪纱·探父母》、无以为名的七律《蚁族》等，像这类集中反映当今中国底层民众生活困境的旧体诗词作品不在少数。尤其是高昌在底层诗词写作方面用力甚深甚勤，他的七绝组诗《挽瓜农邓正加》、组词《弹颏三叹》（《摸鱼儿·住房叹》《凤凰台上忆吹箫·职称叹》《高阳台·求医叹》）、《扬州慢·听人妖唱歌》、七古歌行《须眉红粉辞》和《哀矿难》等，可谓全方位地书写了当今中国底层生活的世象百态，他甚至连现代城市生活中的底层亚文化群体也没有遗忘，其对人妖和男色卖淫现象的诗词书写令人印象深刻，反映了当今旧体诗人在题材上锐意开拓的艺术雄心。读这样的底层诗词，自然会让人联想到新世纪以来中国新文学界所流行的各种底层文学作品，比如底层小说或底层新诗之类，但由于旧体诗词特有的"旧瓶装新酒"的混搭风格，会给读者带来别样的审美冲击力。事实上，新世纪旧体诗词创作还给我们带来了更多的艺术惊喜。我们不仅可以看到现实性很强的底层诗词写作现象，甚至还可以读到历史感很强的类似于"伤痕文学""反思文学""新历史主义"相同性质的新型诗词形态，故且可名之为"伤痕诗词""反思诗词""新历史诗词",以求实现中国当代文学史中新文学与旧体诗词之间的对话和对接。在"伤痕—反思诗词"写作方面,何永沂的七绝《读寓真〈聂绀弩刑事档案〉感赋(四首选三)》《和林昭绝命诗〈血诗题衣〉(九首选一)》、高昌的七绝《林希〈白色花劫〉读后》二首、李子的《苏幕遮(打红旗)》、七绝《彭元帅》、嘘堂的五古《六安明清老街》、七古《读巫山巨型标语本末事有感》,尤其是独孤食肉兽的家史性和回忆性系列词作《踏莎行·忆父母早年离居事》《贺新郎·往事沪上》《定风波·田叔》《清平乐·刘叔》《水调歌头·卫姨》《风流子·许姨》等,无不对当代中国的激进历史运动中的历史与人的命运展开了深入的思索,或忧愤沉郁,或伤感诚朴,均显示了当今旧体诗词作者的新境界与大胸襟。至于"新历史诗词"写作,蔡世平的《满江红·青山血祭》《贺新郎·洞庭渔妇》、高昌的《石州慢·泰缅边境路祭中国远征军墓》、何永沂的组诗《云南腾冲行(六首)》《塞班岛天宁岛游记(八首)》、魏新河的七律《乙未春访卢沟桥》二首、无以为名的七律组诗《抗日战役记(十首)》、独孤食肉兽的《莺啼序·武汉会战》等,都属于重写民国抗战史的诗词力作,历史视野开阔,人道主义意识鲜明,既能为固化的历史去蔽解冻,又能为战乱中的小人物作史立传,堪称一代诗史或词史。至于以新的历史视野所作的怀古咏史诗词就更多了,何永沂的《贺兰山下游览西夏王陵感赋》、高昌的七绝《观兵马俑坑》、无以为名的七律组诗《读史(二十三首)》、嘘堂的《读史有吊六章》、魏新河的《甘州·读史记》《水龙吟·壬辰寒食过易水登黄金台遗址》《满江红·听诸生论两家后主及宋道君事》等等,无不充满了现代人道主义情怀和民主个性意识,虽曰古体,实为新制。

新世纪中华诗词创作的另外一个突出特征就是对传统诗词形式的现代主义塑型。众所周知,现实主义和现代主义这些概念都来自西方话语,但已经构成了现代中国文学话语体系的重要组成部分。如果说现实主义在中国古典诗词史上堪称主潮的话，那么现代主义就比较鲜见了，晚唐温李一派朦胧晦涩的诗词庶几有那么一点现代派风度，但至多还是中国文学土壤内部新生的现代派胚芽，只有到了五四新文化运动以后，随着西方现代派哲学和文学在中国的落地生根，中华诗词的传统形式里才有了现代主义的艺术塑型。由于新世纪中华诗词作者群体中有很多年轻人都有过新诗写作经历，或者是深受西方现代派哲学和文学艺术的影响，故而他们的诗词创作就不可避免地带有"先锋诗词"的艺术探索意味。与现实主义路径的中华诗词热衷于直接反映和干预社会现实生活不同，现代主义路径的中华诗词偏重于间接反映或者折射社会现实生活的倒影、回声和变形。前者带有更强烈的现代启蒙意识和批判精神，是外倾型的写作；后者则是内倾型的写作，往往退回诗人的内心世界，甚至于退回其潜意识或非理性体验，可见后者更多地接受了西方现代生命哲学和存在主义哲学的熏染，更多地描述现代中国人的深层生命体验，如孤独与绝望、虚无与荒谬、分裂与创伤记忆等。这种类型先锋诗词比较接近于中国新诗史上的现代派诗歌，我们从中不难窥见穆旦、海子等现当代优秀先锋诗人的影子。当然也不排除近人王国维"人间词"现代哲诗实验体的影响。新世纪的先锋诗词实验体写作大多是书写现代城市人的深层生命体验，如李子的《采桑子（亡魂撞响回车键）》《喝火令（日落长街尾）》《清平乐（群蛇站起）》《忆秦娥（平韵格）》《祝英台近（九颗星）》《少年游（银河有个地球村）》《沁园春·兽的故事》《绮罗香（死死生生）》《临江仙（你到世间来一趟）》《临江仙·童话或者其他》《风入松（以星为字火为刑）》《临江仙（你把鱼群囚海里）》《减字木兰花（远山无数）》等，都带有强烈的现代人类意识和现代城市体验色彩，属于智性写作一路。至于独孤食肉兽的"兽体"词，运用古老的词体书写现代大都市里的物化景观和异化体验，词中关于火车、咖啡屋、娱乐城、购物场、电话亭、摇滚乐等光怪陆离的现代城市意象纷至沓来,让读者目不暇接,可谓让古老的词体别开生面。其《念奴娇·你的故乡》《贺新郎·北方快车》《念奴娇·千禧前最后的意象》《念奴娇·有女同车:九九城市拼贴》《永遇乐·不来电的城市》等词作,均堪称网络城市诗词佳构。与李子、独孤食肉兽的先锋诗词相对张扬现代城市生活色彩不同,嘘堂的先锋诗词反过来竭力淡化一切俗世社会生活色彩,由此凸显现代人的生命本体体验,这与现代西方现象学思维如出一辙。当然嘘堂如此写作也与他一直推崇的汉魏古风有关,他的诗大都是古体诗,近体律诗相对较少,看得出来阮籍、陶渊明对他的深刻影响,不仅是诗体的影响,而且是诗歌思维的影响,这就是远离尘嚣、回归生命本体,对生命存在困境展开深入的诗性叩问。如《苟苟歌》《故居》《谁说路有鬼》《困诗四喻》《古诗九首》《异域诗人杂咏(五首)》《空地》《灵歌》《饮酒(组诗)》《旦兮》《断偈》《考古(组诗)》等,大都气格高古,然而骨子里却包裹着一颗现代人孤独的心。添雪斋的添雪诗和影青词也大都属于淡化外在社会背景、回归现代城市人生命本体经验的作品,如组诗《魔语之诗篇——妖夜八章》《减字木兰花·咏花七首》《屑语词之浣溪纱·七色夜》《用陶公饮酒韵二十首并序》《木兰花令·人间七日,满眼繁华心上灰》,大型组诗《星座宫神话》《浣溪沙·暮光之城》,组诗《死神的24Hrs》等,这些充满魔幻色彩的现代诗词属于中西文化交汇的艺术结晶,作者以今化古、以西化中,让中华传统诗词俨然走进了现代青年读者的心田,功莫大焉。此外,无以为名的许多探索诗词也以书写现代都市人的爱情经验和生命体验见长,这些绝望而忧伤的爱情诗词是对中国古典爱情诗词的重塑和变形,而魏新河饮誉词坛的"飞行词"则是对中国传统诗词生命境界的一种新拓展,走出了传统文化的樊篱,注入了现代生命体验。

最后要说的是语言和风格问题。新世纪以来的中华诗词创作之所以让人耳目一新,除了新的题材的开拓、新的思想姿态的引入、新的精神意蕴的掘进、新的创作手法或表现技法的采用之外，还有新的语言词汇的铸炼问题颇为引人瞩目。一般而言，除非是那些执意要制造伪古董的极端守旧派，大多数的旧体诗家并不排斥现代汉语词汇的进入，问题倒不在于允不允许进入，而在于如何进入以及进入后的艺术效果。独孤食肉兽曾说过："若以延揽受众为目的，个人以为旧诗写作面临的最大问题存在于符码层面，也即四、五、七言主打的旧体韵文句式与现代多音节语汇之间的不兼容，形象地说，如同穿鞋尺码不合会打泡起茧。"①正是因为旧体诗词体制在容纳现代汉语语汇方面的局限性，当年五四新文学先驱者才决定要打倒旧体诗词，树立自由体新诗典范来容纳多音节的现代汉语语汇。应该承认，自由体新诗（包含新格律体）的出现是有其历史合理性的，它在反映和表现现代中国人的生活经验和生命体验上有着旧体诗词不可替代的优势，但这并不意味着可以就此取消旧体诗词的生存合法性，因为旧体诗词同样可以书写现代中国人的生活经验和生命体验，而且既可以采用文言也可以采用白话（包括古白话和现代白话），还可以采用文白夹杂的语态。虽然旧体诗词很难容纳现代汉语多音节词汇，但毕竟单双音节词汇才是现代汉语的主体，更何况即使是新诗也不可能融入所有的现代汉语多音节词，后者同样需要提炼成有别于日常实用语的诗语。所以摆在现代中华诗词作者面前的任务不是拒绝现代汉语，而是如何有效地在旧体诗词体制中接纳和融合现代汉语，这是当年晚清诗界革命者没有完成的任务，需要今天的豪杰之士勇于尝试，为新世纪中华诗词的艺术复兴立法。我们欣喜地看到，以蔡世平、高昌、李子、独孤食肉兽等人为代表的当今优秀旧体诗词作者勇于在旧体诗词语言修辞上展开艺术实验，他们果断地引入现代白

---

① 李子、嘘堂、徐晋如、独孤食肉兽：《断裂后的修复——网络旧体诗坛问卷实录（一）》，《新文学评论》2014年第2期。

话语汇,拆解白话与文言的二元对立,在艰辛的诗语铸炼中攀登上了中华诗词的新境界。如"兽体"词中就频繁引入当代城市生活语汇,"夜行车,撤走无数橱窗;锈铁轨,已被鲜花截断"中的"夜行车""橱窗""锈铁轨"就都属于古典诗词中未见的语汇。至于李子词中的新语新句更是络绎不绝,像"杨柳数行青涩,桃花一树绯闻""月色一贫如洗,春联好事成双""秋雨三千白箭,春花十万红唇""树林站满山冈,石头卧满河床"这样的旧体诗句,真是令人拍案叫绝,恍惚间真的消泯了旧诗与新诗的艺术界限。无以为名的探索诗词被誉为"无名体",其律诗中的对仗好句也是不胜枚举,诸如"无月支持山变态,有风领导水开头""雪真优雅风堆放,歌好深沉夜吸收""月有饥寒灯喂养,秋非饱满酒添加""水因风活添生态,山为云深出造型"之类,让既有的现代汉语词汇翻转出了新意,让人不得不佩服诗人拆解和重构现代汉语诗语的能力。无以为名的这手绝活还被人解密为"解构词语"或"文白错位"①,这真是内行人深得个中三昧。

至于嘘堂等人的"文言实验"体,其实是并不排斥现代汉语语汇的,他们真正要排斥的是现代汉语语汇中那些俗白的部分,而选用并提炼其中文雅的部分。换句话说,他们的"文言实验"在诗语上是为了创造一种高雅的、精英化的"新文言",这是一种可以与"古汉语"或"古文言"相对接的书面化的诗语,所以新世纪中华诗词创作中的"文言实验"派类似于新世纪中国新诗流派中以西川、王家新等为代表的"知识分子写作"一派,而李子、蔡世平等人的白话旧体诗词则接近于当今中国新诗流派中以于坚、韩东等为代表的"民间写作"或"口语化写作"一派。这说明,如果我们的诗歌研究视野更开阔一点,或者更宽容一点,能够把新诗和旧诗等量齐观的话,

---

① 曾少立:《从四人作品管窥网络诗词不同向度的新变》,《心潮诗词评论》2014 年第 6 期。

我们会发现这两种看似互相反对的诗体其实是彼此相通的,既是精神上的相通,同时也是诗艺上的相通。所以当今中华诗词创作的总体艺术风格还是新旧融合、中西会通和古今一体。所谓"蔡词""飞行词""李子体""兽体""无名体""文言实验体"这些旧体诗词新体的形成,无不与这些诗人词家善于融会中西古今新旧相关,从而将新世纪中华诗词的复兴推向了历史的前沿。

新时代的现实主义文学命运三题

一、"现实"与"主义"

对于百年中国新文学而言,"现实主义"确实是一个过于沉重的话题。作为一个从西方译介到中国来的文学概念或口号,"现实主义"经过了近现代以来几代中国人的层层理论累积与重重话语包裹,乃至于今天的人们已经很难准确地说出什么是"现实主义"了。换句话说,"现实主义"的真相已然被遮蔽,我们唯有剥离包裹在这个概念上的厚重话语外壳,才能发现其合理内核与价值本体。舍此,我们将始终处于无法对话的自言自语中,因为似乎每个人都号称掌握了"现实主义"的真相,都实现了对"现实主义"的合法化占有,而实际上"现实主义"就像上帝一样正躲在某个神秘的地方对着我们窃笑。

笔者以为,既然"现实主义"如此复杂难解,恨不得每个作家心目中都有自己的一个"现实主义"信条,那么还不如把它拆成"现实"与"主义"两半来重新理解,或者说是再认识。当然,拆解之前我们必须先做整体观。粗略来说,国内流行的"现实主义"信条大约有这么几种:一是巴尔扎克、司汤达、狄更斯、老托尔斯泰式的"批判现实主义";二是从苏联传播到中国来逐步生根发芽乃至枝繁叶茂的"革命现实主义"或曰"社会主义现实主义";三是福楼拜式的"自然主义"或"写实主义";再就是以"开放的现实主义"或"无边的现实主义"的名义将各种"现代主义"也一并纳入"现实主义"的做法,比如加洛蒂把卡夫卡式的"表现主义"也看作是一种现实主义,或者许多人直接望文生义把拉美式的"魔幻现实主义"也纳入"现实主义"宏大体系中。以上这些有关"现实主义"的理论话语都可以在百年中国新文学史上找到不同类型的文学思潮——印证,相对而言,五四式的"现实主义"接近于"批判现实主义",革命文学思潮中流行的是"革命现实主义"或"社会主义现实主义",新时期的"新写实主义"其实就是"自然主义"的变体,而陈忠实、贾平凹、莫言等人的代表作往往被认为是"开放的现实主义"的产物,或者被说成是"无边的现实主义"的例证。凡此种种,无不说明了"现实主义"的理论威力,它既可以随着时代语境的变化而不断催生新的理论变体,也可以像一个巨型口袋一样把所有异己或异质术语收入囊中。但与此同时这也说明中国作家有着浓重的"现实主义"情结,也暴露了"现实主义"的泛化与圣化问题。所谓泛化就是取消其他形态的文学思潮的独立性与合理性,所谓圣化就是将"现实主义"定于一尊或定为文坛正宗,由此必然妨碍其他文学新形态的产生与发展。由此必然带来"现实主义"的模糊化和污名化,既无法给"现实主义"下定义并取得共识,而当对文学现状不满意时往往又容易归咎于"现实主义"。这也是"现实主义"不可承受之重。

看来"现实主义"确实不是能够救治百病的灵丹妙药。所以我们与其在文学创作出现困境时去乞灵于形形色色的所谓"现实主义"理论,还不如去老老实实地求助于活生生的"现实"生活,换句话说,与其去乞灵于"主义",不如去求助于"现实"。套用将近百年前胡适之的话说,就是我们最好"多研究些'现实',少谈些'主义'"。

当下的中国作家其实最缺乏的不是各种"主义"的时髦文学理论,而是对转型或变革时期的中国社会现实生活缺乏足够深入的研究,或者躲在书斋里向壁虚构,或者停留在生活的表层浮光掠影,或者把鲜活的生活用时尚的理论加以肢解或图解,总之都与真正的"现实"相隔膜,如同隔岸观火或隔靴搔痒,终究无法进入文学艺术创作的化境。其实"现实"并非一个平面概念,而是一个立体范畴,因为"现实"中不仅有我们看得见摸得着的"现象",还有我们看不见摸不着但确实又能感受得到的"精神",前者我们称之为外在现实,后者则为对应的心灵真实,二者互相依存、彼此作用,构成了我们所理解的"现实"的实境与虚境。而在实境与虚境之间的交叉地带或中间地带,往往是虚实相生的艺术灵境,这正是一切文学创作所要努力探索或力求发现的真谛。相对而言,现实主义或写实主义往往执着于"现实"中的实境书写,也就是我们常说的"日常生活"叙事;而前卫的"现代主义"则对"现实"中的虚境情有独钟,而且尤其是钟爱虚境中的变形、变异或怪诞之境,即福柯所谓另类精神空间——"异托邦",这就与浪漫主义的理想化虚境——"乌托邦"区别了开来。但无论是现实主义的"日常生活"还是浪漫主义的"乌托邦"乃至于现代主义的"异托邦",它们都是我们必须要认真面对并且深入透视的多重"现实"生活,仅仅执着于其中一种"现实"而忽视其他种种"现实",都不过是盲人摸象、自以为是,不可能登上新的艺术制高点。

毫无疑问,我们这个时代的文学已经越来越走向综合的、立体的、多元的"大文学"或"杂文学"形态,只有跨文体、跨艺术、跨学科的综合性或立体型文学才能创造出无愧于我们时代的文学经典。这意味着我们必须抛弃各种"主义"的成见定规,必须主动拆解各种文学艺术观念的壁垒或樊篱,而把主要精力放在深入研究复杂多变的中国社会现实生活上。我们不能把文学写成了"新闻串串烧",我们不能把"现实主义"等同于"现时主义",我们也不能为了"魔幻"

而"魔幻",我们需要像鲁迅先生那样勇敢地透视与解剖中国的现实与现实的中国,我们不仅要书写现实中国的日常生活,而且还要发现当代中国日常生活中所掩盖的心理现实与精神真相。因为对于一个真正的作家而言,对现实中的真相的发现是其从事文学写作的唯一的道德。这种真相有实境中的真相也有虚境中的真相,还有用来组织实境与虚境的艺术形式的真谛,这一切都需要我们的作家去发现、去创造。对"现实"的发现永远高于对"主义"的崇拜,因为"主义"是灰色的而"现实"之树常青。

二、从"现实主义"到"微写实主义"
——近三十年中国文学新潮探微

如果从陈独秀1915年发表在《青年杂志》上的《现代欧洲文艺史谭》一文算起,作为文学思潮和文学旗号的"现实主义"传播到中国已经超过一百年的光阴了。一百多年来,"现实主义"在中国经历过辉煌岁月或高光时刻,也遭遇过不受待见的尴尬或者"过时论"的喧嚣。然而无论如何,"现实主义"在中国一直顽强而坚韧地存在着并发展着,它不以任何人的意志为转移,总是在特定的历史时期迸发出耀眼的文学光亮。不难发现,作为外国文学舶来品,"现实主义"在百年中国行旅中一直伴随着现代中国历史语境的变迁而不断地改变自己的艺术面目,所以,"现实主义"的百年中国传播史与译介史,同时也是"现实主义"的百年中国接受史与生成史,而相对于传播史和接受史而言,百年中国"现实主义"生成史更为重要,我们需要重点考察百年来中国文学在接受西方各种现实主义思潮和理论影响的同时,究竟是否或者业已形成了属于自己的现实主义新理论与新形态。毫无疑问,从中国新文学运动初期在启蒙语境中努力译介西方经典形态的"批判现实主义",到革命语境中转而大力引进世界范围内新兴的"革命现实主义"或者"社会主义现实主义",再到改革语境中借助西方的自然主义和现代主义乃至于后现代主义资源创建中国的"新写实主义"文学新形态,现代中国的"现实主义"思潮走过了不平凡的文学历程。无论是以鲁迅为代表的启蒙现实主义文学经典,还是以"三红一创"为代表的革命现实主义文学经典,抑或是新时期崛起的新写实主义文学经典,都体现了"现实主义中国化"的宏伟业绩。然而,"新写实主义"之后的中国现实主义究竟走向了何方?或者说,自从20世纪80年代末至20世纪90年代初的"新写实主义"作为文学旗号衰歇以后,当代中国的现实主义文学究竟走过了什么样的艺术道路?这无疑是十分棘手的待解的问题。显然,20世纪90年代的种种文学新旗号(比如"新历史主义小说""新状态小说""新都市小说"之类),乃至于近年来从国外传播过来的"非虚构写作"理论,都未能有力地解释当时以及后来迄于现在的中国现实主义文学新变。而这里要申述的"微写实主义",正是20世纪90年代以来(尤其是新世纪以来)中国现实主义文学发展潮流中自然形成的一种文学新方向与艺术新形态。

众所周知,20世纪90年代以来,随着"新写实主义"口号逐渐陷入沉寂,中国文坛(尤其是理论界)日渐陷入"失语症"的尴尬。进入新世纪以来,中国批评界基本丧失了为文学新潮命名的热情和能力。这与新时期前二十年中国文坛热衷于文学旗号翻新形成了鲜明的反差。然而,正是在这种理论命名的空档期中,当代中国的现实主义文学悄然掀起了一场艺术变革,这就是20世纪末以来"微写实主义"在中国文坛的悄然兴起。说到这场文学艺术变革潮流,不能不提到20世纪90年代初的那场文坛"陕军东征"事件。1992年底,《平凡的世界》的作者路遥不幸中年辞世,于今看来这似乎冥冥中宣告了当代中国传统形态的现实主义的终结。而随后的1993年,以陈忠实的《白鹿原》和贾平凹的《废都》为代表的长篇小说力作在当代中国文坛掀起了一股强劲的文学旋风，余威至今未曾消歇。事实上，当年的"陕军东征"正是"微写实主义"在当代中国文坛崛起的标志性事件。《废都》和《白鹿原》恰好开辟了当代中国"微写实主义"小说的两条艺术路向：如果说贾平凹在《废都》中开启的是一种描述型的"微写实主义"，它以客观地描述和精细地呈现当代中国人的日常生活世象为艺术取向；那么陈忠实在《白鹿原》中开创的就是另一种分析型的"微写实主义"，它在精细地呈现现代中国人的日常生活世象的同时，又以冷静的理性思维和笔触分析种种看似客观的日常生活世象，尤其是人物的内心生活或心理镜像。唯其如此，多年来读者对陈忠实和贾平凹就一直形成了两种不同的阅读印象，前者冷峻深刻，具有批判锋芒，但思理过重；而后者平静朴实，描摹浑然天成，却有理性不足之弊。但这种差异其实是两位作家不同的艺术取向使然，从审美效果而言，二者各有千秋，很难分出轩轾与高下。有意味的是，自"陕军东征"以来，当代中国长篇小说创作热潮中恰好涌现出这两种不同的艺术取向：一种是沿续《废都》路径的偏重于描述型的"微写实主义"，除了贾平凹自己又陆续推出《秦腔》《高兴》《古炉》《带灯》《山本》等长篇系列之外，还有王安忆的《长恨歌》《天香》，迟子建的《伪满洲国》《额尔古纳河右岸》，孙慧芬的《上塘书》《歇马山庄》，刘震云的《一句顶一万句》《我叫刘跃进》，毕飞宇的《平原》《推拿》，金宇澄的《繁花》等。另一种是偏重于分析型的"微写实主义"，虽然《白鹿原》之后陈忠实并没有推出新的长篇小说，但他同道不孤，莫言的《丰乳肥臀》《檀香刑》《四十一炮》《生死疲劳》《蛙》等长篇系列，刘醒龙的《圣天门口》《天行者》《蟠虺》《黄冈秘卷》等长篇系列，恰好是当代中国分析型"微写实主义"力作。而转向后的"先锋作家"实际上也走在分析型"微写实主义"的艺术大道上，余华的《活着》《许三观卖血记》《兄弟》《第七天》，苏童的《河岸》《黄雀记》，格非的《江南三部曲》《望春风》，无不在分析中描述或者在描述中分析，对日常生活的透视细腻而深邃。至于当年风行一时的女性主义作家及其作品，如陈染的《私人生活》、林白的《一个人的战争》、徐小斌的《羽蛇》，都可以纳入分析型的"微写实主义"艺术范畴。而年轻作家中，魏微的《流年》、周瑄璞的《多湾》、付秀莹的《陌上》偏重于描述型，乔叶的《认罪书》、徐则臣的《耶路撒冷》、朱山坡的《儒夫传》偏重于分析型，他们都延续了文学前辈们的"微写实主义"纯文学谱系，且在各自的艺术道路上有所新变和创获。

毫无疑问，当代中国的"微写实主义"属于百年中国"现实主义"文学思潮在新的历史语境中创生的一种艺术变体，它体现了百年中国"现实主义"文体美学的最新演变趋势。事实上，西方现实主义文学思潮最初来到中国就是以"写实主义"名号隆重登场的，"写实"乃是一切现实主义的核心和共性，区别仅在于"写实"的面向和路径、技法和策略、态度和理念存在着差异。早在中国新文学诞生的前夜，陈独秀就遵照西方中心主义进化论文学史观宣称，一切文艺必须依循"由理想主义再变为写实主义（Realism）更进而为自然主义（Naturalism）"①的潮流演进。在陈独秀看来，中国传统文学大抵属于"古典主义"和"浪漫主义"（"理想主义"）文学形态，而中国新文学必须转向"写实主义"的"写实文学"新形态，才能"因革命而新兴与进化"②。陈独秀所谓的"写实主义"其实就是近百年来在中国文坛影响深远的"现实主义"。紧随其后的沈雁冰（茅盾）同样主张打破中国文学的"抒情叙意"传统，认为中国传统文学属于古典主义和"旧浪漫主义"范畴，必须像西洋文学一样"由浪漫主义

---

① 陈独秀：《现代欧洲文艺史谭》，《青年杂志》1915年第1卷第3号。
② 陈独秀：《文学革命论》，《新青年》1917年第2卷第6号。

（Romanticism）进而为写实主义（Realism）、表象主义（Symbolism）、新浪漫主义（New Romanticism）"①，而相对于更新潮的"表象主义"（即象征主义）和"新浪漫主义"（即现代主义）而言，沈雁冰主张"尽量把写实派自然派的文艺先行介绍"②，这就与陈独秀英雄所见略同。但对于中国早期革命文学倡导者瞿秋白而言，陈、沈在五四时期大力倡导"写实主义"其实是对"现实主义"的误解，所以他在许多文章中，包括给华汉的《地泉》所作序言中，都把 Realism 有意译成"现实主义"，以表示与旧译"写实主义"相区别。瞿秋白认为"写实主义"仅止于"把现实的事情写下来，或者'纯粹客观地'分析事实的原因结果"，而"现实主义"就必须在真实地"描写""表现"社会关系时，显示历史的发展方向③。可见瞿秋白和陈独秀、茅盾倡导的并不是同一种现实主义，后者宣扬的是巴尔扎克式的老牌"批判现实主义"，而前者宣传的是新兴的"无产阶级现实主义"或"革命现实主义"，它们在"写实"的态度、角度和策略上存在很大差异。但在早期的革命现实主义思潮中，确实存在过一种"新写实主义"④，它由日本左翼文艺理论家藏原惟人等所倡导，深刻地影响到了包括晚年鲁迅在内的中国左翼作家群体。所以，曾经在中国现当代文学中蔚然成风的"革命现实主义"或"社会主义现实主义"其实就是替代老牌"批判现实主义"而兴起的一种"新现实主义"或"新写实主义"。然而，当中国历史步入改革开放新时期以后，曾经的传统现实主义又以回归姿态替代了革命现实主义的主潮地位，以"伤痕—反思—改革"文学为代表的"现实主义回归"成了新时期初最引人注

---

① 郎损（沈雁冰）：《社会背景与创作》，《小说月报》1921年第12卷第7号。
② 沈雁冰：《小说新潮栏宣言》，《小说月报》1920年第11卷第1号。
③ 参阅温儒敏：《新文学现实主义的流变》，北京大学出版社2007年版，第111页。
④ 参阅［日］藏原惟人：《新写实主义论文集》，吴之本译，现代书局1930年版，1933年再版。

目的文学新潮。但这种简单的回归究竟无法替代螺旋式的上升，当代中国的现实主义思潮终于还是以否定之否定的姿态攀登上了新一轮的"新写实主义"艺术高峰。以刘震云、池莉、刘恒、方方、苏童、叶兆言、周梅森等为代表的作家，以徐兆淮、丁帆、雷达、於可训、王干、贺绍俊、汪政等为代表的评论家，在20世纪80年代末至20世纪90年代初，联袂将"新写实主义"文学推向高潮。① 有趣的是，在徐兆淮、丁帆合写的《思潮·精神·技法——新写实主义小说初探》②中，正文全部使用的是"新现实主义小说"概念。可见新时期的"新写实主义"确实是以一种"新现实主义"文学形态出场的，这无疑再次印证了"写实"是一切现实主义的艺术灵魂。

但作为文学新潮的"新写实主义"旗号很快便时过境迁而渐次沉寂，文坛甚至公开宣告"新写实小说"的"终结"③。然而，作为文学旗号的"新写实主义"的终结，并不意味着中国新时期的这场"新现实主义"运动的终结。实际上，当年的"新写实主义"潮流一直在潜滋暗长，它渗透在近三十年来不同代际、不同流派的中国作家群体笔下，俨然已成为一场宏伟的新现实主义文学运动，并体现出有着独特艺术标高的宏阔气象。这种独特的艺术标高就是所谓的"微写实"，它主要指作家精细而深刻地书写现代中国人的日常生活，因此是一种极致性的日常生活叙事，既能写出日常生活的宽度，更能写出日常生活的密度，从而透视出日常生活的深度。这种艺术的极致性显然是对既有的"批判现实主义"和"革命现实主义"的超越，因为这两种传统型的现实主义叙事都偏重于社会公共生活（尤其是

---

① 参阅丁永强整理：《新写实作家、评论家谈新写实》，《小说评论》1991年第3期。
② 徐兆淮、丁帆：《思潮·精神·技法——新写实主义小说初探》，《小说评论》1989年第6期。
③ 陈旭光：《"新写实小说"的终结——兼及"后现代主义"在中国文学中的命运》，《小说评论》1994年第1期。

政治生活）的书写，在很大程度上忽视了对私人日常生活形态的描摹，而就在它们的艺术薄弱地带或者终结处，"微写实主义"表现出了强大的艺术能量。但问题在于，这种强大的"微写实"艺术能量早就孕育在新时期的"新写实主义"文学潮流之中了，只不过在"新写实主义"初兴时期，由于"新写实"作家普遍还处于艺术探索阶段，尚未实现真正意义上的"微写实"艺术自觉，故而作为"新写实主义"的文学新潮转瞬即逝，"新写实主义"也遗憾地沦为一种过时的文学口号。比如曾经名噪一时的"新写实主义"代表作家池莉，其后来的创作日渐偏离了"新写实"艺术方向，反倒重新陷入传统现实主义的情节叙事樊篱。而另一位"新写实主义"文学主将刘震云，他也曾跌入"反写实主义"（四卷本长篇小说《故乡面和花朵》就是证明）的创作误区，好在他于新世纪迷途知返，推出了以《一句顶一万句》为代表的"微写实主义"长篇力作，完美地实现了艺术救赎。从这两个典型例证中，我们不难看到"微写实主义"与"新写实主义"的区别，也能看到二者之间的联系。准确地说，"微写实主义"就是"新写实主义"的艺术延伸物，是"新写实主义"在艺术延伸和深化的轨道上走向成熟乃至极致的产物。我们与其说"微写实主义"是"新写实主义"的变体，不如说其实它才是"新写实主义"的正体。"新写实主义"的"新"，"新"就"新"在一个"微"字，"微"代表着无微不至、具体而微、纤毫毕现、细密厚实，代表着作家对日常生活形态的体贴入微、关切备至，而在新世纪以来的信息化和高科技时代里，"微写实"无疑还将被赋予新型的日常生活解析功能。在这个意义上，我们有必要用"微写实主义"还原"新写实主义"的艺术本质，让曾经崭露头角而后来又长期被遮蔽的"微写实"艺术重新获得文学史位置，而且只有赋予"微写实主义"以历史合法性，曾经的"新写实主义"才能从文学史的地层深处被唤醒，重新赢得艺术的尊严与能量。当然，如果考虑到曾经在20世纪20至30年代的革命文学论争中就出现过一种"新写实主义",那么我们就更有必要为新时期的"新写实主义"正名并为"微写实主义"辩护。不同于新时期的"新写实主义"文学思潮从诞生期起就带有强烈的人为倡导和主观操控的痕迹,我们所申辩的"微写实主义"是在沉默中一路踏实行来的一种当代中国文学新潮,它以高密度的日常生活叙事形态直指世相人心,在几乎"润物细无声"的艺术境界中感染读者和雕刻人生,因此这场文学新潮如行云流水、如水银泻地,看上去不显山露水,甚至是大雪无痕,但其实潜藏着巨大的文学史能量。

作为一种新型的现实主义文学形态,"微写实主义"以其高密度的日常生活叙事方式直指世相人心,由此带来了这种文学在社会现实生活书写上的整体性与全息性、绵延性与流动性。与传统的现实主义文学习惯于制造高于现实生活真相的文学生活镜像或者虚伪的艺术假象不同,"微写实主义"文学主张最大限度地还原社会现实生活(以私人日常生活为中心)的本相,为此不惜以艺术的碎片化和零散性作为代价。事实上,日常生活的零散性和碎片化叙事以一种混沌的艺术方式成就了"微写实主义"文学的整体性,因为正是这种复杂、细密、绵实的网状日常生活形态才是真实的生活本相,而那种单一的线性故事模式其实明里暗中遮蔽了社会现实生活的本来面目,破坏了后者的整体性与实体性。一般来说,"微写实主义"作家大都有敏锐的艺术感觉,比如莫言、贾平凹、王安忆、迟子建、苏童、毕飞宇等作家就仿佛天生具有灵敏的艺术感官,他们对色彩、声音、气味有着常人难以企及的感受能力,他们对大自然和私人生活具有非同寻常的体察能力,故而他们所摄制的艺术生活长镜头往往具有全息性,不给读者留下作者在故意稀释或者删减生活本来信息的印象。所以"微写实主义"作品往往给读者留下毛绒绒的生活质感,它们仿佛在用现代高清技术给生活照相,而且所呈现的日常生活镜头具有极高的分辨率,但又不至于让读者误以为这仅仅是生活的翻拍而不是艺术的造物，因为在它们的高清文字艺术或纸上建筑中隐含了不同作者对生活的不同理解，这取决于作者对生活的感知方式、观察视角和精神气质的不同。虽然不同的"微写实主义"作品会呈现出不同的艺术面影，但它们无疑都是作者的整体性思维和全息性体验的艺术结晶。这无疑是在挑战作家全面立体地把握社会现实生活的能力。然而，强调艺术的整体性与全息性，并不意味着"微写实主义"是固化乃至僵化的静态艺术。诚然，相对于传统的情节化的现实主义文学而言，"微写实主义"文学的叙事节奏是偏慢偏缓的，这是一种有意识地与传统的快节奏文学或者当下的流行文学快餐相抵抗的"慢文学"（"慢小说"）形态。但"微写实主义"文学有它自己独特的绵延性与流动性，它的动态性建立在整体性与全息性的艺术基础之上，是那种整体性的缓慢的艺术位移过程，而不是片断性的快速的情节推进模式。唯其是整体性的艺术位移，故而读者习焉不察，这其实也是"微写实主义"有意制造的一种阅读效果。不难想见，这种"慢文学"偏重于空间化叙事而不是时间化叙事，偏重于生活中的横断面的连接而不是故事元的连接，从提炼生活的"线"到构筑生活的"面"，这就是传统的现实主义过渡到当代的"微写实主义"的艺术逻辑进程。至于生活中的"点"就是艺术中的细节，对于所有文学形态而言，"点"或细节的描写都是至高无上的艺术法则。而"微写实主义"对细节的重视非同一般，它不是对单个或几个细节的强调或者渲染，而是对无数个细节的整体打包式描叙，由此形成了推动叙事整体进程的"细节流"。由"新写实主义"的"生活流"跃进到"微写实主义"的"细节流"，这是当代中国新现实主义运动中的一个重要艺术收获。在当代中国"微写实主义"代表作家中，贾平凹对"细节流"叙事则有着明确的艺术自觉，他从西方现代艺术足球的巴塞罗那巅峰模式（Tikitaka）中感悟到了同样的艺术高峰体验，原来巴萨式的"繁琐细密的传球倒脚"与"写作中靠细节推进"

异曲同工或殊途同归。① 这种整体性和全息性的"生活流"乃至"细节流"叙事类似于法国哲学家柏格森所谓的生命的绵延，它不可分割而又永不停息，处于整体性的流动中。而对于当代中国的"微写实主义"小说而言，它们在日常生活细节流叙事中不仅要呈现外在的物质现实生活细节流，而且还要展示内在的心理现实生活细节流，虽然不同的作家在"微写实主义"创作中会有不同的侧重，但确实从整体上体现了近三十年来中国作家的新现实主义艺术成就。他们如同佛教《解深密经》中所训示的那样，"于微细最微细、甚深最甚深、难通达最难通达，遍一切一味相胜义谛，现正等觉"。他们触摸到了新的艺术真理。

当然，"微写实主义"在当代中国文学中的发生与形成并非空无依傍，而是有着充分的中外文学资源作为基础。一部"现实主义"在中国的百年传播与接受史，其实也就是百年中国新文学对外来的以"现实主义"为核心的文学思潮进行创造性转化和创新性发展的历史。现代中国文学研究中所涉及的中外文学关系问题，与其说是纯粹的横向移植，不如说是"外发"与"内生"相结合更为合理。冯雪峰在《中国文学从古典现实主义到社会主义现实主义的发展的一个轮廓》中早就指出，从《诗经》以降，"现实主义"一直是中国文学的主潮②。如果没有中国本土文学中强大的"现实主义"传统，我们很难想象外来的"现实主义"能够在中国文学土壤中落地生根并且枝繁叶茂。回顾百年中国"现实主义"思潮发展史可以发现，"批判现实主义""革命现实主义""社会主义现实主义"这些创作口号和理论是直接从外国横向移植过来，然后加以中国化的产物，而新时期

---

① 贾平凹：《后记》，《带灯》，人民文学出版社2013年版，第360页。
② 冯雪峰：《中国文学从古典现实主义到社会主义现实主义的发展的一个轮廓》，《雪峰文集》第2卷，人民文学出版社1983年版，第419—425页。

诞生的"新写实主义"是中国文学自身内部所提出的创作口号，但"新写实主义"的理论阐释群体又大量借鉴了西方文艺理论资源，比如胡塞尔的现象学"还原"理论，罗兰·巴特的"零度写作"理论，还有解构主义的"消解"或"颠覆"理论等，当然在形形色色的现代和后现代理论资源的背后，其实最重要的还是从福楼拜到左拉的"自然主义"文学理论，它对当代中国"新写实主义"理论与创作的影响最大。其实早在1922年沈雁冰就提出用"自然主义"来医治中国新文学不重视"客观观察"和"细节描写"的弊端①，可惜"自然主义"在中国现代文学中始终没有得到足够的重视，除了被誉为"中国左拉"的李劼人之外，并没有多少中国作家真正重视"自然主义"。只有到了改革开放的新时期语境中，在"新写实主义"勃兴的浪潮中，外国的"自然主义"才真正在中国文学土壤中开花结果。但只有随着"新写实主义"不断走向深入和成熟，逐步在中国文坛形成一股沉稳厚实的"微写实主义"创作潮流，当代中国的"新现实主义"才算是真正摆脱了外国"自然主义"的横向移植机制，并在中国文学土壤内部创生出属于自己的民族文学奇葩。如果说"新写实主义"主要还是外国文学思潮"中国化"的产物，那么"微写实主义"就主要是中国文学传统自身"蜕化"的结果。这样说并不意味着否认"微写实主义"与外国文学资源的关系，事实上，"微写实主义"作为中国文学传统创造性转化的产物，它不可能离开外国文学理论与创作的滋养。如今回望20世纪90年代我们可以清晰地发现，以贾平凹和莫言为代表的中国作家纷纷开始向本土文学传统"有意识地大踏步撤退"②，他们尤其注重向中国古代"世情"小说传统学习，以《金瓶梅》和《红楼梦》为代表的中国古典写实主义或自然主义传统

---

① 沈雁冰：《自然主义与中国现代小说》，《小说月报》1922年第13卷第7号。
② 莫言：《后记》，《檀香刑》，作家出版社2001年版，第517页。

在他们的长篇小说创作中实现了最大限度的艺术激活与复兴。尽管有人对评论界不断把某些当代长篇小说誉为"当代《金瓶梅》""当代《红楼梦》"表示不屑，但不可否认的是，正是《金瓶梅》和《红楼梦》为代表的中国古典"世情小说"的"写实主义"或"自然主义"文学传统直接催生了近三十年来的中国"微写实主义"文学潮流。其实除了《金瓶梅》和《红楼梦》之外，《水浒传》的古典写实主义也受到了包括刘震云在内的"微写实主义"作家的激赏，宋元以至于晚清的中国古典白话小说传统资源更是不断地被当代中国作家眷顾和垂青，其中的古典写实主义或自然主义因素为中国当代"微写实主义"文学形态的创建提供了至为丰厚的艺术滋养。但当代中国的"微写实主义"毕竟不是中国古典写实主义的简单复活或复古，而是中外文学思潮交汇与碰撞的产物。除了西方自然主义文学资源外，当代中国的"微写实主义"作家还广泛借鉴了外国的现代主义（包括象征主义、意识流、表现主义、存在主义、荒诞派）乃至于后现代主义文学资源，但所有这些外部借鉴都立足于中国本土写实文学传统而发生内部蜕化或蝶变，不再是简单的横向移植或制造外国文学的中国翻版。比如贾平凹在"生活流""细节流"的基础上吸纳乔伊斯的"意识流"，还有苏童将普鲁斯特《追忆似水年华》的意识流手法融入"生活流""细节流"之中，由此产生了苏童小说特有的颓废而感伤的"情绪流"。同样的例证还有不少，应该说，对西方意识流文学的创造性转化或中国化，很好地提升了当代中国"微写实主义"的世界文学品格。

最后要说的是，当代中国"微写实主义"的发生与发展，也许潜在里与世界范围内的科技变革有关。西方社会进入现代以来，许多文学思潮和文艺变革都是科技变革直接或间接的结果。19世纪"现实主义"和"自然主义"文学思潮的出现就与18世纪以来欧洲科学主义思潮的勃兴紧密相连，建立在现代科学基础上的实证主义哲学深刻地影响了 19 世纪的文艺美学和文艺创造，丹纳的《艺术哲学》和左拉的"实验小说"都是现代西方科技文明所结出的精神果实。至于意识流文学和精神分析派文学的出现，更是与西方现代心理学乃至于物理学的长足发展分不开，后者彻底改变了现代作家的思维方式和时空观念，对西方现代派文学的催生厥功至伟。而在全球化的当下，西方发达国家早就进入了后工业社会和信息社会，而作为后发外生型的现代化国家，中国也追步后工业文明并跨越式地步入了现代信息社会。在网络信息时代里，信息的占有和支配权形成了新的权力话语体系。置身于网络信息时代最重要的使命就是处理无穷无尽的海量信息，由此大数据时代成了网络信息时代的别名。然而这个时代还有个流行的外号——中国人称之为"微时代"，"微时代"不是"小时代"，它是"大时代""大数据时代"。"微时代"给当下乃至于未来的中国文学提供了新的可能性。"微时代"的碎片化和琐碎化其实仅仅是表象，在本质上全媒时代其实是高度整体化和全息性的，所谓的碎片化和琐碎化其实折射了我们这个时代的密集化、精细化和深度化特征。我们这个时代的高科技流行的是所谓"二十一世纪三大尖端技术（基因工程、纳米技术、人工智能）"。纳米技术也称毫微技术，其制造精度能精准到人类头发丝的十万分之一，而基因工程能最大限度地深入人类的身体肌理深层结构，至于人工智能更是危及了人类精神心理世界的独特性与独立性。显然，与工业时代和科技革命相比，信息时代与高科技变革对人类社会的影响将会更大、更深、更远。对于现在和未来的中国文学而言，当今世界的高科技变革及其思维必将产生重要影响。目前我们所看到的还仅仅是以刘慈欣、郝景芳为代表的中国科幻小说的崛起，但我们有理由相信，随着中青年一代中国作家的成长和崛起，"微时代"给当代中国文学带来的思维和想象的变革将会有着无穷的可能性。目前我们所看到的"微写实主义"更多地还属于中国迈向工业文明和科技时代乃至于初级信息时代的产物，以贾平凹和莫言为代表的中国"微写实主义"作家基本上完成了他们这代人开创性的文学历史使命，可以预见的是，未来的"微写实主义"必将在更年轻的一代作家笔下展示出新的艺术面貌和文学前景。

三、中国农民形象谱系的接续：从启蒙到复兴

《芳草》杂志今年（2018）开设的"精准扶贫背景下的乡村文本"这个栏目特别好，是很及时的文学及时雨。有人说这是个"主旋律"话题，但其实它不仅仅是主旋律话题，在这个话题背后，隐含了非常复杂的思想、文化、文学内涵，值得深入挖掘。今天我们探讨"精准扶贫背景下的乡村文本"，肯定不能脱离一百年来中国乡村文本的变迁史，我们必须立足于百年中国乡村文本变革的历史脉络，来深入分析和透视当下中国乡村文本书写的新的可能性，尤其是它已经和正在发生的变化。毫无疑问，一百年来中国的乡村文学所发生的改变，肯定跟具体的历史背景是相关的。随着历史背景、历史语境的变化，乡村书写肯定会不断地发生变化。就笔者有限的阅读和思考而言，笔者觉得从百年中国乡村文本中的人物谱系的角度考察，可以清理出一个大致印象来，即先后经历了三种农民形象的演变，从启蒙语境中的农民形象到革命语境中的农民形象，再到改革语境中的农民形象。而在当下的现实语境中，中国乡村文本往何处去？中国农民形象的艺术出路何在？鉴往而知今，笔者觉得答案也许就在农民谱系的历史脉络中敞开。

一百年来，中国的乡村作家在书写乡村的时候，是随着不同的历史语境的变化，而不断地调整着自己的书写思路和文学策略。总的来说，中国作家的百年乡村文本书写，基本是批判性与建构性同步

进行，在批判中建构，在建构中批判。比如在启蒙语境中，在鲁迅那代作家的笔下，在中国现代文学的主潮里面，当我们的乡村作家在塑造农民形象的时候，他们往往会批判性地审视中国农民身上的那种国民劣根性，因此塑造出来的农民主要是一种愚昧形象，他们在精神上没有觉醒，在人格上没有独立，千百年来受中国传统道德伦理文化的制约，导致他们精神上处于一种暗昧的状态。所以在启蒙语境中，我们所塑造出来的农民形象，从批判的维度来讲，主要是愚昧型的。但从建构的方面而言，几乎与此同时，或者说很快就有一些左翼作家开始写旧中国农民的反抗，这就导致了觉醒、愚昧这两种农民形象的并行，两种形象互相补充、互相呼应，共同构建了启蒙背景下乡村文本中的农民形象共同体。虽然觉醒型和愚昧型这两种农民的形象在当时是并行的，但毋庸讳言，我们印象更深刻的，或者说我们更多地强调的，还是那种愚昧型的农民形象，愚昧是启蒙背景下中国农民形象的一个最有代表性的符号。其实除了愚昧型之外，另外还有觉醒型。两者中，一个是批判，一个是建构，批判中建构，建构中批判，由此成就了中国现代启蒙语境中农民形象的二重性。

当历史进入革命语境之中，在革命背景下，中国的乡村文本书写，必然也会发生相应的变化。《创业史》《山乡巨变》《艳阳天》那些作品成为当时乡村文本的代表作。在这些作品里面，笔者觉得依然是在批判中建构，在建构中批判。就批判性而言，如果说在启蒙语境中，我们更多地从文化批判的角度去塑造那种愚昧型的农民形象，那么到了革命语境中就有了新变化，此时的批判，更多强调的是自私，所以在中华人民共和国成立后的许多红色经典乡村文本中，我们发现落后的农民形象往往都是自私型的，这与鲁迅笔下那种愚昧型的农民形象迥异其趣。用毛泽东当年的一句话来说就是——"严重的问题是教育农民"。鲁迅先生意识到了农民问题的重要，毛泽东同志也意识到农民问题的重要，但是毛泽东意识到的更多的是要教育农民，就是把农民从那种原来比较分散的小农经济里解放出来，不要老惦记自家里的一亩三分地，那是狭隘自私的农民思维，比如说梁三老汉那样的老式农民，要积极地把他改造过来，我们的政府要想办法把他们争取过来，要让他们从自私型的农民转变到无私型或者走向集体化的农民形象。于是在革命背景下的乡村文本里面塑造的农民，负面形象往往是自私型的，这与启蒙语境中塑造出来的负面农民形象往往是愚昧型的，是有差异的。从愚昧到自私，这两种不同类型的农民形象的书写转变，是意味深长的文学事件。

　　与批判性不同，就建构性而言，革命语境中的农民形象与启蒙语境中的农民形象也不一样。简略地说，启蒙语境中塑造出来的建构型农民形象主要是觉醒性的，觉醒了就要开始进行反抗，反抗的对象就是旧中国的乡村政治和道德伦理，很多深受五四启蒙思想影响的左翼作家就习惯于这么塑造新式农民形象。而只有到了真正的革命语境之中，也就是1949年以后，此时作家笔下塑造出的农民形象，除了自私型的老农，就是像梁生宝那种类型的无私的新型农民形象。还有萧长春、祝永康、高大泉，也都是那种类型的积极带领农民走集体化道路的革命英雄型农民形象。这种新型农民形象的塑造就是当代乡村作家有意识地进行意识形态建构的产物。它不同于左翼作家笔下的觉醒性农民形象，而是往前迈出了一大步，直接走到了历史的前沿和前列，成为了历史的弄潮儿和引领者。而且在革命语境中，与那种自私型的农民形象相比，无私型的农民形象占据着文学的制高点。这与启蒙语境中不同，启蒙语境中是愚昧型农民形象占据着文学的制高点，而觉醒型农民形象成为陪衬。可见在启蒙语境中的乡村文本重在批判，而革命语境中的乡村文本重在建构。但无论如何，无论在革命语境还是启蒙语境下，都是两种类型的农民形象在交错生长，作家们致力于在建构中批判，在批判中建构，始终都有这种双重思维和辩证思维。

改革开放以来,也就是新时期以来,特别20世纪八九十年代的改革语境中,中国的改革背景下的乡村文本,这种二重性的农民人物形象谱系仍然是存在的,同样是在建构与批判中并置共存。如果从建构性的方面来讲,在我们的新时期文学阅读中,像路遥的《平凡的世界》,应该已经成为一个符号性的作品了。它里面写到的孙家兄弟,是那样一种奋斗型的、励志型的农民形象。所谓改革,在中国乡村就是为了给农民在体制上、精神上松绑,然后使农民获得重新的觉醒、复活。当然,这种奋斗型的农民形象也有些等而下之的作品,那就变成了一种心灵鸡汤式的写作了。与这种建构性的写作思维形成鲜明的对比,其实八九十年代以来的改革背景下的乡村文本里面也有批判思维,批判视野中塑造出来的农民,比较有代表性的就是浮躁型的农民形象。特别是《浮躁》,贾平凹当年写《浮躁》这样一个作品,让我们看到了改革开放背景下中国农民因为丧失了精神之根而处于心灵失重的浮躁状态,十分具有代表性。当时很多中国乡村作家也在不断地批判新时期农民的浮躁性格。改革意味着松绑,但精神上的松绑又释放了农民身上那种浮躁冲动的一面,一旦得到了解放或者释放,农民往往会肆无忌惮地去追逐自己的本能欲望,迫不及待地跻身上流社会。这使我想到了刘醒龙20世纪90年代后期的那个长篇小说——《生命是劳动与仁慈》,里面写到了陈东风、陈西风不同的农民进城形象,慢慢地他们会忘记自己的一些根本。当给了他们解放的机会之后,农民怎么来解放自己?是简单地从物质上、经济上解放自己,还是要着重从精神上、思想上、人格上解放自己?这当然是不能回避的问题。农民有时候不但得不到解放,相反还会陷入浮躁状态,精神上会扭曲。这其实是一个普遍性的社会精神现象,就是浮躁性和奋斗性并置。显然,改革背景下出现的这两种农民形象的艺术并置,同样也是批判与建构这种双重思维的结果。

接下来就该说到新世纪以来的乡村文本了。尤其是精准扶贫背景下的乡村文本，就笔者有限的阅读而言，笔者的一个遗憾就是，暂时还没有看到那种非常具有冲击力的新时代新型农民形象的出现。笔者当然非常期待能够出现像我们经常在文学史上提到的那些经典农民形象。我们在大学里面从事文学史教学工作，当然也会分析乡村书写中的种种书写方式的变革。但我们这个年代的作家应该说都掌握了很多的书写技巧，可以说当下乡村小说中并不缺少那种技法的新变，包括各种各样流行的现代主义的和后现代主义的叙事方式，我们都可以融入乡村书写中来，这些都没有问题。问题是我们好像还没有能够抓住我们这个时代的本质问题，还没有真正触摸到这个时代的精神脉搏和文化脉搏。我们的乡村作家习惯了走马观花，习惯了浮光掠影，所以我们笔下写出来的乡村文本大都缺少思想的、文化的、精神的、心灵的深度开掘。尤其是关于精准扶贫背景下的乡村书写，许多乡村文本写得太浅薄，缺少深度。所以笔者觉得我们目前正在倡导的精准扶贫背景下的乡村书写，它还是一个有待开拓、开掘的文学矿藏，我们还有很多的问题停留于浅尝辄止，艺术之门依旧紧闭。

笔者曾去贵州参加欧阳黔森的报告文学作品《看万山红遍》研讨会，这个作品写到一个叫万山的地方，写它怎么样在精准扶贫背景下所发生的社会变革，写出了一种新时代的"山乡巨变"。当然不是周立波笔下的那种"山乡巨变"，而是另一种意义上新时代的精准扶贫背景下的山乡巨变。当然，《看万山红遍》毕竟是一部报告文学作品，能够展现作家的才华依旧有限，笔者还是更期待作家能写出一本长篇小说来，用小说虚构的形式写出新时代的"山乡巨变"来。既写出外在的、社会的、政治的那种山乡巨变，还能写出内在的、文化的、心灵的山乡巨变，写出新时代的人的精神上的一种裂变。这种山乡巨变中隐含着巨大的时代命题和文化使命。这就是要写出新的历史语境中，中国农民在实现中华民族的伟大复兴征程中所发生的社会文化心理结构的变迁,其中包括社会文化心理结构的矛盾与冲突、颠覆与平衡、重塑与重组。谁要是能够塑造出能够站得住脚的这种新型农民形象出来,他很可能就会成为我们这个时代的文学代言人。其实每个时代都呼唤着真正的作家代言人。这不是主旋律不主旋律的问题,而是确确实实我们的文学史一百年来就是沿着这么一个历史轨迹不断地往下运行的。在当前的中华民族伟大复兴背景下,新型农民形象已然呼之欲出,我们期待着文坛的豪杰之士的大手笔,能够绘制出民族复兴语境中的新型农民形象谱系。

"70后"：文学史的可能性及其限度

"70后"文学如何入史，这是一个尴尬的难题。正如"70后"作家是尴尬的一代，"70后"文学同样处在尴尬的历史夹缝中难以定位。目前的中国当代文学史编写现状是，"50后"和"60后"作家及其文学都已经名正言顺地走进了当代文学史，甚至"80后"作家及其文学也已堂而皇之地进入了当代文学史版图，唯独"70后"作家及其文学被中国当代文学史所遗忘，至多也就是在涉及20世纪90年代末文学商业化和世俗化浪潮时顺带提及"美女作家"卫慧、棉棉，但她们的文学创作是很难代表"70后"作家的整体文学实绩的，而真正的"70后"作家及其文学在中国当代文学史书写中其实几乎全部处于被遮蔽的状态。这种文学史书写现状当然需要反思和改变，因为在中国当代文学的历史发展进程和历史逻辑建构中，"70后"作家及其文学是一个不可或缺的文学史环节，它上承"50后"和"60后"作家的"纯文学"理想谱系，下开"80后"作家"青春写作"的先河，因此这一代人的文学写作实际上关涉中国当代文学在新世纪的深层次变革与转型。有意味的是，"70后"这代作家身上的"纯文学"理想终究战胜了"俗文学"现实,"美女作家"和"美女文学"的市场流行符号很快就与"70后"作家无缘,他们中的大多数人在"80后"作家近乎全身心地拥抱市场之际却仿佛陷入了沉寂,但这种沉寂毋宁说是一种沉潜,由此他们成了当代中国"纯文学"执着的守望者。

在当今这个代际更替迅猛的信息时代里,提出"70后"文学的入史问题并非多余,亦非操之过急,而是顺理成章的文学史逻辑建构的内在需求。诚然,一个时代有一个时代的文学史,有的时代的文学史相对辉煌,而有的时代的文学史则相对黯淡,但无论辉煌还是黯淡,其中都隐含着文学史的内在运行逻辑,它需要文学史书写者进行深层次的挖掘和清理,由此展开一个时代的文学史建构。显然,对于"70后"作家及其文学而言,问题的关键还不在于判定其在当代文学史上拥有承上启下、承前启后的历史代际转换身份,甚至也不在于强调其作为当代中国"纯文学"守望者的理想主义身份,而在于如何估价其已经和正在取得的文学成就,尤其是与前辈作家及其文学成就相比,这代作家的文学创作实力和成色究竟如何,有没有文学史的突破性,有没有突破前辈作家的文学成规而做出独到的文学史贡献,这才是问题的核心之所在,它牵涉"70后"作家及其文学的文学史可能性及其限度。毫无疑问,并非任何代际作家的文学都可以入史,更非任何代际作家的文学都可以在文学史上享有崇高的地位。事实上,任何一代作家及其文学的文学史地位都需要接受作为历史选择机制的文学史秩序的检验。而从长远地看,这种文学史的检验是相对客观和公正的。众所周知,新时期以来,由于受到西方后现代历史叙事学和文学史哲学的影响,人们大多对于文学史的权力话语性质不再讳莫如深。如今,文学史是一种权力话语秩序已成共识,但在文学史的话语秩序中起着潜在支配作用的权力并非人们通常所理解的狭义的政治权力,而是广义上的包括学术权力在内的一切规范化权力。所以,"70后"作家及其文学要想进入文学史，就必须接受中国当代文学史内在话语机制的检阅，而文学史的书写者在评判任何代际作家及其文学是否值得写进文学史，以及应该赋予其何种文学史地位时，往往依据的就是这代作家或者其中的少数作家是否做出了不可替代的文学史贡献。远的不说，就拿新时期文学的代际递嬗而言，最先走进文学史的是一代"右派"作家或者与他们年龄和经历相类似的作家（大都出生于20世纪三四十年代，而在五六十年代登上当代文坛），以刘心武、王蒙、张贤亮、高晓声、宗璞、陆文夫、从维熙、刘绍棠、李国文等人为代表的这代作家凭借着他们独特的政治遭遇、社会阅历和人生经验给当代文学史贡献了一大批不可复制的文学作品。这就是从政治视角的"伤痕文学"到文化视角的"反思文学"，它们在层层推进中剖析人性和批判国民性，一代文学范式就此定格在中国当代文学史上。接踵而至的是一代"知青"作家或者与他们年龄和经历相类似的作家（大都出生在20世纪50年代，即今所谓"50后"），以路遥、韩少功、贾平凹、莫言、王安忆、史铁生、张炜、张承志、刘震云、刘恒、刘醒龙、阿来等人为代表的这代作家凭借着源源不绝的艺术生命力不断开辟或引领着新时期文学潮头，尤其是他们对于"寻根文学""新写实主义""新历史主义"文学的倡导和融合，几十年来为中国当代文学赢得了重要的国际声誉和影响力。再一代就是我们通常所谓的"60后"作家，以马原、余华、苏童、格非、叶兆言、迟子建、毕飞宇等人为代表的这代作家大都以"先锋文学"驰名或者曾经从事过"先锋文学"创作，他们长期致力于西方现代派和后现代主义文学在中国语境中的本土化实践，并以其不可代替的文学实绩占据了当代文学史的显著位置。必须承认，以上三代作家中除了第一代之外，余下的"50后"和"60后"两代作家依旧是中国当代文坛的重镇和中坚力量，他们以其巨大的创作体量和独特的艺术形态捍卫着自己的文学史地位。

毋庸讳言，前辈作家的文学史地位已然给"70后"作家带来了无法回避的压力乃至压抑。但这是文学史绵延和更迭过程中再正常也不过的事，因为任何一代作家的崛起都必须越过前代作家的文学界碑，不管是直接跨越还是绕道而行、另觅他途，反正必须开辟出属于自己的文学时代和文学空间，拿出独特而不是重复前辈的文学作品来立身，反之就容易陷入文学史的焦虑。面对前代的"50后"和"60后"作家及其文学成就的集体重压，还有后起的"80后"作家及其文学时尚的群体挤压，许多人到中年的"70后"作家开始感到尴尬和惶惑。虽然他们不断地宣称不在乎走不走进文学史，但又反复地申辩说更在乎自己作品的艺术生命力，希望多年以后还会有读者阅读他们的文学作品，殊不知拥有长远的艺术生命力的作家及其作品是一定不会被文学史遗忘的，写不写进文学史不以作家的主观意志为转移，而取决于真正的文学史家的历史评判和艺术评价。在笔者看来，任何一代作家要想走进文学史就必须处理好文学上的同一性与差异性的关系。一般而言，能够走进文学史的作家及其文学大体上可分为三种类型：第一种是做到了文学上的同一性与差异性的统一，既具有同代作家及其文学的群体共性，又体现了自己作为群体中的个体的艺术个性，由此不仅捍卫了同代人的文学荣耀，而且也确保了自己的文学尊严。第二种是只做到了文学上的同一性而无法创造差异性，这样的作家及其作品往往属于同代作家及其文学思潮的追随者，虽然他们也有可能取得较高的文学成就，但只能作为文学史上的辅翼或副将存在，至于同代人中的文学主将或急先锋之类，往往只有第一种类型的作家才配享有此等崇高的文学史地位。第三种作家一味地追求文学的差异性而忽视了同代人的文学同一性的建构，这样的作家及其作品往往游移于文学史的中心或主脉之外，除非他们创造出了石破天惊的文学作品供时人模仿或者垂范后世，否则很容易被当时或以后的文学史所遗忘。不难发现，新时期文学的前三代作家之所以在当代文学史上占据了稳固的核心位置，是因为他们较好地处理了文学上的同一性和差异性的关系。对于"右派"作家和同代人而言,他们既开创了"伤痕—反思"文学范式,而其中的杰出者又凸显了自己的文学个性,如王蒙、张贤亮、高晓声、宗璞、陆文夫的文学面目至今依旧清晰可辨,绝非隐没在历史深处的面目模糊者可比。在很大程度上,"知青"作家和"50后"同代人超越了前辈作家的文学界碑,他们取得了比前辈"右派"作家及同代人更大、更高的文学成就,时下的当代文学史叙述中这一代作家的文学同一性与差异性是结合得最好的,可谓群星闪耀、光芒万丈。相对而言,"先锋"作家和"60后"同代人还处在超越上一代作家的行程中,他们引以为豪的"先锋"文学资本不断被前辈作家及其文学所吸纳和化用,而在社会生活和历史经验上的欠缺使得他们中的不少人逐渐掉队或者创作上难以为继,只有余华、苏童、格非、毕飞宇等少数"先锋"作家转型成功,他们以新的文学气象在文学史上立于不败之地。以此三代作家及其文学作为文学史参照系,我们可以清晰地发现"70后"作家及其文学在中国当代文学史版图中的位置与困境。与前三代作家实现了文学上的同一性与差异性的统一不同,"70后"作家大都没有明确的文学同代人意识,他们中的大多数人都有意无意地接受过"60后"同代人倡导的"个人化写作"观念的影响,过于追求文学的个体差异性而忽视了同代人的文学同一性,也就是说没有共同地提出并聚焦于同代人待解的文学问题。甚至是当"50后"和"60后"作家都还在源源不断地从中国经验中发现中国问题进而不断开创中国文学新变之时,我们的许多"70后"作家还在沉醉于无关大体的"个人化写作",即使是勉强回应了当下中国社会的现实问题和文化问题乃至于艺术问题,也因格局不大、发现不力、思考不深、形式不新而被前辈作家及其同代人文学的艺术光芒所掩,这无疑会制约"70后"同代人文学进入文学史的前景。

然而我们也不必对"70后"作家及其文学进入文学史的前景那

样悲观,毕竟这是注定要晚熟的一代人,因为这一代人的文学成长环境早就经过了那种一纸风行或文学爆炸的时代,而他们偏又执着于中国当代"纯文学"艺术谱系的延续与守护,不愿与文学的市场化和商业化潮流妥协或合谋,加之前辈作家的文学成就如同高山仰止般矗立,无论采取何种方式来实现艺术的超越都不是一件容易的事,这就注定了他们这代文学人只能大器晚成的命运。所以"70后"这代作家还需要静静地等待文学史的深度检阅,时下他们亟须做的是同声相应、同气相求,以真正有实力的少数"70后"作家为前驱,针对当下中国语境中存在或凸显的各种问题进行文学的提炼和聚焦,在前辈作家已有的文学园地之外独辟蹊径,在前辈作家引领的文学思潮之外别张新帜,或者在前辈作家的文学薄弱环节寻求艺术突破,甚至直接站在前辈作家的肩膀上把既有的文学高原筑成新的文学高峰,唯其如此方能在不远的将来创辟出属于"70后"这代人的文学时代。具体而言,不妨从"写什么"和"怎么写"两个层面进行思考。当涉及"写什么"的层面时,也即涉及文学的题材选择和思想提炼时,我们发现目前已经有少数"70后"作家业已形成了自己的文学气象。比如河南作家乔叶,她的小说创作往往善于在社会现实题材中发掘深层的历史隐秘和心理隐秘,长篇小说《认罪书》横跨了当代中国社会的六十年变迁,在巨大的社会历史变迁中去拷问民族的精神病灶;中篇小说《最慢的是活着》甚至囊括了一个世纪的历史沧桑,但却始终聚焦于民族秘史尤其是女性心史的挖掘;还有像《我是真的热爱你》《底片》这样的当代长篇世情小说,大胆书写当代都市妓女或暗娼的传奇人生与心理暗角,无不体现了"70后"作家的现实关怀与人性悲悯。无独有偶,陕西作家周瑄璞的《多湾》也属于历史跨度巨大的长篇力作,而且这部以当代中国社会六十年变迁为主体的巨著不再执着于一村或一城的当代地方志小说写法,而是在河南和陕西的城市和乡村空间中不断转换,显示出了可贵的长篇小说结构能力。

北京作家徐则臣的《耶路撒冷》也属于近年来"70后"作家的长篇力作，它和《认罪书》《多湾》一样在巨大的历史时空中致力于当代中国社会现实与民众精神状况的深度体察，体现了"70后"作家的心灵洞察力和思想穿透力。尤其是这些长篇力作中都有"70后"视角的深度介入，因此它们所提供的是有别于前辈作家及其文学创作的另一种当代中国文学镜像。事实上，许多前辈作家如贾平凹、莫言、韩少功、王安忆、余华、格非、苏童等人在书写当下中国社会现实生活时往往有力不从心之感，他们的小说创作中往往涉及历史书写时比较出彩，而涉及现实书写时相形见绌，给人以与现实隔膜的印象。在这方面，"70后"作家对当下中国日常社会现实的介入程度无疑更深，这是他们得天独厚的文学优势，于是当我们读到广东作家魏微、王十月，广西作家朱山坡、田耳，湖南作家盛可以，江苏作家鲁敏、戴来、朱文颖，上海作家路内，浙江作家黄咏梅、张忌、东君，东北作家金仁顺，北京作家冯唐、付秀莹、石一枫，河北作家张楚、李浩，山西作家李骏虎，甘肃作家弋舟，江西作家阿乙，湖北作家李修文、张好好等人书写当下中国现实人生的作品时，明显会有"贴而不隔"的阅读感受，这是前辈作家"50后"和"60后"同代人所无法提供的另一种中国经验和文学体验。显然，对于当下中国"70后"作家群体在"写什么"层面上所做出的相关思想探索，还需要滞后的文学批评家们展开系统而深入的辨析与总结，只有这样才能在比较中发现"70后"文学的同一性与差异性。

　　说到"怎么写"这个层面上的探索，我们对"70后"的文学经验同样不应小觑乃至忽视。与前辈作家相比，"70后"这代作家并没有明显的外国文学师承关系，比如"右派"作家和同代人在"伤痕—反思"文学创作中最早进行"现代派"文学实验，"知青"作家和"50后"同代人因受拉美魔幻现实主义的影响而率先在中国祭起"寻根"文学大旗，"先锋"作家和"60后"同代人更是在各自创作中将西方

93

现代主义和后现代主义文学熔冶于一炉,这种"里应外合"的文学发生模式很容易在中国新时期文坛掀起一场场声势浩大的文学思潮或运动,唯独到了"70后"这代人的新世纪文学里程中,"纯文学"文坛开始趋于平静(这与网络文坛或商业文坛的繁荣与喧嚣形成了鲜明对比),外国文学思潮不再直接在"70后"这代人身上发生重大影响。这意味着"70后"这代人的文学创作不再像前辈作家那样依凭或依赖外国文学资源而写作,而是必须开启当代中国文学的中国本位生长模式,即以当下中国语境为本位,在广泛吸纳外国文学资源的同时又主动传承中国本土文学传统,从而破除中西古今的二元对立话语模式,在相对自由和自主的话语空间和文化心态中去努力从事当代中国文学的本土化探索。于是我们发现"70后"这代作家很少有文学门户之见,他们中很少人会对某个西方作家或特定文学思潮充满迷恋,不再像前辈作家那样经常把马尔克斯、福克纳、普鲁斯特、乔伊斯、伍尔夫、卡夫卡、博尔赫斯、卡佛等一大串欧美作家及其所代表的文学流派挂在嘴边,也不再像前辈作家那样回避对中国本土作家的推崇和喜爱,而是大方坦诚地提到鲁迅、沈从文、张爱玲、萧红、孙犁、汪曾祺、陈忠实、余华等中国现当代作家对自己的影响,即使他们提到博尔赫斯、杜拉斯等外国作家对自己的影响也不会对中外其他作家的文学资源表示明确的拒绝,所以在"70后"这代作家的身上处处表现出一种兼容并包的艺术特质。所以我们一般很难给"70后"的文学创作进行定性分析,很难给"70后"文学封号或定义,这就导致了批评家面对"70后"文学创作时的尴尬失语,仿佛新时期文学的线性历史发展线索到"70后"这代人这里戛然而止了。但事情也许没有那么简单,我更愿意相信这是一次中国文学在新世纪的深层次转型,即告别20世纪八九十年代那种"里应外合"的中西文学影响模式,而在这代作家的身上走向或回归中国文学的本位生长模式。事实上,百年来近现代中国文学变革中最常见的就是那种

"里应外合"的中西文学影响及发生模式,这在心理学上称为"刺激—反应"模式,在文化学上称为"挑战—应战"模式,其中都隐含着被动和受体的成分。而在当代中国文学的本位生长模式中,中国文学和中国作家不再是被动的受体,而是立足于中国本位的文学主体,但它又与外国文学和外国作家之间彼此互为主体,形成中外文学主体间性,由此构成平等对话交流的文学平台。这既是当前构建世界文学共同体的需要,也能确保在世界文学共同体中中国文学的民族特质。也许发生在21世纪的这场深层次的当代中国文学转型还仅仅是开始,但它已然在"70后"这代中国作家的身上悄然发生,这是"70后"责无旁贷的文学使命,也注定了他们必然要负重前行的尴尬处境。因为失去了外国文学的强力援助后,当代中国作家必须学会平静且平等地对待古今中西的文学和文化资源,然后重构中国作家及其文学的主体性。

好在我们已经从不少"70后"作家及其文学中发现了这种中国文学本位创作倾向,这表明他们已经或显或隐地正在重构中国当代文学的主体性。比如新近引起文坛重要反响的长篇小说《陌上》,就是由"70后"女作家付秀莹创作的一部能够彰显中国文学本位创作倾向的力作。从结构上说,《陌上》创造性地转化了中国古典长篇小说创作中的人物群像组合结构,作家通过中国古典美学中的散点透视方式刻画了新世纪中国乡村的人物群像,并描摹了他们各具形象的凡俗人生图景,揭示了他们在中国乡村深度变革中的心灵脉动。从《陌上》中我们固然可以看到《红楼梦》《金瓶梅》的影子,同样也可以看到《水浒传》《儒林外史》的影子;同样,我们在看到《陌上》对孙犁的"荷花淀派"艺术进行创造性转化的同时,也不能忽视鲁迅和萧红的现代乡土小说传统对付秀莹潜移默化的影响。甚至当我们对《陌上》重塑中国抒情传统的努力津津乐道时,也不要忘了它同样是一部向中国古典传奇传统致敬的作品,因为中国式的传奇向来以野史杂传为宗,而与西方式的罗曼蒂克或传奇有着根本上的差异,由此我们也就不难理解《陌上》为何要吸纳从《史记》到《聊斋》的列传体了。凡此种种不外乎表明了这样一个事实,即付秀莹的《陌上》是一部充满了中国民族文学精神的长篇佳作,外国文学资源对它的影响是润物细无声的,而它对中国文学传统的创造性转化则是一种明确的艺术追求。可喜的是,除了付秀莹的《陌上》之外,我们在魏微的《流年》、李修文的《滴泪痣》、王十月的《无碑》、盛可以的《北妹》、乔叶的《认罪书》、周瑄璞的《多湾》、徐则臣的《耶路撒冷》、朱山坡的《懦夫传》、田耳的《天体悬浮》、冯唐的《不二》、鲁敏的《六人晚餐》、东君的《树巢》、路内的《慈悲》、张忌的《出家》、金仁顺的《春香》、李骏虎的《母系氏家》、张好好的《布尔津光谱》、梁鸿的《梁光正的光》等"70后"长篇力作中都能看到这种类似的寻求中国文学传统滋养的艺术诉求,中国本土的神话传统、散文传统、历史传统、抒情传统、传奇传统、方志传统等正在"70后"这代作家的笔下潜滋暗长。与前辈作家的文化心态和艺术心态不同,"70后"这代作家对待中国本土传统不再偏激地拒绝或者有意地矫正,而是自主平和地对待中外文学资源,也许他们正在悄然地实现着一场中国本位的当代中国文学复兴运动。即使他们注定了是这场运动的历史中间物,一时还无法充当这场运动的胜利者,但作为新世纪文学中国本位的重塑者之一,他们的历史使命同样是光荣的。

第二编　经典的延传与重构

贾平凹：走向"微写实主义"

进入新世纪以来，贾平凹的每一部长篇小说都引起了读者的极大关注，新作《极花》也不例外。然而，人们似乎更关心《极花》所讲述的极具现实色彩的妇女拐卖题材，而对这部最新长篇小说的文体意味还缺乏足够的思考。事实上，我们必须看到贾平凹在《极花》创作中所做出的双重努力，即"写什么"和"怎么写"的艺术统一问题。显然，贾平凹并非那种文学史上昙花一现的"问题小说"家，虽然他长期以来以关注社会现实问题为创作己任，但他似乎总是努力地寻找着符合个人艺术趣味的新的文体表现形式，这正是贾平凹的小说创作已经或正在形成中国当代文学经典序列的重要原因。虽然贾平凹在艺术寻找的过程中也存在着渐变与蜕变的差异，但无不凝聚或体现着他的独特诉求。在笔者看来，我们不仅应该把《极花》纳入作者新世纪以来的长篇小说系列中去做整体性思索，而且应该把《极花》纳入作者三十年来的长篇小说艺术进程中去做立体观照，以此发现并揭示贾平凹新世纪长篇小说创作的独特艺术追求。所以，笔者在这里要做的是一种回溯式的小说美学考察，试图揭示贾平凹长篇小说创作能在各个时期引领文学风骚的深层缘由。

早在20世纪70年代后期，贾平凹就已经开始了自己的艺术起步，但那时的他无可避免地受到了"革命现实主义"或"革命浪漫主义"文学规范的制约，其小说集《兵娃》中所收的作品就明显带有革命叙事的政治印痕。"新时期"伊始，贾平凹开始努力地剥离"革命现实（浪漫）主义"模式带给自己的艺术胎记，在"伤痕—反思—改革"文学浪潮中不断地探索着属于自己的艺术轨迹。虽然20世纪80年代的贾平凹也受到了西方现代主义和魔幻现实主义的影响，但总体上而言，那个时代的他正走在从"革命现实主义"到"批判现实主义"的艺术轨道上。这在他当时的长篇小说创作中表现得至为明显。《商州》（1984）是贾平凹的长篇小说处女作，它写的是刘成和珍子这两个年轻人在改革开放初期的爱情悲剧，尖锐地批判了中国封建传统文化观念在当代中国社会的残余与积淀，带有强烈的批判现实主义色彩。紧随其后的《古堡》（1986）反映的社会生活面更加广阔，作者也由单一的爱情悲剧叙事转入了复杂的社会人生叙事，讲述了张家兄弟在改革初期的事业挫折和人生奋斗的艰难，借此批判性地审视了当代中国社会体制的痼疾和传统文化观念的病灶。1987年出版的《浮躁》是贾平凹20世纪80年代的长篇小说代表作，基本上也可以被认作是作者早期的一部"批判现实主义"力作。它讲述了金狗和雷大空两个乡下人进城的人生奋斗故事。他们虽然都来自底层农村，但却走了不同的人生奋斗道路，而结果是殊途同归，全部都被城市上流社会所吞噬或遗弃。金狗深爱着青梅竹马的小水，但无奈中与乡长女儿田英英结了婚，改变命运后的他在城市里挣扎和苦斗，虽然他内心里一直坚持着良知和正义的底线，但他最终还是无法抵御城市的功利主义价值法则的侵袭，在人生路上一步步地败退，在精神或心灵上一步步地溃败，直至遍体鳞伤，绝望地逃离城市、回归乡村。而雷大空一开始就认同了现代城市商品经济价值法则，而且在运用中如鱼得水并乐此不疲,但机关算尽的他最终还是反害了自己的性命,他葬身城市而无处招魂,金狗为他草写的祭文无异于他们共同的诔辞。这是两个底层乡村青年的城市奋斗故事,触及了现代城市文明对底层青年农民的人性挤压、扭曲和异化,很容易让人想起19世纪欧美批判现实主义小说的经典叙事形态。实际上,在20世纪80年代的中国文坛,像贾平凹这样深受欧美批判现实主义小说影响的作家不在少数,写《人生》和《平凡的世界》的路遥同样是著名的例子。但路遥生前一直坚守着批判现实主义的叙事姿态而未能改变,贾平凹则在写作《浮躁》的过程中就已经决定了要改弦易辙。

在《浮躁》的一篇序言中,贾平凹写道:"我再也不可能还要以这种框架来构写我的作品了。换句话说,这种流行的似乎严格的写实方法对我来讲将有些不那么适宜,甚至大了那么一种束缚。"又说:"我真有一种预感,自信我下一部作品可能会写好,可能全然不再是这部作品的模样。一个时代有一个时代的作品,我应该为其而努力。……文学上也不可能再会有托尔斯泰了。中西的文化深层结构都在发生着各自的裂变,怎样写这个令人振奋又令人痛苦的裂变过程,我觉得这其中极有魅力,尤其作为中国的作家怎样把握自己的民族文化的裂变,又如何在形式上不以西方人的那种焦点透视办法而运用中国画的散点透视法来进行,那将是多有趣的实验!有趣才诱人着迷,劳作而心态平和,这才使我大了胆子想很快结束这部作品的工作去干一种自感受活的事。"① 不难看出,贾平凹在《浮躁》的创作后期已经对传统的批判现实主义小说叙事模式产生了厌倦,他所谓的"流行的似乎严格的写实方法"正是20世纪80年代中后期中国文坛上逐渐被清算的"现实主义"文学形态,也就是以老托尔斯泰

---

① 贾平凹:《序言之二》,《浮躁(评点本)》,孙见喜评点,长江文艺出版社1999年版,第3—4页。

为代表的批判现实主义叙事模式。那种西方经典小说叙事模式比较推崇"焦点透视"的叙事方法，以中心人物和主要情节展开社会人生叙事，作者或叙事人具有至高无上的叙述权威，这种主观型的现实主义叙事模式虽然具有不可替代的艺术优势，但毕竟固定成形且日渐僵化，需要被新的小说叙事模式所扬弃。于是在20世纪西方小说创作中涌现出了各种形态的现代主义或后现代主义小说叙事变革，而这种小说叙事新潮也波及了20世纪80年代中后期的中国小说界，"新潮"小说或"先锋"小说思潮应运而生。而贾平凹显然不愿直接走上那种极端西化的先锋小说路径，他受到当时中国"寻根"小说浪潮的影响，转而在学习借鉴西方现代派小说技法的同时又向中国本土文学传统汲取艺术滋养，这就是他所谓的放弃西方"焦点透视"法而采用中式"散点透视"法，即由中心主义人物结构模式和情节型小说叙事模式转向多元主义人物结构模式和"生活流"小说叙事模式，这既是从中西绘画艺术比较中得到的艺术启示，也是从中西小说传统比较中得到的叙事灵感。

确实如此，贾平凹20世纪80年代的三部长篇小说《浮躁》《古堡》《商州》基本上还属于中心主义的焦点叙事结构模式，每部作品都有着中心人物和核心情节，作者在叙事中的笔墨是有偏重或偏向的，有的浓墨重彩，有的则只能烘云托月，作者对生活题材的裁剪和主要人物的择取都是一目了然的，即使是人物活动的自然环境和社会环境的描写，也多采取单体象征的方式，比如《浮躁》中反复描写的那条州河，它隐喻了泥沙俱下的浮躁时代精神潮流，这是明眼人一望即知的，带有作者强烈的主观叙事诉求，这与作者后来习惯使用的整体象征不可同日而语。而进入20世纪90年代以后，以《废都》（1993）为标志，贾平凹的现实主义艺术追求开始转向了新的路径，包括《白夜》（1995）、《土门》（1996）、《高老庄》（1998）、《怀念狼》（2000）在内，这一系列的长篇小说都带有鲜明的魔幻现实主义特征,比如《废都》中那条仿佛哲人的奶牛,《白夜》中神秘的再生人,《土门》中长了神秘尾骨的梅梅,《怀念狼》中猎人和山民异化成了"人狼",这些神秘叙事的寓言化倾向明显流露了以《百年孤独》为代表的拉美魔幻现实主义小说的叙事影响。但贾平凹并没有简单地照搬外国的魔幻现实主义,而是在吸纳魔幻现实主义的神秘寓言叙事模式的同时,又主动回到中国明清文人世情小说中去寻求艺术滋养,他在以《金瓶梅》《红楼梦》为代表的中国明清古典长篇小说中寻找到了中国化的写实主义精神和技法,并以巨大的艺术热情展开了让中国古典写实主义艺术复活的叙事实验。而《废都》则是贾平凹将魔幻现实主义的外衣与古典写实主义的内核相结合的初步艺术见证。诚如贾平凹在《废都·后记》中所言:"中国的《西厢记》《红楼梦》,读它的时候,哪时会觉它是作家的杜撰呢?恍惚如所经历,如在梦境。好的文章,囫囵囵是一脉山,山不需要雕琢,也不需要机巧地在这儿让长一株白桦,那儿又该栽一棵兰草的。这种觉悟使我陷入了尴尬,我看不起了我以前的作品,也失却了对世上很多作品的敬畏,虽然清清楚楚这样的文章究竟还是人用笔写出来的,但为什么天下有了这样的文章而我却不能呢?!"[①]这就明确地交代了20世纪90年代初贾平凹的艺术野心抑或艺术雄心,他渴望能写出像《红楼梦》那样浑然天成、天衣无缝的高度写实的艺术作品来,他不愿意继续像《浮躁》那样走西方批判现实主义的叙事老路,也无意于做那种刻意雕琢的单体象征游戏,而是努力复活着那种原生态的古典写实主义艺术传统。只不过《红楼梦》是写的古典贵族生活的原生态,而《废都》转向了当代知识分子的世俗生活原生态罢了。在《白夜·后记》中,贾平凹对还原日常生活的长篇小说写实

[①] 贾平凹:《后记》,《废都》,北京出版社1993年版,第519页。

艺术有了更加明确的阐述："小说让人看出在做，做的就是技巧的，这便坏了。说平平常常的生活事，是不需要技巧，生活本身就是故事，故事里有它本身的技巧。所以，有人越是要想打破小说的写法，越是在形式上想花样，适得其反，越更是写得像小说了。因此，小说的成功并不决定于题材，也不是得力于所谓结构。读者不喜欢了章回体或评书体的小说原因在此。"① 显然，贾平凹在这里倡导的是日常生活的叙事还原，他含蓄地批评了"先锋"小说的各种叙述游戏，也对程式化的中国古典情节型小说模式表达了厌弃，他要做的就是回归中国传统的闲聊体说话艺术，在闲聊中还原日常生活的原生态，至于评书体的说话或者讲话体的说话，因为装腔作势而无法做到还原日常生活，是不能满足现代读者的民主个性化阅读需求的。这些创作谈都表明了贾平凹进行小说艺术变革的初衷。

于是我们看到，《废都》中的现实主义叙事明显转向了日常生活流动的书写，这可能也受到了当时中国文坛上正在流行的"新写实主义"小说潮流的影响，如池莉的名作《烦恼人生》在当时就被誉为"生活流"书写的力作。但贾平凹毕竟不是"新写实小说"阵营中人，他更多的是从中国古典写实主义艺术中汲取的艺术养分，但确实又与"新写实主义"倡导的"生活流"书写存在着暗合之处。无论如何，20世纪90年代的贾平凹的长篇小说创作已经告别了批判现实主义的焦点叙事模式，转向了魔幻现实主义和古典写实主义相结合的散点透视艺术实验之旅。但毋庸讳言，那个时期的贾平凹还处在长篇小说艺术实验的探索期，他并未将《红楼梦》的"生活流"写实艺术经验真正地全方位激活，比如《废都》《白夜》《高老庄》的日常生活叙事中依旧残留着情节型结构模式的痕迹，而《土门》和《怀念

---

① 贾平凹：《后记》，《白夜》，华夏出版社1995年版，第386页。

狼》的神秘寓言叙事几乎淹没了日常生活叙事。不仅如此,在长篇小说的人物结构模式上,20世纪90年代的贾平凹小说也未能真正地实现《红楼梦》和《金瓶梅》那种多元主义的人物群像塑造,《废都》依旧残留着中心主义的人物结构模式,庄之蝶与三位女性人物的关系并非是平等的对话性关系,西京城的那些文化名流也并没有在贾平凹的笔下得到和庄之蝶平等的话语权利,而仅仅是作为配角存在,这就妨碍了《废都》的生活流叙事走向深化。相对而言,《白夜》中的多位社会闲人和城市流民的形象群体中很难发现绝对的中心人物形象,这似乎解决了多元主义人物群像塑造的问题,但随之而来的却是小说中没有塑造出像庄之蝶那样具有精神心理深度的艺术典型。《土门》也可以作如是观,众多的人物喧哗几乎淹没了个体的声音。倒是《高老庄》在多元人物群像塑造上和日常生活流动书写上取得了新的进展,为新世纪贾平凹长篇小说创作的大爆发打下了坚实的艺术基石。在《高老庄·后记》中,贾平凹说出了自己的艺术心得:"为什么如此落笔,没有扎眼的结构又没有华丽的技巧,丧失了往昔的秀丽与清晰,无序而来,苍茫而去,汤汤水水又黏黏糊糊,这源于我对小说的观念改变。我的小说越来越无法用几句话回答到底写的什么,我的初衷里是要求我尽量原生态地写出生活的流动,行文越实越好,但整体上却极力去张扬我的意象。"[①] 这段话可以算作是贾平凹新世纪长篇小说文体实验的艺术宣言。它表明贾平凹已经领悟到了新的长篇小说艺术秘诀,即原生态地书写日常生活的流动过程,在高度写实的基础上追求整体性的意象效果。这是一种看似混沌实则精密的长篇小说写实艺术境界,它是对西方批判现实主义的中心主义结构或焦点透视艺术的反叛,而且也是对中国古典写实主义的

---

① 贾平凹:《后记》,《高老庄》,太白文艺出版社1998年版,第415页。

多元共生结构或散点透视艺术传统的创造性转化。应该说，经过从《废都》到《高老庄》的艺术探索，贾平凹已经逐步推开了新世纪"微写实主义"叙事艺术的大门。从《秦腔》（2005）到《极花》（2016），中间包括《高兴》（2007）、《古炉》（2011）、《带灯》（2013）、《老生》（2014），这一系列的长篇小说力作无不是贾平凹"微写实主义"小说创作的艺术证明。当然，贾平凹在新世纪的"微写实主义"长篇小说创作中也在不断地做着艺术调整，比如在艺术的虚与实的关系上，在写实与抒情的关系上，在笔法的简与繁或疏与密的关系上，他都在不断地做着艺术调试，以此避免艺术上的僵化。凡此种种，都不断地积累着当代小说的中国经验。

那么，什么叫"微写实主义"？这是笔者从贾平凹新世纪长篇小说创作的艺术经验中提炼出来的一个艺术命题，笔者将结合从《秦腔》到《极花》的艺术创作来逐步解析"微写实主义"的基本内涵和特征。首先，"微写实主义"是一种现实主义，它是现实主义在新的历史语境中的一种艺术变体。一般而言，真实性是现实主义的核心艺术法则，一个现实主义作家必须坚持写真实，必须对社会现实生活做出艺术反映，但在反映社会现实生活的艺术过程中必须保持独立的价值立场，即必须保有清醒的现实主义精神。贾平凹在20世纪80年代创作的长篇小说《商州》《古堡》《浮躁》都充满了强烈的现实主义批判精神，作者在叙事中毫不掩饰自己对当代中国社会体制与文化心理的批判意识，而到了20世纪90年代的《废都》《白夜》《土门》《高老庄》《怀念狼》等具有魔幻现实主义色彩的长篇小说创作中，作者继续张扬了强烈的现实主义批判精神，只不过这个时期的批判不像20世纪80年代那样的坚定或充满了确定性，而是充满了犹疑、彷徨和痛苦。正如《废都·后记》中所言，写这部书"目的是让我记住这本书带给我的无法向人说清的苦难，记住在生命的苦难中又唯一能安妥我破碎了的灵魂的这本书"①，而《高老庄》中的子路教授在城市与乡村、传统与现代、前妻与后妻之间的进退失据，同样也折射了作者面对社会现实生活时的矛盾心态。贾平凹对此曾有过清醒的自我剖析，他说："从我们家族看，我属于第一代入城者，而又恰好在中国社会发生剧烈变革时期，这就是我的身份。乡村曾经使我贫穷过，城市却使我心神苦累。两股风的力量形成了龙卷，这或许是时代的困惑，但我如一片叶子一样搅在其中，又怯弱而敏感，就只有痛苦了。我的大部分作品，可以说，是在这种'绞杀'中的呼喊，或者是迷惘中的聊以自救吧。"②应该说，这种矛盾而痛苦的现实主义情怀进入新世纪以后不但没有减弱减轻减缓，相反是变得愈益强烈和浓重了。不过奇怪的是，新世纪的贾平凹不再像20世纪90年代那样以直接的、主观的披露自我矛盾心态的方式进行写作了，而是转为客观冷峻的叙事姿态，将内心强烈的批判情怀转移到外在客观的高密度写实艺术中。这有点类似于"新写实主义"的价值中立立场，或曰零度写作，抑或不动情观照，但并非真的就丧失了现实主义批判精神，只不过这种批判精神更加内敛罢了。但由此确实容易引起误会，不少人以此责备贾平凹新世纪以来的长篇小说创作在价值立场上的暧昧、混乱、肤浅，而忽视了作者独特的艺术诉求，因为他不想当预言家和启蒙者，不愿在作品中简单地指明方向或者做出结论，而是秉持着客观写实立场进行含蓄而深沉的现实批判。这就如同《坛经》中所谓的"不二"，超越了简单的二元对立思维模式，走向了悲悯众生的境界。《坛经》云："明与无明，凡夫见二，智者了达，其性无二。无二之性，即是实性。"这里所谓的实性即佛性，它超越了简

---

① 贾平凹：《后记》，《废都》，北京出版社1993年版，第527页。
② 李遇春、贾平凹：《传统暗影中的现代灵魂——贾平凹笔答李遇春问》，《西部作家精神档案》，商务印书馆2012年版，第270—271页。

单的善恶是非对立，是故佛法为"不二之法"。

于是我们看到，贾平凹在《极花》的创作中并未进行那种19世纪批判现实主义主观式的尖锐批判，也未像他在20世纪90年代的魔幻现实主义小说写作中那样把作家内心的痛苦和盘托出，而是以客观写实的叙事姿态趋近"不二"之境。《极花》中出现了众多的人物，但作者并未简单地对这些人物做出二元对立的价值评判，无论是花钱买媳妇的黑亮，还是被拐卖的胡蝶，作者并没有将他们二元对立起来，比如一方是十恶不赦的坏蛋，一方是清白无辜的好人，而是秉持客观冷静的写实立场，不仅写出了胡蝶内心中的人性弱点，这是她被拐卖的内在根源，而且写出了黑亮内心中的人性光芒，这是胡蝶最终还是返回了被拐卖的山村的内在引力。不仅如此，我们发现作者在《极花》中对黑亮爹、黑亮叔、胡蝶娘、訾米姐、麻子婶、老老爷、满仓娘、半语子、村长、立春和腊八兄弟、三朵和三朵媳妇等众多人物都未做出简单的价值评判，而是本着探测人性的奥秘出发，冷静地审视着他们各自的内心隐秘，超越了简单的批判与同情。这种几乎中立的价值立场的选择，正是贾平凹从事"微写实主义"写作的叙述基石。贾平凹曾这样交代《极花》的创作过程："小说是个什么东西呀，它的生成既在我的掌控中，又常常不受我的掌控，原定的《极花》是胡蝶只要是控诉，却怎么写着写着，肚子里的孩子一天复一天，日子垒起来，成了兔子，胡蝶一天复一天地受苦，也就成了又一个麻子婶，成了又一个訾米姐。小说的生长如同匠人在庙里用泥巴捏神像，捏成了匠人就得跪下拜，那泥巴成了神。"[1] 此处作者坦陈了自己塑造女主人公胡蝶的真实心境，他原本只想采取控诉式的写作方式，但最终还是听从了人物内心的召唤，由主观倾向

---

[1] 贾平凹:《后记》,《极花》,人民文学出版社2016年版,第212页。

性浓重的控诉转为了客观冷静、价值中立的自白式写作。而女主人公胡蝶也就在这种说话方式的转换中最终实现了精神的腾跃。当然,《极花》中胡蝶最终返回被拐卖的山村的结局是虚拟的,一切仿佛一场梦,但我们仍然从中领悟到作者的精神旨趣所在,即胡蝶的精神蜕变是不可避免的宿命。这让人想起了六祖《坛经》中的名句:"若能钻木出火,淤泥定生红莲。"胡蝶在历经劫难之后,终于完成了精神上的飞升,这就如同淤泥中生长出来的红莲,它是精神之花,虽在人间受难,却成就着神的旨意。事实上,贾平凹在他的文字里经常提到莲花,如《高老庄·后记》中就曾写道:"生活如同是一片巨大的泥淖,精神却是莲日日生起,盼望着浮出水面开绽出一朵花来。"[①]但20世纪90年代的贾平凹在其长篇小说创作中尚未抵达这种超越苦难之后的平静,无论是《废都》《白夜》《土门》,还是《高老庄》《怀念狼》,贾平凹的叙事总体上还是充满了主观化的愤懑和痛苦,只有到了新世纪以后,在《秦腔》《高兴》《古炉》《带灯》《老生》《极花》这一系列的长篇小说创作中,贾平凹才真正趋近或抵达了精神超越之境。所以无论是书写乡村溃败的《秦腔》还是再现动荡岁月的《古炉》,在这种全景式的现实书写中作者始终坚守着客观还原生活现场的叙事姿态,不做主观倾向性过强的介入式叙事。而在讲述小人物命运的《高兴》《带灯》《极花》中,无论是写游荡在城市的拾垃圾者,还是写基层女性小吏的生存艰难,抑或是写被拐卖的农村妇女,贾平凹都能做到写出小人物在日常生活淤泥中的挣扎和飞升,而不是一味地展示和渲染苦难,这与作家的精神境界有关,是它决定了作家的叙事姿态选择。正如贾平凹在《高兴·后记(一)》中谈到他对那部作品的多次修改,五易其稿:"这一次主要是叙述人的彻底改

---

① 贾平凹:《后记》,《高老庄》,太白文艺出版社1998年版,第415页。

变,许多情节和许多议论文字都删掉了,我尽一切能力去抑制那种似乎读起来痛快的极其夸张变形的虚空高蹈的叙述,使故事更生活化,细节化,变得柔软和温暖。"① 不难想象,贾平凹在删改原稿的过程中主要删去的是主观化的、魔幻变形的、愤怒批判式的叙述,他追求的是客观冷静的叙事姿态,但这与主人公的精神飞升之间并不矛盾,因为无论是拾垃圾者刘高兴的笑对人生,还是乡镇小吏带灯的高洁灵魂,抑或是胡蝶的在受难中升华,这都是展示的一种人性的可能或艺术上的可能性。所以我们不能简单地以"新闻小说"或"非虚构写作"的尺度去衡量贾平凹的作品。

谈到贾平凹的"微写实主义"小说创作,除了前面所说的客观冷静、含蓄深沉的超越性精神姿态之外,还有一个很重要的艺术取向必须予以重点阐述,即借助于中国古典小说传统中的一种特殊的"说话"体——"闲聊体"②——来从事日常生活原生态的精细描摹,由此引发出了一系列的长篇小说艺术问题。贾平凹最初是在《白夜·后记》里明确地交代了自己的小说观,他说:"小说是什么?小说是一种说话。"③《三国演义》和《水浒传》是评书体的说话,《金瓶梅》和《红楼梦》是闲聊体的说话,《创业史》和《艳阳天》是讲话体的说话,在这三种说话体中,贾平凹认同闲聊体说话方式,因为只有在闲聊的过程中说话才是最自然、最本真、最立体、最符合人性的言说方式。更重要的还在于,只有在闲聊中才能实现精微细腻的描述,才可以不受外在环境和时空的限制,才可以把叙述节奏放慢到最低限度,于是叙事上的时间节律开始被空间形态置换,由此贾平凹在消费文

---

① 贾平凹:《后记(一):我和高兴》,《高兴》,作家出版社 2007 年版,第 450 页。
② 李遇春:《"说话"与贾平凹的长篇小说文体美学——从〈废都〉到〈带灯〉》,《小说评论》2013 年第 4 期。
③ 贾平凹:《后记》,《白夜》,华夏出版社 1995 年版,第 385 页。

化语境中开启了一种"慢小说"艺术形态。应该说,《废都》和《白夜》的闲聊体和慢叙事已经取得了初步的成功,但在"微写实"和"闲聊体"上尚未全面深入地开辟新境,只有到了新世纪的《秦腔》以降,这种闲聊体、慢叙事和微写实的小说艺术才真正日趋成熟或成形。在《极花·后记》中,贾平凹对"闲聊体"又有了一种新的说法——"唠叨"。他说:"我开始写了,其实不是我在写,是我让那个可怜的叫着胡蝶的被拐卖来的女子在唠叨。她是个中学毕业生,似乎有文化,还有点小资意味,爱用一些成语,好像什么都知道,又什么都不知道,就那么在唠叨。"又说:"她是给谁唠叨?让我听着?让社会听着?这个小说,真是个小小的说话,不是我在小说,而是她在小说。我原以为这是要有四十五万字的篇幅才能完的,却十五万字就结束了。兴许是这个故事并不复杂,兴许是我的年纪大了,不愿让她说个不休,该用减法而不用加法,十五万字着好呀,试图着把一切过程都隐去,试图着逃出以往的叙述习惯,它成了我最短的一个长篇,竟也让我喜悦了另一种的经验和丰收。"① 确实如此,古往今来的闲聊体说话作品也必须要有所节制,否则小说显得过于拖沓疲软,容易引发读者的厌倦或敌意。闲聊也好,唠叨也罢,他们相对于评话或讲话的装腔作势、拿腔拿调更加自然本色,这是它的优势,但劣势也是不可避免的,所以《极花》的艺术定位不再是《秦腔》和《古炉》那种"长长的说话",而是"小小的说话"。如果说贾平凹在《秦腔》和《古炉》的写作中将"加法"做到了极致,那么《极花》就是在做"减法",让闲聊或唠叨的烦琐走向精简。这不由让人想起贾平凹在20世纪80年代写《浮躁》时说过的一段话,那时的他渴望的是跳出焦点叙事和情节模式,一心想做的竟是"加法"。他说:"一位画

---

① 贾平凹:《后记》,《极花》,人民文学出版社2016年版,第211页。

家曾经对我评述过他的画:他力图追求一种简洁的风格,但他现在却必须将画面搞得很繁很实,在用减法之前而大用加法。我恐怕也是如此。"① 于是接下来的长篇小说创作中,从《废都》《白夜》《高老庄》可以看出,贾平凹在不断地做着"加法",其小说写得越来越繁,越来越实,直至《秦腔》《高兴》《古炉》,其小说的说话艺术已抵繁实精密的极致。这意味着贾平凹必须调整自己的小说说话艺术了,于是才有了《带灯》中的史传笔法和抒情笔法的嵌入,以简驭繁、化实为虚,以此调节闲聊式说话的艺术节奏。而《极花》则明确地开始了大规模做"减法",这也许预示着贾平凹的又一场艺术新变,毕竟一种艺术成规沿袭既久,便需要有新的艺术突破。

尽管《极花》中已经在做"减法",但不容否认的是,《极花》依旧是一部延续了《秦腔》的闲聊体、微写实的慢小说。这部作品由《夜空》《村子》《招魂》《走山》《空空树》《彩花绳》六部分组成,从中我们不难分辨出这部小说的主要情节演变过程,如开篇女主人公意外地被拐卖,随后她在村子中与丈夫和公公等人巧妙地对峙和周旋,终于她还是被粗暴地攻陷并陷入绝望中,但儿子的出生逐渐地改变着她的命运,她开始向命运求得和解,直至被意外解救后,她又重新返回被拐卖的村子。虽然故事的情节过程大致是清晰的,但我们却不能说这是一部常见的情节型小说,因为在构成作品的每一个部分中,作者都没有把主要笔墨用于讲故事,而是用于精微细致地描摹女主人公的心理世界或她所置身的外部现实世界,尤其是其日常生活状态。这样的长篇小说叙事进程主要依靠的是日常生活的整体或立体的自由流动来支配,而不是由核心故事情节来推动叙事的进展,所以这是一种生活流的小说而不是情节流的小说。准确地说,这是

---

① 贾平凹:《序言之二》,《浮躁(评点本)》,孙见喜评点,长江文艺出版社1999年版,第3页。

一种细节流的小说，而不仅仅是生活流的小说，因为在"新写实小说"潮流中就曾普遍流行生活流的书写，但那种小说潮流中的生活流书写还未深入日常生活细节流书写的程度或状态，无论池莉、方方还是刘恒、刘震云的新写实小说，都还未到抵达依靠无数的日常生活细节的整体流动来推进小说叙事进程的艺术境界，相反，当年的新写实小说家大都退回到了传统的情节流叙事模式中，他们的小说频繁地被影视改编即可作为明证，因为真正依靠日常生活细节整体流动来推进叙事进程的作品是很难被改编成影视剧的。从这个意义上来讲，正是贾平凹将曾经的"新写实主义"小说潮流推进到了"微写实主义"小说的艺术新境界。正如贾平凹在《秦腔·后记》里所言："我不是不懂得也不是没写过戏剧性的情节，也不是陌生和拒绝那种'有意味的形式'，只因我写的是一堆鸡零狗碎的泼烦日子，它只能是这一种写法，这就如同马腿的矫健是马为觅食跑出来的，鸟声的悦耳是鸟为求爱唱出来的。我唯一表现我的，是我在哪儿不经意地进入，如何地变换角色和控制节奏。在时尚于理念写作的今天，在时尚于家族史诗写作的今天，我把浓茶倒在宜兴瓷碗里会不会被人看作是清水呢？穿一件土布袄去吃宴席会不会被耻笑为贫穷呢？"[①]于是新世纪的贾平凹渴望读者能够慢读他的作品，仔细地去品味他的作品，而不是"翻着读"他的作品，快读他的作品。因为他选择了去写一堆鸡零狗碎的泼烦日子，他选择的是艺术性地还原日常生活状态，依靠日常生活细节的整体流动来推动叙述进程，从而与那种时尚的先锋理念写作或家族史诗写作区别了开来。后者正好依靠的是理念或情节来推动叙事进程。

接下来的问题在于，作家如何通过日常生活细节的整体流动来书

[①] 贾平凹：《后记》，《秦腔》，作家出版社2005年版，第565页。

写,换句话说,这种日常生活细节的整体流动如何在叙事中加以呈现?这就牵涉"微写实主义"小说作品的内在结构或文本肌理的问题。一般而言,传统的长篇小说结构大都是情节结构,以一个或多个具有连贯性的故事为中心展开叙事,这本质上是一种线性结构或时间结构,在古典小说和戏剧或批判现实主义小说中屡见不鲜,属于典型的情节流小说结构。而贾平凹的"微写实主义"小说创作承接的是《金瓶梅》和《红楼梦》为代表的古典写实主义小说观念与技法,他看重并着意复活的是曹雪芹的那种生活流乃至于细节流的高度立体化的整体写实艺术,由此催生的长篇小说必然是非戏剧性的、反情节的散文化结构。事实上,贾平凹从《秦腔》到《极花》这一系列的新世纪长篇小说,完全可以当作一系列的长篇散文来看待,在贾平凹的艺术视界中,散文和小说的文体界限本身就是模糊的,毋宁说他从事的是一种跨文体写作。必须指出的是,贾平凹长篇小说的散文化结构其实是一种空间化的文本结构,它与情节型小说的时间化结构之间有着鲜明的艺术分野。时间型的小说依靠情节,空间型的小说依靠细节,情节可以衍变为一连串的故事,细节可以堆积成一整块的场面或场景。所以,如同时间型小说往往是线性结构一样,空间型小说往往是块状结构。于是我们看到贾平凹从《秦腔》到《极花》的一系列长篇小说中布满了一个又一个的由细节堆积成的生活场面或场景,细节是点,场景是面,这些细节化的场景或场面构成了贾平凹新世纪长篇小说的核心艺术符码,它不同于由一个个的故事节点来编织而成的线性情节流,后者往往将网状的立体的生活状态加以简化或删节,而前者却致力于还原日常生活的网状立体。一个是由点成线的单向度故事情节的纵向推进,一个是由点及面的立体化生活场景的整体推进,由此形成了两种不同的小说艺术取向。而在由点及面的日常生活细节流动的整体推进过程中,作家显然更能精细地描摹社会现实生活,深入日常生活的内在肌理和人性褶皱之中。这就如同贾平凹在《老生·后记》中所说,"以细辨波纹看水的流深"①,因为生活如水如潮,它在不断地翻滚汹涌而来,很难被简析或简化为线条般的模样,只有做立体的日常生活描摹才能做到细辨生活的波纹并探测人性的流深。在《极花》的创作中,我们同样可以看到作家的这种艺术诉求,作品的六个部分相当于时间上似断实续的六个叙事板块,而每一个叙事板块中又竭力地淡化主干情节而强化节外生枝的余墨或闲笔,让一个个的日常生活细节自然地流动而来,汇聚成关于女主人公胡蝶的生存环境的立体图景,从而在讲述或唠叨中完成了艺术的还原或呈示。所以,贾平凹的《极花》以及他的其他新世纪长篇小说创作,在整体上追求的是那种水银泻地的艺术境界,其艺术原型是"水",如江河,如湖海,或奔涌或流淌,一片汗漫与混沌,元气淋漓而不可分解。

最后要分析的是"微写实小说"中的人物群像结构问题。作为一个"微写实主义"的艺术探索者,贾平凹对日常生活的全景式和立体式观照无疑是洞幽烛微的,他期待着自己能够在高度密实的叙事中见微知著,探寻人性的隐秘和社会历史生活的奥秘。既然如此,他就不可能还像以往的现实主义小说那样只把笔墨投向所谓的中心人物,而是致力于一种反中心主义的多元人物群像的雕塑或构筑。这就如同他在叙事结构上打破了传统的中心主义情节结构模式一样,他致力于多元主义人物群像结构也是为了实现长篇小说的空间化叙事诉求。一个是空间化的叙事块状结构,另一个则是空间化的人物块茎结构。"块茎结构"或"块茎状思维"②是从当代法国思想家德勒兹那里借用的一个概念,用于反对传统的树状结构或者线性思维模

---

① 贾平凹:《后记》,《老生》,人民文学出版社2014年版,第293页。
② [美]道格拉斯·凯尔纳、斯蒂文·贝斯特:《后现代理论——批判性的质疑》,张志斌译,中央编译出版社1999年版,第128—133页。

式,而笔者借用来主要是为了谈论贾平凹新世纪长篇小说创作中的多元人物群像结构。众所周知,《秦腔》《古炉》《老生》都以擅写人物群像著称,各种各样的大小人物纷至沓来,让读者目不暇接,甚至因此而引发了部分读者的反感。而即使在《高兴》《带灯》《极花》这样以主人公命名的长篇小说中,贾平凹同样没有放弃多元人物群像结构的艺术诉求。在高兴、带灯、胡蝶的身边,团聚或纠结着一大群社会底层人物,实际上作家完全可以袭用传统的中心主义人物结构模式,只需要重点观照和塑造三个中心人物或主角即可,把其他人物一律纳入配角或陪衬性的人物行列中,但那样的小说文本中只存在单一的声音,而无法构成俄国巴赫金所说的"复调小说",不过是"单调"小说而已。而在块茎状思维的启示之下,作家追求的是让作品中的所有人物能在原生态的生活土壤中自由自在地生长起来,他们发出众生喧哗的声音,彼此之间展开对话或者潜对话,从而增强文本的多义性和模糊性,这也可以理解成贾平凹在人物塑造中对中国传统散点透视法的运用。所以在《高兴》中,贾平凹在五富、黄八、杏胡夫妇、韩大宝、孟夷纯等各色人等身上丝毫也不吝笔墨。而在《带灯》中,他更是对竹子、书记、镇长、元家兄弟、薛家兄弟、张膏药、陈大夫、黄老八、马连翘、六斤、陈艾娃、刘慧芹、李存存等一大串社会底层或基层人物做了穷形尽相的立体描画。及至《极花》中,作家同样没有为了胡蝶一个人的唠叨而强行抑制其他众多社会底层人物发出自己的声音。黑亮、黑亮爹、黑亮叔、訾米姐、麻子婶,他们并非简单地作为胡蝶的陪衬而存在,而是展示了各自不同的人生命运、个性色彩和内心诉求。至于老老爷、满仓娘、半语子、村长、立春和腊八兄弟、三朵和三朵媳妇等一应人等,作家也都以最大的同情与悲悯雕刻或描摹他们的艺术肖像。这种全景式的或曰立体式的多元人物群像结构的雕塑是对一个长篇小说家的极大考验,此时的作家就如同一个高明的足球教练,比如巴塞罗那的主教练瓜迪奥拉一样，他强调的是一种整体推进式足球，打破了传统足球理念中后卫、中场、前锋的定位以及三条线的距离，而是"所有人都是防守者和进攻者，进攻时就不停地传球倒脚，繁琐、细密而眼花缭乱地华丽，一切都在耐烦着显得毫不经意了，突然球就踢入网中。这样的消解了传统的阵形和战术的踢法，不就是不倚重故事和情节的写作吗，那繁琐细密的传球倒脚不就是写作中靠细节推进吗"？①这就是贾平凹在现代足球艺术中所获取的小说艺术灵感。联系到《极花》的创作，它正是足球与小说的艺术互渗的绝佳证明。当读者还沉浸于作者的繁琐密实的日常生活细节流动中不能自拔时，小说突然戛然而止，胡蝶的被解救与重返山村几乎是在一瞬间完成的，小说的最后一部分《彩花绳》的叙述速率明显加快，仿佛急风暴雨后的片刻宁静，留给读者不尽的余味和悠长的不平。但这就是这部长篇小说的艺术魅力之所在，在整体的密实推进中最后完成了致命一击。

需要补充的是，贾平凹的"微写实主义"小说实验并非完全是他的个人行为，实际上他在当今文坛并不孤独，我们不难发现，莫言、王安忆、刘震云等当今文坛重镇都在致力于这种"微写实小说"艺术，尽管他们在各自的艺术个性、语言风格、精神姿态上存在明显的差异，但这些差异的存在并不能否认他们不约而同的"微写实"艺术取向。比如王安忆的长篇力作《长恨歌》和《天香》，就是典型的靠日常生活细节整体推进的"微写实"小说，和贾平凹一样，王安忆也受到了《红楼梦》的古典写实主义传统的影响。当今海派文坛大器晚成的作家金宇澄的长篇力作《繁花》也可作如是观，《繁花》甚至可以说是将"微写实"小说推向了极端，同时也更大程度上暴露了这种新小说形态的流弊。至于莫言的《檀香刑》《四十一炮》《生

---

① 贾平凹：《后记》，《带灯》，人民文学出版社2013年版，第360页。

死疲劳》等长篇力作，同样大体可以归入"微写实"小说的艺术范畴，其琐碎繁密的日常生活细节，以及依靠细节流动和场景组合来整体推动叙事进展，无不与贾平凹的新世纪长篇小说叙事艺术有着异曲同工之妙。刘震云的长篇力作《一句顶一万句》明显也属于这种微写实、聊天体的慢小说，只不过与贾平凹小说的整体艺术风貌不同罢了。贾平凹的小说以沉郁顿挫取胜，而刘震云的小说以幽默犀利见长。但无论如何，我们必须意识到，在当今这样一个快节奏的微时代里，还有着像贾平凹这样的致力于慢小说写作的作家群体存在，他们以其冷峻厚重的"微写实"小说艺术，表达着对我们这个崇尚浅阅读的微时代的反抗。

重塑传统与刘醒龙长篇小说创作新趋向

——从《蟠虺》到《黄冈秘卷》

自从 1994 年长篇小说处女作《威风凛凛》面世以来,刘醒龙已出版了十余部长篇小说。如果说在 20 世纪八九十年代刘醒龙主要以中短篇小说创作为主,那么进入新世纪以后长篇小说创作就成了刘醒龙的文学主业。在二十多年的长篇小说创作历程中,刘醒龙一直在历史与现实、乡村与城市、道德与人性之间沉潜往复、从容面对,既写出了《天行者》《痛失》《生命是劳动与仁慈》这样的"新现实主义"力作,也贡献了《圣天门口》《弥天》《威风凛凛》这样的"新历史主义"佳构。2011 年《天行者》荣获第八届茅盾文学奖,这对于刘醒龙而言是荣誉也是挑战。如何超越《天行者》和《圣天门口》的思想和艺术壁垒,这是摆在刘醒龙面前的一道难题。好在刘醒龙没有让喜爱他的读者失望,他以不急不徐的稳健姿态相继推出了两部让读者刮目相看的长篇小说,这就是《蟠虺》(2014)和《黄冈秘卷》(2018)。不难看出,在这两部长篇近作中,刘醒龙表现出了一种强烈的重塑中国传统的创作倾向。一方面,刘醒龙在长篇写作中着力挖掘中国文化传统资源在当代中国民族性格重塑中所扮演的反思现代性功能；另一方面，他还在倾力尝试中国文体传统资源之于当代中国长篇小说文体重塑的可能性，二者均指向了中国传统的重塑与再生。

一

在三十多年的文学创作生涯中，刘醒龙对于中国文化传统的态度一直是复杂的，既非绝对的批判亦非简单的认同。早在 20 世纪 80 年代的"寻根文学"浪潮中，刘醒龙就以"大别山之谜"系列中短篇小说一鸣惊人。当时的他坦言自己正致力于"重建楚文化的神话体系，而与各路南蛮一起竭尽绵薄之力"①。而在他这一时期的小说创作中其实存在着一种看似矛盾的文化价值立场，"即在将变之时，他对旧事物和旧观念持否定态度；在既变之后，却又对这些被他否定过的东西有所眷惜和留恋"②。这种游移在新与旧、现代与传统之间的复杂文化心态在当年的寻根文学作家及其作品中普遍存在着。诸多寻根作家在批判性地审视中国本土文化传统中的民族劣根性的同时，又无法割舍对民族文化传统所铸造的道德理想人格的怀念，由此带来了中国寻根小说普遍上兼具传统与反传统的二重性。事实上，这种文化二重性在刘醒龙 90 年代转向"新现实主义"写作以后依然存在。就长篇小说创作而言，一方面，刘醒龙在大力挖掘和鞭挞民族文化心理中的病灶和陋习，这使得他的长篇小说具有强烈的批判性和启蒙精神，如《威风凛凛》《圣天门口》就是很有代表性的启蒙主义文学样本；另一方面，作为对市场经济转型时期中国消费主义文化的

---

① 刘醒龙：《那叫天意的东西》，《重来》，河南文艺出版社 2015 年版，第 221 页。
② 於可训：《刘醒龙与大别山之谜》，《於可训文集》第 1 卷，长江文艺出版社 2018 年版，第 322 页。

反动，刘醒龙又在他的长篇小说创作中着意高扬道德理想主义大旗，为当代中国历史与现实中的民族理想人格赋形与招魂，《生命是劳动与仁慈》《天行者》就是这类超越了狭隘的启蒙主义的长篇力作。相对而言，如果说前一类作品偏重于挖掘和批判民族的劣根性，那么后一类作品就偏向于寻找和弘扬"中国人的优根性"。在20世纪90年代中期的一次海外出访中，刘醒龙"深刻地感到在恶劣环境中保持了五千年文明历史的中国人，是不可能靠着劣根立国的，她肯定有自己优根的存在。我们学习鲁迅先生，不少人记住了文章是匕首和投枪，却忽视了先生立文立意的根本。"① 由此刘醒龙领悟到，作为中国作家他不仅要写出批判民族劣根性的作品，而且还要在批判的基础上进一步写出高扬中华民族精神和国民优根性的作品。这种文学理想的实现不可谓不艰巨。毋庸讳言，《圣天门口》的宗教理想色彩和《天行者》的道德理想精神都在不同程度上遭到质疑，而如何摆脱这两部力作的光环与拘囿，迫使刘醒龙以螺旋式上升或辩证性回归的方式再度返回当初的寻根文学原点。于是在长篇近作《蟠虺》和《黄冈秘卷》中，刘醒龙在保持既有的"新现实主义"或"新历史主义"写法的同时，又进一步强化了本土文化寻根旨趣，尝试着以楚文化和鄂东文化为中心追寻、叩问和重塑中国文化传统新形态。

对于刘醒龙而言，他能够写出《蟠虺》和《黄冈秘卷》这样具有浓厚的文化史性质的长篇小说系列并不是偶然的，这取决于作家近十年来关于传统的新思考。刘醒龙曾深刻地意识到："传统延续得太久时需要反拨，这种反拨的目的并非是抛弃传统，而是为了更准确更精深地回继承传。"② 作为土生土长的湖北作家，如何精深准确地发掘并且创造性地转化楚汉思想和文化传统，这是刘醒龙长期以来思

---

① 刘醒龙：《莫当长江是黄河》，《重来》，河南文艺出版社2015年版，第237页。
② 刘醒龙：《默契》，《重来》，河南文艺出版社2015年版，第170页。

索的文学思想命题。他在《楚汉思想散》中写道:"每个地域的人格,自有每个地域的生存考验,历经千代万代才形成。汉楚地域上人格的传承,必然会受到山水地理的潜移默化。"① 这种地域文学观念或文学地理学看法虽然并没有太多新意,但刘醒龙却进而打破了"精明湖北佬"的成见,认为楚汉之人多是"性情中人",不仅说话喜欢高腔高调高开高走,而且长期养成了不愿压抑自己性情的习惯。在刘醒龙看来,先秦时期南方的楚国更有浪漫文化精神,更能彰显生命的个性气质,但最终惨败给了北方野蛮的秦国。但"楚虽三户,亡秦必楚",楚人不仅推翻了暴秦的统治而且在辛亥革命中又率先推翻了清朝,结束了中国两千年来的封建帝制,其中的文化因缘与精神奥秘值得当今国人深思②。不难看出,刘醒龙对楚汉文化精神及其人格特质有一种强烈的现代性认同,即格外看重和推崇楚汉文化人格的反抗性、浪漫性和理想性,认为这是一种符合世界范围内的现代化思潮的文化精神,因此古老的楚汉文化精神传统不仅没有衰亡,而且或显或隐地转化到了现当代楚汉地域文化人格基因中。这就涉及中国传统文化人格的现代重塑问题。评论家洪治纲早就敏锐地指出过刘醒龙在《蟠虺》的创作中试图凭吊与重塑传统文化人格的艺术诉求③,但尚未深入地揭示《蟠虺》中重塑传统楚汉文化人格的内在心理机制与艺术策略。事实上,中国当代小说中借助心理结构解析来塑造人物形象的文化人格在刘醒龙之前已有少数作家取得了重要成功,如王蒙的《活动变人形》、张炜的《古船》、陈忠实的《白鹿原》都堪称典型。陈忠实曾宣称从早年的"塑造性格说"转向了后来的

---

① 刘醒龙:《楚汉思想散》,《抱着父亲回故乡》,重庆出版社 2015 年版,第 114 页。
② 刘醒龙:《楚汉思想散》,《抱着父亲回故乡》,重庆出版社 2015 年版,第 101—116 页。
③ 洪治纲:《传统文化人格的凭吊与重塑——论刘醒龙的长篇小说〈蟠虺〉》,《文学评论》2014 年第 6 期。

"心理结构说",他认为塑造人物形象最好是紧紧抓住人物的"文化心理结构"进行深度解析和雕刻。①而其中的艺术关键在于透视人物的文化人格心理结构中的矛盾和冲突,尤其是要致力于发现人物心理结构中不断交替出现的平衡与颠覆的嬗变过程,而写作的妙处往往就在于寻找人物心理结构中的平衡点和颠覆处。②这确实是切中艺术肯綮之论。而多次向陈忠实致敬的刘醒龙则公开表示过:"当代中国作家的作品我读过三遍的只有《白鹿原》。"③可见刘醒龙深谙文化人格心理结构解析的个中三昧。

比如在《蟠虺》的创作中,刘醒龙将主人公曾本之一开始就置于巨大的文化人格心理焦虑中予以表现和解析。曾本之用尽全身力气写了又撕的那封信件其实就是他内心人格焦虑的外化。所谓"识时务者为俊杰,不识时务者为圣贤",在曾本之念兹在兹的警句中实际上隐含了两种人格的心理冲突与文化价值选择。一个是理想主义的圣贤人格,另一个是功利主义的俊杰人格;前者是曾本之文化人格心理结构中的显性人格,而后者是其内心深处被压抑和隐藏的隐性人格。正是因为这两种文化人格的激烈冲突才导致了曾本之的坚守与沉沦、挣扎与救赎。对于曾本之而言,他毕生从事楚国的青铜重器研究而且成为这一领域的学术权威,青铜重器在潜移默化中已然塑造了他青铜般的人格范型。曾本之深知青铜重器只与君子相伴,青铜楚鼎天生就有一股浩然正气,所以在曾本之的心目中青铜人格就是君子人格乃至于圣贤人格的物化和结晶。但曾本之的青铜人格又绝非传统儒家道德人格的简单复制品,而是中国传统君子人格或圣贤人格

---

① 陈忠实:《关于〈白鹿原〉与李星的对话》,《陈忠实文集》第5卷,广州出版社2004年版,第391页。
② 陈忠实:《在自我反省中寻求艺术突破——与李遇春的对话》,《陈忠实文集》第7卷,广州出版社2004年版,第406页。
③ 刘醒龙:《去南海栽一棵树》,《当代》2016年第4期。

在现代社会中创造性转化的精神硕果。这种现代青铜君子人格摒弃了中国传统儒家文化人格的依附性或犬儒性格，而以现代知识分子的独立思想与自由精神为价值本位，但它又积极地继承了中国传统文化人格中刚健进取、慎独笃志、明辨是非、三省吾身等精神传统，因此体现了中国文化传统创造性转化的可能性。于是我们发现，虽然曾本之内心深处也时常涌动着现实功利主义俊杰人格的冲动，但终究还是理想主义的君子人格或圣贤人格的内心召唤占了上风，由此捍卫了曾本之的青铜人格范型并且化解了他的文化人格心理焦虑。对于作家刘醒龙而言，"对灵魂的善待恰恰是对它的严酷拷问"①，所以只有对曾本之的精神世界予以严酷的拷问才能确保其生命价值与人格尊严，否则就会跌入概念化的人格塑造陷阱。在刘醒龙的笔下，曾本之的青铜君子人格也有受到挑战乃至于濒临崩溃的时候。曾本之虽然惯常以青铜重器学术权威的高大形象出现在众人面前，但他内心深处的隐痛和耻感其实从未消失。他无法遗忘自己早年在郝嘉受难时的明哲保身行为给同行带来的伤害，他也无法回避自己选择郑雄做乘龙快婿时的名利贪欲作祟以致牺牲了女儿的婚姻幸福，而为了维护自己的学术路线和地位而长期放任郑雄打压学术界不同观点的行径更是让曾本之内心羞愧不安。当然最让曾本之寝食难安的还是真假蟠虺的心结。明知公开展览的曾侯乙尊盘是伪器而不敢明言，但不翼而飞的真器又苦寻未果，且一时无法找到复制的正确工艺，这对于青铜泰斗曾本之而言不啻于人格羞辱。不仅如此，曾本之还要时常面对院士申报的巨大名利诱惑，这让他内心的人格冲突更加剧烈。有意味的是，刘醒龙不仅解析了曾本之的内在心理症状而且还描绘了曾本之的外在生理表征。比如曾本之每次心脏出毛病都与曾

---

① 刘醒龙：《过去是一种深刻》，《抱着父亲回故乡》，重庆出版社2015年版，第193页。

侯乙尊盘直接或间接有关,小说中多次描写过曾本之紧急掏出速效救心丸的场景。还有曾本之每次听到院士二字自己的心跳就会加速,就会紧张,这也隐含了他内心沉重的人格焦虑。只有当曾本之真正选择了与郑雄等势利之徒或权力人士决裂以后,只有当曾本之敢于把院士称为"鼻屎"并将院士申报表格当面撕碎的时候,他才真正驱逐了心魔,获得了内心人格心理结构的平衡。所以他发现自己居然不再失眠了,心脏病也缓解了,甚至连长期泯灭的性冲动也恢复了激情。凡此种种都属于曾本之内在人格心理焦虑化解后的外在生理反应。经过如此的心理折磨与挣扎,曾本之的现代青铜君子人格才算是获得了真正的道成肉身的独立建构。

与曾本之形成鲜明对比的是郑雄。作家刘醒龙同样将郑雄置放于文化人格心理结构视域中予以解析和塑造。如果说曾本之是不识时务的青铜人格、君子人格乃至于圣贤人格,那么郑雄就是所谓识时务的俊杰人格,用小说中多次用来鄙视郑雄人品的话来说就是"鼻屎"人格或"伪娘"人格,用国人的俗语来说就是小人人格或伪君子人格。虽然曾本之也有人格弱点,有过人格濒临崩溃之时,但他最终还是捍卫了古今君子人格的价值底线,而郑雄始终在古今君子人格的价值底线以下活着。郑雄完全没有乃师曾本之的自由思想精神和独立人格意志,他是一个活脱脱的披着学术外衣的市井小人。郑雄被人鄙视的"鼻屎"人格或"伪娘"人格的核心就在于依附性,即鲁迅先生所谓的奴性。一方面,作为名利双收的学者型官员或官员型学者,郑雄是一个"暂时做稳了奴隶"的人;另一方面,作为权欲熏心或野心勃勃的政治投机者,他又是一个"想做奴隶而不得"的人[1]。这种奴性或奴隶身份的二重性导致了郑雄文化人格心理结构

---

[1] 鲁迅:《灯下漫笔》,《坟》,《鲁迅全集》第1卷,人民文学出版社1981年版,第213页。

内部的分裂与焦虑乃至痛苦。于是他只能用国人惯用的人生伎俩如"瞒和骗"①"爬和撞"②之类横行学界或行走江湖。郑雄十分善于伪装，且巧于辞令、工于心计。他能当众将庄省长夸成20世纪的楚庄王，也能想方设法捍卫导师兼岳父曾本之的学术泰斗地位，他还能周旋在省城乃至京城的达官贵人、江湖术士之间，这一切都是利用他华而不实的学术辩才和窃取的行政资源作为象征资本。最令人不齿的是他明知道内情却依然选择了与曾本之的女儿结婚，因为他娶的不是曾小安而是曾本之的学术地位和权力，这就难怪曾小安要说他是忍者神龟了。明明与曾家是一种赤裸裸的利益关系，但郑雄在入赘曾家的八年中长期伪装得天衣无缝，对外制造一种家庭和谐的假象。实际上郑雄始终在以这段虚伪的婚姻作为政治筹码，而且始终在寻找着更大的权力资本往上攀爬。表面上郑雄捍卫的是曾本之的学术观点和泰斗形象，其实骨子里他捍卫的是自己的政治资本。郑雄可以在表面上活得风光，在人前颐指气使，但在曾家其实他活得像一条忍气吞声的狗，没有任何地位。终于有一天郑雄无法控制住自己的情绪，他朝着曾本之发火了，但付出的代价是被曾本之驱逐家门乃至师门。曾本之最终看透了郑雄这种出卖师友的无耻小人的虚伪人格面具，而郑雄苦心经营的人格心理结构平衡最终走向了崩溃。在郑雄的人格心理雕刻中，作家刘醒龙再次从外在生理反应的角度透视其内在心理防线的解体或坍塌。除了写一向善于隐忍的郑雄勃然发怒之外，小说里多次写到郑雄的冒汗，虚汗意味着郑雄的心理焦虑与不安，意味着他稳固的人格心理结构在松动。而最终郑雄因为在长江快艇上被神秘的水中巨手夺走了蟠虺尊盘而陷入心理崩溃，

---

① 鲁迅：《论睁了眼看》，《坟》，《鲁迅全集》第1卷，人民文学出版社1981年版，第240页。
② 鲁迅：《爬和撞》，《准风月谈》，《鲁迅全集》第5卷，人民文学出版社1981年版，第261—262页。

他在医院里发高烧说胡话，表明其人格心理结构彻底解体，因为他再也找不到心理平衡点。需要指出的是，刘醒龙并没有把郑雄塑造为一个十恶不赦的恶人或坏人，正如他并没有把曾本之塑造成一个品行完美的圣人或君子。在曾本之的眼中，品行不端的郑雄在骨子里并不很坏，他在关键时刻甚至还出手保护过曾本之免受绑架之苦，当真相大白时他甚至还想到帮助曾本之实现让蟠虺真器回归的夙愿，连曾小安对郑雄八年中没碰过她也多少有些恻隐之心，凡此种种均显示了郑雄人格异化背后的焦虑与痛苦。

不难看出，刘醒龙在《蟠虺》的创作中始终都在思考着当代中华民族性格的重塑与再造问题。一方面，他借助塑造曾本之的现代青铜君子人格来发掘中国传统文化（主要是楚汉文化）的现代价值；另一方面，他也通过塑造郑雄的当代伪君子人格来批判中国传统文化及其所酿成的国民劣根性。但国民性批判的最终目的还是重建当代中国的民族性格，唯有解析和透视我们民族复杂的文化人格心理结构才能深入地发现问题的症结之所在。刘醒龙并非一味地反对中国文化传统，他也并不盲目地崇拜西方现代性价值观，而是像陈忠实等当代中国作家一样有着清醒而睿智的中西文化对话立场，敢于而且善于在小说创作中进行现代性文化反思。事实上，《蟠虺》中有两个人物形象系列：一个是以曾本之为代表的现代青铜君子人格系列，一个是以郑雄为代表的当代"鼻屎"伪君子人格系列。前者还有郝嘉、马跃之、郝文章、万乙等人，后者还有"老省长"、熊大师（熊达世）、关书记等人。研究古代丝绸的马跃之向来以"丝绸"人格示人，但在其华丽潇洒的软性人格面具中其实隐含了当代中国知识分子的文人风骨，唯其如此他才能与曾本之同声相应、同气相求，"嘤其鸣矣，求其友声"（《诗经·小雅·伐木》）。至于郝嘉，他身上既有现代知识分子的独立人格和个性意识，也有中国传统士人豪放不羁、刚健沉雄、"宁为玉碎，不为瓦全"的古典气节。而作为郝嘉的私生子同时也是曾本之得意门生的郝文章,他刚好有力地传承了前辈学人身上最可宝贵的学术怀疑精神。在曾本之还在犹豫不决之时,郝文章以"不入虎穴,焉得虎子"的坚毅与果敢去江北监狱与青铜大盗"老三口"相伴八年,只为了探得复制蟠虺尊盘的奥秘。郝文章从曾本之的自我怀疑中深受启发,他们师徒的精神接力最后也得到了马跃之的深刻认同。原来中国青铜时代的范铸法与西方青铜时代的失蜡法都是很伟大的传统工艺,我们不能厚此薄彼或者盲目崇拜西方,仿佛连古代中国人也低欧洲人一等。与君子人格系列勇于捍卫中国传统文化的当代价值不同,小说中的伪君子人格系列都执迷于功名利禄、荣华富贵而不能自拔,或者道貌岸然,或者装神弄鬼,或者阴谋诡计,总之把中国传统功利人格的弱点予以放大,这意味着中国文化传统的创造性转化与民族性格的重塑在当代中国社会中任重而道远,艰巨而复杂。而小说中曾本之的《春秋三百字》与郝文章的《青铜三百字》正是对重塑国民文化人格心理结构的深情呼唤。

二

刘醒龙曾说过:"人人心里都存有一个'圣'的角落。这样的角落正是人性的启蒙。如果面对的是乡村,那也就是乡村的一种启蒙。"[①] 显然,作为一个具有"求圣"或"求贤"意志的作家,刘醒龙的"圣贤"情结并非中国传统儒家文化的当代翻版,而是建立在现代人性启蒙基础上对中国传统文化人格的现代转换与重塑。与《天行者》和《圣天门口》相比,《蟠虺》和《黄冈秘卷》在重塑中国传

---

① 刘醒龙:《一滴水有多深》,作家出版社2009年版,第155页。

统文化人格的现代诉求上更加明晰和强烈。如果说《蟠虺》主要拷问的是武汉这座城市中知识精英的圣贤人格心理,那么《黄冈秘卷》主要就是要叩问黄冈乡村地域文化中普通乡贤的人格心理。城市的圣贤与乡村的乡贤已然成为了刘醒龙长篇近作中重塑传统的关键。在刘醒龙的心目中,重建当代中国的圣贤或乡贤文化是实现中华民族文化复兴的现实基石,这是他与激进型启蒙主义作家的一个重要差异。在刘醒龙看来,"这个世界上有很多不识时务的人,他们不一定能成为圣贤,他们也从来不去梦想自己会成为圣贤,他们的不识时务完全是个人品质的自然呈现。事实上,世所称颂的圣贤,正是诸如此类的既普通又非普通,既平凡又非平凡的执着者日积月累起来的"①。这意味着人人皆可为圣贤,关键是内心中要有现代圣贤人格的道德律或精神底线。但在现实的中国城市与乡村中,现代圣贤或乡贤人格日渐退场或褪色,青铜人格因为传统色调而被放逐,而"鼻屎"或"伪娘"人格则以所谓现代色彩横行无忌,所以刘醒龙频频地在散文创作中直接呼吁作为中国知识精英的作家要坚守"灵魂的底线"②,要讲求"文学的气节",他声言"作品是一个作家的气节",而"文学是一个时代的气节"③。由此看来,在中西融合的基础上重建中华民族的气节精神,刘醒龙与近现代以来的新儒家文化复兴学说有了深度的默契。按照张君劢的说法,这种现代中国气节精神,其中蕴含着坚定的意志但非一意孤行的独断,蕴含着冷静的智慧而非自不量力的冲动,蕴含着"博学、慎思、审问、明辨之工夫"而非匹夫之勇④。倘若在精神上有此气节,则在现实中必为圣贤或乡贤。这正是

---

① 刘醒龙:《黄梅戏贤》,《重来》,河南文艺出版社2015年版,第198页。
② 刘醒龙:《灵魂的底线》,《重来》,河南文艺出版社2015年版,第210页。
③ 刘醒龙:《文学的气节与边疆》,《重来》,河南文艺出版社2015年版,第303页。
④ 张君劢:《儒家哲学之复兴》,中国人民大学出版社2006年版,第183—184页。

中国传统圣贤文化精神的现代价值之所在。有意味的是，刘醒龙一直以来都在追索着自己的黄冈地方文化血脉。他在《赤壁风骨》中追念了从苏东坡到黄侃、熊十力、闻一多、胡风、秦兆阳等古往今来的黄冈文化精神谱系，认为这群风骨挺拔的现代知识精英是中华晚近以来精神圣界的脊梁。正所谓"唯楚有才、鄂东为最""鄂东之地，物产中能傲视古今的是人之风骨""有风骨的大地，拒绝生长邪恶奸佞"，这就是千百年来黄冈地方文化绵延不绝的质量与力量，它是"大道与大德的天赐"①。于是我们读到了《黄冈秘卷》，这是刘醒龙向故乡黄冈地方文化传统致敬的长篇力作。它以作家的家史和故乡的方志为基础，以生活中的父亲和祖父等为文学原型，通过大半个世纪的历史变迁的讲述，叩问或重塑了黄冈地方文化人格传统的当代价值。刘醒龙在这部长篇小说的后记里写道，"再伟大的男人回到家乡也是孙子"，正是因为对家乡故土的热爱与深情，才促使他探求故乡黄冈文化的精神奥秘。他发现："贤良方正的黄州一带，确与众不同，从古至今，贤心贵体的君子，出了许多，却不曾有过十恶不赦的大坏蛋。从杜牧到王禹偁再到苏东坡，浩然硕儒总是要以某种简洁明了的方式流传。"又说："以黄州为中心的原野上的一种品格，可以低头，可以弯腰，决不下跪求饶。"②这就揭示了黄冈地方文化人格的风骨、气节与底线。这种黄冈人格与《蟠虺》中的青铜人格虽然外在表现有所不同但在内在精神上却息息相通，不要忘了曾本之的籍贯就是黄州，他就是生活在武汉的黄冈知识精英。

如同在《蟠虺》中一样，刘醒龙在《黄冈秘卷》中再次运用文化人格心理结构解析方法，将不同性格类型的黄冈人物形象系列予以

---

① 刘醒龙：《赤壁风骨》，《抱着父亲回故乡》，重庆出版社 2015 年版，第 52 页。
② 刘醒龙：《后记：为故乡立风范　为岁月留品格》，《黄冈秘卷》，湖南文艺出版社 2018 年版，第 478、180 页。

深度的文化心理透视，以此探索传统文化人格的现代重塑。虽然《黄冈秘卷》探索的是传统乡贤文化人格的当代命运，但刘醒龙无意于简单地美化传统人格或将其神圣化，因为他深知当代中国乡村于今已日益空心化，乡村的种种无赖与野蛮，"俨然是意识形态晴雨表上的一种标志"①。身为作家，刘醒龙唯有本着"最大限度地发现并还原生命的真相"的艺术原则，去努力塑造或解析"文学中的人"，即"那个喜怒哀乐、爱恨情长、有血有肉甚至五毒俱全的人"②。大体而言，《黄冈秘卷》中的黄冈人有三种人格类型，虽然都属于黄冈人格，但由于内在的文化人格心理结构存在差异，故而呈现出不同的性格特征。第一种黄冈人格类型以父亲老十哥（刘声志）为代表，这是一种深受政治文化影响并且接受后者改造后所形成的复杂人格结构。刘醒龙笔下的老十哥确实带有很强烈的他的父亲的影子③。因此，解析老十哥的文化人格心理结构其实就是作家重新理解父亲以及父辈的一种方式。老十哥从小就传承了典型的黄冈地方文化人格，这种人格最突出的特点就是困苦中的执拗，它在日常生活中往往给人一种"一根筋"的印象，而在文化心理上却能生成一种有"风骨"的强硬人格精神。据说黄冈人的先祖是由鄂西川东迁移来的巴人后裔，历史上巴人多次造反而被镇压，东汉时期光武帝下旨迁徙到黄冈的"五水"（举水、倒水、巴河、浠水、蕲水）消磨其性格，但依旧民风彪悍，喜欢逞强斗狠，俗称"五水蛮"。这种蛮人性格很执拗也很强硬，用小说中母亲的话来说，"黄冈人活着是一根筋，老死时还是一根筋"。

---

① 刘醒龙：《一滴水有多深》，作家出版社2009年版，第176页。
② 刘醒龙：《文学的气节与边疆》，《重来》，河南文艺出版社2015年版，第299页。
③ 参阅刘醒龙的散文《钢构的故乡》《母亲》和《抱着父亲回故乡》中对父亲的回忆，可以发现小说《黄冈秘卷》中的父亲形象与散文中作家的真实父亲形象之间有着高度的一致性。收入《抱着父亲回故乡》，重庆出版社2015年版。另见长篇散文《一滴水有多深》中的家族回忆，作家出版社2009年版。

而在"我"看来,"不执拗到只剩下一根筋的男人就不是黄冈男人","苏东坡的执拗只相当于半根筋,所以只能算半个黄冈人","整个黄冈人人都在炫耀巴河莲藕比别处的莲藕多一个眼,真实的黄冈人,往往要比别处的人少一个心眼"。这倒不是真的说黄冈人缺心眼,而是黄冈人"一根筋"性格的另一种表达。黄冈人其实情商并不低,正是因为情商太高才导致了"一根筋"。"情商越高的人越执拗,一旦认准的事,那种投入的劲头,在高智商的人看来完全不可理喻。所以,外面的人都说黄冈人特别执拗,恰恰是黄冈人情商太高,所产生的副作用。情商太高的人,最大毛病就是没办法为一时利益而低三下四,也会视嗟来之食为粪土,站在屋檐下还不知道低头。"相对于"我"的理解,父亲的老朋友王鼐伯伯站得更高,他借讲苏东坡而对黄冈人的性格做出新的解释。他认为苏东坡身上并没有四川人的麻辣性格却天生就有黄冈人的执拗性格,一辈子都在"新派"与"老派"、"左派"与"右派"之间挣扎缠斗,始终郁郁不得志。王鼐伯伯把苏东坡所代表的这种执拗性格提炼成了一个词:"风骨"。他说"风骨有点像平常说的硬骨头,但比硬骨头还要有味道"。他还认为黄冈人年少时能下苦功夫读书,长大了也会一样下苦功夫对待工作,这也是黄冈人的"风骨"的成长训练方式。凡此种种,无不说明黄冈人的执拗或"一根筋"其实是外在的性格表象,而深层的内在人格则是坚守或"硬骨头"。

父亲老十哥的这种"一根筋"或"硬骨头"人格其实直接来源于曾祖母的人格示范和家庭教养。生活在旧中国的曾祖母虽然是人所共知的"苦婆",甚至连每年的团年饭都是乞讨所得,但性格刚强的她从不允许自己的孩子去乞讨,而且自己讨回来的食物一定要重新炒煮一遍才给孩子们做食物,这就是她传递给子孙的一种人格力量。她给自己的嫡亲孙子取名"刘声志",选"志"弃"智",就已经注定了老十哥这辈子没有心计、宁信忠勇不信计谋的堂堂正正的男人命运。曾祖母在老十哥的身上预见了家族的未来,从此她不再让人叫苦婆也不再给人取名字,她要捍卫穷苦人的人格尊严。正如老十哥后来在监狱里遇到的革命者国教授所言,革命者必须具备曾祖母这样的硬骨头精神,无论是否参加组织,曾祖母都是彻底的革命者。可见曾祖母的黄冈文化人格与革命者的政治组织人格暗中契合,所以国教授才能顺利地完成对老十哥的政治启蒙,他让老十哥相信组织、寻找组织,因为像他这样穷苦而刚硬的人只有借助组织才能从水深火热中解放出来。老十哥属于典型的黄冈人,一生在外地工作但坚持黄冈方言的高亢声腔,说话粗门大嗓,性子比刚正还要刚烈。在老十哥的心目中,天下万物不如黄冈好,天下人都不如黄冈人,他对黄冈文化传统有着异乎寻常的人格认同。但老十哥又是一个"组织人",他"这辈子生是组织的人,死是组织的鬼,过不惯没有组织的日子",长期的革命政治生活已经为他铸就了强大的政治组织人格。这种政治组织人格的核心是忠诚,它与黄冈地方文化人格中的执拗或坚守姿态一脉相承。换句话说,老十哥的革命风骨以他的黄冈地方文化风骨作为精神底色,或者说前者正是黄冈地方文化传统在革命语境中的创造性转化物。这一点甚至连国民党镇守黄州城的主官(海棠姑娘的父亲)也看得清楚明白,他认为黄冈的革命队伍"五大队"是消灭不了的,因为五大队是黄冈人执拗性格的特殊表现,要消灭五大队就必须消灭全部的黄冈人。可见老十哥加入革命队伍具有地方文化心理上的必然性,他将黄冈人的执拗成功地转化为了忠诚。老十哥的一生对组织无限忠诚:他从不允许家人对组织有任何的怀疑或者说任何违反组织纪律的话;他把自己参加革命工作的地名用来给自己的孩子取名,理由是对组织必须一清二白不能有任何隐瞒;他认为自己既然进了《组织史》那就不能进《刘氏家志》,否则就是对组织的背叛;他早年就把组织利益放在个人爱情之上,把逮捕恋人海棠的父亲作为组织对他的考验,而把深刻地忘记海棠姑娘作为自己对组织忠诚的开篇;作为山区工作队副队长,他长期在外奔波于工作事务而对妻儿缺乏关爱,理由是组织更需要他,对组织决定的事情不能有任何讨价还价;他总是对家乡来求助的老十八说应该回去找组织并相信组织,找他个人解决不了任何问题;尽管一生没有官运,而且调任过无数次的区委干部而始终无法提拔为实质性的县领导,但他坚持认为组织和工作更重要,不能考虑官衔和级别;他认为同僚姜秀才和慕容等人之所以晚景下场不好,完全是因为他们身在组织中而心在组织外,背地里搞了非组织的活动;在政治受难期间为了表达对组织的感恩,他特地主动提高党费,交给组织象征着自己身在组织的钱;他对组织的迷恋可谓无处不在,在儿女们的工作与学习选择上,他始终以组织的需要、为组织排忧解难为标准;他甚至把万人批斗大会也视作组织对他的另一种形式的考验,没有组织的许可他就是不肯上老十八找来的援救车;他还经常冒着生命危险为集体事业奔忙在灾情险情现场,因为他相信他是组织的人,如果为组织而牺牲,组织绝对不会对他家的事情坐视不管;总之,他对组织是百分之百的信任和臣服,他一辈子都遵照国教授的狱中教导而忠诚于组织,从未背叛自己的信仰。他从不屑于搞阴谋诡计,为了解决问题,他从来都是选择光明磊落的正面强攻方式。晚年对付那些贪图享受坐豪车的官员,他直接选择了让主官们当众出洋相。这种硬骨头精神和"一根筋"作风也暗中传递了黄冈地方文化人格力量。

毋庸讳言,父亲老十哥的这种政治组织人格也存在着刻板化的隐患。由于长期身在组织,父亲老十哥在离休之后依旧喜欢干预地方政务,他甚至潜意识地习惯了在家里发号施令让母亲去执行,晚年的他还习惯了与儿女们握手,且仪态大方神情自若,仿佛不是父子关系而是上下级关系。一句话,他早就把家庭变成了组织的一部分,他早就习惯了做家庭的主心骨,习惯了做一言堂的堂主,他的强势性格由不得任何人的违拗和反抗。但必须看到,作家刘醒龙笔下的父亲老十哥的政治组织人格乃至于黄冈地方文化人格即使强硬强大如斯，也有遭遇到文化人格心理结构失去平衡的时候。晚年的老十哥刘声志接连遭遇心理危机，但他总是能有力化解这种心理危机，不让它酿成绝望的信仰危机。最初摆在父亲老十哥面前的危机是母亲的退休金问题。一开始父亲认为母亲必须亲自去单位领取退休金，他认为这是母亲晚年感受组织关怀的唯一方式，任何人都不能剥夺母亲的这个组织权利。但很快父亲就遭遇了母亲的退休金在单位发放不出来的尴尬，他只能用自己的奖金暗中给母亲发退休金，而在两年后自己行将离休之时，他又暗中召集并指示儿女们集资给母亲发退休金，因为全家人都知道退休金是母亲这辈子最后的总决算，如果没有退休金，那么母亲一辈子的组织信仰就可能彻底崩溃。但父亲坚信组织上的困难目前是暂时的，他只是变相地代表组织向我们借钱过渡一下，迟早组织会还给我们。父亲绝不允许我们家发生怀疑组织信仰的事件，他嘱咐我们千万要保护好母亲，因为母亲保护好了也就等于捍卫了组织的尊严。这同时也意味着我们在保护父亲，因为母亲的退休金事件显然已经危及父亲的组织信仰，父亲强大的政治组织人格和地方文化人格也开始隐现危机，有了松动的迹象。接下来父亲老十哥必须面对更加沉重的心理危机，因为这次轮到他自己的离休金也化为泡影。但母亲的策划简直是青出于蓝而胜于蓝，为了避免父亲的心理危机，母亲暗中让我们兄弟姐妹五人实施连环计凑份子钱，假装代表组织给父亲堂堂正正地发离休金，母亲想到的不是替组织分忧，而是认为离退休金关系到人生价值和生命尊严，没有离休金的父亲会陷入精神崩溃的境地。果不其然父亲老十哥也不淡定了，离休金事件远比退休金事件复杂和严重，于是他发火爆粗口了。这里我们再一次看到作家刘醒龙在解剖人物文化人格心理结构失衡时由心理波及生理的写作策略。父亲认为自己一辈子忠于组织却被小人戏弄和嘲弄，原来他的离休金后来都是由他极度鄙视的私企老板老十一刘声智代为发放的,这对当事人简直是奇耻大辱,对当事人所毕生依靠与奉献的组织也是新的背叛。父亲不明白堂堂的组织为何竟然堕落到要用私人老板的钱打发自己这种老家伙,而给老十一提供了羞辱他的老十哥、证明自己比老十哥高人一等的机会。父亲老十哥的内心无比痛苦,他觉得受损失的只能是县里主官们手中的权力所体现的组织与政府的荣誉与信誉。因此这次的离休金事件简直是穷凶极恶,仿佛要直接终结父亲政治上的老命,因为一旦发现连组织都不能百分之百地信任,父亲从精神到灵魂几十年的人生建构都免不了要坍塌和崩盘,那种摧残简直比王鹛伯伯患癌症还要让人痛不欲生。所以当知道是老十一玩的花招之后,作家笔下父亲的"鼻子气歪了":"我亲眼看见父亲鼻子的歪斜程度,要比用文字来形容的样子痛苦一万倍","正是这次亲眼所见,让我在情绪平复下来后,得空回忆先前细节,忽然明白,所谓鼻子气歪了,其实是眼角和嘴角喎斜之后形成的反衬。"这是典型的生理反应,由于内心遭受重创而发生了面部抽搐。但父亲老十哥究竟不同凡响,他强大的政治组织人格和黄冈文化人格终究没有被外力颠覆,而是在痛苦的内心挣扎中迅速恢复了平静和平衡。于是我们看到,父亲没有继续大发雷霆而是用颤抖的双手捧起了《组织史》,他盯着"组织"二字看了好一阵,又用双只手指轻轻抚摸好一阵,再在自己怀里抱上一阵,随后轻车熟路地翻到印有自己简历的那一页,将上面那段文字瞪大眼睛看几遍,再闭上眼睛看几遍。这段细致的生理反应描写实在是精彩绝伦,它生动而深刻地暗示了父亲的文化人格心理结构由失衡到再度恢复平衡的嬗变过程。这就是父亲乃至典型黄冈人性格的另一面:"真的素手无策时,凡事执拗的黄冈人,反而表现出超常的冷静。"冷静之后的父亲不再纠结于离休金的事情,相反展现出了更为强有力的组织观念和力量。他主动配合组织拆迁自己的房屋,为修建南门大桥让路。当母亲拒绝搬迁以绝食相逼的时候,父亲竟以拒绝喝水来展开绝地反击,最终母亲还是屈从于父亲的组织哲学,再度俯首称臣。父亲满怀豪情地宣称生要做组织人、死要做组织鬼,他的政治组织人格已成金刚不坏身。

与老十哥刘声志不同,《黄冈秘卷》中的黄冈人还有第二种人格类型,这就是以老十一刘声智为代表的另一种黄冈地方文化人格,它有着"一根筋"的执拗却不具备硬骨头精神,但关键时刻依旧能体现最后的道德精神底线。这种黄冈人格同样植根于中国儒家文化传统,如果说老十哥刘声志转化了儒家道德理想人格传统,那么老十一刘声智就转换了儒家现实功利人格传统,后者正是儒家推重的所谓"正其谊不谋其利,明其道不计其功"的对立面,但两面如影随形、二位一体,体现了中国儒家文化人格传统的二重性,这就如同君子与伪君子两种文化人格范型在中国漫长的历史上难解难分。具体到老十一刘声智,其人格的执拗不在于像老十哥那样对道义和信仰等精神境界的追求,而在于对金钱和美色等功利欲望的追逐。这种儒家现实功利人格一旦与黄冈地方文化传统的"一根筋"精神相结合,必然变本加厉,更加执拗,就像老十一那样一辈子喜欢阴谋诡计、纠缠争斗、争名夺利,几乎成为以个人利益为驱动器的"我执狂"。老十一刘声智从小就嫉妒老十哥刘声志,他把老十哥当作一辈子的竞争对手,小时候连拉屎拉尿也要比个高低。老十一相信人人都有自保的天性,为了自保随时可以牺牲他人利益,所以他的一生充满了大大小小的背信弃义行为。比如抗战时老十哥缴获了敌枪不愿上交,就是老十一出卖了老十哥的藏枪地点貂猪窝。在汉口大华布厂做工时,又是老十一出卖了老十哥,他利用自己的姓名读音和老十哥相同而在警察局做伪证,陷害老十哥入狱。20世纪50年代,祖父掩护林老大外逃,但行踪却被老十一出卖,祖父因此受到案件牵连。后来当老十哥被错误批斗时,又是老十一向组织揭发老十哥喜爱福特轿车,还说老十哥受林觉民的《诀别书》的影响是小资产阶级情调。

老十一的理由是人必须自保,即使有错误也主要是组织的错误,因为他也是受害者。这就是老十一的功利人格与功利哲学,他成功地把这种功利哲学综合地运用到了自己的各种人生实践中,且屡试不爽。确实如此,刘家大垮最灵敏的鼻子就长在老十一的脸上,他仿佛具有与生俱来的功利主义嗅觉,每逢巨变老十一总能做到先行一步并规划出应对之策。年轻时老十一不仅暗中出卖老十哥,而且以第三者插足的方式骗取了布厂老板女儿小娴的婚姻,在小娴难产死后他又迅速娶了老板的小姨子为妻,但1949年后公私合营运动一结束他们就离了婚。紧接着他根据时势变化娶了抗美援朝志愿军英雄的遗孀为妻,后来正是利用英雄遗孀的英雄身份掩护了老十一在历次政治运动中都能全身而退。再后来是改革开放落实政策,老十一作为大华织布厂老板的前女婿居然赢得了一大笔赔偿份额,而用来打遗产官司的钱正是二十年前他流窜于城乡之间倒卖高价粮票所挣的一笔款项,老十一就是这样将自己名字中的"智"字用到了极致。他虽然没有读过《资本论》,但却成功地运用了资本,他就是以资本而论的活体。老十一的生意哲学完全不同于老十哥的组织哲学,老十一做生意就要回报,不像老十哥作为组织人必须组织利益至上。老十一不仅从老十哥当年贴革命标语的做法中汲取了做商业广告的灵感,而且他还灵活地周旋于大小官吏之间通过官商勾结发家致富,他巧妙地借助权力与商业联姻机制将《黄冈秘卷》作为高考辅导材料正式进入中学课堂,将所谓"政治经济学"玩弄于股掌之间。老十一尤其热衷于操纵地方政府主官,以此证明自己的能力,同时也是间接地证明晚年老十哥的无能为力。老十一不仅在商场和官场上游刃有余,而且还在情场上如鱼得水,他不断地离婚再婚,直到娶了第六任妻子紫貂为止,他一直习惯于用调换工作的经验不断地调换女人。但老十一又并非十恶不赦的恶人,作为黄冈地方文化人格精神"一根筋"的载体,老十一就是活生生的"嘿乎"(黄冈人表示惊讶的方言），他既可以做到大大方方也可以做得小模小样，做事果敢有力从不拖泥带水，但终极目标却时隐时现，一不清楚二不明晰。这就是小说中"我"对老十一的观察与评价。

诚然，老十一毕生可谓劣迹斑斑，但他终究没有突破最后的道德人格底线，而且内心中始终隐含着罪感或忏悔意识。想当年老十一在汉口做工时出卖过老十哥，这成了他一生中永远的隐痛。但老十一年轻时也救过老十哥，面对警察的围捕，老十一没有当众指认老十哥，自此老十哥不再憎恨老十一，当然他也不肯原谅老十一。但老十一确实有着自己的做人行事底线，副县长慕容就说老十一比狐狸还狡猾但为人还不错，他被关进去与老十一有关，但被释放也是因为老十一敢做敢当，有着所谓江湖豪气与义气。至于给晚年的老十哥心里添堵发离休金的事件，这实在不能完全归咎于老十一，虽然老十一的拯救姿态有炫耀和斗狠成分在内，但他确有难言之隐，他已尽力不去伤害老十哥的人格尊严，而且拒绝参与政治潜规则与经济腐败案中，而是选择了更稳妥的修路筑桥方案，这一点就连老十哥也对老十一刮目相看，毕竟老十一还没有丧失做人的底线。实际上，老十一的功利人格或经济人格并非颠扑不破，就像老十哥的政治组织人格存在隐患一样，老十一的文化人格心理结构也经历了颠覆与平衡的心灵震荡。对于老十一而言，他内心中有两个精神病灶在时刻折磨着他的灵魂，一个是出卖，一个是无嗣，长期困扰着他的灵魂不得安宁。他恐惧重修《刘氏家志》其实就是担心新版《刘氏家志》会写上他出卖老十哥的不义之举，会写上他风光一辈子但绝后无嗣的字样。由此我们才能理解为何小说中要重点写到老十一的梦中哀号和醒来后的闭门大哭。这其实是作家刘醒龙由人物的病态心理分析转入生理症状描摹的一种写作策略。紫貂告诉"我"，老十一其实很可怜，经常做噩梦，梦中被老十哥追杀和折磨，他磕头哀求给条生路，他只想生个儿子留个后嗣，金钱于他已不具备太多意义，他只想有个实实在在的东西才不会心里发虚。但他始终无法让年轻貌美的紫貂怀孕，于是老十一的精神陷入绝境，他那看似强大的物质功利人格也濒临崩溃的边缘。他甚至一度把自己一个人关在书房里哭了一整天，他发誓要让紫貂怀上自己的血脉。终于老十一的愿望达成，有了子嗣的他开始变得通情达理，他主动带着怀孕的妻子回老家看望老十哥，他愿意负荆请罪，他意识到自己这辈子做人总是太小家子气，总是太爱面子，而只有老十哥才是他内心里最佩服的人。由此我们看到了老十一刘声智在经历了一番晚年心理颠覆与再度平衡后，终于实现了向老十哥刘声志为代表的黄冈正典人格的认同与回归。

《黄冈秘卷》中的第三种黄冈地方文化人格类型以老十八刘声明和"我们的祖父"为代表。他们几乎一辈子都蛰伏在鄂东乡间乡土，不像老十哥和老十一那样在城乡政治经济大舞台上纵横驰骋，而是过着相对平淡的乡村日常生活。因此他们身上所体现的是一种相对本色化或本土化的黄冈地方文化人格，既不同于老十哥那种被改造或重塑过的政治组织人格，也不同于老十一那种被异化或扭曲了的功利经济人格，而是保留了更多的黄冈地方文化人格的原生形态。无论是祖父还是老十八，他们身上都不缺乏黄冈人特有的执拗性格和"一根筋"精神，但他们身上又具备老十哥和老十一所不具备的低调务实、洞明世事的乡贤品格。祖父和老十八经常像藏传佛教喇嘛那样做"辩经"式的对谈，他们在相互辩驳中不断丰富和加深了各自对黄冈地方文化传统的理解。他们身上的这种乡贤人格其实是一种乡土中国民间文化人格，虽然与儒家文化的耕读传家传统一脉相承，但更多的是与道家隐逸文化密切相关。于是我们看到老十八和祖父经常给人留下乡村智叟或民间高人的印象，始终有层挥之不去的神秘面影，不像老十哥和老十一那样高腔高调、咋咋呼呼，有一股子掩饰不住的惊天动地做派。老十八刘声明的黄冈性格突出地表现在三件事情上：一是他晚年执拗地为《刘氏家志》的重修而奔忙，可谓不辞劳苦，甚至到了不撞南墙不回头的地步。终于精诚所至金石为开，老十哥和老十一暗藏的两本老版《刘氏家志》同时重见天日，这显然实现了老十八坚守乡土中国文化传统的精神诉求。二是他在动荡年月里援救老十哥的壮举，体现了黄冈人作为"五水蛮"后裔的硬骨头精神。当年老十哥在红卫兵运动中陷入绝境，老十八先用抢来的轿车过来营救，但遭到了老十哥的拒绝上车，为此老十八专门开来老家的东方红拖拉机援救走了老十哥。而当红卫兵队伍气势汹汹赶到刘家大塆时，这群声称要"血洗刘家塆，活捉刘声志"的乌合之众最后还是被老十八和刘家大塆的气势所震慑，只能落荒而逃。三是经济困难时期老十八到我们家送糍粑等食物接济，回去之前又帮我们家开荒种菜，老十八直接找当地生产队长斗狠，说连巴河一司造反派组织都不敢随便进刘家大塆，就此震慑住了队长不敢再找我们家开荒种地的麻烦。除了执拗强硬的"五水蛮"性格之外，老十八还是老十哥眼中的黄冈人的极品，他谦逊、机智、诙谐，是个人见人爱的老精怪，简直可以当外交部长。古人云"若知朝里事，去问种田人"，老十八居然能够敏锐地判断说，属于老十哥的好时光已经过去了。实际上老十八有着他自己的乡村人生哲学。他很清楚，政治年代是老十哥风光，但经常要担心被人调查材料；而经济时代是老十一风光，但欠钱债也少不了窝囊，条条路上都是咬人的蛇，不如像他这样待在老家里终其一生，小钱小酒小日子也是很幸福的时光。作为老十八的最佳辩经搭档，祖父的形象在《黄冈秘卷》中格外深入人心①。祖父的生命实在是坚韧而顽强，他年轻时在汉口遭日本兵

---

① 参阅刘醒龙的散文《失落的小镇》《我是爷爷的长孙》《爱是一种环境》中对祖父的回忆，可以发现小说《黄冈秘卷》中的祖父生平与散文中作家真实的祖父生平之间有着高度的一致性。收入《重来》，河南文艺出版社2015年版。另见长篇散文《一滴水有多深》中的家族回忆，作家出版社2009年版。

毒打濒临死亡，年过八旬还被耕牛所伤，但他平静的死亡过程如同生命教科书一般的传奇和惆怅。作为黄冈文化的民间乡贤，祖父的黄冈地方文化人格堪称典范。拜曾祖母所赐，祖父读过私塾，但却和私塾的王先生和王师母发生过不愉快的事情。本来可以大事化小、小事化了，但执拗的祖父偏偏要向私塾的王先生和王师母追回对方无端索取的五升米。其实主要不是讨要米，而是要讨个说法，这就是祖父年轻时候的"一根筋"。祖父与林老大的交往也颇能反映他的黄冈人格风骨。祖父原本是当地一般人都请不动的高级织布师，但就凭林老大一句"祖父是很值得尊敬的读书人"就能把他打动，林老大认为祖父无论干什么活都可以干出学问来，从此无论世事如何变化，祖父都认为林老大是个好人，即使在红卫兵时期祖父也不说林老大的坏话，且一生从未改过口。《黄冈秘卷》中的祖父和长篇散文《一滴水有多深》中的爷爷可称互文，可以互相印证。正如"爷爷的情感是古典的乡村情感"①，祖父也从不抱怨林老大这类古典乡村地主阶层。当年林老大家突然得到一袋银元，但祖父只拿了一个银元而不是一把银元，这种气量让林老大对祖父刮目相看。其实这袋银元是林老大的弟弟怕人说他发国难财而布下的迷魂阵，祖父虽然知道秘密但一直守口如瓶。祖父的做法提前避免了后来不同历史阶段的各种政治批判运动的纠缠，这无疑显示了他的民间智慧。这说明看似执拗而百无禁忌的黄冈人一旦认准某件事就会守口如瓶、坚持到底。当年的祖父与林老大之间是旧中国难得一见的主雇关系，林老大对祖父有知遇之恩，祖父在林老大遇难时则报以冒着风险掩护其逃亡。而对于出卖林老大行踪的老十一，祖父则提醒老十哥说这是他一生的对手需要提防。20世纪50年代林老大托人找祖父去北京当

---

① 刘醒龙：《一滴水有多深》，作家出版社2009年版，第153页。

勤务兵,说是林老大非常想用黄冈话聊天,非常想念黄冈老家的各种食物,但祖父拒绝了林老大的邀请,这不仅是因为怕自己受到林老大与农会发生冲突的政治连累,更重要的是祖父感到委屈,他觉得林老大不是看重他的织布而是看重他的说话,这就未免小瞧了祖父的人格与风骨。

祖父与老十哥的父子关系也能体现他的民间人格魅力。凭借着几乎本能的民间政治直觉,祖父坚决反对老十哥娶海棠姑娘为妻,祖父认为娶了海棠刘家大塆就会遭电打雷轰,因为享受不起的东西硬要拿来享受那就是暴殄天物,日后要遭天谴折阳寿。当老十哥的副县长帽子被那个差点被火烧死的第二区区委书戴去了的时候,祖父的看法一针见血,他认为是老十哥把森林防火工作做得太好了所致,这就是祖父的民间政治智慧。而"父亲(老十哥)将自己可以有些作为的岁月,全部献给了他曾百般信任的乡村政治。如今回过头去看,父亲这辈子从未弄懂过什么是政治"[1]。所以当父亲老十哥认为自己作为长江边长大的黄冈人喜欢自己拿主意,即使工作做得好也会让上级不舒服的时候,祖父和老十八的辩经得出的结论相同,他们认为是黄冈的山水导致了黄冈人的文化性格可以有很多种选择,这就是祖父高出父亲老十哥一筹的地方。作为乡土中国民间知识分子的代表,祖父不仅具有父亲所不具备的民间视野和智慧,而且他的民间生存哲学中还隐含着强烈的黄冈五水蛮性格,即雄强刚健乃至于执拗孤傲的铮铮风骨。在经济困难的特殊年月里,强硬的祖父果断地在家庭内部执行经纬交织的饥饿治疗哲学,他只允许父亲一个人吃饱,理由是父亲是我们家庭组织的主心骨和领导核心不能倒下去,而孩子们只要饿不死就可以长大成人,所以祖父在饥馑年月

---

[1] 刘醒龙:《母亲》,《抱着父亲回故乡》,重庆出版社2015年版,第7页。

对我们的嗷嗷待哺总是冷若冰霜。祖父总是竭尽全力地维护父亲的威信，即使是借钱回到刘家大塆买棉花纺线织布，只为了孙子们能穿上衣服保暖，他也不愿意让乡亲们知道父亲的落魄境况。但在关于我们姐弟究竟是继续读书还是招工的人生选择问题上，祖父坚定地捍卫了自己根深蒂固的乡土耕读传家传统立场。究竟是毁灭父亲的信仰还是毁灭我们姐弟的学业，母亲的选择是后者，她必须捍卫我们的父亲的信仰，一切服从组织安排和分配。但祖父作为民间乡贤的威信占了上风，他坚决反对两个孙子不去读书去招工。祖父的话语情真意切，他说如果因为贫困不读书，那他就准备带孙子回老家黄冈去读书。但祖父深知，如果他真的带着老十哥的孩子回老家读书，那么刘家大塆对老十哥的羡慕之情就会烟消云散，老十哥一直以来的高大形象就会怦然倒地。祖父的强硬姿态就连一向说一不二的父亲也只能俯首称臣，因为祖父就是我们家的思想家，作为家庭思想家的祖父轻易不做决定，但一旦做出决定就是圣旨。最终大姐去当知青，而"我"和弟弟继续读书，这就是祖父的决定。柔中带刚的祖父其实比一味逞强的父亲更加强大，老十八正因为坚信老十哥不敢违背祖父的意志而选择了坚信《刘氏家志》依旧藏匿人间。虽然当年父亲趁红卫兵没来之前烧了一本书，但老十八推测那本书并非《刘氏家志》，因为祖父曾对父亲说过，谁敢将《刘氏家志》毁掉谁就等于宣告自己要做一名弑君杀父的乱臣逆子。老十八因此推论说，如果老十哥敢将《组织史》烧掉，那他就敢烧掉《刘氏家志》，而岳飞宁肯死在风波亭也要精忠报国，不敢对母亲说一个不字，如此方能忠孝两全。这意味着老十哥既要毕生捍卫《组织史》，同时也会舍身保卫《刘氏家志》，因为《组织史》包含着远大的政治理想，必须永远忠诚于组织；而《刘氏家志》可以用来追根溯源、寻根问祖，象征着深层的文化认同。如果说捍卫《组织史》就是捍卫政治组织人格力量，那么保卫《刘氏家志》就是保卫黄冈地方文化人格谱系，二者在老十哥刘声志的身上已然二位一体。然而对于祖父和老十八而言，《刘氏家志》显然更加重要，它是刘氏族人的精神渊薮和文化根底。有了《刘氏家志》的传承就有了黄冈地方文化人格谱系的延续，这就是祖父和老十八的"一根筋"，他们以或隐或显的方式坚定地捍卫着黄冈地方文化传统。所以他们没有老十哥或老十一的那种内在人格心理平衡被颠覆和被撕裂的痛苦，而始终保守着平静达观的人生姿态和外柔内刚或外圆内方的文化性格。

三

从《蟠虺》到《黄冈秘卷》，我们不难发现刘醒龙持续而强烈的文学新诉求，这就是致力于中国传统的创造性转化，实现中国传统的重塑与再生。其中，既包括中国文化传统的重塑与再生，也包括中国文体传统的重塑与再生。前者的原理与实践我们业已做出辨析，接下来要阐明后者的路径与方法。中国文体传统源远流长，古往今来的文体资源富丽丰瞻，可谓当今中国作家取之不尽、用之不竭的文体渊薮。以长篇小说创作而言，那种片面追求西洋小说技法的先锋艺术套路已经日渐被抛弃，唯有将西洋现代小说技法植入中国小说文体传统，或者以中国小说文体传统去吸纳西洋现代小说技法，才能将中国小说的现代化与民族化或曰西洋化与本土化两种趋势结合起来，由此汇聚成中国文体传统复兴的新趋势。对于刘醒龙而言，促进中国文体传统的复兴首先就在于激活中国小说文体的野史杂传传统。中国小说向来是"史之余"，作为有别于正史的野史或杂史，具有补史功能。而中国小说文体的兴盛正缘于其自身不断摆脱历史的阴影,正所谓"史统散而小说兴"①。又因中国历史编纂自汉代司马迁后纪传体广受采纳,故而野史杂传或曰史传体也就成为中国小说文体传统中的正体。从魏晋六朝的志人小说到唐人传奇乃至于宋元明清的话本小说,无不以野史杂传为文体之宗。对于中国小说的野史杂传传统,刘醒龙不可谓不熟稔于心。他在《黄冈秘卷》里重点塑造的祖父形象就是以作家的祖父为生活原型,二者具有高度的同一性。小说中的祖父是叙述人"我"的文学启蒙教师,说是文学教父亦不为过。祖父不仅是黄冈有名的织布师,他还是深受民间喜爱的讲故事的人,雇主林老大长期聘请祖父织布也有被祖父讲故事的高超技巧所折服的因素。祖父喜欢讲古说书,小说中提到的就有《封神榜》《隋唐演义》两种,而且据说祖父的说书能力让职业说书人也甘拜下风。实际上,作家生活中真实的祖父形象与小说中如出一辙,刘醒龙曾多次在散文中向逝去的祖父致敬,他说是祖父让他学会了讲故事,他是最喜欢听老人家讲故事的长孙,是祖父让他明白只要故事不灭,小说就不会衰亡。②毫无疑问,祖父给刘醒龙最珍贵的文学遗产就是中国古代小说的野史杂传传统,讲述民间小人物的传奇故事并为他们树碑立传成了刘醒龙多年来的文学创作初衷,而在《黄冈秘卷》和《蟠虺》的创作中这种艺术取向越来越得以彰显。

其实《黄冈秘卷》的"史余"性质是一望即知的。它既是黄冈地方文化的秘史,也是刘家大垸刘氏家族的秘史;作家不仅讲述了年代久远的外在的黄冈民间野史,而且也揭橥了长期让人感到神秘莫测的内在的黄冈民间心史;因此这是一部可以和黄冈地方志书比照阅读的方志体小说。有趣的是,刘醒龙在最新散文集《上上长江》的《后

---

① 石昌渝:《小说》,人民文学出版社1994年版,第40页。
② 参阅刘醒龙的散文《我是爷爷的长孙》《生命之上诗意漫天》,收入《重来》,河南文艺出版社2015年版。

记》里说:"行走之时,最是如信了王黄州(王禹偁)那样信赖地方志。每到一地,先读地方志。早年的方志,客观真实,没有炒作之嫌,编纂者也还讲究风骨,不像现在的互联网,看似方便各类查找,非常便捷,真的涉及史实,不靠谱的甚多。为了吸睛,拼命放大传说和传奇,最终变成了谬说和离奇,当一时玩笑听听就好,却当不得真。"① 这表明刘醒龙很信赖传统的地方志史籍,而对当今流行的文化快餐读物充满了本能的反感。这种浓厚的方志情结必然会影响刘醒龙的小说创作。诚然,《黄冈秘卷》中除了展现黄冈的地理与人文环境外,小说着重讲述了从20世纪三四十年代的战乱时期到90年代市场经济转型时期的黄冈刘氏族人的故事,其间经历了种种有据可查的历史事件。但作家刘醒龙的兴趣显然不在于宏大历史事件的再现,而在于解密宏大历史事件背后不同生命个体的文化心理隐秘。这就决定了这部长篇小说的野史杂传性质,即借助各种传奇性的史料编排来塑造各色不同性格的民间人物群像。在这个意义上,《黄冈秘卷》未尝不可以称为一部当代黄冈刘氏列传,整部小说的主干实际上是由曾祖母、祖父、父亲三兄弟(老十哥、老十一、老十八),还有"我"的野史杂传穿插整合而成。读者完全可以把曾祖母传、祖父传、老十哥刘声志传、老十一刘声智传、老十八刘声明传,还有"我"的自传重新加以独立编排,还原成地地道道的纪传体文本。至于非刘姓人物,虽也可以构成王朤传、海棠传、紫貂传、母亲传,但唯有编织在刘氏列传或者家族谱系中才能彰显其生命色泽。所以刘醒龙在《黄冈秘卷》中反复写到《刘氏家志》并非单纯为了制造阅读悬念,毋宁说这部长篇小说还有一个更能切中作家创作初衷的名字,那就是《刘氏家志》。如果说《黄冈秘卷》是黄冈刘家大垸刘氏族人

---

① 刘醒龙:《后记》,《上上长江》,作家出版社2018年版,第260页。

的群像列传，那么《蟠虺》就是湖北考古学界的顶级机构——楚学院的知识分子群体列传。《蟠虺》讲述的虽然不是一个血缘家族的故事，但它讲述的是一个精神家族的故事。故事的历史跨度虽然不像《黄冈秘卷》那样宏大，但同样折射了20世纪八九十年代至今的种种改革历史事件，而且为当代中国民间知识分子存史立传的创作意图十分明显且强烈。无独有偶，《蟠虺》也可以分解为多个知识分子人物的野史杂传，如曾本之传、马跃之传、郝嘉传、郑雄传、郝文章传，而其他非知识分子人物，如青铜大盗"老三口"及情人华姐、江湖术士"熊大师"、官场达人"老省长"等，他们的野史杂传穿插编排在知识分子列传的主体叙事框架中更能显示文本的丰富性与复杂性。可见刘醒龙在长篇叙事模式上更多地传承了中国古典长篇小说中多元人物群像组合结构，这与他从小听祖父讲《封神榜》和《隋唐演义》这样的古典英雄列传体长篇小说不无关系，而他在《黄冈秘卷》中以"我"的叙述人身份经常提到的《金瓶梅》和《红楼梦》，也恰恰是古典列传体小说，只不过主人公从英雄将相置换成了市井俗人或才子佳人而已。

但小说毕竟不是历史，野史杂传体小说尤其需要动用许多复杂的叙事手段和技巧，以避免落入固化或僵化的正史叙事窠臼。在中国古代文言或白话小说创作中，为了增强野史杂传的文学性，小说家们格外垂青于判案叙事和情爱叙事，让小说的主人公或传主在这两种叙事模式中展现自己的性格和命运，前者如侠义公案小说，后者如才子佳人小说。虽然这两种小说类型曾受到现代文学史家訾议，但作为叙事模式它们却是可以做到雅俗共赏、古为今用的，故而在现代中国小说创作中依旧不断得到翻新和转化。从刘醒龙的两部长篇近作来看，他十分善于综合地运用这两种叙事模式来化解史传体小说常见的板滞与枯槁。比如在《蟠虺》中，作者一开篇就将主人公曾本之置于一封神秘的甲骨文来信所带来的巨大精神困扰中，由此引发了这封神秘来信究竟是何人所写所寄，信中的暗语究竟该如何拆解或破解的问题，而且这一问题贯穿于小说的始终，神秘来信的破解之日就是小说的叙事悬念化解之时。由此可见小说的主人公或传主曾本之其实还有一个身份，那就是破案者或解密者，这是一个不同于他的外在考古学家身份的内在隐秘身份。小说中写到他作为私人侦探暗中调查女儿曾小安的行踪，暗中观察女儿与女婿郑雄的真假夫妻关系，甚至写他潜往黄州打探盗墓情报，而这一切都与真假蟠虺尊盘有关，因为曾本之深知那封神秘的甲骨文来信其实是为了提醒他必须要有所行动，必须让失踪的蟠虺重器重见天日，而不能让赝品伪器继续以假乱真、迷惑世人。所以破解甲骨文书信和寻找蟠虺真品就成了这部长篇小说中最引人瞩目的叙事线索。当代读者大都会认为这是受到了西方近现代侦探小说的影响，尤其是受到了当代美国畅销书《达芬奇密码》的启发，但事实的真相也许还应该加上中国古代公案小说传统的影响，正是中外判案叙事传统的艺术合力才形成了《蟠虺》的本土化叙事形态。于是我们在《蟠虺》中发现了大量的传统叙事原型，如跟踪、探监、盗墓、谋杀、复仇、寻宝、作伪、博弈、绑架等，这些古往今来的情节模式不断上演，有力地丰富了《蟠虺》的野史杂传叙事结构。在这方面《黄冈秘卷》与《蟠虺》可谓异曲同工。《黄冈秘卷》再次启用了中外判案叙事传统资源，小说中第一人称叙事人"我"的主要身份就是破案者或解密者，"我"的主要叙事功能就是破解市场上流行的教辅材料《黄冈秘卷》的幕后真相；而作为主人公之一的老十八刘声明，他的主要叙事功能就是要寻找丢失多年的《刘氏家志》，所以老十八也是一个解密者或破案者，他和"我"共同编织了《黄冈秘卷》的双重叙事框架，"我"处于显性的外层叙事，他处在隐性的内层叙事中，二者或交叉或并置，将时尚的教育题材与传统的家族谱系珠联璧合、相映成趣。值得注意的是《黄冈秘卷》中延续了《蟠虺》的真假混淆叙事策略，而且几乎推向了极致。在刘声志与刘声智之间、在海棠和海若之间、在少川和大姐之间，就如同《西游记》里的真假美猴王故事原型一样，作者给读者制造了无数的误解和玄机。而且《黄冈秘卷》在叙事时空结构上进一步突破了《蟠虺》的拘囿，这部长篇小说以近乎"东方意识流"的叙事方式将刘氏家族四代人大半个世纪的人生故事笼络于笔端，不仅叙事人称和叙事焦点不断转换，而且叙事时空也不断处于拼贴与重组之中，如此这般大胆地融汇当代先锋小说技法，确实有助于不断地完善传统的野史杂传体小说叙事形态。至于这两部长篇小说中的情爱书写，其受中外情爱小说叙事模式的熏染就更不在话下了。如《蟠虺》中曾小安与郑雄、郝文章的真假爱情婚姻家庭故事，还有青铜大盗老三口与华姐的旷世绝恋，都给这部野史杂传性质的长篇小说增色不少。而《黄冈秘卷》中老十哥与海棠姑娘的爱情传奇、海若表姐与柳剑光的爱情传奇、老十一与紫貂的爱情传奇、"我"与少川的"爱情"传奇，无不给这部长篇小说中的众多野史杂传传主注入了艺术的生机与灵魂。

为了进一步激活中国小说的野史杂传传统，刘醒龙还格外注重发扬中国小说的博物搜神功能。自从晋人张华的《博物志》和干宝的《搜神记》诞生以来，博物搜神就成了中国古典小说文体的重要特色。虽然五四新文学运动以来这种中国叙事特色有所削弱乃至于遮蔽，但随着新时期寻根文学的崛起，博物搜神的叙事功能在许多当代中国小说中开始复活，刘醒龙的两部长篇小说近作也体现了这种艺术新趋向。诚然，小说当以人为主，但物和神的力量也不能小觑。小说中写好了物和神，将十分有助于人的塑造。刘醒龙显然深谙此道。《蟠虺》就是一部典型的博物之作，这不光是因为它写的就是有关博物馆的故事，更重要的在于作家对考古学领域中的青铜重器专业知识做了系统阅读和深入理解，然后用文学家的人性视角透视科学家的知识生产和心理隐秘。用刘醒龙自己的话来说："这两年，每次坐高铁我都会揣上一本关于青铜重器的专业书籍。""在高铁上读青铜重器,能方便地找到金属的天然质感。这种天籁意味与文学本质已近在咫尺。在高铁上,与我相遇的蟠虺意境,直接升华的结果便是长篇小说新作《蟠虺》。"①作家这样说似乎有神秘之嫌,但创作中他对楚国出土的青铜重器曾侯乙尊盘的描绘却是没有丝毫的含糊。小说中通过不同的人物视点多次描摹透空蟠虺纹饰附件残片,可谓科学性与艺术性相结合,给读者留下了深刻印象。不仅如此,小说中还贯穿着两种青铜重器工艺的学术路线斗争——范铸法与失蜡法的斗争,这牵涉曾本之与郑雄的翁婿冲突,更牵涉当代中国学术生产体制的弊端,当然也牵涉两人各自心灵内部的文化人格冲突。刘醒龙能将专业性如此之强的学术题材纳入当代文学审美想象共同体之中,而且没有丝毫的违和感,这就比传统的博物志小说中静态的物产描绘技法要高明得多,实属青出于蓝而胜于蓝。除却文物,《蟠虺》中还着重写到了古文字,比如马跃之匿名写给曾本之的两封甲骨文书信就十分惹人注目,而且为了破解这两封甲骨文书信的真实意涵,小说中以不同人物的名义动用了多种文史知识予以解答,这必然在无形中强化了这部长篇小说的博物特色。还有小说中多次出现的那三十个青铜器皿上的僻字,虽是作为曾楚楚考验来客的手段,其实对读者而言也是一种阅读上的知识考验。当然对作者而言,古汉语和古文字的集束出现确实有其初衷:"老祖宗给我们留下如此宽广的边疆大地,老祖宗给我们留下来的每一个汉字,都是文化边疆上的界碑。"②如此看来,激活古文字和古汉语同样也是刘醒龙重塑中国文学文体传统的艺术冲动。这样我们就能更好地理解为何刘醒龙要在《黄冈秘卷》中花费如此多的笔墨探寻黄冈方言的问题了。在他看来,

---

① 刘醒龙:《独步天下》,《重来》,河南文艺出版社2015年版,第161页。
② 刘醒龙:《文学的气节与边疆》,《重来》,河南文艺出版社2015年版,第303页。

作为母语的湖北方言是古汉语中原雅音的一部分。"当北方游牧民族用血与火外加他们的语言洗劫中原大地后,这些语言就成了残存南方的化石。"① 所以当刘醒龙在《黄冈秘卷》中对最典型的黄冈方言进行解密的时候,如黄冈人称呼父亲为"伯",表达惊奇等复杂情感时直接说"嘿啰乎",实际上作者是在发掘残存南方的语言化石的魅力。

与古汉语密切相关的是古老的书法艺术,而刘醒龙的两部长篇小说近作中都不吝笔墨写到了精彩的书法场景。刘醒龙说自己的书法受了祖父的影响,小时候经常看到祖父用毛笔把孙子的名字写在各种各样的农具上,这注定了他以后也会"与水墨共舞"②。《蟠虺》第31章中不无渲染地写到了曾本之与马跃之的私人书法竞技,二人你来我往写了十八个斗方,不仅书艺清苍、风骨劲健,而且暗示了当代中国知识分子精英群体中最可宝贵的人文精神,这就为接下来两人倾吐真言营造了心理基础和人文氛围。《黄冈秘卷》第6章第1节中同样不无渲染地写到了老十一刘声智在公司贵宾室里悬挂着大幅的"嘿乎"书法,正因为书法中释放出了饱满而强烈的黄冈气味,才瞬间改变了"我"对老十一人品不佳的印象。紧接着第2节中又有精彩的书道片断,写老十哥刘声志联想起早年听私塾王先生讲过,书法秘诀就在于某种情绪爆发才会写得格外传神,如王羲之写兰亭序帖就是如此,因此他推测自己眼前看到的就是海若表姐在情绪大爆发下写出来的诀别书。毫无疑问,这两部长篇小说中的书法片断体现了作家刘醒龙的传统文化素养,同时也以博物的方式重塑了小说人物形象和各自的小说文体形态。至于搜神功能,刘醒龙的这两部长篇小说中也有着明显的展示,只不过不像博物功能那样更能体现刘醒龙的个人特色。《蟠虺》中作为闲笔写到了一个业余作家淹死后的

---

① 刘醒龙:《晓得中原雅音》,《抱着父亲回故乡》,重庆出版社2015年版,第37页。
② 刘醒龙:《我是爷爷的长孙》,《重来》,河南文艺出版社2015年版,第273页。

灵异事件，反复打捞而不可得的尸身居然在几个生前牌友的麻将口头禅的呼唤下突然从江底浮上来了。当然在叙事功能上更重要的还是另外两个灵异事件：一个是郝嘉墓地冒出的白色雾气，暗示着死者生前遭受了冤屈；再一个是郑雄在快艇中突然被江水里看不见的手夺走了曾侯乙尊盘，被抢救入院后他开始满嘴胡话，这个神秘情节改变了人物命运。《黄冈秘卷》中的搜神情节也不少见，比如祖父就将黄冈人把父亲叫作"伯"解释为逃避妖魔鬼怪的捕捉，因为人为地混淆父子关系有助于迷惑妖魔鬼怪，而当地人相信魔鬼做鬼事也要讲鬼道理。小说中关于祖父的死亡书写十分神奇，随着一阵风将祖父亲手种植的梅树吹断，祖父像行为艺术一样走完了他的生命过程，这也符合祖父的生命哲学和人生姿态。更神奇的是祖父生前回了一趟刘家大塆，私塾王先生跑来陪祖父聊天却很快去世，祖父说自己这次回家冥冥中就是为了送王先生最后一程。不止于此，当后来王朤伯伯落叶归根归葬刘家大塆时，老十八惊异地发现王先生的碑文上居然镌刻着"孝男四月立"，而王朤的朤就是四月，朤是时间也是名号，这都是祖父生前的安排，他居然推知到了王朤就是私塾王先生失散多年的私生子，但一直秘而不宣。这就是祖父为人处世原则的最高体现，神秘而完美。祖父就是黄冈刘家大塆的圣贤。我们当然不能低估这种搜神功能对重塑当代小说文体的贡献，在很大程度上正是通过对中国古老的搜神博物叙事传统的现代转换，刘醒龙的长篇小说创作才日益呈现出叙事上的中国气象。

除了发挥博物搜神的叙事功能之外，刘醒龙在长篇小说近作中还融合了多种文体进行文体互渗，尤其是积极调动中国传统的诗古文辞介入其中，以此重塑当代野史杂传体小说的文体新形态。中国古典文人大都诗古文辞俱工，诗文是中国古典文学的正统文体，故而其中所谓诗原指狭义之诗，并不包含通俗的词曲在内；而辞指辞赋和骈文，与无韵、无格律的古文相对。但古来的小说家大都乐于将诗古文辞这类正统文体引入通俗小说文体中,以此打破文体界限,这种包容性的大文体传统委实值得当下小说家借鉴和发扬。在《黄冈秘卷》中,由于要写到千年古城黄州,而黄州历史上人文风景璀璨,杜牧和苏轼名满天下,尤其是苏轼的诗文更是让黄州声名远播,故而刘醒龙笔下的黄州故事不能没有古典诗文化育其中。正所谓运用之妙在乎一心,刘醒龙在《黄冈秘卷》中并没有静态地复述或描绘东坡诗文,而是巧妙地将东坡诗文嵌入小说的故事情节中,不仅让其推动故事情节演进,而且借此塑造典型人物性格,营造浓郁的人文氛围。比如小说中反复出现苏轼的两句轶诗"三江自此分南北,谁向中流是主人",这是"我"小时候从父亲那里学会的两句诗,而父亲又是从私塾王先生那里学会的,但"我"没想到狱中的国教授也会吟咏这两句诗,而且他把这两句诗作为地下党的接头暗语传授给"我"去寻找组织。日后正是写着这两句诗的一张小纸条救了"我"的命,让"我"及时避开了小汽车中定时炸弹的轰炸,而且也正是凭着这两句诗,"我"遇到了海棠姑娘,因为她恰好也是这首诗的欣赏者,她还能顺利地背诵出上两句诗,可谓珠联璧合。小说中还浓墨重彩地设计了王朤伯伯非常固执地去中学讲苏东坡的一幕,他对苏东坡的黄冈人格的分析其实也代表了小说中黄冈人的自我人格剖析,尤其是他对东坡诗句"恰似西川杜工部,海棠虽好不题诗"的新解,能解读出诗人一辈子也割舍不了的身世感怀和家国抱负来,不能不让读者对这个私塾王先生的私生子刮目相看。

其实,古文在《黄冈秘卷》中也扮演着重要角色。小说中反复出现辛亥革命党人林觉民的文言文《与妻书》,但被国教授、老十哥、海棠海若姐妹称之为《诀别书》。第一次出现在第5章第2节,老十哥在狱中听到国教授背诵《诀别书》第二段:"吾至爱汝!即此爱汝一念,使吾勇于就死也!吾自遇汝以来,常愿天下有情人都成眷属,然遍地腥云,满街狼犬,称心快意,几家能够?司马青衫,吾不能学太上之忘情也……汝体吾此心,于悲啼之余,亦以天下人为念,当亦乐牺牲吾身与汝身之福利,为天下人谋永福也。汝其勿悲。"国教授的背诵如泣如诉,那种奉献于民族大义的牺牲精神深深地打动了老十哥,此时的《诀别书》充当了革命者的启蒙书,重塑了老十哥的革命政治人格。第二次出现在第6章第2节,当老十哥说《诀别书》是革命的接头暗语时,没曾想海棠姑娘也会背诵《诀别书》。她背诵的是第二、三段:"汝忆否?四五年前某夕……吾之意盖谓以汝之弱,必不能禁失吾之悲,吾先死留苦与汝,吾心不忍,故宁请汝先死,吾担悲也。嗟夫,谁知吾卒先汝而死乎!""吾真不能忘汝也!回忆后街之屋,入门穿廊,过前后厅,又三四折有小厅,厅旁一室为吾与汝双栖之所。初婚三四个月,适冬之望日前后,窗外疏梅筛月影,依稀掩映,吾与汝并肩携手,低低切切,何事不语,何情不诉!及今思之,空余泪痕!又回忆六七年前……嗟夫!当时余心之悲,盖不能以寸管形容之。"海棠姑娘背诵的这两段古文其实暗中传递了老十哥与她的爱情悲剧,同时也十分贴合革命年代里两位年轻男女的复杂爱情心境,浪漫而悲苦。第三次出现在第12章第1节,面对红卫兵的无理指责和批斗,老十哥却平静地背诵起《诀别书》的最后部分:"吾今死无余憾,国事成不成,自有同志者在。依新已五岁,转眼成人,汝其善抚之,使之肖我。汝腹中之物,吾疑其女也,女必像汝,吾心甚慰;或又是男,则亦教其以父志为志,则我死后,尚有二意洞在也,甚幸甚幸!吾家后日当甚贫,贫无所苦,清静过日而已……汝幸而偶我,又何不幸而生今日之中国!吾幸而得汝,又何不幸而生今日之中国!卒不忍独善其身。嗟夫!巾短情长,所未尽者尚有万千,汝可摹拟得之。吾今不能见汝矣!汝不能舍吾,其时时于梦中寻我乎!一恸!"让老十哥在特殊历史境遇中背诵这段文字实在是再贴切也不过,革命者的铮铮风骨跃然纸上。但还有更隐秘的玄机在于,原来父亲老十哥之所以格外喜爱大姐,不全是由于大姐与海棠长相相近,而更应理解为受到《诀别书》的影响，比如文章中关于妻子那疑为遗腹之女的嘱托。可见《诀别书》已经成为了《黄冈秘卷》的文本有机组成部分，从故事情节到人物性格诸叙事环节，仿佛嵌套一般镶嵌得天衣无缝。有意思的是《蟠虺》第29章中也插入了一段古文书信，信是由曾本之写给未来的女婿郝文章的，信中言简意赅地胪列了公元前楚国多次讨伐随国的历史，及至吴国伐楚时，随国虽小，但不计前嫌，助楚退吴。楚随再次歃血为盟，这才有了后来楚惠王以大国重器赠随王曾侯乙。这封文言书信不仅巧妙地交代了《蟠虺》中曾侯乙尊盘的历史来历，而且还充当了曾本之与郝文章这对师徒翁婿重归旧好的信使。同样是文本互渗，同样是古今文体融合，《蟠虺》与《黄冈秘卷》的文体选择可谓一以贯之。实际上，从《蟠虺》开始，刘醒龙开始着意在小说语言上谋求炼字炼句，这不仅仅是表面上的迷恋"金句"或"警句"的问题，而是深受中国古文传统的熏染所致。《蟠虺》开篇就写"识时务者为俊杰，不识时务者为圣贤"，小说中类似的格言警句还有不少，比如第2章开篇也是如此："人身上若没有一点古怪的东西那就不是人。人生当中若是没有遇上一两件奇异的事情那就不是人生。"这种行文笔法颇有古文法度，简炼而刚劲，掷地作金石声。《黄冈秘卷》开篇写道："凡事太巧，必有蹊跷，不是天赐，就是阴谋。"这种开头突兀而陡峭，同样掷地有声。还有小说中多处关于黄冈人文化性格的议论，都如同匕首投刀一般精准，语言犀利而古意盎然。又比如"也许母亲将自己的生日选择在深秋，就是准备用沉郁来感动后人"，如此这般将"沉郁"古为今用，堪称绝唱。

最后是辞赋或骈文与小说的文体互渗。辞赋介于诗与古文之间，属于韵文范畴，铺排藻绘，汉代最为兴盛。魏晋六朝变而为骈赋，唐人又变为律赋，声韵格律不断强化，骈文或四六文遂大行其道。及至宋人反拨为相对松散的文赋，如苏轼的《前（后）赤壁赋》，骈散兼行，自由无碍。其实中国本有骈文小说传统，民初徐枕亚的长篇骈文小说奇作《玉梨魂》至今传为美谈。虽然骈文与古文之争由来已久，而且中国小说历来以散文（古文和古白话文）为主，但骈文或辞赋在文言或白话小说创作中依旧发挥着重要的文体功能，往往在语言修辞和文体结构中起到艺术平衡作用。在《蟠虺》中，我们看到刘醒龙就有意识地调动辞赋或骈文的文体潜力，于平实之中见奇崛，起到了意想不到的审美效果。如第22章写曾本之在墓前祭拜亡友郝嘉时低声吟诵了他在黄州写的《春秋三百字》，第二段曰："一片风月九层痴迷，两情相悦八面爽朗，三分江山七分岁月，四方烟霞六朝沧桑，生死人妖五五对开，左匆匆右长长。二十载清流，怎洗涤血污心垢断肠？十万不归路，名利羁羁，锦程磊磊，举头狂傲，低眉惆怅。"虽不是严格的骈体文字，但铺彩摘文，骈散相间，深得辞赋法乳。最末一段曰："宿茶宿酒宿墨宿泪，今朝方知昨夜悔。秋是春来世，春是秋重生，留一点大义忠魂，最是重逢，黄昏雨巷，朦胧旧窗。"此语一出更是感人肺腑，马跃之情不自禁地和曾本之突然拥抱在一起，两人均神情悲苦，这是对亡友的凭吊也是他们的自我反思。有意味的是在最后一章里又出现了一篇《青铜三百字》，这是郝文章仿照曾本之的笔法写给亡父郝嘉的祭文，文中写道："戈矛戟刀剑钺，松竹梅杨柳槐，鹰视狼步不相为谋；铙钲镦铎钩铃，荷菊兰桃李杏，蜂合豕突岂敢苟同。艰辛锸耨镰，怒斥为虐二竖子；诚实耒耜锛，不使二桃杀三雄。今世凝华，古典青铜。那朝秦暮楚之徒，不过是买椟还珠，纵然上下其手，难抵董狐一笔，终归画龙不成反成虫。为寒则凝冰裂地，为热当烂石焦沙。爽拔不阿者，更是奇葩龙种！苍黄翻覆，霜天过耳，且与时光歃血为盟！"青铜乃国之重器，君子乃人中圣雄，这篇华美的祭文抒写了后来者或苟活者对英年早逝的郝嘉的尊敬与怀念，也预示着中国古典青铜人格的不灭与再生。与《蟠虺》中两篇古雅的三百字铭文相比，《黄冈秘卷》结尾时紫貂写的那篇巴河莲藕美文更有现代白话辞赋气息，如"藕塘中的泥土，肥沃如同东坡肉油而不腻，稠糊如同香糯米黏连不舍，浅薄如同燕窝粥点滴不凡，深沉如同龙虎斗人有不知输赢早定，魅力如同佛跳墙还未见面已经销魂"。至于文中用少妇肤色、儿童胳膊、母乳气息比喻巴河莲藕汤也非静态套语，而是隐含了老十一擅煨藕汤的个中秘诀。老十一刘声智的莲藕人格一向体现为心眼贼多，他煨藕汤时会聚精会神地把自己的六任妻子挨个想个遍，如此方能让主体情绪投射到藕汤之中，让巴河藕汤煨得馥郁芬芳、沸沸扬扬；而老十哥刘声志则是书中隐喻的石榴人格，他一心一意，一颗红心永远忠于组织，也忠于黄冈地方文化良知。由此我们不难发现，刘醒龙在长篇小说近作中试图用古典诗词歌赋中托物言志的手法来实现中国文化人格传统的创造性转化，而就在他创造性地转化中国古典文化人格传统的过程中，中国古老的文学文体传统也同步得到了创造性的转化。

"我们的父亲"与传统

——解读刘醒龙的《黄冈秘卷》

《黄冈秘卷》是作家刘醒龙的最新长篇小说。初看题目,读者很容易误以为是市面上的流行教辅材料《黄冈密卷》。但这不是一字之差的问题,而是其中隐含了作家刘醒龙的金蝉脱壳之计。诚然,这部长篇小说有一个吸人眼球的教育叙事外部框架,即"我"私下侦探并且破解市面上《黄冈密卷》的隐秘市场发行机制,这牵涉当下中国基础教育背后的"政治经济学",但明眼的读者一定能够发现,这个教育叙事外部框架其实不过是作家刘醒龙施展的叙事障眼法,而他真正的意图在于破译包裹在教育叙事外部框架之中的地方文化叙事内核。不错,对黄冈地方文化传统的深度叩问和深层解密才是作家刘醒龙的兴趣之所在。作为土生土长的黄冈人,刘醒龙长期以来都以书写以黄冈为中心的鄂东地方风土人情而著称,其代表作《圣天门口》和《天行者》都是讲述的鄂东大别山区故事。但这都是广义上的大黄冈叙事,而真正献给故乡黄冈(即民间说的老黄冈县)的长篇小说力作还得算是这一部《黄冈秘卷》。此前的长篇力作《蟠尬》虽然主人公曾本之是黄冈人,但那毕竟是一部写武汉的城市知识分子题材作品,其间虽然也有黄冈的叙事线索和文化笔墨,但显然在整体上不以解密黄冈地方文化秘史为叙事意图。《黄冈秘卷》则不然,它讲述的就是黄冈秘史,而这秘史的讲述离不开对主要人物形象的深层文化人格心理结构的透视和解析。因为所谓秘史即心史,黄冈秘史就是承载黄冈地方文化的黄冈人的心灵史或精神史,其集中体现就是当代黄冈人的典型性格与文化人格。于是我们无法绕开《黄冈秘卷》中的一个独特的艺术典型人物——绰号叫"老十哥"的刘声志。

刘声志在这部长篇小说中除了叫"老十哥"之外,他还有一个响当当的称谓是"我们的父亲"。《黄冈秘卷》的叙事人最先出现在读者面前的是"我",小说以"我"接连接了两个电话拉开叙事大幕。一个电话是北京的少川和北童母女俩打来的,为了《黄冈密卷》而兴师问罪;另一个电话是母亲从老家里打来求助的,说"你伯要打我",而母亲口中的这个古怪的方言称呼"你伯"其实就是"我们的父亲"。"我们"在日常生活中都叫"我们的父亲"为"伯",这是黄冈人自汉代以来所形成的民俗方言传统,亘古未易。表面看来,小说中的"我们"除了包括"我"在内,还包括了大姐、小妹和弟弟,但事实上,这个"我们"的范围要大得多,在作家设置的整个叙事框架和语境中,"我们"其实包含了我们兄妹四人在内的整整一代人,甚至是几代人。除了小说中的人物,甚至还包括读者在内。换句话说,小说中的"我们的父亲"不仅仅是第一代(曾祖母、曾祖父)、第二代(祖父、祖母)、第三代(父亲和叔父等)之外的晚辈人物的集体父亲形象,而且也被作者预设为小说读者群体的集体父亲形象。这不能不说是作家刘醒龙的神来之笔。当然,这种集体的叙事人称设置并非刘醒龙的全新创造,当年的老一代革命作家中就有人惯常使用这种手法,著名者如柳青,他在《创业史》的讲述中经常会跳出来说上一句"我们的生宝"如何如何,这当然是为了增强叙事的亲切感,拉近人物与读者之间的距离。以至于后来深受柳青影响的路遥在长篇巨著《平凡的世界》的创作中还时不时会流露出这种叙述套路,类似"我们的润叶""我们的少安""我们的少平"之类的句子随处可见。老实说,这种集体叙事人称的设置一旦成了套路也会变成遭人厌弃的俗套,不但不能拉近读者与人物的距离,相反有生硬隔涩之感,给读者带来潜在的阅读心理障碍。故而在新时期以来的各种文学新潮中,这种集体叙事人称模式逐步在文坛渐行渐远,因为此时的作家更为看重所谓个体化叙事或私人化叙事,"我们"成了不受待见的叙事人称,"我"则成为了时髦的叙事视角,甚至还派生出莫言那种"我爷爷""我奶奶"之类的第一人称叙事变体,一时模仿者甚众。然而也就是在这种个体化或私人化的第一人称叙事泛滥中,随着"我"的凸显,"我们"开始淡化乃至消失,因此,如何重建"我"与"我们"之间的叙事主体间性,这就成了摆在当下中国作家面前的一道待解的难题。于是当我们读到《黄冈秘卷》时不禁惊异地发现,这道叙事难题在刘醒龙的笔下居然迎刃而解,作家游刃有余地周旋于"我"与"我们(的父亲)"之间,不仅用"我"的第一人称视角,而且还同时调动其他所有人的视角来审视"我们的父亲",让"父亲"在"我们"的集体多元视角聚焦中全面而立体地敞开他自己的形象。这就不仅克服了单一的第一人称视角"我"的局限性,而且还避免了全知视角"他们/我们"的叙述中常见的主观性和间离性。

显然,"我们的父亲"不仅仅牵涉一个叙事人称和视角的问题,还牵涉更重要的文化诗学问题。"我们的父亲"不同于"我的父亲",写"我的父亲"也许只需要写出父亲形象的个人性与独特性就行,但写"我们的父亲"就不能止于此了,还必须要写出父亲形象的普遍性与集体性,用荣格著名的神话原型批评术语来说,就是要写出父亲的神话原型形象及其所隐含的集体无意识①。所谓集体无意识其实质是一个民族的或全人类的文化无意识,这是一种公共的或共通的超稳定的文化心理结构。一个作家如果写出了这种集体无意识,那一定得归功于这种集体无意识在暗中起作用,所以荣格才说"不是歌德创造了《浮士德》,而是《浮士德》创造了歌德"②,因为浮士德作为民族神话或民间传说中的著名人物,他积淀了德国人的集体无意识和民族文化精神,而《浮士德》不过是歌德从民族集体无意识中窃听来的天籁之音。如果仿照荣格的话来说,我们也可以这样认为,不是刘醒龙创造了《黄冈秘卷》,而是《黄冈秘卷》创造了刘醒龙;因为创造《黄冈秘卷》的刘醒龙其实是一个黄冈文化的窃听者或盗火者,他不过是忠实地回应或者传达了自己内心深处的故土文化声音。如果觉得荣格的解释太过于神秘和神奇,那么艾略特的解释也许更实际一些。荣格的所谓集体无意识在艾略特那里其实可以理解为"传统",谈到传统与个人才能的关系,艾略特明确主张"非个人化"写作而尤其强调作为民族集体文化原型的传统的重要性。但艾略特又声明"传统并不能继承","假如你需要它,你必须通过艰苦劳动来获得它"。此时的你首先需要具备"历史意识","这种历史意识既意识到什么是超时间的,也意识到什么是有时间性的,而且还意识到超时间的和有时间性的东西是结合在一起的。有了这种历史意识,一个作家便成为传统的了"③。毫无疑问,刘醒龙正是具备这种现代历史意识的"传统"作家。他不仅深谙自己的故乡黄冈的文化血统,

---

① [瑞士]荣格:《原型与集体无意识(荣格文集第五卷)》,徐德林译,国际文化出版公司2011年版,第36页。
② [瑞士]荣格:《人、艺术与文学中的精神(荣格文集第七卷)》,姜国权译,国际文化出版公司2011年版,第130—131页。
③ [英]艾略特:《传统与个人才能》,《艾略特文学论文集》,李赋宁译,百花洲文艺出版社1994年版,第2—3页。

而且对艾略特所说的"欧洲文学"和现代民族国家文学都广有涉猎，至于百年中国新文学传统更是流淌在他的阅读经验和生命血液之中。刘醒龙相信："文学不是自生自灭的野火，而是世代相传的薪火。"① 又说："在母语显得至关重要的文学范畴中，在地域文化传承上能有多大建树，是一方水土中的作家能有多大建树的宿命。"② 所以在《黄冈秘卷》中，刘醒龙直接叩问从杜牧到王禹偁到苏东坡以来的黄州浩然硕儒千百年来为何"总是要以某种简单明了的方式流传"，这是因为"贤良方正的黄州一带，确与众不同，从古至今，贤身贵体的君子，出了许多，却不曾有过十恶不赦的大坏蛋"，而"以黄州为中心的原野传说甚多，传承甚广，最重要的还是这些有如乡贤的品格"，不管黄冈人的外在如何"看上去相去甚远，内在的精髓是一脉相传"③。其实，这种一脉相传的内在精髓就是"贤良方正"的黄冈文化人格。而在《黄冈秘卷》中，能够集中凸显这种黄冈文化人格的人物莫过于"我们的父亲"老十哥。

毫无疑问，刘醒龙笔下的"我们的父亲"老十哥是一个将来能够在中国现当代文学史上站得住脚的典型父亲形象。由于受中国儒家道德伦理文化的影响，中国古代小说中的父亲形象往往与政权、族权与夫权联系在一起，往往都是儒家道德理想人格的化身。刘醒龙对中国古代小说中的传统父亲形象不会陌生，因为在《黄冈秘卷》中他塑造了善于说书的祖父形象，而祖父的说书传统与传统说书对刘醒龙确实有着重要熏陶④。诸如《杨家将》《岳飞传》这样的民间通俗演义在中国可谓家喻户晓，无论杨业还是岳飞都是中国古代家族

---

① 刘醒龙：《生命之上诗意漫天》，《重来》，河南文艺出版社2015年版，第266页。
② 刘醒龙：《晓得中原雅音》，《抱着父亲回故乡》，重庆出版社2015年版，第39页。
③ 刘醒龙：《后记》，《黄冈秘卷》，《当代（长篇小说选刊）》2018年第2期。
④ 刘醒龙：《我是爷爷的长孙》，《抱着父亲回故乡》，重庆出版社2015年版，第196—197页。

小说中的儒家父亲正典形象，上为国尽忠、下为家尽孝，当忠孝不能两全时选择舍身取义、杀身成仁，且带领或影响子孙及家族成员以国家和民族的利益至上，金沙滩双龙会杨业和他的儿子们成了满门忠烈，风波亭岳飞和他的儿子及女婿魂断临安，这样的古典中国父亲形象确实令人唏嘘感慨，以至于被后人责为愚忠。当然古代家族小说中也有反对这种儒家中国父亲形象的作品，如曹雪芹在《红楼梦》中塑造的贾政，就属于那种现代性视野中所批判的专制型父亲形象，这种父亲形象也开了中国现代家族文学的先河。于是我们看到，在中国现代家族文学中，作家们基本上都是站在现代性立场上塑造父亲形象①，比如巴金在《家》中塑造的高老太爷、曹禺在《雷雨》中塑造的周朴园，这都是现代文学史上的著名父亲形象，他们身上都有贾政的影子。与专制型父亲形象相比，在现代家族文学中还出现了一种愚昧型父亲形象，比如鲁迅在《故乡》中塑造的那位被官匪兵绅折磨得像个木偶人的闰土，这个曾经朝气蓬勃的中国少年长大成家后带着儿子出门已经愚钝不堪、木讷难言。父亲闰土就是旧中国底层父亲的艺术典型。在中国传统宗法制家族社会里，有专制型父亲就有愚昧型父亲，正如专制与愚昧如影随形，这两种父亲形象也就如同孪生兄弟或曰难兄难弟，其下场往往殊途同归，等待他们的都不会有好的命运。只有到革命文学语境中，父亲形象才有了新的变体。如柳青在《创业史》中塑造的梁三老汉就是一个自私型的父亲典型形象。相对而言，启蒙文学语境中的中国底层父亲形象的文化性格核心是愚昧而丧失个性与自我，而革命文学语境中的中国底层父亲形象的文化性格核心是自私而等待集体价值的教育

---

① 朱自清在散文《背影》中塑造父亲形象并非遵从现代性批判立场，所以写出了一个有别于专制与愚昧的第三种父亲形象。可惜这种可亲可爱的父亲形象在中国文学古今传统中十分鲜见。

和革命意志的规训。所以毛泽东曾说"严重的问题是教育农民"[①],但从革命文学叙事潮流来看,所谓教育农民主要就是教育农民阶级中的中国底层父亲群体,除了梁三老汉外,这类自私因而落后的旧式父亲形象还有很多,赵树理在《三里湾》里塑造的"糊涂涂"马多寿、周立波在《山乡巨变》里塑造的"亭面糊"盛佑亭都堪称典型。可见在革命文学语境中的农民父亲大多是自私型,而在启蒙文学语境中的农民父亲往往都是愚昧型。及至新时期改革开放语境中,在解构主义盛行的后启蒙文学时代里,当代中国作家笔下的父亲形象彻底坍塌,既不是专制型的可恶,也不是愚昧型的可怜抑或自私型的可笑,而大抵是平庸乏味或曰五味杂陈的荒诞型父亲形象。如王蒙在《活动变人形》中塑造的倪吾诚,还有余华、苏童在先锋小说中塑造的父亲们都是如此,所以有论者甚至干脆说这是一群丑陋的父亲们[②]。然而就在这种荒诞型父亲形象在中国文坛大行其道的时候,陈忠实在《白鹿原》中塑造了一个大写的中国父亲形象,这就是正直刚烈的白嘉轩。陈忠实承认白嘉轩的身上有着他的父亲的影子[③],无独有偶,刘醒龙在《黄冈秘卷》的后记中首先要感谢的人就是他的已经过世的老父亲。如果说陈忠实有着重塑旧中国传统父亲形象的艺术诉求,那么刘醒龙就具有重塑新中国革命父亲形象的艺术动机。"我们的父亲"刘声志不是白嘉轩,也不是石钟山在《父亲进城》或《激情燃烧的日子》里塑造的脸谱化的英雄石光荣;他是白嘉轩的子辈,他比白嘉轩新潮;他与石光荣同辈,但不像石光荣那样野性,因此更能体现当代中国政治变迁中父亲形象的文化心理嬗变隐秘。

---

① 毛泽东:《论人民民主专政》,《毛泽东选集》第4卷,人民出版社1991年第2版,第1477页。
② 郜元宝:《告别丑陋的父亲们》,《钟山》1994年第3期。
③ 李遇春:《在自我反省中寻求艺术突破——陈忠实访谈录》,《西部作家精神档案》,商务印书馆2012年版,第196页。

作为"我们的父亲",《黄冈秘卷》中的刘声志最先吸引读者注意的就是他的"组织"人格。这种一切以组织的意志为转移或者将一切交给组织的心理所形成的政治化人格,在当代中国文学中似乎并不鲜见,众多的革命文学作品中都写过这种高度组织化或者纪律化的英雄模范形象,诸如《创业史》中的梁生宝、《艳阳天》中的萧长春、《风雷》中的祝永康之类,都是为了革命的集体利益而敢于牺牲个人利益,为了大我而牺牲小我的革命典型人物。革命文学中之所以盛行这种组织化的人格典范,这当然与中国革命文化的洗礼有关。早在延安时期毛泽东就发表过题名为《组织起来》的报告,希望把只要是可能的一切力量都毫无例外地组织起来,建设一支劳动大军。[1]毫无疑问,《黄冈秘卷》中的青年刘声志就属于这种被党组织的意志所感召进而被组织起来的英雄人物。但令人好奇的是,为何曾经的红色经典中的组织化人格形象遭到新时期启蒙文学话语的非议,而刘醒龙在《黄冈秘卷》中塑造的组织人格却受到今人的好评?其实原因主要在于,当年的红色经典作家是以单一的认同或崇拜的心理写作,而刘醒龙则保持了理性的精神分析或文化心理剖析姿态。正是在这个意义上,刘醒龙笔下的刘声志不再是梁生宝那种农村基层干部形象,而是实现了对梁生宝们的改写或重构,而重构的出发点就是将其定位为"我们的父亲"。其实,"我们的父亲"刘声志并非一开始就具备这种组织人格,少年时期的刘声志虽然有着阶级反抗的政治本能,但只有在武汉监狱里受到国教授的政治启蒙后,他才真正将心交给了党组织。在黄州通过海棠姑娘找到组织后,"我们的父亲"很快选择了大义灭亲和痛斩情丝,他坚决与反动势力家庭海家划清界限,然后与母亲经过组织的介绍结婚成家。母亲曾经说过,

---

[1] 毛泽东:《组织起来》,《毛泽东选集》第3卷,人民出版社1991年第2版,第928页。

她与"我们的父亲"的结合完全是出于对组织的共同信仰和信赖,因为"我们的父亲"身上除了对组织的无限忠诚就没有任何特别的地方。婚后的父亲一心扑在工作上,他的心里只有组织,他说过生是组织的人,死是组织的鬼,他不能想象离开了组织该怎么活,活着还有什么意义。"我们的父亲"就是这样的一个组织人。无论世事风云如何变幻,他的组织信仰始终是一面不倒的旗。"我们的父亲"一生对组织无限忠诚,他严守组织纪律甚至到了让人觉得刻板的地步。他给自己的孩子取名字全部都以他工作过的地名来命名,他认为这是对组织不隐瞒任何私心杂念的表现。他长期只认准《组织史》而不认《刘氏家志》,理由是组织的意志高于家族的利益,因此进《组织史》光荣而入《刘氏家志》微不足道。他从来对组织的事情说一不二,堪称严守组织铁的纪律的模范。老家的人来找他办事,他的答复从来都是要他们相信组织,他作为刘区长不是刘氏家族的刘区长而是组织的刘区长,不能为家族谋取任何私利。他喜欢说组织上的事情是不能瞎打听的,他喜欢说自己是百分之百相信组织的,也是百分之百不会背叛组织的,他永远相信并且牢记国教授的狱中遗训,一定要像国教授那样组织需要我干什么就去干什么,因此"我们的父亲"说起组织时是那样的神往的表情,其中饱含了他对组织的完全信任与臣服。这正是他的组织人格的精神力量的秘密。

刘醒龙在《黄冈秘卷》中始终没有把刘声志作为英雄劳模典范来塑造,而是将其定位在"我们的父亲"角色上进行塑造乃至剖析。这就不可避免地将父亲还原到日常生活中,还原到历史现场中加以精雕细刻。在日常生活中,"我们的父亲"坚持组织纪律至高无上,几乎没有尽到一个父亲的义务。他把年轻的妻子和年幼的儿女丢在老家而独自去山区干革命,而托人将妻儿接到山区居住后又长期在外风餐露宿指挥生产建设,以至于儿子到工地寻父却出现了一时无法相认的陌生场景。"我们的父亲"长期习惯于以单位组织为家,他完全顾不上祖父和妻儿在暴风雨中过着风雨飘摇、墙倾屋颓的日子。在工作中,"我们的父亲"把那个山区县的几乎所有的区都工作遍了,尽管一直都是区级干部而从未升至副县长,但他还是选择了相信组织,说不能在组织面前讨价还价,比官大官小。他在某区工作时因为把森林防火工作做得太出色,以至于失去了晋升机会,而曾经的下级小冯因为在森林防火中指挥不力而身受重伤,但最后小冯竟然莫名其妙地成了防火英雄而得到提拔。还有一次"我们的父亲"冒着生命的危险救了水库管理员姜秀才,因为姜秀才的操作失误,父亲不得不孤身跳进水库深水区潜水作业,而后来得到提拔的却是姜秀才而不是"我们的父亲"。"我们的父亲"在老鹳村带领村民英勇抗洪无疑是一次壮举,他本来可以因此而受到提拔,却因为女哑巴的一声大喊"刘县长"(其实是喊的父亲的宿敌"柳剑光"的名字)而受到政治调查,他就这样再次与提拔无缘。但"我们的父亲"对组织毫无怨言,他认为小冯、姜秀才、慕容等受到组织提拔的干部之所以后来遭遇了人生滑铁卢,只因为他们身在组织而做了对不起组织的事情,这就辜负了组织的信任。而"我们的父亲"即使是在遭受组织误解和批斗的困难时期,同样保持了对组织的高度信仰与忠诚。想当年"我们的父亲"在汽修厂处于被监管状态,为了掩饰家庭的拮据和困难,母亲对我们严肃训话,说要以《红岩》精神努力隐瞒真相;所以等"我们的父亲"回家探亲时听到的是子女们异口同声地说"组织对我们家真好",此时抚摸着孩子们的新衣裳(其实是祖父回老家自做的),"我们的父亲"眼里闪烁着泪光。为了表达对组织的感谢和恩情,"我们的父亲"郑重地决定将党费从五角提高到一元,这是交给组织象征着自己依旧身在组织的钱,至于政治上的改造遭遇是不必计较利害的。不久后"我们的父亲"落实政策回到区里复职,因为饥馑年月还导致胃出血入院治疗,但当区里遭遇洪水袭击后,"我们的父亲"依旧说服母亲把自己两个月的工资交给组织,说是要给组织分忧解难。所以从小时候"我"就明白信仰对于个人是毕生的事情，不可改变。"我们的父亲"甚至认为当年针对他的万人批斗大会也是组织上的另一种形式的考验。所以当被红卫兵责骂说以《诀别书》玷污组织时，"我们的父亲"能轻松地背诵完《诀别书》的最后部分，此时被批斗的他心中想的还是林觉民和黄花岗七十二烈士，他一直对国教授的狱中革命遗训念念不忘。最令人惊讶的还是他对堂弟"老十八"前来援救的态度。当"老十八"用抢来的黑轿车又从批斗大会现场抢走了"老十哥"的时候，众人发现"我们的父亲"竟然从黑轿车里挣脱出来回到了批斗会现场。他大义凛然地宣称自己是组织的人而不是老刘家的人，组织没叫他离开会场他就不会离开，哪怕刀架在脖子上也决不退场，他必须接受组织的一切考验。为了还击红卫兵的人格诬蔑，"我们的父亲"甚至勇敢地从三楼跳下来证明自己的无辜。这就是"我们的父亲"，连慕容这样参与过腐败的教师官员后来也意识到："在这个组织的千差万别的人中，像我们的父亲那样的人，不仅是客观存在，还是这棵大树的主根，主根在地上扎深了，大树才能风雨无摧地生长。"

如果不涉及"我们的父亲"的晚年形象，我们对《黄冈秘卷》的解读就没有抓住问题的要害。刘醒龙在《黄冈秘卷》中不仅写出了"我们的父亲"的晚年精神困惑，而且还写出了他面对晚年精神困惑时的自我心理调适，更重要的是无论遭受何种心理打击或者世易时移，"我们的父亲"似乎总是能够找到组织的力量。正如作家生活中的父亲原型那样，晚年的父亲"越来越靠潜意识生活"，"迫切需要有人来出演往日工作与生活中相伴过的那些角色"，他自觉不自觉地开始了对亲人们的"仿佛不近情理的导演"[①]。离休后的父亲在家里

---

① 刘醒龙：《母亲》，《抱着父亲回故乡》，重庆出版社2015年版，第8页。

依旧习惯于发号施令,而母亲则成了那个忠实地执行父亲命令的人,母亲对父亲将单位组织中的那一套搬回家中虽有不满,但也只能接受父亲一辈子的强势性格。离休后的父亲对"我"一直保持着握手的习惯,此时的他仪态大方神情自若,仿佛我们不是父子而是上下级关系。"我们的父亲"离休后把家庭生活演变成了另一种组织生活,组织的触角无时无处不在,已经深入到了他的骨髓和血液之中,仿佛与生俱来。离休后的父亲依然退而不休干预政务,他和王鼐伯伯一起导演了让县里主官当众出丑的好戏,他们对时任县官们的行政不作为和腐败行为深恶痛绝,于是拿出早年干革命的勇气警告那群贪官的无耻。晚年的父亲认真背诵绝命文章的模样最是让我们子女折服,那是我们熟悉的坚强而又有理想的父亲形象,他就是我们这个家庭的主心骨,只要有他在天就塌不下来。父亲对轿车的反感并非反感轿车本身,而是讨厌那些坐豪车的大大小小的官员,他认为此时的豪车就是幽灵游荡的黑棺材。但曾经"光荣而伟大的""我们的父亲"在晚年确实活得有些"蓬头垢面""让人心酸"。他不仅经受了母亲单位里发不出退休费的打击,而且还要接受组织无法给自己发离休费的现实。曾几何时,父亲认为母亲必须亲自去领取退休金,因为这是母亲感受组织关怀的唯一方式,他不能剥夺了母亲的这个神圣权利。然而好景不长,母亲的退休金因为单位经济不景气而停发了。为了保护好母亲,其实更是为了维护好组织的声望,"我们的父亲"决定把自己每个月的奖金拿出来偷偷地给母亲发退休金。但两年后"我们的父亲"也离休了,他只能求助于他的子女们凑份子钱给母亲发退休金,但他坚信目前的困难是暂时的而前途依旧是光明的,他只不过是变相代表组织向子女们借钱过渡一下而已。然而"我们的父亲"还是对困难估计不足,他很快发现连自己的离休金也拿不到了,更令他难以接受的是他拿到手的所谓离休金其实并不来自他一生所信仰的组织。先是母亲如法炮制了父亲的一幕,她让子女们也通过凑份子钱的形式给"我们的父亲"发放离休金,母亲如此做的理由就是为了保护好"我们的父亲"那不可坍塌的信仰。然而是可忍孰不可忍,"我们的父亲"遭受的最残酷打击来自他的堂弟"老十一"刘声智,那个和他同音不同字的老家伙在从商发迹后居然在信仰上给了堂兄"老十哥"刘声志致命一击,他暗中资助当地县财政给"我们的父亲"发离休金,这简直就是对"我们的父亲"的人格嘲弄和羞辱。"我们的父亲"认为当地政府的做法是对自己毕生依靠和奉献的组织的严重背叛,堂堂的组织居然堕落到要用私人老板的钱来打发曾经提着脑袋干革命的老家伙,如此受损失的只能是组织的荣誉和信誉,这简直是"穷凶极恶",是为了要"我们的父亲"的老命。尽管得此噩耗"我们的父亲"万分痛苦,但他终究还是从精神打击中清醒过来,接受"我"的解释并理解了"老十一"的良苦用心。"我们的父亲"之所以能原谅"老十一",是因为"老十一"还没有丧失做人的精神底线,还想着富裕后为故乡修桥筑路办实事。于是我们看到了父亲晚年令人惊诧的又一壮举,为了重修南门大桥,主要是为了维护组织的声誉,他主动支持拆迁自己的老房屋,当母亲以绝食相逼、拒不拆迁的时候,"我们的父亲"连水都不喝,两个老人在那里针尖对麦芒,最终还是母亲拜伏在像泥菩萨样端坐的父亲面前妥协,认真检讨自己的组织观念有问题,再次端正自己的组织信仰。这就是"我们的父亲"的晚年写照,他的组织人格已深入血肉和灵魂,简直是固若金汤。

如果仅仅是刻画出了"我们的父亲"的高度组织化的政治人格,那么《黄冈秘卷》的秘史性质就还没有得到有效的彰显,好在刘醒龙在《黄冈秘卷》中进一步把笔触对准了"我们的父亲"的黄冈地方文化人格,并且深层次地揭示了这种黄冈地方文化人格与红色政治组织人格之间的文化精神血缘。在散文《赤壁风骨》中,刘醒龙曾经将以黄州为中心的鄂东文化归结为"风骨挺拔"的"精神圣界",

理由是从苏东坡到黄侃、熊十力、闻一多、胡风、秦兆阳等古今黄冈文化贤达都不仅"思哲其深",而且"才情甚远","分明风骨相传"[①]。确实如此,千百年来黄冈地方文化薪火相传,而尊师重教是不二法门。难怪《黄冈秘卷》中"我们的父亲"会以不无夸张的口吻说"黄冈人除了重教育、爱读书,也没有其他突出的特点",甚至"除去苕到不知道吃喝的人,再也找不出一个文盲"。而父亲的黄冈密友王朤伯伯则认为,"年少时能下苦功夫读书,年长后也会一样地下苦功对待手边的一切工作",这就是"黄冈人风骨的一种生长方式"。按照王朤伯伯的说法,苏东坡的命运就是四川人的"麻辣性格"与黄冈人的"执拗性格"相结合的产物,而所谓黄冈风骨是一种"比硬骨头还要有味道的那种味道"。而对于老刘家的人而言,苏东坡的"黄冈气质"主要表现为"困苦的执拗","不执拗到只剩下一根筋的男人就不是黄冈男人",而"苏东坡的执拗只相当于半根筋,所以只能算半个黄冈人"。而对于与"我们的父亲"一辈子相处的母亲来说,"黄冈人活着是一根筋,老死时还是一根筋"。这就是黄冈人的文化血统与性格命脉,既执拗又执着,既有恃才傲物的清高又有不近情理的激烈,既是硬骨头又有点缺心眼。想当年"我们的父亲"在监狱里遇到了革命导师国教授,国教授认为曾祖母流浪中的坚强意志、贫穷中的人格尊严是一个革命者最可宝贵的精神品质,革命者就必须具备曾祖母这种硬骨头精神,而这种精神恰好传承到了"我们的父亲"身上。曾祖母就是"我们的父亲"的黄冈地方文化导师,而黄冈地方文化的硬骨头精神与国教授所宣扬的现代革命精神有着高度的内在契合,这就是现代与传统之间文化同一性的一种确证。"我们的父亲"一生都没有丢掉黄冈人的硬骨头精神,他那天下黄冈人共

---

① 刘醒龙:《赤壁风骨》,《抱着父亲回故乡》,重庆出版社2015年版,第52页。

有的毕生难以改变的黄冈高亢粗壮的方言腔调,还有他那做事从来都是正面强攻而不屑于阴谋诡计的毕生正道直行,都打下了浓重的黄冈文化烙印。但"我们的父亲"心里其实很清楚,他认为自己作为长江边长大的黄冈人喜欢做事情时自己拿主意,这种有主见的强势性格即使工作做得再好也会让上级不舒服,感觉就像是一个刺头儿。而祖父和"老十八"在辩论中也得出了相同的结论,这就是黄冈山水导致了黄冈人的文化性格可以有很多种选择,既有长江的奔放又有天生南蛮的执拗。所以"我们的父亲"作为黄冈人在那个山区县工作期间长期遭受排挤和打压,因为他既不是本土派也不是"南下派",且又不知变通圆融,故而处境一直尴尬。多少有点"缺心眼"的父亲刚烈而执拗,但他的内心也有柔软的部分,他对海棠姑娘的深情一辈子都珍藏在内心,让人无法对他的情商做出所谓正常的判断。正如小说中叙述者所言,"情商越高的人越执拗,一旦认准的事,那种投入的劲头,在高智商的人看来完全不可理喻。所以,外面的人都说黄冈人特别执拗,恰恰是黄冈人情商太高,所产生的副作用。情商太高的人,最大毛病就是没办法为一时利益而低三下四,也会视嗟来之食为粪土,站在屋檐下还不知道低头。"这就是对"我们的父亲""情商高"或"一根筋"的精辟概括和立此存照,这也是作家刘醒龙对黄冈地方文化人格的深刻洞察与深度解析。

然而,如果继续深挖或追问下去,在"我们的父亲"的黄冈地方文化人格与红色政治组织人格的背后还潜藏着渊源流长的中国儒家传统主流文化的因子。正如《黄冈秘卷》中的寻根叙事所写到的那样,黄冈人生活的地方历史上曾被称作"五水蛮"(根据以巴河为代表的五条河流命名),据说远古鄂西川东的巴人喜欢造反而屡被镇压,因为天生反骨难以驯服,故而在东汉时期被光武帝刘秀强令群体迁徙至鄂东的穷山恶水地带接受煎熬。然而作为"五水蛮"的黄冈人依旧硬气,经常造反滋事生端,为了避免家族遭受株连九族的极刑,黄冈的"五水蛮"发明了一种脱罪方法，就是把父亲叫作"伯"，父亲的兄弟们也依年齿序叫作不同的"伯"。史载在晚唐杜牧当黄州刺史时黄冈人就已形成这种特殊的民间风俗。尽管曾祖母和祖父都喜欢用神话传说或封建迷信来解释，说把父亲叫作伯是为了迷惑妖魔鬼怪，不让它们吃掉想吃的孩子，即所谓"魔鬼做鬼事时也要讲鬼道理"，但"老十八"坚持自己的历史看法，说是有据可查。而"老十一"则干脆据此攻击这种黄冈民间风俗"是明目张胆弄虚作假，是掩耳盗铃、瞒天过海，是不忠不孝、不仁不义，是不敢担当的软骨头，是投机取巧的大滑头，是不愿意面对现实学鸵鸟往沙里埋头，学乌龟往壳里缩头，更是不愿意承认钱不是万能的，但没有钱是万万不能的时代真理"。在《黄冈秘卷》中，能够对黄冈人的文化性格做出激烈批评的人就是这个遭人厌的"老十八"了。如果说作为"我们的父亲"的"老十哥"是黄冈人文化性格的阳面，那么"老十一"就是其阴面，故而从"老十一"的角度能够发现黄冈人的文化性格弱点，诸如软骨头与屈从性、大滑头与逃避性，乃至于鸵鸟、乌龟等比方也算一针见血。这意味着在长期的反抗与镇压的历史循环中，黄冈人的地方文化人格心理中也不可避免地染上了儒家忠孝文化的软骨病或妥协症。确实如此，读者不难从"我们的父亲"身上窥见中国传统儒家文化人格的劣根性。"我们的父亲"诚然有硬骨头精神，有困苦中执拗的黄冈风骨，有"一根筋"的忠诚与执着，但"我们的父亲"的一生难免有着他与生俱来的文化局限性。"父亲将自己可以有些作为的岁月，全部献给了他曾百般信任的乡村政治。如今回过头去看，父亲这辈子从未弄懂过什么是政治。"[①]"我们的父亲"对政治的迷恋所酿成的政治情结及其外在显现出来的政治组织人格中，

---

① 刘醒龙:《母亲》,《抱着父亲回故乡》，重庆出版社2015年版，第7页。

毋庸讳言存在着人格异化现象，因为习焉不察或者深入骨髓而往往被忽视。其实"我"对晚年的父母亲也有着敏锐的洞察，我很清楚，"别看他们平时说起话来比谁都狠，似乎要掀翻南门大桥，只要有几句代表组织的柔软关切的话，就将他们征服了"。这种征服与臣服的关系，就隐含在"我们的父亲"的文化人格心理结构之中。而据大姐的有力推测，那天海老板登门拜访就是为了给父亲戴上高帽子，让他主动接受老屋搬迁，因为"我们的父亲信任组织，看重组织，那用组织的名义戴在头顶上的高帽，再苦再累也愿意"。当然还有父亲早年的恋人海棠姑娘的异议，她直到晚年的通话中还对"我们的父亲"耿耿于怀。而父亲当年以组织名义放弃爱情的做法，其中无疑隐含着儒家政治与道德的双重伦理规训。

行文至此，笔者不由得想起了鲁迅先生一百年前的那篇文章——《我们现在怎样做父亲》（1919）。在先生看来，中国传统宗法家族文化伦理实在是过于强大，故而旧中国的父母与子女的关系基本上是单向度的或曰不平等的权力等级关系。于是先生呼吁道："总而言之，觉醒的父母，完全应该是义务的，利他的，牺牲的，很不易做；而在中国尤不易做。中国觉醒的人，为想随顺长者解放幼者，便须一面清结旧账，一面开辟新路。就是开首所说的'自己背着因袭的重担，肩住了黑暗的闸门，放他们到宽阔光明的地方去；此后幸福的度日，合理的做人。'这是一件极伟大的要紧的事，也是一件极困苦艰难的事。"[①]五四一代启蒙作家在一百年前关注的是人的解放，落实到家庭伦理中就是父母和子女的双重解放。而一百年后的今天，面对刘醒龙《黄冈秘卷》中的"我们的父亲"，还有"我们的父亲的父亲"（如陈忠实《白鹿原》中的白嘉轩），我们不能不反思一百年来"我们的父亲"的形

---

① 鲁迅：《我们现在怎样做父亲》，《坟》，《鲁迅全集》第1卷，人民文学出版社1981年版，第140页。

象史。中国传统儒家文化是一种父性文化或者父权文化,它与中国现当代家庭文化紧密相连,如何深入地剖析现代中国家庭文化中的古今中西文化配置、揭示其结构性误区,并提供合理性的建构策略,这是摆在刘醒龙等当代中国作家面前的一道难题。

博物、传奇与黔地方志小说谱系

——论欧阳黔森的小说创作

在新世纪中国文坛中，来自贵州的欧阳黔森绝对是一位有着独特风格和艺术个性的作家。尤其是他的小说创作，带着来自贵州边地的蛮荒气息和现代气韵，构成了当代中国文学地理版图中不可或缺的艺术组成部分。但也许是因为欧阳黔森的文学创作涉猎过多种文体，举凡诗歌、散文、小说和影视剧本无不涉足其间，这就多少冲淡了学院派批评家对他的持续性学术关注。当然更重要的还在于，欧阳黔森的小说创作具有多面性、丰富性和差异性，它很难被简单地归入新世纪的时尚文学潮流，故而往往容易被我们时代的文学同一性所遮蔽，这不能不说是一种遗憾。然而，如果我们从文学与传统的角度考察，特别是把欧阳黔森的小说创作纳入新世纪以来中国文学传统的复兴层面进行考量，我们会惊讶地发现欧阳黔森的小说创作具有新的文学史意义。事实上，欧阳黔森在小说创作中不仅显在地传承了蹇先艾、何士光等中国现当代贵州作家的新文学现实主义传统，而且还潜在地复活了志怪、志人、博物、搜神、传奇、方志、笔记等中国古代文学传统资源。正如第二届蒲松龄短篇小说奖给欧阳黔森的佳作《敲狗》的授奖辞中所言："小说不仅在结构上有中国古典小说的神韵，在道义和人性的刻写上也见出传统文化的底蕴。"①这评说的不仅仅是短篇小说《敲狗》，倘用来评价欧阳黔森的小说创作整体成就和艺术追求，其实也是大致不差的。

一

作为作家，欧阳黔森曾经的"地质人"职业身份可谓独具一格。可以毫不夸张地说，对当代中国地质队员的生活书写和形象塑造，构成了欧阳黔森早期文学创作的主心骨和原动力。欧阳黔森正是凭借着独特的当代地质人书写而与同时代作家群体区别开来，同时他也正是立足于特定的当代地质人书写而抵达了人性剖析和生命叩问的普遍境界，从而避免沦为行业作家的所谓行业写作。早年的地质队员生涯深刻地影响了欧阳黔森的文学创作。他写过一些回忆地质生活经历的散文，如《穿越峡谷》《武陵纪事》等，这些散文与小说的界限并非清晰，其实是可以视为小说来阅读的。他还写过一些带有浓郁"地质情结"的诗篇，如组诗《地质之恋》，包含《血花》《勘探队员之歌》《一张中国矿产图》《勋章》四章，这些诗作都被他以各种形式镶嵌到了小说文本中，由此可见他的诗作与小说的文体血缘。组诗《那是中国神奇的版图》和《贵州精神》也是带有地质视野的诗章，非出身于地质人的作家所不能道。欧阳黔森出生于梵净山脚下的贵州铜仁，他的父亲就是一个踏遍青山找矿的地质人，长

---

① 参见《欧阳黔森短篇小说选·前言》，贵州人民出版社2014年版，第2页。

大后的欧阳黔森子承父业也成了一名地质队员,在野外普查组一干就是八年。① 在八年的野外地质找矿生涯中,欧阳黔森踏遍了云贵高原的武陵山脉和与横断山脉相接的乌蒙山脉②,这段独特的人生经历和生命体验给他日后的文学创作打下了深刻的印记。用欧阳黔森自己的话来说,"一个地质人","一个地质作家的感受",与一个旅游者的感受是不一样的。"我走的绝不是旅游者的道路,而是地质人走的路。地质人的路,其实就是没有路。人迹罕至是地质人的行走特征。"③ 欧阳黔森小说的独特性与开创性于此可窥堂奥,他要开辟的正是一条属于当代地质人的文学蹊径。

众所周知,地质学是地理学的分支学科,地质学属于严格的自然科学,主要研究地球的构造及其演化过程,而地理学的研究范域涉及人地关系,兼具自然科学与人文科学的双重学科属性。而欧阳黔森作为一个职业的地质工作者,他不仅具备广泛的人文地理学知识素养,而且有着专业的地质学知识和经验储备,这就使得他在小说创作中能够充分地调动自己的专业地质知识作为文学叙事的躯干或者血肉,而不仅仅是流于习惯性的人文地理风光的背景介绍,真正让专业地质学的知识性叙事成为文学叙事的内在有机构成,这是欧阳黔森小说创作的一大特色。事实上,我们在欧阳黔森的大部分小说中都可以见到不同程度的地质知识性叙事,这种专业性很强的知识性叙事不仅涉及外在的生态环境描写层面,还涉及人物的生活经历和经验层面,更重要的是深入了人物的生命体验和精神境界层面,

---

① 欧阳黔森:《故乡情结》,《水的眼泪——欧阳黔森选集》,广西师范大学出版社2017年版,第77页。
② 欧阳黔森:《横断山脉中的香格里拉》,《水的眼泪——欧阳黔森选集》,广西师范大学出版社2017年版,第82页。
③ 欧阳黔森:《水的眼泪》,《水的眼泪——欧阳黔森选集》,广西师范大学出版社2017年版,第36—37页。

这就不单单是借专业知识而炫技了，也不再是拘囿于职业范围和行业领域的行业性写作了，而是真正抵达了知识性叙事的审美境界。其实，近些年来中国小说创作中尝试这种专业知识性叙事的作家作品还有不少，仅就长篇小说而言，比如刘醒龙的《蟠虺》和陈河的《甲骨时光》就是考古学专业的知识性叙事，韩少功的《马桥词典》和《暗示》就是语言学专业的知识性叙事，成一的《白银谷》和《茶道青红》就是经济学专业的知识性叙事，此外还有莫言的《檀香刑》属于刑罚学专业的知识性叙事，王安忆的《天香》属于纺织学专业的知识性叙事，李锐的《太平风物》属于农学专业的知识性叙事，凡此种种，都说明了当代作家借助专业科学知识强化小说叙事特色的努力。这种努力看似新鲜，实则是对中国古代小说"博物体"叙事传统进行的创造性转化。博物体小说在中国由来已久，从《山海经》《十洲记》到晋人张华的《博物志》，中国古典博物体小说正式成形。有论者指出，博物体小说"源于先秦的地理学和博物学"，"重在说明远方珍异的形状、性质、特征、成因、关系、功用等"①，可见在《博物志》开列的"异人""异俗""异产""异兽""异鸟""异虫""异鱼""异草木""异闻"等类别中，"异物"才是叙事的中心，而"异物"叙事的关键则在于作者的专业知识素养。这正是中国古代专业知识性叙事传统的由来。一直到清代《红楼梦》中，曹雪芹依旧沉醉于知识性叙事，举凡建筑学、园林学、医学、食品学、科技和民间技艺等不一而足，足以证明知识性叙事是古今小说创作的一大法宝。然而，古代的博物体知识性叙事虽然有"博物洽闻之称"，亦"多附会之说"②。这就和当代博物体知识性叙事存在根本区别，前者的科学知识并不牢靠，故多附会和妄说；而后者建立在现代自然科学知识体系

---

① 陈文新：《文言小说审美发展史》，武汉大学出版社2002年版，第101—102页。
② 鲁迅：《中国小说史略》，《鲁迅全集》第9卷，人民文学出版社1981年版，第44页。

的基础上,摒弃了古人的好怪而妄言,更多地从生态环境和人与自然关系的角度去反思人性的劣根或探询生命的真谛。

在欧阳黔森的小说创作中,他走的正是这样一条现代博物体知识性叙事之路。他尝试着从不同的艺术路径将自身的专业地质学知识、地质生活经验和生命体验融入小说叙事中,给传统的博物体小说灌注了现代科学精神和人性内涵,形成了别具一格的当代地质人知识性叙事形态。欧阳黔森的这种当代叙事探索首先表现为在小说创作中以地质知识话语作为叙事背景,着重讲述地质人的生活经历和情感故事,揭示当代地质人的人生困扰和精神困惑。这种小说凭借其独特的叙事对象选择而引人注目。如短篇小说《有人醒在我梦中》,以第一人称讲述"我"和白菊这两个野外地质队员之间无言的爱情故事,人物身份和生活环境都属于地质知识话语,但这种地质人的复杂爱情心理却超越了题材和身份,具有人性的普遍性。无独有偶,短篇《远方月皎洁》也是讲述地质人没有结局的爱情故事。"我"是野外地质队员,"我"和山村女教师卢春兰在短暂的地质普查工作期间相识相恋,"我们"的七色谷之恋浪漫而奇异,七彩石层的艺术描摹闪烁着科学知识的光亮,这就为男女主人公的爱情悲剧故事频添了"异物"色彩。短篇《丁香》写到了一个山区养路女工丁香的意外死亡,她在生前曾受到野外地质探勘队所有男人的爱慕,但真正爱恋她的是那个地质诗人,地质诗人不仅偷偷为她写诗,而且敢于为了她的受辱与同伴决斗,可惜这一切丁香并不知情,这是一个地质人的暗恋乃至于苦恋的故事。多年后地质诗人早已不再写诗,但依旧怀念丁香到心痛,整篇小说弥漫着挥之不去的感伤氛围。值得一提的是,短篇《血花》跳出了当代地质人爱情叙事的拘囿,作者讲述了20世纪70年代末发生在云贵高原地质队里的一场惨剧。在激烈的争辩过后,为了送久居深山的地质勘探队员回家与亲人团聚,司机老杨决定冒险开车在大年三十出发。在路滑导致坠崖的千钧一发之际,老杨瞬间朝山壁撞去,他为了保护地质队友而献出了生命,但却永远不会被授予烈士。这是一个苦涩的地质英雄故事,小说结局隐含反讽意味。

与作为表层叙事背景的地质知识性叙事不同,欧阳黔森小说创作中还有另一种更深层次的地质知识性叙事模式,这就是正面切入和深度摹写当代地质人的野外地质职业生存状态,而不再纠结于地质人的日常情感生活的书写,此时的地质知识话语不再是作为表层叙事背景而存在,而是构成了深层的文本叙事主干,它支撑起了这类地质知识性小说叙事的整体架构。中篇小说《穿山岁月》和《莽昆仑》就是欧阳黔森的这类小说力作,它们都属于第一人称的地质人叙事作品,带有明显的亲历者痕迹,算是广义上的自叙传小说。这类小说叙事中荟萃了地质人所见所闻的各种异人异俗、异物异产,故而叙事光怪陆离,洋溢着神秘诡异色彩。而且叙事人时时处处都以地质人的专业眼光和知识视角观照生存环境,故而小说中有关大地山河、珍禽异兽的描写都不再是常见的抒情诗和风景画的笔法,而是具备传统的博物眼光和现代的科学智慧,属于分析性的描写和描写性的分析,闪烁着理性的审美之光。《穿山岁月》共分三章,尽管主要人物由"我"、邹德、苏工三个地质勘察人员组成,但实际上三章分别讲述了三次进山勘探经历,时间上似连实断,从叙事结构上看属于典型的空间化叙事。第一章写进梵净山原始森林采样,遭遇云豹、黑熊、五步蛇、旱蚂蟥、长脚巨蚊甚至还有没现真身的老虎的侵扰;第二章写进山抽查样品,集中笔力写深山的水系和地貌,以及地质队员遭遇性变态者的奇特经历;第三章写工作点检查,重点放在少数民族边地风情描绘上,尤其是"美人鱼"的出现充满玄幻色彩。显然,这种空间组合结构的小说便于展示博物体知识性叙事的优长,有利于作者对异物异俗、异人异貌展开穷形尽相、镂金错彩的铺排式描绘。相对于写云贵高原的《穿山岁月》而言,写青藏高原的《莽昆仑》在艺术境界上更显阔大而苍茫,但二者在致力于传统博物体知识性叙事的现代转换方向上是一致的。这部中篇写了"我"、李子和张铁三个高原探矿者的神奇经历,他们先后遭遇了神鹰白雕、神女格桑梅朵、昆仑雪狼、高原旗树、草甸子花开等人间异物、异人、异景,小说在一连串的空间艺术描摹中展示了现代博物体知识性叙事的魅力。需要说明的是,这两部中篇的创作意图并不仅仅在于展示作者的博物艺术,而是为了表达对一种理想人生形态的怀念,通过怀念艰难而激情燃烧的野外地质岁月,作者要批判或反讽的恰恰是当前日渐陷入消费社会精神萎靡状态的中国社会现实,带有精神寻根或寻访的意味。

  欧阳黔森小说中第三种地质知识性叙事模式表现为,地质知识话语虽然不再是叙事主干,但也并非是那种外在的叙事背景,而是作为基本的或者辅助性的叙事动力存在,并在不同程度上推动小说故事情节的发展,或者改变小说叙事的方向和结局。显然,这种类型的地质知识性叙事更适合反映复杂广阔的社会现实生活,它使传统的博物体叙事模式从空间化叙事向着时间化叙事演变。也就是说,"在表达方面,从侧重于表现物体或形态,到侧重于表现动作和情事,从注重表达空间里的景象平列,到注重展示时间上的情节延续,一句话,减弱了铺陈式的描写,加强了线条式的叙述,这是传统'博物体'的变异"[①]。具体到欧阳黔森的小说创作中,这种注重故事时间结构的小说的出现,显示了作者试图走出地质人职业樊篱而拥抱广阔社会现实生活的艺术诉求。比如中篇小说《八棵苞谷》,讲述一个贫穷的贵州小山村白鹰村通过计划生育和科技致富而改变农村落后面貌的故事。故事的动因在于当地的石漠化地质地貌,这种看上去

[①] 陈文新:《文言小说审美发展史》,武汉大学出版社2002年版,第97页。

美丽而实际上无法耕种的喀斯特地貌使山民世代陷入贫困，小说的主人公三崽和三崽爹的种种人生不如意皆因石漠化地质而起，儿子讨不到对象，父亲抬不起头，想给儿子换亲然而女儿又不同意，由此引发了一系列情节冲突。故事的结局是美好的，白鹰村成了小康村，三崽娶到了媳妇，三崽爹作为老歌王重新开嗓歌唱，这主要归功于地质专家发现了乱石层下的黏土层，由此改变了山民的生存环境。小说的结局确有光明尾巴之嫌，但其叙事主体部分主要描述的还是石漠化地质地貌给主人公人生命运所带来的困扰，这种现代博物体知识性叙事形态显然能给读者带来陌生化的阅读感受。于是在《八棵苞谷》的中篇基础上，欧阳黔森又创作了一部长篇小说《绝地逢生》，讲述盘江村民在村支书蒙幺爸的带领下不断克服石漠化地质地貌所带来的生存困境而重获新生的故事。三崽和三崽爹摇身一变成了蒙大棍和蒙幺爸，与此同时又派生出许许多多的人物以及越来越复杂的故事情节冲突，诸如乱石坡上围土造耕地、种植农村经济作物、开办农作物加工厂、兴修水窖水库等，由此大大拓展了《八棵苞谷》的地质知识性叙事模式的话语空间。与《八棵苞谷》相仿，中篇《水晶山谷》同样也是借助地质知识话语来推动整个故事情节的发展及其结局。这篇小说旨在对中国社会市场经济转型过程中人性的异化与生态环境的恶化展开批判，青年山民田茂林为了改变贫困的生活现状，受到地质专业人士兼商人李王、马学仕、杜鹃红的金钱蛊惑，他不顾亲人的劝阻一意孤行，终于在一场水晶山谷的爆破中被埋葬。紫袍玉带石是原产于梵净山中的石中珍品，围绕着奇石的勘探和市场开发构成了这部小说的主线，小说中用了大量篇幅描绘当地的地质奇观及奇石的形成，体现了作者独特的现代博物体叙事素养。

除了作为基本的主线索的叙事动力之外，欧阳黔森笔下的地质知识话语有时候仅止于作为辅助性的叙事动力而存在，但它依旧给欧阳黔森的小说带来了新奇的博物色彩，或者说增添了奇异的博物元素。这在很大程度上也可以理解为欧阳黔森小说创作中现代地质博物体叙事的泛化，有关地质学的知识性叙事因此也成为了欧阳黔森小说艺术的一个典型符码。比如中篇小说《白多黑少》，这原本是一篇叙写当代都市中年男女情感焦虑症的作品，男主人公萧子北深陷三个女人的情感纠葛之中难以自拔，但在这条情感主线之外，作者又增加了一条事业复线，而在事业线索中，作为商人的萧子北因为与台商的经济往来而介入了一场关于桃花玉（学名蔷薇炭石）的商战，由此作者巧妙地把地质知识性叙事融入当代都市爱情叙事和职场叙事之中，遂使这部中篇平添了不少阅读兴味。无独有偶，长篇小说《非爱时间》也是一部讲述当代都市中年男女情感和婚姻困局的作品，只不过相对于《白多黑少》而言，人物更加众多、情节更加复杂。这是一部带有怀旧色彩的作品，男女主人公都想回到早年生活过的地方——"十八块地"，小说开篇即由从十八块地发来的一封假电报"救救十八块地"而展开，但随着故事情节的推进和变化，到小说临近结局之时，那封假电报的内容居然变成了真的，因为十八块地被地质队发现了金矿，而开采微细粒金矿必须要用剧毒氰化钾分解，这意味着不出五到十年，等金矿开采完，十八块地就成了死地。于是对于出身于地质世家的黑松和鸽子夫妇而言，他们的中年婚姻危机已然与精神家园危机纠结在一起，这实在是生命中不能承受之重！应该说，地质知识性叙事的介入，使得这部长篇增添了新的叙事动力，也给读者带来了新奇的阅读感受。如出一辙的是，短篇小说《断河》也是在故事后半段中出现了地质知识性叙事，老刀和老狼的快意恩仇在下一代身上延续，这原本是一个新版民间武侠故事，但结尾却转向了断河那一带因出产丹砂矿而逐渐发展成为汞都，当地的地质开采给主人公后裔的命运带来了意想不到的变化，由此折射了世风日下与古风不存。不难发现，在这三部以地质知识话语作为辅助性叙事动力的小说中，作者始终没有放弃他的现代生态保护意识。

需要补充的是，在欧阳黔森的现代博物体知识性叙事中，他虽然主要迷恋于地质知识性叙事，但这并不意味着作者知识性叙事的单一或单调，因为且不说作者的地质知识性叙事原本就十分丰富和复杂，更重要的是，欧阳黔森在地质知识性叙事之外也在努力尝试其他不同类型的民间技艺知识性叙事。比如《断河》中对老刀和老狼的刀法枪法的精妙描摹，就初步展露了作者对兵器知识的熟稔。尤为不能忽视的是，欧阳黔森在中篇《敲狗》和短篇《远方月皎洁》中都写到了贵州人的民间敲狗技艺，只不过前者是现代主义的象征化和寓言化写法，而后者是现实主义的传统做派，但都明确揭示了人性的残酷与温情的交错。尤其是《敲狗》一篇，作者花费了大量篇幅对贵州花江镇人的杀狗技术做了精细而逼真的描摹，包括敲狗的具体技术环节，敲完狗后如何在烫水中徒手取狗蹄，如何给狗开肠破肚，如何制作花江狗肉的民间秘方，如此带有先锋文学暴力叙事的逼真叙写，读来确实让人触目惊心。不仅如此，在最新发表的中篇小说《武陵山人杨七郎》中，我们又看到了作者对武陵山脉一带出产的凤凰鸡和狮头鹅的描写，尤其是对仙鹅庄老板杨老三杀鹅绝技的描摹，从往鹅脖子里强行灌酒，到用尖刀刺入鹅屁股，在鹅负痛狂奔时拖出鹅肠，最后做成味道鲜美的涮鹅肠，这一幕场景或技术流程确实让人惊惧，然而也正是在这种对民间技艺的知识性叙事中，作者实现了对人性的严厉拷问与良知的最后救赎。相对而言，《武陵山人杨七郎》中的民间杀鹅技艺是作为辅助性的叙事动力而存在的，而在《敲狗》中的民间杀狗技艺则是推动整个小说故事情节发展的原动力。虽然两部作品中作者都花费了不少笔墨做空间化的场景描摹，但时间性的故事情节编织与之相得益彰，铺陈式的描述与线条式的讲述组合得几乎天衣无缝。不难发现，无论是敲狗还是杀鹅，欧阳黔森对这些民间手艺的知识性叙事的热衷，其实隐含了他对中国古代博物体小说叙事模式的迷恋，但他创造性地转化了中国古代博物体小说叙事传统,用现代人性视野烛照出中国民间文化传统中的暗昧,体现了与传统不一样的现代眼光。

二

在《敲狗》荣获第二届蒲松龄短篇小说奖的获奖感言中,欧阳黔森如此回忆道:"小时候,每逢夜深人静,母亲总是给我讲《聊斋》故事。那时候家里没有《聊斋志异》这本书,上世纪60年代时,确实找不到这本书。但是,那些故事人物,却是那样地生动在母亲的嘴里。讲的多是鬼的故事,可小小的我从未害怕过,我想母亲也从未认为这些故事会吓唬小孩子。在我从少年步入青年的时候,我终于有了一本《聊斋志异》,母亲看着我感叹了一句:'看了《聊斋》,想鬼做。'"①这大约是欧阳黔森与以《聊斋志异》为代表的中国古代"传奇"小说的最初结缘。清人冯镇峦曾说《聊斋志异》是"史家列传体","以传记体叙小说之事"②,今人石昌渝认为冯氏此意是指"蒲松龄用传奇小说的方法写笔记小说",但他同时又认为"与其说《聊斋志异》用传奇小说的方法,不如说是用笔记小说文体写传奇小说"③。其实无论是"笔记体传奇小说"还是"传奇体笔记小说",都无法否认《聊斋志异》与唐传奇的文体血缘。在一定程度上,宋元话本小说和明清章回小说的出现是唐传奇文言小说文体的通俗化和泛化。而在自传体小说《穿山岁月》中,欧阳黔森的笔下出现了一个叫苏方的地质工

---

① 欧阳黔森:《短篇小说是最难藏拙的》,《文艺报》2008年12月27日。
② [清]冯镇峦:《读聊斋杂说》,《聊斋志异资料汇编》,朱一玄编,南开大学出版社2012年版,第483、485页。
③ 石昌渝:《中国小说源流论》(修订版),生活·读书·新知三联书店2015年版,第219页。

程师,"他与我大哥年纪一般大","他与我大哥曾在一个钻机厂工作过,小时候我常去野外分队玩,他常常带着我去抓小鱼小虾之类的东西,并且经常给我讲故事,像《三国演义》《水浒传》中的一些故事,最初就是从他那儿听来的"。在另一处提到苏工念《红楼梦》给大家催眠时又写道:"我们也习惯于在他的念书声中睡去。前几年他念了《三国演义》《水浒传》,其实这些书我们都看过,他也看过,但他拿出来一念,我们也不觉得难听,反而觉得原来自己读时,还没发觉这几本书还有这么多的美妙之处。"①这就进一步说明欧阳黔森早年曾深受通俗化"传奇"小说的熏染。质言之,无论是文人化的文言传奇小说还是世俗化的白话传奇小说,作为我们的民族文学文体传统,都给欧阳黔森的小说创作带来了重要的艺术启示。这使得他的小说不再一味追求西化的文学现代性,而是打上了民族文学传统的烙印。

如果说引入地质专业的知识性叙事是欧阳黔森对中国古代"博物"小说文体传统的创造性转化,那么当我们考察欧阳黔森小说的传奇性叙事特征时,就不必固守西方文学传统中的"罗曼司"作为对"传奇"的正解,而是应当回到我们民族文学传统中的"传奇"小说文体特征上来。宋人赵彦卫曾说唐传奇"文备众体,可以见史才、诗笔、议论"②,这就全面揭示了中国传奇的跨文体写作特征,即把史传、抒情、哲理三者相融合,其中又以史传体为核心,以抒情和哲理为小说的文体辅助手段。故而中国传奇虽然也热衷于讲故事,但更偏重于以人物为中心,常常以史家列传体或野史杂传体出现,在结构上趋向于散文化,在氛围上喜好营造抒情诗的意境,这都是中国传奇小说的优良传统,唯有文以载道的议论时常流于传统文化的

---

① 欧阳黔森:《穿山岁月》,《白多黑少》("夜郎自大"文学书系),贵州人民出版社2006年版,第172、196页。
② [宋]赵彦卫:《云麓漫钞》,中华书局1996年版,第135页。

迂阔之论，每每被后人讥笑，这恰恰是值得今人以现代意识改造或重塑的地方。具体到欧阳黔森的小说创作，无论短篇、中篇还是长篇，大都可以窥见作者对中国传奇小说文体传统的现代转换痕迹。以短篇小说而言，诸如《十八块地》（包含《卢竹儿》《鲁娟娟》和《萧家兄妹》三则）、《丁香》《梨花》《白莲》《兰草》《李花》《姐夫》《村长唐三草》《武陵山人杨七郎》等篇，都是以男女主人公的名字为小说标目，这与唐宋传奇集中《柳毅传》《霍小玉传》《李娃传》《莺莺传》《东城父老传》《虬髯客传》《赵飞燕别传》《李师师外传》等经典篇目的命名方式一脉相承，当然更与《聊斋志异》中《青凤》《婴宁》《聂小倩》《阿宝》《红玉》《瑞云》《胭脂》《席方平》《劳山道士》等佳作的名目如出一辙。这种中国式的传奇体小说以野史杂传为宗，长于塑造民间畸人异人形象，其流弊是容易衍化成"某生体"模式，颇为招人厌恶。五四文学革命时期胡适就曾对中国的"某生体"短篇小说模式大加挞伐，他认为中国文人大抵并不知道短篇小说的属性，于是他借鉴西方短篇小说的流行模式下定义说："短篇小说是用最经济的文学手段，描写事实中最精彩的一段，或一方面，而能使人充分满意的文章。"① 因为胡适是拿西方短篇小说的"横截面"结构模式来衡量中国古典短篇小说，所以由汉至唐的"杂记体"短篇基本被他否定，唐传奇中他也只肯定了《虬髯客传》一篇，明清《今古奇观》中的白话短篇他也只肯定了《乔太守》和《卖油郎》两篇，虽然胡适认为作为文言短篇高峰的《聊斋志异》高出唐传奇不少，但也只是说其中"很有几篇可读的小说"② 而已。胡适的这种现代短篇小说观以及他对中国传奇小说文体的负面判断在中国新文坛一度颇为流行，但从百年中国新文学的小说创作实绩来看，诸如鲁迅、老舍、沈从文、

---

① 胡适：《论短篇小说》，《胡适文集》第2卷，北京大学出版社1998年版，第104页。
② 胡适：《论短篇小说》，《胡适文集》第2卷，北京大学出版社1998年版，第113页。

张爱玲、萧红等现代小说大师都未曾拒绝中国传奇小说正体,延至新中国文坛,无论赵树理、孙犁、汪曾祺还是莫言、贾平凹、韩少功、王安忆等当代小说大家也莫不如此,后起的欧阳黔森自然也不例外。

　　欧阳黔森的短篇小说长于写人,这与他创造性地转化中国传奇小说文体有关。在综合运用史传、抒情与哲理多种文体艺术表达方式的基础上,作者始终持守现代意识和重塑民族灵魂的现代转换立场。比如《丁香》,作者塑造的丁香姑娘并非古典诗词中常见的充满愁怨的形象,相反小说一开篇就对戴望舒那首充满古典情趣的《雨巷》进行反讽,这个名叫丁香的当代贵州养路女工之所以让地质队员情有独钟,是因为她常年在公路上戴着草帽美丽地劳作的现代女性气质。丁香后来因为一次偶然的山体滑坡而消失,但她的牺牲给地质诗人带来了痛苦的生命领悟,小说中镶嵌了两首献给丁香姑娘的诗,这正是作者向中国传奇致敬的明证。和《丁香》相比,《梨花》的传奇色彩更浓。山妹子田梨花读过师范大学,回乡教书业绩出色,后来当了中学校长,当了副县长,被山村老人比作梨花坪的树仙。这篇小说写的就是梨花的生平逸事,就是她的个人成长小史,但作者敏锐洞察到了梨花的内心症结,她过于维护自己的理想人格和铁女人形象,牺牲了自己与李老师的美好爱情,小说末尾那首诗《这是那夜月的错》读来令人心碎,然而在浓郁的抒情诗氛围中包裹的其实是女主人公的人性异化和人格变形,这就让梨花传奇有了现代意蕴。同样是不动声色的反讽,《白莲》的结局更令人唏嘘,作者不仅写出了白莲的堕落,而且写出了白莲在堕落后的人性之光,与此同时作者还写出了妈咪内心中的良知,这一切都是为了暗示那个表面多情的阿南的伪善。白莲传奇会让人想起杜十娘怒沉百宝箱之类的古话本小说,故事曲折离奇,但人物塑造入骨三分。欧阳黔森似乎对反讽乐此不疲,他在《兰草》中加大了反讽力度,小说中的"我"越是对理想主义诗歌充满了朗诵的激情,就越能反衬出女主人公兰草的健忘和麻木,"我"对兰草的一往情深与兰草对我的无动于衷形成了尖锐的反差,而兰草的形象也就在《热爱兰草》的诗歌中得到了悖论式的凸显,由此成就了这篇别具一格的兰草传奇。虽然《李花》未采用反讽手法,但小说中的李花形象同样令人印象深刻,只不过此时不再是批判性的审视,而变成了宽容而风趣的微笑。在扶贫干部戴同志的心目中,李花夫妇作为山村里的知识分子别有一番人格魅力,通过讲述李花夫妇的奇闻趣事,小说展现了当代中国农民的民间人格和古道热肠。还有《村长唐三草》,作者敏锐地捕捉到了一个幽默狡黠的民间村干部形象,唐三草是一个具有实干精神和叛逆色彩的农村带头人,他在治理山村石漠化生态环境、处理农村计划生育和民众上访事件中体现出来的担当精神,凸显了其独特的民间人格魅力。这篇小说读起来趣妙横生,充分展示了欧阳黔森为民间野性人物作传的文学旨趣。

即使是欧阳黔森的那些并非以人物标目的短篇小说,依旧表现出了中国式传奇小说文体的影响。比如《敲狗》,小说对贵州花江镇喜好吃狗肉的民俗民风的描绘,尤其是对小说中那对敲狗的师徒关系的叙写,完全可以被视为一篇当代的拍案惊奇之作。小说结局尤其意味深长,徒弟半夜偷放了那条大黄狗,师傅紧急报案遭到了警察的拒绝,而大黄狗的主人误以为是师傅信守承诺,特意送上赎金和礼物致谢,唯有那个冥顽不化的师傅还在继续琢磨着自己的敲狗生意经。这篇小说"在无情中写温情,在残酷中写人性之光,是大家手笔和大家气派"[①],但小说结局的反讽意味不能忽视,它意味着人性的光芒依然难以抵御欲望的黑暗。再如《断河》,这个短篇历史时间跨度很大,从晚清写到民国再到新中国乃至新世纪,在短短的篇幅内

---

① 参见《欧阳黔森短篇小说选·前言》,贵州人民出版社2014年版。

整整写了一个贵州山寨百年间的历史浮沉和恩怨沧桑,是名副其实的山寨传奇。老刀和老狼这一对老刀客的快意恩仇令人景仰,与此相对应的是龙老大和麻老九这一对生死兄弟的暗中较量,直至最终各自死亡,这是古风的传承与变异,让世人见识了时间的无情与人性的蜕变。与《断河》这种多人物传奇结构不同,《有人醒在我梦中》和《远方月皎洁》就属于由单个中心人物构成的单体传奇结构。如果说前者是白菊传(传奇),那么后者就是卢春兰传(传奇)。在这两篇散文化和诗化的小说中,作者抒写了人性的复杂与爱情的苦闷。《五分硬币》写"我"与一个女人的两次偶然遭遇,从最初在红卫兵大串联运动中初识留下终生难忘的美好印象,到多年后在重逢中偶然揭穿了当年的美丽幻象,"我"的情感虽然被挫伤,但人生中的这场奇遇却是莫大的财富。小说中的女子虽然没有名字,但这并不妨碍这篇无名女子小传或侧记的成形。《心上的眼睛》也是以第一人称"我"的视角刻画了心目中的丁三老叔的艺术肖像,这个看上去傻笨的老人身世蹊跷、人生坎坷,却有着不被人世污染的朴直,堪称一个当代异人。《扬起你的笑脸》以梨花妹的口吻做第一人称叙事,但作者讲述的重心并不在失踪的学生山鬼及其家人身上,而是聚焦于田老师的形象刻画,这个山乡老先生的奇闻逸事和名士风度在一个山妹子的讲述中跃然纸上。《味道》是一篇当代城市爱情传奇,小说以第一人称讲述"我"与方冰、方雪姐妹的爱情故事。其实这是一场现代爱情战争,与其说作者在讲述一个爱情故事,不如说他在分析一个爱情故事。这种昆德拉式"分析性叙述"[①]使文本具备了强烈的现代心理分析色彩。《姐夫》与《味道》堪称异曲同工。《味道》中的"我"先暗恋妹妹方雪,最后却成了方雪的姐夫,即方冰的未婚夫。

---

① [加]弗朗索瓦·里卡尔:《阿涅丝的最后一个下午》,袁筱一译,上海译文出版社2011年版,第140页。

《姐夫》中的"我"也是先暗恋妹妹肖二清,后被妹妹转手介绍给了姐姐肖一水,成了肖家人口中大受欢迎的姐夫。这两个"姐夫"其实是同一个"我",作者通过不同的角度讲述或曰分析"我"的爱情史、成长史和心灵史。自我分析与他者分析相结合,一起成就了"我"的爱情传奇。

让我们把视野再转向欧阳黔森的中篇小说创作,从中同样可以窥见作家对中国传奇小说文体进行现代转换的艺术痕迹。虽然欧阳黔森中篇小说中的人物和情节更加复杂,但作者依旧把主要人物形象的塑造放在叙事的中心,不会让离奇的故事情节去消解人物形象的立体,由此创造了不少性格复杂的民间野生人物形象。而且即使在中篇小说创作中,欧阳黔森同样表现出对抒情和哲理的浓厚兴趣,强烈的理性思辨色彩与浓郁的抒情诗或风俗画交融在一起,把作者致力于书写民间人物野史杂传的艺术宗旨有力地彰显出来。《白多黑少》表面上是一篇流行的城市职场小说,但作者的主要意图不在于职场叙事而在于男主人公萧子北的双重性格塑造。作为民营企业老板,萧总在情场和商场上呼风唤雨、如鱼得水。在情感叙事线索中,作者通过讲述萧总周旋于妻子、情人和女助理之间的复杂纠葛来展示他的心理困境。而在事业叙事线索中,作者又通过讲述萧总周旋于下属、外商和官员之间的复杂争斗来展示他的人生困局。虽然他明知黑多白少是大罪、白多黑少是小罪,但他已经越陷越深,无法再走阳光下的白道了。无论情场中还是职场上,萧子北都处于严重的精神分裂状态,所以《白多黑少》堪称当代商界拍案惊奇,商业市井气息与现代精神分析熔于一炉。如同《白多黑少》有个中心人物萧子北一样,《水晶山谷》也有个中心人物田茂林,他们都是当代野史杂传的传主。山村青年田茂林像萧子北一样内心被严重撕裂,一方面他被以李王为代表的现代商业势力所裹挟,一步步陷入商业陷阱,直至最终被玉石开采爆破所埋葬;另一方面他生前又始终牵挂着未婚妻白梨花等山村亲人及其所代表的传统道德价值观念,所以田茂林的人生悲剧就是我们时代转型的分裂心理投影。与前两个中篇不同,《八棵苞谷》的主人公或传主有两个,这就是三崽和三崽爹,这个中篇讲述了父子两代人克服恶劣的生存环境而艰苦奋斗的故事。小说中关于石漠化景观的描绘及其隐喻,给整个文本的现实书写笼罩上了一层神秘的现代派色彩。《穿山岁月》和《莽昆仑》是姊妹篇,都属于群像式人物结构,各种边地野性人物群生杂处,可谓异人野外生存大观。《穿山岁月》中的地质人主要有绰号叫"正确"的郜德,绰号叫"算卵了"或"输精管"的苏方,地质诗人"我"、青年地质队员小李和小张。郜德善良而怯弱,他的性格和命运让人唏嘘。苏方强悍而放达,洋溢着地质人的豪情,也释放着野生人的不羁。相对而言,"我"和小李、小张的形象不及郜德和苏方的形象塑造得立体,多少有些平面化。《莽昆仑》中的地质人主要有李子、"我"(石叔)和张铁,此外还有藏民向导扎西、格桑书记、格桑梅朵,以及神鹰、白狼、旗树、月亮等物象,这些神物和人物一样在作家的笔下受到尊重,他们或它们共同构成了莽莽昆仑诸神谱系。值得一提的是,这两部中篇中都穿插有地质诗篇,如《勘探队员之歌》《山村女教师》《勋章》《那是中国神奇的版图》,它们已经和小说中的叙述与议论融为一体,共同丰富了野史杂传的文体互渗特征。中篇《非逃时间》也是一部构思奇特的人物群像小说,作者通过"瞎子"被假双规的导火索,引出一群老知青战友的闹剧或世情图。包括司马林、江菊荣、高起、谢红星、罗志广以及瞎子本人在内的众生相在作者嬉笑怒骂的笔法下逐一现形,所以这是一部知青现形记,也是一部纵贯了知青的前世今生的武陵山知青列传。

　　在中短篇小说创作之后,我们必须考察欧阳黔森的长篇小说创作与中国古代传奇小说文体之间的关系。从欧阳黔森迄今为止影响最大的两部长篇小说《绝地逢生》和《奢香夫人》来看,他对明清通俗化的章回体长篇小说叙事模式更为熟稔,比如以《岳飞传》或《说岳全传》为代表的中心主义"树状"人物结构模式就对欧阳黔森的这两部长篇小说构思有着明显的影响,而对明清文人化的章回体长篇小说叙事模式,如《水浒传》和《红楼梦》为代表的多元主义"块茎状"①人物结构模式,欧阳黔森则相对生疏。《绝地逢生》是一部反映新时期贵州农村改革历史进程的长篇力作,这部作品很容易让读者联想起"十七年"文学经典《创业史》,这不仅仅是因为题材上具有历史的连续性,一个通过讲述北国村庄蛤蟆滩的故事,写当代中国农村的革命(从合作化到人民公社)进程;另一个通过讲述南国村庄盘江村的故事,写当代中国农村的改革(从联产承包到市场经济)进程,更重要的是,这两部当代长篇小说都受到了中国古代长篇小说中心主义树状人物结构模式的影响,显然这样更加有利于作者进行宏大英雄叙事。《创业史》以农村革命英雄梁生宝为叙事中心,他的养父梁三老汉、恋人徐改霞、穷苦兄弟高增福等是作为他的助手或副手出现的,虽然有时也会给他带来困扰,而蛤蟆滩"三大能人"郭振山、郭世富、姚士杰则是他最强大的政治对手或敌手,但梁生宝的背后有以王书记等为代表的党的坚强领导,故而梁生宝及其村庄的革命伟业取得了初步成功。有意思的是,《绝地逢生》堪称新时期的《创业史》,这部长篇以农村改革英雄蒙幺爸为叙事中心,他的三个儿子及其儿媳蒙大棍与黄九妹、蒙二棍与韦号丽、蒙三棍与禄玉竹都紧紧围绕在他的周围,还有亲家翁韦嘎公和黄大有、黄昏恋人冯玉珍、村会计李贵民也都被他的光环所笼罩,这些助手或帮手有时候也是他的对手,但毫无疑问都是他的配角,都不能撼动他的文本中心地位。甚至蒙幺爸的背后也有一个王书记(曾经是王副区长)在做他

---

① [美]道格拉斯·凯尔纳、斯蒂文·贝斯特:《后现代理论——批判性的质疑》,张志斌译,中央编译出版社1999年版,第128—133页。

的坚强改革后盾，这与梁生宝背后的王书记如出一辙，由此我们不难发现两部当代农村题材长篇小说之间的艺术渊源。显然，《绝地逢生》传承了《创业史》的宏大叙事模式和中心结构模式，而这种模式正是明清时期中国通俗化传奇体长篇小说的树状流行模式。所以《绝地逢生》虽然人物众多，但它不妨称为《蒙幺爸传》，这正如《创业史》在很大程度上也可以称为《梁生宝传》一样。于是我们读到了《奢香夫人》，这部明代历史长篇小说干脆以女主人公的名号来标目，是名副其实的奢香夫人传奇。小说以奢香夫人为叙事中心人物，围绕在她身边的有夫君贵州宣慰使霭翠、三爷莫里将军、贴身丫鬟朵妮等人充当叙述功能上的帮手角色，还有二爷格宗、女土司那珠、乌撒部落头领诺哲老爷、元梁王巴扎瓦尔弥、大明贵州都督马烨等人是其叙述功能上的对手角色，至于老管家果瓦之类则介于帮手与对手之间不断换位。同样，奢香夫人之所以创造了一代传奇事业，这是与她背后的大明王朝开国皇帝朱元璋、军师刘伯温、大将军傅友德、大学士焦光等人的政治支持分不开的，从中我们不难看到《奢香夫人》与《绝地逢生》在宏大英雄叙事与中心人物结构上的同一性。倒是在《非爱时间》中可以发现欧阳黔森跳出中心主义树状人物结构模式的努力，这部长篇小说以黑总（黑松）和陆总（陆伍柒）两个来自"十八块地"知青农场的商界精英为双重叙事中心人物，分别串联出各自的情感线索人物，如黑总的妻子郝鸽子、前恋人卢竹儿，陆总的梦中情人萧美文、人生知己梅青杨，由此展开复杂的现代情感纠葛故事。这种趋近多中心的人物谱系虽然尚未抵达所谓让所有人物形象自由生长的多元主义"块茎状"人物结构，但毕竟让我们看到了欧阳黔森驾驭长篇小说结构的新趋向。

三

在《欧阳黔森短篇小说选·前言》中有这样一段话十分引人注意："贵州作家从蹇先艾到何士光再到欧阳黔森,在短篇小说创作上成就斐然。欧阳黔森继承了这一传统,他短篇小说的特点就像蹇先艾、何士光一样,笔下无不热爱贵州这方水土。"[①] 其实,欧阳黔森和他的贵州前辈作家一样,不仅仅是短篇小说创作,中长篇小说创作同样也体现着他们对贵州这方水土的热爱。值得注意的是,按照欧阳黔森自己的说法,他的小说创作还深受沈从文湘西小说的影响。实际上,欧阳黔森的家乡贵州铜仁在明代以前和湘西同属沅陵郡管辖,直至明末铜仁才被划归黔地,而且连同湘西人最为自豪的武陵山主峰——梵净山一起被划归贵州。虽然行政区划归了贵州,但铜仁的文化背景和文化传统还是属于楚文化范畴,这就让欧阳黔森与湘西之子沈从文之间有了天然的亲近感。他们各自故乡的距离竟然不到六十公里。欧阳黔森"深深地明白每一个作家都有自己的基本文化背景,而且是自己所处地域特有的。世界上伟大的作家包括诺贝尔文学奖获得者所写的作品,有的不出其所处地域文化的方圆百里,有的甚至就是写出生地不到十里的范围,但这样的作品往往以其所独有的文化背景而成为世界文化的经典。沈老先生就是写生他养他的那一块土地而差一点成为华人第一位获诺贝尔文学奖的作家"[②]。然而,虽然沈从文给了欧阳黔森巨大的文学启示,但他也给欧阳黔森带来了巨大的文学阴影。"我的恐惧多半来自对老先生泰山压顶的那种让人仰视的感觉,我最为熟悉的生我养我的地方都被老先生写绝了","我

---

① 参见《欧阳黔森短篇小说选·前言》,贵州人民出版社2014年版,第1页。
② 欧阳黔森:《故乡情结》,《水的眼泪——欧阳黔森选集》,广西师范大学出版社2017年版,第75页。

这个对故乡满含泪水爱得深沉的青年作家,也许在老先生巨大的阴影下真的永无脱颖而出的可能。"① 这正是西方学者布罗姆所谓"影响的焦虑",中外作家都难以避免,欧阳黔森也不例外。但欧阳黔森毕竟是有着巨大创造力的作家,他做到了"绝地逢生",从沈从文巨大的湘西文学高峰阴影下走出来,开辟了属于自己的地域性文学道路。欧阳黔森笔下的武陵山脉和乌蒙山脉、"十八块地"和"三个鸡村",这些独特的地域文学符号或文学地理版图已经赢得了读者的认可和赞赏。

如果说欧阳黔森小说中的地质专业知识性叙事发扬了中国古代小说叙事中的"博物"传统,其重在"物",那么他小说中的民间野史杂传性叙事就传承了中国古代小说叙事中的"传奇"传统,其重在"人"。但无论是"人"还是"物",二者均统一在欧阳黔森对贵州边地文化的艺术书写中。在这个意义上,欧阳黔森的小说世界无异于一部文学性的贵州地方志,它悄然接续着中国古代地方志叙事传统。清人章学诚曾与戴东原为地方志的编修理念产生分歧,戴氏认为"夫志以考地理,但悉心于地理沿革,则志事已竟",章氏则认为"方志如古国史,本非地理专门"②。又云:"若夫图经之用,乃是地理专门。""是方志之与图经,其体截然不同;而后人不辨其类,盖已久矣。""知方志非地理专书,则山川都里坊表名胜,皆当汇入地理,而不可分占篇目,失宾主之义也。知方志为国史取裁,则人物当详于史传,而不可节录大略;艺文当详载书目,而不可类选诗文也。"③

---

① 欧阳黔森:《故乡情结》,《水的眼泪——欧阳黔森选集》,广西师范大学出版社2017年版,第76页。
② [清]章学诚:《记与戴东原论修志》,《文史通义校注(下)》,叶瑛校注,中华书局2014年版,第794页。
③ [清]章学诚:《为张吉甫司马撰大名县志序》,《文史通义校注(下)》,叶瑛校注,中华书局2014年版,第804—805页。

显然，章学诚的方志观比戴震更为融通，他对方志体的认识并不拘囿于地理图经，而是延展到人物史传乃至于艺文书目。正所谓"凡欲经纪一方之文献，必立三家之学，而始可以通古人之遗意也。仿纪传正史之体而作志，仿律令典例之体而作掌故，仿《文选》《文苑》之体而作文征。三书相辅而行，阙一不可；合而为一，尤不可也"①。章学诚此处所言并非不刊之论，但他强调方志体的文体多样性和内容丰富性，这对于后人编修地方志或者创作方志体小说大有裨益。事实上，中国古代地方志和方志体小说传统源远流长且品类繁盛，《水浒传》《金瓶梅》《红楼梦》《聊斋志异》均以讲述地方故事、塑造地方人物、凸显地方文化为艺术取向，堪称中国古代方志体小说典范。及至现代文坛，鲁迅笔下的鲁镇小说、茅盾笔下的乌镇小说、沈从文笔下的湘西小说乃至于萧红笔下的《呼兰河传》，无不是现代人传承古代方志体小说传统的艺术明证。当代作家进入新时期以来所撰方志体小说更是屡不见鲜，如陈忠实的《白鹿原》、韩少功的《马桥词典》、刘醒龙的《圣天门口》、铁凝的《笨花》、孙惠芬的《上塘书》、阎连科的《炸裂志》、周瑄璞的《多湾》、付秀莹的《陌上》等，可谓不同代际的作家作品争相斗艳称奇。而在这古往今来众多的方志体小说谱系中，来自贵州边地的欧阳黔森贡献了不可代替的黔地方志小说。

在欧阳黔森的黔地方志小说创作中，通过对黔地自然风物的博物书写，以及对黔地奇人异事的传奇书写，作者的终极意图还是为了达成对黔地的地方性文化书写。所谓地方性文化，按照美国当代人类学家吉尔兹的说法，其本质是一种地方性知识。"地方性知识的寻求是和后现代意识共生的。随着后工业社会的发达，西方文化传播的强势

---

① ［清］章学诚：《立方志三书议》，《文史通义校注（下）》，叶瑛校注，中华书局2014年版，第529页。

在摧毁着世界文明不同的形态。现代意识的题旨在于统一,在于'全球化'(globalize)。统一固然带来了文明的进步,但从另一角度也毁灭了文明的多样性。意识形态的全球化更给世界文化带来了灾难性的后果。因之,矫枉现代化及全球化进程中的弊端,后现代的特征之一就是'地方性'(localize)——求异。"① 这意味着地方性知识及其文化是一种后现代主义的反中心主义话语,它的提出或者存在,正是为了反抗西方中心主义的全球化话语体系。而在改革开放以来的中国新时期文坛,长期以来流行着地域文化和地域文学的地域性概念。其实,地域性(regional)文化及其文学概念的提出,正是为了满足新时期中国文化和文学界主动融入西方现代性文化及其文学怀抱的愿望。换言之,地域性与现代性这两个概念如影随形,地域性是现代性视域中的文化构成,而现代性是地域性视域中的价值归宿。正所谓"越是民族的就越是世界的",这句流行语其实源自鲁迅先生,他的原话是"现在的文学也一样,有地方色彩的,倒容易成为世界的,即为别国所注意"②,这就是说"越是地方(地域)的就越是世界(现代)的",地域性与现代性由此达成了文化或文学共谋。然而到了20世纪90年代,随着全球化时代的到来,后殖民主义和权力话语理论在中国广为传布,曾经风行一时的现代性理论崇拜遭到反思和清算,与此同时,"地域性"概念逐步在学界让位于"地方性"新概念,新世纪出现的《地方性知识》热潮就是证明。欧阳黔森的黔地小说创作正是在新世纪崛起于中国文坛,他笔下的地方性叙事不仅传承了中国古代的地方志叙事传统,而且与新世纪崛起的地方性知识和文

---

① 王海龙:《导读一:对阐释人类学的阐释》,见[美]克利福德·吉尔兹:《地方性知识——阐释人类学论文集》,王海龙、张家瑄译,中央编译出版社2004年版,第19页。
② 鲁迅:《340419致陈烟桥》,《书信》,《鲁迅全集》第12卷,人民文学出版社1981年版,第391页。

化思潮相呼应。相对于两位贵州文坛前辈蹇先艾和何士光而言，欧阳黔森的地方性叙事确实有着不同的文化旨趣。比如乡土文学家蹇先艾，鲁迅评价他的小说代表作《水葬》"对我们展示了'老远的贵州'的乡间习俗的冷酷，和出于这冷酷中的母性之爱的伟大"①，显然这是一种站在启蒙现代性立场上的文学批评，用现代的人性和人道主义价值体系批判性地审视贵州边地的文化愚昧状态。有意味的是，半个世纪后蹇先艾评价何士光的小说成名作《乡场上》时写道："它通过梨花屯发生的一场小小的纠纷，真实地反映了新的农村经济政策的强大威力，使忠厚老实的冯幺爸觉醒过来，挺起腰杆，理直气壮地对长期压在人民头上的封建宗法势力进行了斗争。"②这同样是站在现代人性、人道主义立场上对中国封建文化潜结构的批判性审视，由此可见，从蹇先艾到何士光，他们的黔地小说创作都属于典型的现代地域性叙事形态。

与两位贵州文学前辈不同，欧阳黔森的黔地方志小说实现了对现代地域性叙事模式的反拨。这就是不再固执于现代人性论和人道主义立场批判性地审视黔地文化传统，不再简单地把黔地文化视为愚昧的渊薮和落后的符号，而是从地方性知识和文化视野出发，努力发掘黔地本土文化中的积极因素与有效资源，致力于黔地文化传统的创造性转化。这是一种重构性的后现代文化姿态，它有别于那种解构性的现代性文化战略；后者往往致力于消解和颠覆既有的地方性文化传统，致力于现代性文化认同和西方中心主义叙事，因此必然会忽视对本土文化传统的现代转换。比如欧阳黔森的《敲狗》，这篇小说中实际上出现了三个主要人物，但一般读者只会关注师傅和徒

---

① 鲁迅：《〈中国新文学大系〉小说二集序》，《且介亭杂文二集》，《鲁迅全集》第6卷，人民文学出版社1981年版，第246页。

② 蹇先艾：《序》，见何士光：《故乡事》，四川人民出版社1982年版，第1—2页。

弟，而常常会忽视卖狗的中年汉子。毫无疑问，师傅的残忍意味着利欲熏心和人性异化，徒弟的善良或者良心发现意味着人性的复归或曰永恒的人性，如果仅从这两个人物形象的塑造来推断这篇小说的所谓主旨，那么必将得出现代地域性叙事的反传统结论，认为这是一篇致力于批判黔地文化传统或文化陋习的小说。但仅仅意识到这一点显然不够，因为这样的解读对作家作品并不公允，其实小说中的中年汉子是一个不可或缺的主角而不是可有可无的配角，他的存在就是为了凸显黔地文化中的山野精神和人格力量。这个乡巴佬纯朴善良，重然诺讲信义，其言行举止的细枝末节处均散发出古道热肠气息。可以这样说，写师傅和徒弟，是为了确立现代意识；写中年汉子，是为了表彰传统风范；二者统摄在一起，则是旨在传达由于现代人性的异化而必须致力于传统文化人格的创造性转化。再如《断河》，这篇小说塑造了三代民间奇人，第一代是老刀和老狼，两人为赢得梅朵的爱情而决斗，虽然刀光剑影、场景惨烈，但快意恩仇，绝没有半点小人气量，尽显民间侠义本色；第二代是龙老大和麻老九，鉴于麻老九生性懦弱，秉性凶险的龙老大还是以一种无情的方式暗中保护了麻老九的生存，以此不辜负母亲梅朵的遗嘱；第三代是麻老大，这个民间英雄侠客的后裔最终沦为一个平庸的汞矿工人。正如小说结尾所言："当老虎岭没有了老虎，当野鸭塘没有了野鸭，当青松坡没有了青松，或者，当石油城没有了石油，当煤都没有了煤，这也是一种味道。"但这是一种苦涩的人间生命况味，曾经的英雄好汉及其所承载的重情好义的民间文化人格力量泯灭殆尽，所以"断河"正隐喻着民间本土文化传统的断裂，这篇小说的文化寻根旨趣至此昭然若揭。显然，欧阳黔森写断河、断江和断寨的民间历史风云，其意不在以现代性理论武器批判民间本土文化传统，而在于对地方性文化传统的凭吊、追寻与重塑。与《断河》的凭吊姿态不同，《村长唐三草》直接表达了对社会现实生活中的民间文化人格及其地方性文化形态的推崇和欣赏。主人公唐三草的绰号来源于他的爱情和婚姻挫折，他喜欢以"兔子不吃窝边草""好马不吃回头草""天涯何处无芳草"来为自己的尴尬处境开脱，其实这隐含了他身上的达观人生态度。唐三草是个民间牛人，具有水牛脾气，他貌似随遇而安，其实极有生命韧性，他敢于不当公办教师而回村创业当村长，这种选择既体现了他的生活勇气，也凝聚了他的民间智慧。当了村长后他频繁动用自己的民间生存智慧与上级和村民周旋，他处理问题的方式带有强烈的民间戏谑色彩，寓滑稽于严肃，积极的应对中隐含着消极的应付，展示了民间地方性文化人格的魅力。与《村长唐三草》异曲同工的是《武陵山人杨七郎》，这篇小说塑造了一个快人快语、恩怨分明、嫉恶如仇、敢于刺刀见红的当代民间异人形象。杨七郎本名杨起郎，他的绰号自然是受到了古典章回小说和民间评书《杨家将》的影响，但他确实身上有古典英雄杨七郎的豪侠之气。欧阳黔森笔下的杨七郎相继坐了两次班房，一次是他徒手打废了吴村长的一个睾丸，起因是他发现了吴村长与梨花妈"走草"（野合）；还有一次是他用一把尖刀刺伤了杨老三的屁股，起因是杨老板当面表演残忍的涮鹅肠手艺。有意思的是，如此莽撞的杨七郎又是一个吃软不吃硬的家伙，为了配合杨老三找回尊严或脸面，小说结局时的杨七郎当众表演了在腿上自插一刀的壮举。尽管最后还是弄巧成拙，引来误会和谐笑，但武陵山人杨七郎的民间野性精神或古典豪侠人格已经跃然纸上。

长篇小说《奢香夫人》和《绝地逢生》堪称地方性叙事的姊妹篇。两部作品分别从历史题材和现实题材分头开掘贵州的地方性文化叙事资源，这使得这两部表面上看似大相径庭的作品在文化精神旨趣上具有同一性。作为一部颇受欢迎的当代长篇历史小说，《奢香夫人》讲述的是元末明初贵州彝人部落的故事，尤其是塑造了以奢香夫人为代表的古代彝人部落的开明领袖形象，经电视剧改编之后影响广泛。

值得注意的是，作者并没有简单地或直线地展开现代地域性文化叙事，即单纯地从先进的汉人古典精英儒家文化的角度批判性地审视彝人落后的传统文明形态，而是兼顾到作为地方性文化的彝人文化与作为中心或主流的汉人古典精英文化之间的"主体间性"，即在强调地方文化向中心文化认同的同时也必须保持地方文化的相对独立性，而不是在向中心文化认同的过程中失落了地方文化传统。地方性文化与中心性文化之间应该彼此互为主体，而不是以各自为对方的"他者"简单地同化或被同化。于是我们看到，在《奢香夫人》讲述女主人公奢香的成长史的过程中，一方面，作者花费大量笔墨讲述了奢香夫人向汉人古典精英儒家文化学习和效仿的故事；另一方面，作者也强调了奢香夫人在与汉人中央政权大明王朝打交道过程中努力坚守自己的少数民族独立性。奢香从小就在四川娘家永宁彝族土司闺阁中学习儒家文化经典，嫁入贵州水西彝人部落霭翠家族中后又坚持效法儒家实用型政治伦理文化管理部落臣民，比如修路建桥、兴办汉文化学堂、改良农作物品种、发展商品经济贸易，大力促进彝人部落与汉人之间的经济和文化往来。尽管在这个效仿和认同汉族权威儒家文化的过程中，奢香夫人也曾遭遇到大管家果瓦等人乃至于夫君霭翠的反对，但她都能从容应对并一一化解。她不仅运用儒家仁政理念化解了水西部落霭翠家族内部的矛盾，而且最终平息了彝人水西部落与乌撒部落之间的纷争，甚至她还运用汉人的儒家仁政理念化解并平息了彝人本土部落与汉人地方政府之间的矛盾和冲突，凡此种种皆说明奢香夫人在汉化过程中的身体力行与文韬武略。但我们必须同时看到，这部长篇小说不仅止于写以奢香夫人为代表的少数民族彝人部落向汉文化的认同与皈依，它还重点写到了奢香夫人以及彝人部落面对汉化的恐惧与游移、反抗与坚守。奢香夫人在夫君霭翠墓前的独白，就体现了她内心的文化困惑，所以她在送儿子陇弟去大明王朝京城学习之时，特意让儿子带上彝人文化典籍，希望这位彝人将来的地方领袖不要在汉化的过程中失落了彝人自身的地方性文化传统。小说最后重点写到了贵州宣慰使奢香夫人与贵州都督马烨之间的斗智斗勇，这其实就是为了凸显奢香夫人在汉化过程中坚守彝人少数民族独立性的勇气。无独有偶，在《绝地逢生》中作者也重点讲述了盘江村彝人党支书蒙幺爸为了发展地方农业经济与上级县乡基层政权之间的龃龉。蒙幺爸敢于顶撞那些不懂当地社会经济发展实际而瞎指挥的基层领导，正好体现了他身上倔强而自信的少数民族地方性文化精神。显然，这部长篇并没有将重点放在现代地域性叙事上，没有将笔墨主要用于刻画少数民族地区的文化落后，而是将少数民族地区的经济落后作为故事的主要动力源。在现代地域性叙事中，文化落后往往意味着愚昧，意味着需要现代性启蒙。而在《绝地逢生》中，作者坚守彝人少数民族文化传统的相对独立性，将叙事重心放在当代彝人改造石漠化地貌的改革进程上，不但没有为了满足受众的猎奇心理而大肆渲染少数民族的文化落后面貌，相反处处都在彰显以蒙幺爸为代表的当代彝人群体的务实奋斗精神。作者关注的文化重心已然转移至当代贵州少数民族文化精神的发掘、再造与重塑。

在长诗《贵州精神》中，欧阳黔森开篇曾这样写道："贵州人／有谁能保证／没有被／夜郎自大／黔驴技穷／这二块巨石／压得心痛过。"确实如此，自从"夜郎自大"和"黔驴技穷"这两个汉唐文学典故诞生以来，贵州人似乎就被盲目的自大与过度的自卑压得抬不起头，这必然会限制千百年来贵州地方性文化精神的发育与成长。而欧阳黔森期待当代贵州人的正是文化自信，它将超越自大与自卑，"贵州人没有虎牙／却应有虎气"，"贵州人的那一声断喝／似霹雳一声震天响／贵州人骄傲而自信地／唱响了多彩的贵州"[①]。实际上，作

---

① 欧阳黔森：《贵州精神》，《水的眼泪——欧阳黔森选集》，广西师范大学出版社2017年版，第133—135页。

为当代贵州作家，欧阳黔森也在唱响着一个文学意义上的多彩的贵州。进入新世纪以来，欧阳黔森以其绚丽多彩的文笔和摇曳多姿的文体，不断地拓展着自己的贵州地方文学版图，他的黔地方志小说已经和正在迎来新的开疆拓土时期。在欧阳黔森的黔地方志小说系列中，我们不仅可以见识到神奇的贵州地理地貌，还可以赏鉴到神奇的贵州异人异事，甚至可以聆听到神奇的贵州民族歌谣或者是作者全新创作的神奇诗篇。如果借用清人章学诚关于地方志的说法，欧阳黔森的黔地方志小说其实是将以地理为中心的博物传统、以人物为中心的纪传或传奇传统、以诗文为中心的抒情传统三者有机地结合在一起。这种三位一体的艺术境界虽然在欧阳黔森笔下尚未臻达化境，但我们有理由期待他更加高远的文学未来。

未完成的现代性反思

——《姜天民文集》读后

在 20 世纪 80 年代的中国文坛，姜天民曾经是一个十分闪亮的名字。倘若置之于同时期的湖北文坛，姜天民更是一个不可或缺的主将。姜天民是凭借 1982 年全国优秀短篇小说奖获奖作品《第九个售货亭》而为全国读者所熟知的，他的南方小城镇叙事系列《小城里的年轻人》《失落在小镇上的童话》等作品给他带来了最初的文学荣耀。1985 年以后，随着"寻根"文学浪潮在中国文坛的兴起，姜天民又开始精心构筑他的"白门楼印象"系列小说，且再一次在文坛产生了不小反响。可惜天不假年，出生于 1952 年的姜天民在 1990 年黯然病故，时年 38 岁。那是一个历史转折的年月，包括姜天民在内的好几位当代文坛精英相继猝然离世，湖南的莫应丰，四川的周克芹，陕西的路遥和邹志安，他们的英年早逝成了当代文坛的一段痛史。而对于姜天民而言，能够在告别人间二十五年以后的今天，能够在中国文坛乃至于湖北文坛日渐将其遗忘的今天由作家出版社出版这样一套四卷本的《姜天民文集》，这既是一份迟来的堪以告慰作家不死的心魂的哀荣,也是他与生前好友刘醒龙的一份兄弟情谊的人生见证。为了出版这套《姜天民文集》,刘醒龙奔走了多年,在他的内心深处,姜天民既是文学兄长,更是神一般的存在;他终生难以忘记姜天民在离开英山前特意留给他的那把破旧老藤椅,他后来正是在姜天民坐过的老藤椅和住过的老屋子里写出了自己的小说处女作[1],这无疑是中国当代文坛的一段神话,它定格了两位湖北作家精神接力的神圣仪式。

说到姜天民的文学创作,虽然他在短暂的一生中尝试过小说、诗歌、散文、报告文学、童话、曲艺等多种文学样式,但小说创作无疑还是最能体现他的文学成就。姜天民的小说创作十年是令人惊讶的十年,他从中国鄂东一个名叫英山的小县城走来,以过人的艺术禀赋和惊人的文学毅力在20世纪80年代纵横跌宕的中国文学大潮中成为令人瞩目的弄潮儿,而且成名后的他也并没有像一些同行那样固步自封,以致日渐在小说艺术上跌入平庸,而是不断追求小说艺术的新变,在短短十年内创造了属于自己的独特文学天地。大体而言,姜天民的小说创作历程可以分为两个阶段,1985年之前他主要从事"伤痕—反思——改革"小说创作,这是一种回归五四现实主义传统的小说创作潮流,带有鲜明的文学现代化色彩;而之后则转向兼具现代主义和民族主义色彩的"寻根"小说创作,这是一种反思现代性或反拨现代性的文学思潮,遗憾的是姜天民还未完成这种文学现代性反思或反拨就猝然离世,给当代中国文学带来了不小的损失。尤其是对于当代湖北文学而言,人们不禁要问,如果姜天民还活着,他的20世纪90年代乃至于新世纪的文学创作该是如何的让人期待!可以毫不夸张地说,如果姜天民还活着,当代湖北文学史将会因为他

---

[1] 刘醒龙:《灵魂的底线(序)》,《姜天民文集(一)》,作家出版社2015年版,第2—4页。

的存在而得以改写,他是一个能够改变当代湖北文学甚至于当代中国文学格局的人物!他有着自己的艺术野心和理念,他在1985年以后的小说实验和艺术转型具有神奇而开阔的艺术气象,而且他已经日渐形成了独特的语言风格和叙事技法,与他之前的小说创作简直判若两人,他显然已经步入了20世纪80年代后期中国"寻根"文学主力方阵之中。我们完全可以对他的20世纪90年代充满了艺术期待!但姜天民带着自己的满腹遗憾走了。这让同样来自英山的刘醒龙二十五年后依旧黯然神伤。刘醒龙说:"姜天民匆匆离世,中国文学新进中少了一员大将。姜天民的文学生涯只有短短十年,其探索与创造,对于文学宏观的启迪意义是十分明显的。"[①] 信哉斯言!没有姜天民的湖北文学风景终究还是让人扼腕慨叹,而回望姜天民的文学道路已经成为一种必然。

　　按照通常的文学史叙述,姜天民早期的小说创作大抵属于"伤痕文学"或"反思文学"范畴,尤其是属于"改革文学"范畴,他更热衷于叙写改革开放年代中国南方小城镇里的世态人心的变迁。这是典型的20世纪80年代的新启蒙叙事形态,它接续了曾经被中断或遮蔽了的五四启蒙文学叙事传统,再度让现代中国文学回归现实主义和人道主义轨道,而告别了此前盛行的革命现实主义文学成规,这是20世纪70年代后中国文学重返现代性或现代化的艺术明证。于是像姜天民这样的新启蒙作家不再热衷于讲述政治化的革命叙事,而是借助于在中国复活了的现代西方人性和人道主义话语,讲述在中国社会变革秩序中南方小城镇里小人物的人生命运和精神心理困境。这样的小说继承的是五四社会问题小说的叙事模式,从中不难发现欧洲19世纪批判现实主义或浪漫主义小说叙事传统的印迹。对于姜

[①] 刘醒龙:《灵魂的底线(序)》,《姜天民文集(一)》,作家出版社2015年版,第5页。

天民早年的现实主义改革小说而言，作者习惯于把主人公的爱情故事与社会问题捆绑在一起讲述，通过透视男女主人公的爱情悲剧解剖当代中国的社会文化心理问题。事实上，姜天民笔下的爱情故事大都充满了痛苦，源自常见的青春叙事的艺术冲动。早在20世纪60至70年代姜天民就以书信体的形式写过一篇爱情小说《春水东流》，以书信体写爱情是五四启蒙新小说的显著文体特征，这种新文体易于抒写现代性的主体情绪，表达生命个体受到社会文化体制压抑所滋生的愤懑或不平。《春水东流》写于1973年，这篇差点被埋没的"地下"小说很容易让人想起大约作于同时期的"地下"小说名篇——靳凡的《公开的情书》，那也是一部书信体爱情小说，但规模比《春水东流》要大，而且是多人物多角度第一人称独白叙事，然而从这种小说文体的相似性中，我们毕竟可以看到十年浩劫期间中国年轻人共同的心灵苦闷和精神伤痛。《春水东流》带有自叙传色彩，作者以第一人称写道："我是一个才情非常丰富的人，在这方面比别人更敏感，更急切，更需要安慰，但是，我知道我的爱却是无论如何也不可能得到胜利的，我最后必须要扮演一场悲剧的角色的，我的伤心，就在这里！"小说中"我"向心中的"女神"倾诉着自己满腹痛苦的相思但却得不到心灵回应，最后只能绝望地跃入江流中。虽然这仅仅是一场梦幻，但它比现实还要真实和真切，由此也确定了姜天民小说创作中一直都挥之不去的忧郁情调和感伤气息。南方小城青年人的爱情悲剧成了他早期小说创作中难以摆脱的叙事中心，姜天民借此实现着自己的社会关怀和艺术个性的双重表达。

《第九个售货亭》是姜天民的成名作，但在这个洋溢着人性和人道主义理想的现代爱情故事中其实隐含着男主人公深沉的爱情痛苦和人生悲哀。人称阎王的车工王炎是小说的男主人公，他和傻金刚钳工李自强、瘦八仙电焊工张铮、机灵鬼油漆工孙三宝是小城里同一个工厂的好兄弟，他们彼此性格各异而不拘小节、豪放不羁，体现了改革开放之初中国年轻人的蓬勃朝气。其中,王炎在看电影过程中爱上了个体小商贩玉吉,而玉吉渴望能在小城里拥有一间属于自己的售货亭,为了满足玉吉的愿望,王炎在一帮工友的帮助下各展所长,共同建造了小城里的第九座售货亭。然而故事情节陡转直下,此时的王炎知道了玉吉和曾经一同插队的知青赵勇已结婚,而且她是自愿嫁给已经下肢瘫痪的赵勇,这让王炎陷入了巨大的痛苦和悲伤中,但他最终还是做出了将售货亭无私奉献给玉吉的决定,由此将个人的痛苦与悲伤埋藏在心底升华。《小城里的年轻人》也是姜天民传诵一时的名作,小说同样讲述的小城年轻人的现代爱情故事,不过故事情节要复杂得多,反映的社会生活面也更加深广,但爱情的痛苦和人生的迷惘依旧是小说中拂不去的精神底色。尽管小说是第三人称全知叙事,但职工学校青年教师苏明其实是隐含的第一人称叙事人,作者以苏明的眼光打量着职校的三名青工——尚华、赵凡和刘小帆。赵凡和刘小帆都深爱着尚华,但赵凡的爱中隐含了极为强烈的功利主义诉求,为了满足个人的私欲他甚至可以不择手段,他的内心处于变态的边缘;而刘小帆的爱则淳朴和实诚,他对养父的爱和对尚华的爱一并体现了他身上理想人性和真诚人格的力量。苏明其实也暗中爱慕着尚华,但他一直为保守思想教条所束缚,等到他从刻板的人生规训中觉醒过来之时,他已经无可挽回地失去了追逐爱情的权利,只能把失去女主人公的爱情的痛苦和怅惘付诸日后的时光慢慢消解。这是一个多角恋故事,其情节的曲折变换和浪漫传奇色彩容易让人想起雨果的经典长篇《巴黎圣母院》,弗罗洛、加西莫多、弗比斯三个男性与艾斯美拉达的爱情纠葛成就了雨果笔下伟大的浪漫主义爱情悲剧。在雨果那里,宗教的悲悯笼罩着他笔下的人物,现实中充满了美和丑的共在或纠缠,而痛苦就在强烈的矛盾、冲突与反差中得以凸显。雨果说:"基督教把诗引到真理。近代的诗神也如同基督教一样,以高瞻远瞩的眼光来看事物。她会感到,万物中的一切并非都是合乎人情的美,她会发觉,丑就在美的旁边,畸形靠近着优美,丑怪藏在崇高的背后,美与恶并存,光明与黑暗相共。"① 而在姜天民的笔下,道貌岸然的学习积极分子赵凡内心充满了恶念,而形容举止不拘小节的刘小帆其实内心忠实良善,至于苏明则一直处于灵与肉分裂的边缘,于是我们发现了姜天民早期现实主义小说创作中借鉴浪漫主义美丑对照原则的艺术痕迹。

在姜天民的早期现实主义小说创作中,《大路通向远方》同样也能见出西方浪漫主义的影响。小说讲述了一个南方小城镇工人养路班的故事,故事温情而又惨烈。养路班班长邵玉林痴恋着城里女子余爱珍,而余爱珍背地里已经移情别恋。城里毕业的女学生乔荞被分派到养路段当会计,她探得班长被恋人背叛的真相而不忍如实相告。养路段黄段长对邵玉林、孟云生、石小栋这批青工极尽打压和侮辱之能事,处处用金钱来贬低他们的人格尊严。最终在一次公路事故中邵玉林不畏艰险、迎难而上、坠崖而亡,把他全部的爱情痛苦和人生苦难释放到了另一个世界。小说中多次运用美丑对照手法塑造人物,邵玉林与余爱珍的对照、邵玉林与黄段长的对照、乔荞与余爱珍的对照,无不隐含了作者对理想与现实、美与丑、善与恶、光明与黑暗共在并存的复杂人生的理解。尤其是最后邵玉林的死亡,唤醒了黄段长的翻然悔悟和无尽的忏悔,这是人类道德良知的胜利,同时也是理想主义的胜利。实际上,姜天民的早期现实主义小说创作中总是如此这般难以抑制作者心中的浪漫诗意情怀,这使得他的早期小说总是笼罩着或浓或淡的感伤情调。《淡淡幽香的槐花》也是如此,小说讲述知青程燕多年后以知名艺术家的身份回访插队故地,他内心一直念念不忘农村姑娘槐英,他是带着浓重的忏悔情绪归来

---

① [法]雨果:《〈克伦威尔〉序》,《西方文艺理论名著选编(中)》,伍蠡甫、胡经之主编,北京大学出版社1986年版,第126页。

的，但事实上槐英早已云淡风轻，接受了现实和命运的安排，过着自己平凡的生活。当年槐英在程燕饱受歧视的时候敢于冒着父兄的压力发表爱情宣言，但程燕退缩了；而当程燕父母平反，他处境好转以后想到了和槐英重归于好，但此时的槐英却拒绝了他。在槐英的心中，真正的爱情不是感恩，不是炫耀，也不是天长地久，而是一旦失去就再也找不回来的纯粹的美好而诗意的情感。所以在忏悔者程燕的面前，平民女子槐英成了女神一般的存在。从这里我们不难窥见老托尔斯泰的长篇名著《复活》的艺术影子。虽然姜天民的早期小说带有浓厚的浪漫色彩，但现实主义毕竟是他早期小说创作的核心追求，他始终敢于直面现实生活的残酷和苦痛，敢于揭示人生的苦难和心灵的悲剧。用鲁迅先生的话来说，"悲剧将人生的有价值的东西毁灭给人看，喜剧将那无价值的撕破给人看"①，姜天民的早期小说是同时具备这种悲剧和喜剧的双重功能的，所以往往充满了毁灭的痛苦和撕破的快意。他的早期小说代表作《失落在小镇上的童话》虽然没有撕破的快意，但毁灭的痛苦却格外的沉重。在童话作家"我"的眼中，十几岁的小城女孩李小荣弃学从商卖馄饨，而且她是那样的人情练达到了近乎市侩的地步，她将"我"赠送的童话书籍漫不经心地撕来包馅饼，这无疑是价值毁灭和人生沉沦的艺术表征，留给"我"和作家的就只有无尽的痛苦和惶惑了。这是姜天民早期现实主义小说中最精彩的作品，直接承续了鲁迅先生的乡土启蒙文学传统。

1985 年以后，在几乎席卷全国的"寻根"文学思潮的影响下，姜天民的小说创作也开始了艺术转型，他的后期小说创作转向了现代主义与民族主义文学形态的艺术融合，而"白门楼印象集"则是他的这一艺术融合的结晶。但在开始"白门楼印象"系列小说创作

---

① 鲁迅：《再论雷峰塔的倒掉》，《坟》，《鲁迅全集》第 1 卷，人民文学出版社 1981 年版，第 192—193 页。

之前，实际上姜天民就已经尝试着小说艺术转型了，这是一种过渡性的艺术探索，原则上还是现实主义叙事，但不再停留在社会政治层面或泛文化的层面叙事，而是集中聚焦特定的传统文化形态在当代中国的命运问题，带有强烈的"文化小说"色彩。中篇小说《佛子》就是姜天民小说创作历程中由前期向后期转变的标志之作。这篇力作发表于1986年《十月》第五期，旋即收入漓江出版社1987年出版的《39种世界——鲁迅文学院第八期毕业作品小说集二》，后来又荣获了1985年至1989年武汉市首届优秀小说奖，可见这部作品曾经有相当高的认可度。《佛子》截取了三个历史横断面，展现了从20世纪50年代到"文化大革命"再到改革开放三个时代里中国传统民间佛教的社会文化历史兴衰过程。小说以"我"和外公的双重视角审视两个乡村和尚的人生轨迹，贯穿其间的其实是究竟谁才是真正的"佛子"的问题，由此可窥佛教在当代中国的浮沉及困局，其中的民族传统文化寻根诉求是一望即知的。两个和尚都是铁佛寺主持隐忍老法师的弟子，一个法号慧深，一个法号智远；慧深法师是真正的高僧佛子，历尽社会动荡而不改佛性；智远和尚则是假佛子，能根据不同的时代要求而转换着自己的身份。20世纪50年代，新政权要求僧人还俗，慧深法师选择了凄苦的飘零自守，智远则入乡还俗，娶妻生子，为了维持世俗生计甚至还当了屠户。"文化大革命"中，智远竟然还当上了生产队长，慧深则独居北大湖修炼真身，为了保护铁佛寺佛门清静，他甚至舍身护法，遭受凌辱和批斗。改革开放以后，政府为了发展文化旅游事业，请早已将佛门清规破戒殆尽的智远出山做了铁佛寺新主持，而真正维护佛门净土庄严的慧深法师则被世人遗忘。然而，在"我"的外公心目中，慧深法师才是真正的佛子，智远不过是俗不可耐的凡夫俗子而已。外公一辈子笃信佛教，即使是在历史暗夜中也不改初衷，他其实是佛门俗家弟子，比智远更配得上佛子的身份。至于"我"，小时候接受了外公的佛教启蒙，对佛门保持虔敬之心；长大后以知青身份重返故地，却已对佛教充满了怀疑，但在外公和慧深法师的影响下，"我"被佛子坚守信仰的人生姿态所感染，这潜在地决定了"我"日后的人生选择。这意味着，尽管"我"不是一个佛教徒，但"我"意识到了而且实际上也确实是如此，佛教是能够有效地参与当代中国民众的精神建设和信仰重塑过程之中的，作为中华民族传统文化的重要资源，佛教的精神信仰滋养是不应忽视的，而现实日常生活中佛教的兴衰存亡也关系到当代中国文化重建的愿景。而这正是作家姜天民在《佛子》这篇小说中要追寻的民族文化根底。

虽然《佛子》有传统文化寻根的精神诉求，但它还是一部典型的现实主义小说，尚未抵达"寻根"文学将西方现代主义与中国民族文学传统相结合的先锋文学境界。这意味着写《佛子》的时候姜天民只是本能地萌生了对中国当代文学现代性进程的初步反思，尚未有意识地突破与现代人道主义相匹配的西方现实主义叙事成规，只有到了"白门楼印象"系列的写作中他才真正进入中国当代文学现代性反思或反拨的艺术进程。这种现代性反思或反拨主要表现为他的后期小说创作中民族文学传统观念的觉醒，致力于中国民族文学传统与西方现代派文学的艺术融合，而不再株守此前的西方现实主义或浪漫主义文学模式。值得注意的是，姜天民在20世纪80年代后期致力于"寻根"小说写作的同时，他也撰写了多篇画论，这些艺术评论很能见出姜天民那时期的文艺观念的新变，毋宁说姜天民正是借艺术评论而侧面阐述了自己反思或反拨文艺现代性的艺术立场。他在评论冯今松的绘画艺术时说："他站在世界文化的高度，汲取了中国宋元以来的传统文人画的精髓，融会了老庄精神、魏晋风度、屈子的浪漫情调以及西方现代的生命哲学、浪漫美学，契合了他内心的性美澄明和对诗化人生的热情向往，并从古今中外可能接触到的多种表现性艺术中获得营养，从而熔铸出只属于他个人的绘画语言和别具一格的艺术风范。"又说:"他是个具有强烈创新意识的画家。但他认为创新与传统之间不应该割裂而要保持一定的张力。中国画的创新如果完全失去了中国画的美学特征那就没有什么意义了。"①这就明确指出了当代中国画家在学习西方、致力于创新的同时,一定也要向民族绘画传统艺术汲取滋养,否则将沦为西方绘画艺术的奴婢。姜天民与黎伏生私交甚好,他在评论黎的篆刻和书法艺术时写道:"常听他谈书道,论印学,也一起评说中国绘画和西洋绘画,谈论中国古代哲学和西方现代哲学,受益匪浅。"②由此也可窥姜天民融会中西文艺传统并独自创格的艺术野心。在评论鲁慕迅的绘画艺术时,姜天民总结道:"鲁慕迅先生继承了传统文人画的艺术特点和美学风范,又具有强烈的现代意识和创新意识。他认为没有传统笔墨就失去了中国画的特质,囿于传统的笔墨格局就会落入前人的窠臼。因此,他在绘画中强调抒情达意的传统美学原则的同时,又从西画和民间艺术中汲取营养,大胆地进行夸张,变形,强化自我感觉,形成自己独特的绘画语言。"③至于他在评论张善平、王福庆、鲁永欢师徒的绘画艺术时,也无不表达了对他们师徒致力于将中西绘画艺术融会贯通的敬意和钦羡④。由此也不难看出姜天民融会中西的新的艺术追求。

但问题在于如何融会中西艺术传统,如何形成自己独特的既传统

---

① 姜天民:《意象之诗——漫议冯今松先生的绘画艺术》,《姜天民文集(一)》,作家出版社2015年版,第307—310页。
② 姜天民:《生命意志的浓缩与宣泄——记黎伏生的篆刻和书法》,《姜天民文集(一)》,作家出版社2015年版,第319页。
③ 姜天民:《萧条淡泊 气韵高洁——读鲁慕迅先生的花鸟画》,《姜天民文集(一)》,作家出版社2015年版,第323—324页。
④ 参见《"山水精神"溢画图》《寄情山水笔墨间——王福庆其人其画》《我还没有找到自己——中年画家鲁永欢侧影》,《姜天民文集(一)》,作家出版社2015年版。

又现代的艺术,从而实现对单向度现代性的反思,这是摆在姜天民和他的书画家朋友们面前的一道难题。我以为在《意象之诗》这篇画论中隐含了姜天民后期小说创作的艺术秘密。他开篇即写道:"我以为杰出的艺术自有其神秘之处。它蕴含着诸多不可言说和言说不尽的美,闪耀着一种魅人的光辉,缓缓地发出一种天籁般的音响,具有一种诺瓦利斯的所谓魔化的力量。"又说:"这时候你才明白你面对的艺术是一种愉悦的陌生,是一种纯粹的诗意的原初的真实,是一种充满着情感、生命和富有个性的意象。这时候你才醒悟最高的东西是无法说出来的,一如上帝无法解释。艺术家的意象只可意会,倘若述说也许会相去甚远。最虔诚最睿智的评论似乎是沉默。"① 这意味着姜天民的艺术观已经由早期追求确定性的现实主义美学转向了后期追求陌生化和不确定性的现代主义美学了,带有明显的神秘主义色彩。但姜天民的艺术转向并非纯粹转向西方现代主义或神秘主义思潮,而是同时也吸纳了中国民族传统意象派艺术,以及自六朝志怪小说以来的中国小说神秘叙事传统的资源。对于姜天民而言,融会古今中外的意象艺术已经成为他后期小说创作美学的核心旨趣。他援引苏珊·朗格等西方美学家的观点进而指出:"意象不是印象的复制,不是思维,也不同于想象,当然更不是客观具象或逻辑抽象。意象是一种生命直觉,是一种心灵感应,是一种天性的流露,是一种情感的宣泄。仿佛梦或幻影或飘忽不定稍纵即逝的瞬间的感性形式。"② 这显然是一种西方现代派的非理性美学观念,但已经包含了对理性主义的现代性美学观念的反思。与此同时,姜天民也对他心目中

---

① 姜天民:《意象之诗——漫议冯今松先生的绘画艺术》,《姜天民文集(一)》,作家出版社2015年版,第307页。

② 姜天民:《意象之诗——漫议冯今松先生的绘画艺术》,《姜天民文集(一)》,作家出版社2015年版,第308页。

的意象派美学做出了中国化的阐释，他以民族传统美学的立场进一步对西方现代性美学进行反拨。他指出："在中国古代思想家里，所谓'天''道''气''神''阴阳五行''太极八卦''天人合一'乃至于描绘宇宙图案的'堪舆学'和揭示人体生命信息系统的'经络学'，都具有明显的意象性，也都表现为模糊性和不确定性。正因为这种意象性渗透了整个中国文化，所以中国传统艺术就不可能不具有表现意象和意象地表现的特质。"① 由此我们可以找到破解姜天民后期小说密码的钥匙，这就是带有表现主义色彩的中国意象小说艺术。

  中国小说在发展过程中一直接受着抒情诗歌传统的滋养，故而历代小说中多有重意象者，但古代小说中的意象大多带有古典趣味和传统取向，而姜天民后期小说中的意象明显具有陌生化取向，在继承民族古典意象传统的同时又借鉴西方现代主义文学视野，凝练或提炼出具有西方表现主义文学色彩的中国小说意象。这些陌生而新奇的小说意象，既来自作家的中国生活经验，又带有变形而荒诞的西方现代派文学意味，充满了神秘色彩和不确定性。比如在《瓷眼珠》中，姜天民提炼出"瓷眼珠"意象纽结全篇，那个叫臭九的盲童被一个神秘的老头安装了一对瓷眼珠，从此他能看清白门楼镇的一切，正常人能看见的他都能看见，正常人看不见的他也能看见，他的瓷眼珠具有一种超验的神秘功能，能够将白门楼镇的所有蝇营狗苟、蛛丝马迹摄入眼底心中，这让整个白门楼镇人都为之恐惧，除了盲童的母亲，就连父兄也不放过他，绝望中他选择了自尽。再如《黑玉镯》中，一直游移于国共之间、身份暧昧的史八爷被人民政府作为反革命镇压，但枪毙他的时候出现了神奇的一幕，由于他身上佩戴着祖传的黑玉镯，故而枪弹不入，直至卸下黑玉镯，史八爷才被击毙，黑

---

① 姜天民:《意象之诗——漫议冯今松先生的绘画艺术》，《姜天民文集（一）》，作家出版社2015年版，第308页。

玉镯中渗出了紫黑色的血液。这种神秘主义意象叙事，深得中国古典小说神韵。《祖传丹药》中，小矮人高家奕让妇人何丽珍吞下了那颗神秘的祖传堕胎药，他自己则选择了自杀，小说中神秘而压抑的气息挥之难去。在《耿老头的泥塑》里，老耿帮白门楼镇人做的土地神塑像居然总是睁一只眼闭一只眼，而且充满了鄙夷轻蔑的神情，这是老耿的幻觉，更是通灵的真实。至于《水洼》中的"水洼"意象，充满了复杂难言的深层心理意蕴，既是吴吉寡妇的身体隐喻和欲望象征，也是其子亮儿心地纯洁透明的艺术载体，二者相反相成，真伪莫辨。尤其是亮儿最终死在吴吉寡妇早有预感的水洼里，更是强化了水洼意象的神秘氛围。还有《枯树》中的枯树意象，《老宅》中的老宅意象，都与树和人的神秘死亡连在一起，姜天民热衷于神秘主义的意象叙事于此可见一斑。更神奇的是《人境》中的张奎长出尾巴和吴长腿诈尸，《呕吐》中的闻化古居然能把淤积在胸七十年的书墨全部给呕吐出来，《黄昏》中黑房子、黑兽头与白门楼、白太阳意象交错，这些夸张而变形的神秘意象群的出现，释放出强烈的表现主义文学情绪，不得不让人对姜天民的后期小说创作刮目相看。究其缘由，姜天民后期小说创作中其实是在有意识地打破现代性的理性主义思维模式，而回归或复活了列维·布留尔所说的那种原始思维。原始思维不是反逻辑或非逻辑思维，而是"原逻辑"思维，它以受"互渗律"支配的"集体表象"为基础[①]，不受现代理性逻辑思维中矛盾律或因果律的限制，体现了一种前逻辑的非理性主义思维特征。这种原始思维的引入，既是对现代性叙事的反抗或反拨，也是对中国古典小说中神秘主义意象叙事传统的创造性转化。

姜天民的后期小说创作属于"寻根"文学范畴，这不仅表现在作

---

① ［法］列维·布留尔：《原始思维》，丁由译，商务印书馆1987年版，第71页。

者有意回归民族小说神秘意象叙事传统上，而且表现在作者有意淡化小说的社会政治背景，同时凸显文化民俗场景上，由此形成了他后期小说创作显著的文化视野。"白门楼印象"系列小说着重书写白门楼镇的风土人情，作者从文化视角出发，审视白门楼镇的世态人心。比如《瓷眼珠》批判的是白门楼镇人的文化人格的狭隘与虚伪，作者从文化启蒙视野着眼，冷静地审视白门楼镇人对盲童"臭九"（知识分子符号）的排斥和迫害，因为作为知识分子变形的盲童清醒地看见了白门楼镇人的所有见不得人的勾当，破坏了白门楼镇人表里不符的虚伪文化生态。这与鲁迅为代表的现代启蒙先驱激烈批判中国传统文化心理的虚伪性是一致的，正所谓"满嘴的仁义道德，满肚子的男盗女娼"。《祖传丹药》同样采用传统文化批判立场，小矮人高家奕生理严重退化而心理过度成熟，隐喻了我们民族衰老的文化机心，他最后用祖传丹药毒杀了失节的妻子，随后自尽身亡，暴露了传统文化心理的绝望与崩溃。《水洼》的文化批判更为隐晦而深沉，吴吉寡妇的生理欲望被激活但又无法达成，她只能在传统妇道阴影下艰难地苟活。至于《牌坊的倒塌》则揭秘了史家大奶奶一辈子独守空闺的心灵暗角，其传统文化批判意旨是一望即知的。《黄昏》同样涉及传统礼教，鲁黑牛对师父马十三的女人由同情到解救或占有，表现了他长期积郁于胸的文化弑父冲动。《呕吐》对传统儒家文化的批判别具一格，老先生闻化古多年后回访昔日两位得意门生，没想到一个成了强盗，一个沦为奴才，他腹中淤积的墨水终于倾吐而出，呕吐之后面如白纸，作者以近乎戏谑的手法批判了传统儒家文化人格塑造的失败。除了激烈的文化批判，姜天民笔下也有讽刺或反讽的作品，但同样表达了作者对中国传统文化或民间文化的批判姿态。《耿老头的泥塑》通过泥塑的土地菩萨睁一只眼闭一只眼的神秘通灵手法，讽刺了白门楼镇人的虚伪文化人格心理。《黑玉镯》将史八爷之惨死和贾区长的一路高升做无声对比，消解了民间文化中因果报应的信仰和宿命，小说结局的反讽意味尤其深长。《将军别墅》中，将军的忠诚卫士翁志高最后居然将正在与他母亲野合的将军一枪打死，只因为他误将将军当作欺负母亲的坏蛋而不知道他母亲其实与将军正在进行一场黄昏恋，这样的文化反讽效果堪称黑色幽默。《枯树》中，退休赋闲的贾专员遵照姚大神的秘示在树林中大练"吐故纳新，移毒迁祸"之功法，结果树林枯叶纷披，周遭生命绝迹，这显然是对迷信民间气功的官员们的辛辣嘲讽。《老宅》中，大昌爹一辈子迷信史二先生早年相授的风水秘籍，但最终因为他对老宅地基的迷恋而晚年丧子，这也再次表达了作者对中国传统风水文化的反讽。格外值得注意的是《人境》，这篇小说讲述了木匠吴长腿和张奎这对师兄弟反目成仇的故事，带有强烈的国民劣根性批判的意味，甚至由此而抵达了对整个人类文化与人心的批判性审视。晚年的张奎翻然悔悟，他拖着病体来拜望师兄，想告诉他自己曾经犯下的罪孽，没承想师兄吴长腿在临死之际也同样渴望见到师弟，他也想告诉张奎自己也曾犯下不可饶恕的罪过，最后两具行尸走肉在野外重逢，从而实现了各自的灵魂救赎和人性忏悔。这是典型的中国故事，但作者给古老的故事灌注了现代意蕴。

在姜天民的后期小说创作中，还有两部未竟之作值得关注。一部是长篇小说《马铁炉传奇》，一部是中篇小说《蛮荒》。这两部未定稿其实已经初具规模，只是尚欠整合和打磨，从中我们不难看出姜天民新一轮的艺术冲刺。这就是他不再执迷于现代主义西洋式理念化写作模式，而进一步强化小说叙事的民族化形态的营构。姜天民此前的"白门楼印象"系列以短篇小说居多，大抵讲述白门楼镇发生的异人逸事，带有强烈的野史杂传色彩，大体可以纳入新笔记小说范畴。这说明从小说文体上看，姜天民的后期小说创作确实是在努力探寻中国古代小说的文体资源，他有意无意地传承着中国文言小说或文人小说（从六朝志怪到唐宋传奇）的民族精英文学传统，再通过吸纳西方现代主义文学精神或技法予以重构，由此形成一种既传统又现代的中西文学融合形态。但这种中西融合的寻根文学实验有时候容易流于概念化和理念化，而相应地忽视了对民间人物形象的艺术塑造，此即理念大于形象之弊。好在我们从《蛮荒》和《马铁炉传奇》这两部未竟之作中已经看出了姜天民小说艺术深化的端倪，他不再简单地淡化小说的社会历史背景，而是将社会历史变迁与文化视角熔于一炉；他也不再忽视人物形象的典型性格的雕刻，而是努力不放过笔下的任何一个人物，那怕是作为配角的小人物。比如在《蛮荒》中，作者耐心雕刻着白门楼镇的人物群像，这里既有外来知青苏谔、古良、谷明、周苇等人，也有白门楼镇的家族新贵索来福、索思源、索忆苦、索思礼、索思茶等人，还有史文化这样落魄了的白门楼世家子弟，以及白门楼镇的其他各色家族人等，如高金铃、高家琪、金菊子、高丽鬼子一家，白有志、白长生父子，被侮辱被损害的孤女子冷秋月，民间巫师姚大神等。作者在讲述这个以知青生活为主干的故事中不断穿插多个人物的家族历史，既拓展了叙事的历史深度和文化视野，也初步抵达了为民间小人物树碑立传的创作意图。只可惜这部小说尚未完稿，有些人物和情节未能真正地树立和展开。与《蛮荒》相比，《马铁炉传奇》的叙事基本完成，但也存在一些自我抵牾或疏漏之处，比如故事展开的地理空间究竟是彩石镇还是皇姑镇，小说里就有前后不统一的地方。姜天民的这部遗稿其实是想通过讲述四代马铁炉人的不同人生命运来折射20世纪中国的历史文化变迁。小说中第一代马铁炉人的代表是清末民初的马云涛，他身上真正传承了马铁炉人的民族文化人格精神；其子马长风和大徒弟宋立本是第二代马铁炉人的代表，他们在战乱年代殊途同归，都属于马铁炉人文化精神传统的背叛者；马长风的三个徒弟陈永福、张自顺、邓鲁则是第三代马铁炉人的代表，他们在1949年后纷纷抛弃了马铁炉人的民间技艺和文化传统；只有第四代的吴宝，他对政治权力争斗不感兴趣，梦想着寻找和恢复马铁炉人的传统工艺和文化精神。小说中还穿插了儒家代表严氏家族,以及李家窑和孙氏酒家的文化变迁故事,只是笔力未逮,生命末期的姜天民未能将《马铁炉传奇》写成一部杰作,小说中许多人物的性格刻画还不够深入和立体,由此带来了"奇"(情节性)过于"传"(史传性)的艺术缺憾。

但无论如何,姜天民是一个文学圣徒,这是没有疑问的。虽然他倒在了文学探索的中途,但他身上所承载着的20世纪80年代中国文学家的艺术激情是不灭的。在他去世前夕写的两首散文诗《雪的梦》和《苦楝树》中,极度地张扬了姜天民胸中不可遏止的文学情愫。他在《雪的梦》中写道:"我如呆似痴于雪中。我载歌载舞于雪中。我满腹是雪的芬芳。我心灵里一片洁白清冷。雪啊雪我愿委身于你的眠床直到生命的另一端的黎明来临。""我神往得成了痴子。我不知道这就是你啊我的恋人。我只知道你站在雪地里成了我的图腾。"[①]这是一个文学圣徒的歌吟,姜天民继承了楚人先贤屈原的香草美人抒情传统,大胆而炙热地释放着内心深处的文学情结。同样,他在《苦楝树》中写道:"我是一株苦楝树,我站在你的窗前,恋人。我只是一株纯粹的苦楝树,恋人,因为我一无所有。"对于一个苦苦跋涉在文学中途的青年作家而言,他几乎时时刻刻都在体验到类似于失恋的痛苦,所以他的"干枯的眼窝便滚落一串串悲伤凝成黄玉般的树脂",他的"破碎的心灵便滴出一粒粒幽怨化成赤红色的琥珀"[②]。这是生命痛苦的文学升华,即使于今读来依旧让人黯然神伤。虽然姜天民英年辞世已二十五年了,但真正的文学家的灵魂是不死的,它会以精神接力的方式重现在后来者的文字生涯中,所以我们毫不惊讶地看到在同出于英山的作家刘醒龙的笔下,其实也闪烁着姜天民

---

① 姜天民:《雪的梦》,《姜天民文集(一)》,作家出版社2015年版,第212—213页。
② 姜天民:《苦楝树》,《姜天民文集(一)》,作家出版社2015年版,第229—221页。

的文学影子。刘醒龙小说创作中的诗性现实主义叙事方式，与姜天民的主观性小说叙事风格之间存在着高度的契合和相通。姜天民未竟的文学现代性反思大业也在20世纪90年代以来的刘醒龙小说创作中得以全面地实现。从《威风凛凛》《燕子红》《圣天门口》《天行者》《蟠虺》这一系列长篇小说力作中不难看出，刘醒龙的小说创作其实十分善于传承中国古典小说的抒情传统和传奇传统，将故事性、史传性与抒情性融为一体，由此实现了现代与传统的文学融合。而姜天民囿于生命的限制，未能在更高的境界上实现这一文学宏愿，但他给刘醒龙带来的文学启示也是不容忽视的。即使是在姜天民的长篇遗稿《马铁炉传奇》中，其实也可窥见它与刘醒龙的长篇新作《蟠虺》之间存在相通之处。《蟠虺》中写到了失蜡法与范铸法两种古典青铜器制造工艺在当代考古学界中的冲突，而《马铁炉传奇》中也写到了这两种传统铸造工艺在民间铁器制造行业中的对抗，区别在于前者中它是作为推动整部作品故事情节的核心叙事动力而存在的，而后者中它不过是作为小说第一阶段情节发展里师徒反目的一个典型细节或场景而已。但有一点是没有疑问的，这两位从鄂东英山走出来的作家，在不同的生命阶段里确实都对失蜡法和范铸法这两种民族制造工艺产生了兴趣。由此可见，刘醒龙为《姜天民文集》的整理与出版四处奔走不是偶然的，这既是他们之间深厚的兄弟情谊的人间见证，也是刘醒龙向自己早年的文学引路人致敬的艺术见证。

第三编 她们的文学与传统

"海洋"与迟子建的长篇小说文体美学

——从《树下》到《群山之巅》

从1991年的长篇小说处女作《树下》开始,到2015年出版长篇新作《群山之巅》,迟子建迄今已创作了八部长篇小说。按照迟子建自己的说法:"二十多年来,我在持续的中短篇小说写作的同时,每隔三四年,会情不自禁地投入长篇的怀抱。"① 与中短篇小说的持续性创作不同,长篇小说创作需要间隔期,需要时间和精力的重新聚集和再度燃爆,所以与长篇小说的拥抱在迟子建的小说创作历程中显得格外的意味深长。关于长篇小说与中短篇小说的文体差异,迟子建曾经做过精彩的譬喻:"如果说短篇是溪流,长篇是海洋,那么中篇就应该是江河了。每种体裁都有自己的气象,比如短篇,它精致、质朴、清澈,更接近天籁;长篇雄浑、浩渺、苍劲,给人一种水天相接的壮美感;中篇呢,它凝重、开阔、浑厚,更多地带有人间烟火的

---

① 迟子建:《后记:每个故事都有回忆》,《群山之巅》,人民文学出版社2015年版,第329页。

气息。"紧接着她又补充说,在天才作家的笔下往往有"异象"生成,比如溪流在电闪雷鸣时也会发出江河的咆哮之声,而海洋在风平浪静时也会宁静如溪流,至纯至美。正所谓:"海纳百川,方可磅礴。同样,江河汇集了众多的溪流,才能源远流长。"① 作为一个在短篇、中篇和长篇小说创作领域均曾摘得中国文学最高奖项的作家②,迟子建对三种小说文体美学的感悟确实有其独到之处。就长篇小说而言,迟子建追求的显然是一种"海洋"文体美学或曰"海洋"诗学,当然其中也会隐含着短篇小说的"溪流"诗学和中篇小说的"江河"诗学因素在内,这可以说是小说文体家族内部的文体互渗,从根本上已然促进了迟子建长篇小说文体美学的成熟。毋庸讳言,"海洋"是一种具象形态,如何把这种现实的具象描述并提炼成抽象的理论范畴,这是摆在我们面前的一道文体美学难题。所幸迟子建多年的长篇小说文体实践给我们提供了破解这道难题的契机。

一

追溯起来,中国古代文论中早就有以海洋描述文体特征的先例,如宋人就有"韩如海,柳如泉,欧如澜,苏如潮"③的说法流行并且至今不衰。其实,以水喻文,以水形状文体是中国古代文论中的一个理论传统。由此可见,迟子建的短篇小说"溪流说"、中篇小说"江河说"和长篇小说"海洋说"并非空穴来风,而是对中国古代文学

---

① 迟子建:《江河水》,《迟子建散文》,浙江文艺出版社2009年版,第190页。
② 迟子建的短篇小说《雾月牛栏》和《清水洗尘》曾获第一届和第二届鲁迅文学奖,中篇小说《世界上所有的夜晚》获第四届鲁迅文学奖,长篇小说《额尔古纳河右岸》获第七届茅盾文学奖。
③ [宋]李性学:《文章精义》,王利器校点,人民文学出版社1960年版,第90页。

创作中的文体美学传统所做的创造性转化与创新性发展。具体到迟子建的海洋型长篇小说文体美学形态，我们首先必须考察其长篇小说时空体在整体结构上的海洋型特征。毫无疑问，海洋型长篇小说在外在形态上应该冲破特定时空体的限制，从而最大限度地追求叙事的宽度和广度。非如此不足以言说辽阔无垠的海洋。一般而言，短篇小说会截取故事的"横断面"进行讲述，这是将时间做空间化处理，但囿于篇幅，此时的叙事时间空间化既缺少长度也缺乏广度，大体属于迟子建所谓的溪流型短篇小说范畴。而中篇小说相对于短篇小说而言更注重叙事的长度，更注重叙事中时间的拉长与重组，故而常常如同江河从读者眼前流过。如果说短篇小说重"点"，中篇小说偏"线"，那么长篇小说主要是求"面"。求"面"求到极致，就是在叙事中将时间最大限度地空间化，将"面"无限地放大，从而形成烟波浩渺、横无际涯的海洋形态。一般而言，西方传统长篇小说的时空体大都偏重于时间化而不是空间化，而进入20世纪现代文学语境以后，长篇小说时空体的空间化则已成为世界范围内的文体新潮流。①与西方长篇小说文体传统相比，中国古代文人长篇小说的时空体更偏向于空间化而不是时间化，不管是累积成书的《三国演义》《水浒传》还是文人独立创作的《金瓶梅》《红楼梦》《儒林外史》，这些中国古代长篇小说经典均体现出鲜明的空间化叙事倾向。虽然《西游记》《岳飞传》《封神演义》《隋唐演义》等也代表了中国古代长篇小说时空体的另一种时间化传统，但从整体上而言还是无法撼动空间化叙事传统的精英地位。倒是进入现代文学语境以后，由于主要受到法国19世纪"大河小说"的影响，中国现代长篇小说创作呈现出

---

① 秦林芳：《译序》，《现代小说中的空间形式》，[美]约瑟夫·弗兰克等著，秦林芳编译，北京大学出版社1991年版，第1页。

热衷于"三部曲"式长篇小说的时间化叙事趋势①。这种趋势在1949年后又由于中国民间通俗长篇小说传统的推波助澜,导致注重故事情节的时间化长篇小说一时蔚为大观。直至新时期尤其是20世纪90年代以来,中国当代长篇小说文体才重新借鉴西方现代长篇小说的空间化体制,并大力激活中国古典长篇小说创作的空间化传统资源,由此逐渐形成当代中国长篇小说文体新形态。而迟子建的长篇小说系列正是这种当代中国长篇小说文体新形态的卓越代表。

为了建构心目中理想的海洋型长篇小说文本结构,迟子建在她既有的八部长篇小说创作中一直都在做着不懈的艺术经营与探索。这首先表现为她对时间型长篇小说的空间化叙事艺术处理。唯有将时间叙事空间化,才能拓展小说时空体的宽度和广度,使长篇小说的体制趋近于宽广的海洋格局。回忆首部长篇《树下》的创作时,迟子建说自己当初"就像一个只垒过猪圈和鸡舍的农人突然要造一座大房子一样,我掩饰不住自己的激动和兴奋。由于这激动和兴奋,那房子的一砖一瓦都用得一丝不苟,绝不会偷工减料,笨笨磕磕地将它造完后,只觉得无限的温暖和舒适"②。确实,作为一座纸上建筑,《树下》有着宏大而严密的小说时空体,它从一开始就展示了迟子建长篇小说创作的海洋叙事诉求,尽管其中尚未完全摆脱江河叙事模式的痕迹。《树下》的初版书名《茫茫前程》,故而通常被人视为成长小说看待,因为小说的叙事主干是女主人公李七斗的早年人生成长史,作者从她的童年时期一直写到结婚生子,而种种人生遭遇中则隐含着一个女人的心史嬗变。乍一看,这是典型的线性时间叙事模式,在古今中外的成长小说创作中屡见不鲜,然而细察之可以发现,《树下》的线性时间叙事仅仅是外在文本结构,而深层的文本叙

---

① 杨联芬:《晚清至五四:中国文学现代性的发生》,北京大学出版社2003年版,第280页。
② 迟子建:《跋》,《树下》,人民文学出版社2014年版,第362页。

事策略则是时间的空间化。这部长篇中每一章的叙事空间随着时间的变化而变化，依次出现了惠集小镇、斯洛古小镇、白卡鲁山工区、白轮船、农场等主要叙事空间，而在每一个叙事空间中，作者并不是单一地讲述女主人公的命运故事，而是延展到整个叙事空间中几乎所有人物的日常生活状态的细致描摹。如姨父和姨妈一家人的故事，姥姥、姥爷和舅妈一家人的故事，朱大有和妻子栾水玉、岳母栾老太一家人的故事，靳开河和前后两任妻子以及一双傻儿女的故事，李老黑和妻子尹翠苹还有女儿的故事，米三样和儿子米酒的故事，晕船女人李霁虹的婚外情故事，老船长的故事，鄂伦春白马少年的故事，葛兰姝和张怀母子的故事，省城画家的故事，如此等等。这些旁枝末节的故事与女主人公的人生历程缠绕在一起，宛如山间道路蜿蜒曲折、变化多端，"分成一条条小路，小路再分成一条条小径"，山间道路于是构成了一张网，这就是复杂的网状道路小说①，而不是单一的线性道路小说。而在这种网状的"道路时空体"中，"广阔展现日常生活成为可能"，"不过这个生活可以说处于道路的旁边，处于道路的支岔上"②。由此，《树下》这座纸房子不再显得单调纤小，而是初步有了宏阔的海洋叙事气势。

无独有偶，长篇小说《越过云层的晴朗》也是通过网状道路时空体的设置而搭建了海洋型叙事结构。与《树下》以人的命运为叙述主干不同，这部长篇以狗的命运为叙事中心，讲述了一条大黄狗所经历的种种人间曲折，堪称一条狗的成长小说或者漫游小说。小说叙事随着狗的命运变迁而不断地发生空间位移，如在丛林、在金顶镇招

---

① [加]弗朗索瓦·里卡尔：《阿涅丝的最后一个下午》，袁筱一译，上海译文出版社2011年版，第113页。
② [俄]巴赫金：《长篇小说的时间形式和时空体形式》，《巴赫金全集》第3卷，钱中文主编，白春仁、晓河译，河北教育出版社2009年版，第308页。

待所、在伐木人家、在梅主人家、在大烟坡、在青瓦酒馆,而就在这每一个叙事空间中,作者都不厌其烦地通过狗的视野描述着不同空间中的种种世象百态,诸如狗主人系列(赵李红、黄主人、小哑巴、金发和羊草夫妇、梅主人、文主人),还有各种日常生活小人物系列纷至沓来,如陈兽医、花脸妈、老镇长、李开珍、大丫、小唱片、"无常"、"水缸"、小花巾、许达宽、红白厨师等,正是他们的网状日常生活的艺术编织,使得这部长篇摆脱了单线时间叙事模式而呈现出立体空间化叙事形态。原本的江河型小说结构就此朝着海洋型小说结构迈进。相对于《越过云层的晴朗》和《树下》而言,迟子建唯一的一部儿童文学长篇小说《热鸟》虽然尚未抵达海洋型叙事境界,但它依旧体现了作者突破江河型叙事的空间艺术探求。按照作家自己的说法,少年主人公赵雷"以一种顶天立地的姿态,在一个暑假惊人地成长,成为他自己时间的主人"①。但《热鸟》显然不是一部常规的成长小说或者流浪小说抑或历险小说,因为它在讲述男主人公的成长经历时并不以线性的时间情节模式见长,而是尽量延缓叙事节奏,让人物在特定的两个空间中延宕,进而发挥密实的日常生活叙事优势。有意味的是,小说开篇不久写到赵雷要离家出走时的一个细节,写他将闹钟解体了,时间也停止了。"赵雷想,以往存储在里面的时间肯定全部逃亡了。时间不存在了,这使他有一种飘飘欲仙的感觉。时间的虚假消失使他觉得所发生的一切都已烟消云散。没有什么东西再来约束和限制他。这种空空如也的感觉很快使他睡意沉沉。"于是少年赵雷开始做梦,并且在梦中遇见美丽的大鸟牵引着他飞行,由此有了他的一番离家历险记。事实上,不仅在主人公历险之前作者强行中止客观物理时间从而进入主观心理时间,而且

---

① 迟子建:《自序》,《热鸟》,人民文学出版社、天天出版社2016年版。

在历险的客观现实时间叙事中，作者也在竭力地放逐时间和遗忘时间。在古崖屯围绕着王家老爷子的丧事，作者将读者不经意地卷入日常生活叙事的旋涡，诸如王进才和他的妻子、儿子、兄妹、旧情人、邻居等烦琐复杂的人际关系被描摹得淋漓尽致，曲尽其妙。而在宣化温泉寻找狗蛋生母的过程中，作者同样用大量的看似闲笔描述马师傅和女儿云钗的传奇故事与日常生活。应该说，这些分岔小径或藤蔓枝节的共时性存在，成功地建构了《热鸟》中的网状道路时空体。

不难发现，在迟子建通过时间的空间化而抵达海洋型叙事格局的长篇小说系列中，《额尔古纳河右岸》显得格外令人注目。这是一部家族自传体小说，也可以说是一个世纪老人的回忆录。小说的第一人称叙述者是一个鄂温克族部落酋长的遗孀，她的自述不仅体现了她个人化的生命历程，而且代表了她自己所属的少数民族文化的历史命运，故而小说中的个人时间与集体时间、私人空间与公共空间构成了一个相对独立完整的历史时空共同体。值得注意的是，作者这一次没有采取《树下》等长篇小说那样的移步换形的串联型结构，即通过主人公（人或狗）把不同时空中的不同的人群串联起来，而是让主人公或叙述者与其他所有人物一道作为整体接受不同时间中的同一个空间的历史考验或煎熬。显然，前者是在时空串联中实现空间化，主要体现为对不同时间段的压缩和对相应空间的延展；而后者做得更绝，直接让特定的历史时空体作为整体进行压缩与延展。这部卓越的长篇小说分为四部，即上部"清晨"、中部"正午"、下部"黄昏"、尾声"半个月亮"，也就是说，全部小说由女主人公在一天的回忆中完成，她的一天就是民族的一个世纪，一日等于百年。四个部分中前三部的开篇都是展开回忆时的简略的现实书写，紧接着的主体部分则是繁复的历史书写，而最后一个部分作为尾声彻底回到现实书写，让历史在现实中定格。这是典型的将时间压缩和扁平化的处理方式，作者让民族的百年历史风云在短短的一天中得以聚焦和凸显，从而在空间化叙事中尽情地放任叙述者对一个民族群体的日常生活细节书写。诚如叙述者在下部"黄昏"的开篇中所言:"太阳和月亮在我眼里就是两块圆圆的表,我这一辈子习惯从它们的脸上看时间,所以手表在我手里只能当瞎子。"对于女主人公而言,现代性的时间根本不重要,她看重的是循环往复的古典时间,那种时间不是不可逆的存在,而是不断重现的历史空间状态的绵延。于是我们看到,在迟子建笔下的"额尔古纳河右岸"这个特定的历史空间书写中,虽然上部是对其民国初年历史的书写、中部是对其1932年至1945年的历史书写、下部是对其1949年后的历史书写,这一切似乎体现了鲜明的历史阶段性或时间痕迹,但是如果纳入叙述者的整体历史视野中可以发现,"额尔古纳河右岸"作为一个整体的历史文化空间已然在叙述者的无限心理空间中永存。在很大程度上,这个特定的民族历史文化空间是拒绝时间的存在,而居住在额尔古纳河右岸的少数民族群体的日常生活繁复多姿,如同百舸争流、百川归海,顺流而下、汪洋恣肆,由此形成了这部长篇小说海洋般的格局与气象。难怪作者追忆写作经历时要这样写道:"在小说中,我写的鄂温克的祖先就是从拉穆湖走出来的,他们最后来到额尔古纳河右岸的山林中。而这部长篇真正的结束又是在美丽的海滨城市青岛。我小说中的人物跟着我由山峦又回到了海洋,这好像是一种宿命的回归。"[①] 我们不应该将这段文字仅仅看作写实性的陈述,而应该将其视为迟子建在《额尔古纳河右岸》创作中对海洋型叙事的一种自觉的艺术追求。

在对海洋型叙事的自觉追求方面,长篇小说《伪满洲国》有过之而无不及。如果说《额尔古纳河右岸》更趋近于《红楼梦》那种单体式海洋型叙事,那么《伪满洲国》就更接近于《三国演义》那种

---

① 迟子建:《跋:从山峦到海洋》,《额尔古纳河右岸》,人民文学出版社2010年版,第302—303页。

组合式海洋型叙事。一般而言，单体式海洋型叙事中的人物和故事虽多但相对集中，且叙事空间相对单一或有主导性的叙事空间，如曹雪芹笔下的大观园和迟子建笔下额尔古纳河右岸的"乌力楞"；而组合式海洋型叙事中的人物和故事不仅多而且相对分散，至于叙事空间则体现出多元化倾向或格局。比如罗贯中笔下的三国故事就有魏、蜀、吴三个政权所管辖的三大文学地理空间，其实它们还可以各自继续细分下去，而迟子建笔下的"伪满洲国"其实并非一个单体、整体或同一体，它被不同的政权或政治势力所控制或分割。这里面有伪满政权控制的区域，有日军特别控制的非常区域，有共产党抗日游击队掌管的红色区域，有国民党特工介入的地下区域等。这些政治区域作为作家笔下的文学地理空间又广泛地分布在东三省的不同城市和乡村地带中，如大兴安岭、哈尔滨、"新京"（长春）、奉天（沈阳）、大连、平顶山（抚顺所辖）、佳木斯、四平、牡丹江等大型地理空间，还有店铺、酒馆、皇宫、妓院、火车、森林、河流、细菌实验室、劳工棚、集中营、开拓团、慰安船、寺庙、教堂等小型地理空间，如此丰富而复杂的文学地理空间被作家的宏大视域所接纳，继而建构出一个由多种权力博弈的多元文学场域来，这就让人不得不佩服作家那吞吐八荒、包罗万象的艺术胸襟和勇气。《伪满洲国》确实是一部典范形态的海洋型长篇小说，这部迟子建迄今为止规模和体量最大的长篇巨著不仅大胆地组合了无数或大或小的文学地理空间，而且还创造性地把中国传统的编年体与纪传体叙事模式结合起来，在不断地压缩叙事时间的同时又不断地延展叙事空间，从而营造了这部海洋型的长篇小说建筑。这部长篇总共 14 章，每一章以年份标目，依次为"第一章 一九三二年（民国二十一年 昭和七年 大同元年）"……直至"第十四章 一九四五年（民国三十四年 昭和二十年 康德十二年）"终篇。这显然借鉴了中国古代编年体的述史体例，但四种年份的胪列与并置依然有深意存焉。其中，公元纪年是通用的纪年方式，随后是民国纪年方式、作为殖民者的日本皇家纪年方式、封建复辟的伪满政权纪年方式，这四种纪年方式暗示了四种政治势力在"伪满洲国"叙事空间中的权力博弈，而且这种权力博弈渗透到了每一年份中，也就是说每个时间都被多种政治空间所分割或空间化。事实上，这部长篇的每一章都由大致均衡的六至七节组合而成，而每一节又都是一个相对独立的叙事单元或片断，这六个或七个叙事单元或片断又像电影蒙太奇一样交错拼贴在一起，从而让每一个年份作为时间被空间化了。随着每一章的时间（年份）都被纳入了空间化进程，这部14章的大型文本最终被定格为浩荡无垠的文字海洋。

在追求海洋型长篇小说创作的过程中，迟子建除了探索时间型叙事的空间化策略之外，还重点尝试了去时间的空间化叙事实验。这在她的《晨钟响彻黄昏》《白雪乌鸦》《群山之巅》等三部长篇小说的创作过程中表现得十分突出。此时的迟子建虽然一如既往地追求长篇小说的空间化叙事格局与气象，但她已经不再热衷于在长篇小说中明确地讲述一个或者多个故事情节的发展演变过程，比如像《树下》和《越过云层的晴朗》那样由一个叙事主体的时间经历串联起来，或者像《额尔古纳河右岸》和《伪满洲国》那样由一个或多个历史群体的时间经历贯穿始终，而是尽量隐去长篇小说中的时间痕迹或者线性情节过程，转而采用多人称、多角度的叙事视角集中观照特定历史时空中的特定事件或人群活动。这种西方现代派小说中惯常使用的多角度聚焦与中国传统文艺美学中的散点透视相结合，为迟子建构筑长篇小说的海洋结构提供了双重助力。比如在《晨钟响彻黄昏》中，这部长篇并没有集中的或者核心的故事情节，而且主要人物也很多，像宋加文、冯巧巧、陈小雅、"菠萝"、宋飞扬、刘天园、王喜林、刘胜秋、李其才、邵老板、余律师等这些男女人物形象，很难说他们中的谁是唯一的主人公，显然这是一个多中心的人物群像小说结构，作者采用了中国传统的散点透视方法去艺术地观照他们，让他们在不同的透视镜下展现自己或者刻意地隐藏自己。对于这部没有核心故事情节和中心人物形象的长篇小说而言，作者的关注点其实在于特定时空中的特定人群的生活状态。人们习惯说生活就像大海，每个人都是生活海洋中的浪花，一个作家只要秉持手中的透视镜从不同角度去逐一聚焦乃至于解析生活海洋中的一个个的点（人物），也许就可以拍摄出生活海洋的全景图。这部长篇总共分为五章：第一章"迷途的汉语"以大学教师宋加文展开第一人称限知叙事；第二章"到天堂去哭泣"以宋加文的学生刘天园展开第一人称限知叙事，这一部分由她的36则日记构成；第三章"精神病院的最后岁月"虽然是第三人称全知叙事，但始终以刘天园的叙事焦点；第四章"本本和小主人的遭遇"又转向第一人称限知叙事，以宋加文的儿子宋飞扬向一只叫本本的猫倾诉心事的方式展开，而且展开的是成人世界的太多疑问与不解；第五章"寒流入境"回到全知叙事大结局，上帝型叙述者交代了读者想知道的所有疑点与真相，但故事中的诸多当事人或受述者依旧蒙在鼓里不明真相。不难看出，这部长篇的五章相当于五个特写镜头，它们以空间组合的方式拼贴出了生活全貌，试图体现出生活如同海洋般的宽度与广度。

虽然《白雪乌鸦》属于历史小说范畴，它讲述的是1910年哈尔滨大鼠疫事件，但作者采用了如同《晨钟响彻黄昏》一样去时间的空间化叙事方式，而放弃了同属于历史小说的《伪满洲国》那种将时间空间化的小说时空体。这部长篇分为二十二章，尽管大体上依旧可以辨析出整个历史事件的开端、发展、高潮和结局这样的线性情节过程，但不可否认的是这部作品基本上遵循了多人物和多角度的空间化叙事模式，在散点透视艺术上与《晨钟响彻黄昏》如出一辙。在这部第三人称的全知叙事长篇小说中，大多数章节都以某一个人物为叙事焦点展开历史叙事，从第一章的焦点人物王春申到第十六章的焦点人物于晴秀都是如此，而从第十七章开始发生变化，每一章的焦点人物增多，这样便于小说逐步走向结局。最后一章的焦点人物多达近十位，相当于整部小说中人物散点透视的缩影，正式宣告了小说的大结局。不难发现，这些焦点人物在网状历史空间中占据着各自的位置，并发散性地与其他人物乃至于整个历史进程发生着各种各样的关系。由于这部作品中焦点人物众多，牵涉面广，故而更能彰显历史生活海洋般的空间格局。不仅如此，按照作家自己的说法，她在这部长篇小说创作中的空间化叙事还体现在文本内部的城市空间规划上。她说："我绘制了那个年代的哈尔滨地图，或者说是我长篇小说的地图。""这个地图大致由三个区域构成：埠头区，新城区和傅家甸。我在这几个区，把小说中涉及的主要场景，譬如带花园的小洋楼、各色教堂、粮栈、客栈、饭馆、妓院、点心铺子、烧锅、理发店、当铺、药房、鞋铺、糖果店等一一绘制到图上，然后再把相应的街巷名称标注上。地图上有了房屋和街巷，如同一个人有了器官、骨骼和经络，生命最重要的构成已经有了。"① 实际上，这部长篇小说中的众多焦点人物都散布于作家所绘制的多元城市空间中。其中，傅家甸的中国人居多，而埠头区和新城区是俄国人的地盘。正如第三章中叙述者所评，如果说傅家甸是相貌平常的素服女子，埠头区是珠光宝气的贵妇人，那么新城区就是孤傲的美人。而在报童喜岁的眼中，如果说埠头是热闹华丽的刀马旦，新城区是安闲气派的生角，那么他最喜欢的还是傅家甸这个自在舒适的丑角，让人心生欢喜。可见这三种城市空间各有特色，能够满足不同人物的生存心理需求。这就如同大观园里的各式各样建筑，诸如怡红院、潇湘馆、蘅芜苑、秋爽斋、稻香村、栊翠庵、藕香榭、紫菱洲之类，

---

① 迟子建：《后记：珍珠》，《白雪乌鸦》，人民文学出版社2010年版，第287页。

其中居住着贾宝玉、林黛玉、薛宝钗、贾探春、李纨、妙玉、贾惜春、贾迎春等性格各异的公子小姐，他们都与各自的私人生活空间相匹配，实现了外在的物理空间与内在的精神空间的同一性。细察迟子建在《白雪乌鸦》里的城市空间叙事策略，我们其实不难领会作家对《红楼梦》的空间化叙事资源的有效借鉴与传承。

而在《群山之巅》中，这种城市空间叙事策略得到了进一步拓展。这部长篇主要在松山山脉展开叙事，从松山地区到青山县城再到龙盏镇这个真正的群山之巅，叙述的空间层次感极强。龙盏镇依龙山而建，龙山分南北两翼，两翼不仅植被不同，而且居民生活气象有异。南翼灿烂明亮，所居多为有头有脸的人物；而北翼清冷幽深，多住底层贫苦之人。龙盏镇地处格罗江下游，附近是俗称"野狐团"军队的驻扎地，毗连着一个神秘的山洞——"花老爷洞"。作为小说最重要的叙事枢纽人物，罪犯辛欣来就是从龙盏镇躲进了花老爷洞并最终在那里被抓捕。而在龙山顶上建有一个土地祠，受害人安雪儿在小说的结局中正是在群山之巅的土地祠中再次遭到了强暴。总体来看，《群山之巅》中的多个人物系列，如辛家人物系列、安家人物系列、唐陈两姓姻亲人物系列，还有其他小人物系列等，虽然主要活动于龙盏镇，但也遍布于松山地区、青山县城，乃至于格罗江畔、野狐团、花老爷洞中。因此，相对于《白雪乌鸦》中的现代城市空间叙事而言，《群山之巅》中的城乡接合部空间叙事显得更加阔大而苍茫。实际上，我们不仅可以将"群山"这一地质学意象放在《群山之巅》这部特定的长篇小说上，而且还可以将其看作是对迟子建系列长篇小说整体的一种描述。这是一种空间化的描述，因为"群山的环绕性和稳定性可以减弱将作品分为不同的集合可能带来的一种线性的概念，一种错误的'发展'概念"①。当然,这种所谓群山结构毋宁说是海洋结构的另一种说法,因为海洋世界正是地球表面凸起的群山世界的倒影。在《群山之巅》中,不难发现《白雪乌鸦》那种抹去时间的空间化叙事形态。这部以侦破为核心情节的长篇小说并没有遵循常规的探案小说叙事模式,虽然作者并没有彻底消解故事情节时间,而且侦破的起因、进展与结局俨然可辨,但从外在章节和文本结构来看,作者显然再次运用了多人物和多角度的空间化叙事策略。在这部十七章的长篇小说中,作者有时候让单个人物作为叙事焦点并以其叙事视角展开叙述,如第一章"斩马刀"以辛七杂为焦点和视点人物展开辛家故事,第二章"制碑人"以安雪儿为焦点和视点人物展开安家故事;有时候让两个人物作为双重叙事焦点并以其视角展开双重叙述,如第四章"两双手"就以安平和李素贞这对情人为双重叙事焦点展开双重视角叙述,而第五章"白马月光"里的绣娘和安玉顺、第十章"从黑夜到白天"里的单尔冬和林大花、第十三章"暴风雪"里的唐眉和安平,均可作双重焦点和双重叙述看待;此外还有以三个人物作为三重叙事焦点并展开三重叙述的情形,如第八章"女人花"就是以陈美珍、单四嫂和金素袖三个女人作为三重焦点展开三重叙事。如同《白雪乌鸦》一样,《群山之巅》的最后几章因为面临大结局,焦点人物不断增多,直至变成章节内部的散点透视结构,这与整部作品的散点透视结构相得益彰。需要指出的是,在迟子建的这些空间化叙事作品中,作者常常在前一章中引出或者暗示下一章的焦点人物,由此完成章节之间的拼贴与组合,这主要不是情节或者时间的串联,而是场景和空间的位移,仿佛中国古老的连环套一般环环相扣,但又超越了传统连环套的时间递进模式。

---

① [加]弗朗索瓦·里卡尔:《阿涅丝的最后一个下午》,袁筱一译,上海译文出版社2011年版,第58页。

二

如果说迟子建的海洋型长篇小说在时空结构上追求空间化叙事是为了着力展示海洋型文学空间的宽度或广度，那么我们可以发现，为了展示海洋型文学空间的密度，迟子建在其海洋型长篇小说中的海洋型生态叙事上同样颇费匠心。事实上，海洋的特征不仅表现为外在空间上的宽广无垠、浩瀚无边，而且还体现为内在的多元密集的海洋生态共同体。在这个地球村上，除了海洋就是陆地，陆地是海洋的外化，而海洋是陆地的内置。世事如烟，沧海桑田，今天的海洋就是昨日的陆地，它们互为彼此的前身与后果。在这个意义上，与其说迟子建在苦心经营着富有密集度的海洋型生态叙事，毋宁说她的海洋型生态叙事其实是陆地生态叙事的艺术投影。不过，海洋型生态叙事这个说法更具有动感，充满了流动性，是动态与静态的结合体。而且相对于陆地世界以人为中心，海洋世界作为自然生态共同体更具备多元密集特点。揆之于迟子建的长篇小说创作，这种海洋型生态共同体的多元密集特征首先就表现在高密度的日常生活叙事上。按照赫勒在《日常生活》中的说法："日常生活总是在个人的直接环境中发生并与之相关。国王的日常生活范围不是他的国家而是他的宫廷。所有与个人及其直接环境不相关联的对象化，都超出了日常的阈限。"① 这意味着日常生活必然是个人或个体生活，但它与公共或集体生活之间并非截然两分，而是常常受到后者的影响或渗透。因此，只有建基于个人或个体的生活经验和生命体验的公共或集体生活才能被纳入日常生活的范畴，那些从根本上并没有触及个人生活经验和个体生命体验的社会集体生活或者公共政治事件就超

---

① ［匈］阿格妮丝·赫勒:《日常生活》，衣俊卿译，重庆出版社1990年版，第7页。

出了日常生活的阈限。比如《三国演义》和《红楼梦》都属于具有海洋型空间叙事宽度和广度的中国古典长篇小说名著，但《红楼梦》就以日常生活叙事取胜，展现了日常生活的高密集度，而《三国演义》则以宏大政治叙事见长，往往将人物的个人生活经验和个体生命体验予以屏蔽，以此凸显作为"非常生活"的大历史叙事的"非常"特征。至于《水浒传》则介于二者之间，是中国古代长篇小说经典中从"非常生活叙事"过渡到日常生活叙事的转型之作，它直接启发了《金瓶梅》的创作并对《红楼梦》的写法产生了间接影响。显然，对于一直喜爱《红楼梦》的迟子建来说，她所欣赏的正是曹雪芹那种专写"吃呀喝呀玩呀"的高密笔法，觉得"耐看"而"有趣"[①]。而所谓的社会集体生活和公共政治事件则如盐入水，全部浸染在日常生活琐事之中了。

但凡日常生活叙事，作者的讲述方式以及叙述基调往往是个人化乃至于私人化的语体和语气，带有与读者絮谈闲聊的谈话风，因此叙述上显得从容不迫、优游迂曲，甚至是枝蔓丛生、汗漫无疆，一片混沌的苍茫。这种日常生活叙事追求的显然是叙事的密度而不是速度，它不看重故事情节的快速推进，相反往往会淡化中心故事情节，强化故事情节的枝蔓与分权，或者是把小说的物理时空体打乱再整合，通过心理反刍再把日常生活整体加以具体的还原，由此让小说的叙述节奏慢下来，这样的叙述必然是密实而不虚空、深沉而不浮躁。迟子建的长篇小说创作往往很注重开头的叙述基调，正是在全篇的叙述基调奠定了之后，作者才得以展开其慢节奏、高密度的日常生活叙事形态。比如她在其长篇杰作《额尔古纳河右岸》的开头写道：

---

① 迟子建：《两个人的电影》，《迟子建散文》，浙江文艺出版社2009年版，第190页。这虽然是迟子建母亲对《红楼梦》的阅读印象和趣味，但从这篇散文中不难领会到迟子建本人也十分认同母亲的看法。

"我是雨和雪的老熟人了,我有九十岁了。雨雪看老了我,我也把它们给看老了。"按照作者的说法,"这是一个我满意的苍凉自述的开头",它"确定了叙述方式和创作基调"①。正是在这个九旬老妪的苍凉自述和凄苦回忆中,一个"乌力楞"(相当于汉人的一个村庄)的百年历史沧桑被娓娓道来,其间虽然也讲述了鄂温克人所经历的百年历史事件,如伪满洲国的成立与抗日战争,还有1949年后的农业合作化运动等,但这些重大历史事件基本上都被作者或叙述者的日常生活叙事所稀释或通融,从而让军事斗争和政治运动在日常生活叙事中以投影或侧面的形式出现,由此保证了女主人公的回忆性叙述始终在高密度的日常叙事中展开,避免陷入常见的宏大政治或历史叙事模式之中。这就如同普鲁斯特在《追忆似水年华》中让人的整个一生"在回忆的瞬间得以重温",由此增加了人所体验的"时间的密度"②。而迟子建笔下的鄂温克老妪在一天中回忆了一个世纪,她此时所增加的就不仅仅是单纯的叙事时间密度了,而是时间被空间化了之后的叙事空间密度。无独有偶,迟子建对《伪满洲国》的开头同样感到满意,她觉得自己找到了这部长篇小说的"叙述基调和语言感觉",虽然只是几百字的开头,"可却觉得无限充实"③。事实上这是一个充满了日常高密度叙事的开头,逼真而琐细,作者开篇写道:"吉来一旦不上私塾,就会跟着爷爷上街弹棉花,这是最令王金堂头疼的事了。把他领出去容易,带回来难。吉来几乎是对街上所有的铺子都感兴趣,一会儿去点心铺子了,一会儿又去干果店了,一会儿又笑嘻嘻地从畅春坊溜出来了。"对于《伪满洲国》这部颇具规模的长篇历史小说而言,迟子建可谓举重若轻,她放弃了正面强攻的

---

① 迟子建:《跋:从山峦到海洋》,《额尔古纳河右岸》,人民文学出版社2010年版,第300页。
② [匈]阿格妮丝·赫勒:《日常生活》,衣俊卿译,重庆出版社1990年版,第266页。
③ 迟子建:《后记》,《伪满洲国》(下),人民文学出版社2014年版,第1043页。

宏大历史叙事模式,而选择了旁枝斜逸的个人日常生活叙事,从一开篇就奠定了整部小说从容沉缓的叙事节奏与基调。开头同样出色的还有《越过云层的晴朗》,这部长篇堪称一条老狗的晚年自述:"不到下雪的时节,我却开始贪恋炉火了。"这种苍凉沉缓的叙事基调为接下来作品中的日常生活叙事开启了广阔的话语空间,它提醒读者第一时间进入慢而密的个人化叙事状态。

显然,迟子建不只善于谋划开篇的日常化叙事基调,更能考验她的还是整部作品的日常生活叙事的写实艺术功力,只有这样才能努力把她理想中的海洋型长篇小说的叙事密度发挥到极致。总体来看,迟子建长篇小说系列的历史感很强,她把20世纪以来的中国历史整体性地纳入了个人化的日常生活叙事范域。除了《额尔古纳河右岸》这样的百年历史整体性叙事作品之外,像《白雪乌鸦》写清末哈尔滨的城市史,《伪满洲国》写1932年至1945年的东北地域史,《树下》和《越过云层的晴朗》都横跨了1949年前后两个三十年的历史,至于《晨钟响彻黄昏》和《群山之巅》这样直面当下社会现实的作品,作者也有强烈的个人立史存照意图,她在《群山之巅》中甚至还着力挖掘现实背后的历史真相。将现实历史化,将历史生活化,这是迟子建长篇小说的创作奥秘之一。具体来说,这需要借助于呈现式的场景叙事而不是讲述式的情节叙事,而呈现式的场景叙事作为空间化的"面"又需要无限的细节化的"点"来填充,如此方能做到点面结合乃至于面面俱到,最终用高密度的叙事空间排挤快节奏的叙事时间模式。比如为了盖《树下》这间纸房子,迟子建明确表达了自己想盖一间"密室"的愿望,她追求的是一砖一瓦都很扎实和密实的叙述境界[①]。随着叙述者的文字流淌,小说中不同的叙事场景

---

① 迟子建:《跋》,《树下》,人民文学出版社2014年版,第362页。

里各种日常生活细节逶迤而来,叙述者等于是无声地提醒着读者在高密度的日常生活状态中流连忘返。而在《越过云层的晴朗》中,作者明确表示想进一步发挥短篇小说《花瓣饭》中对"文化大革命"那段特殊历史的"日常"理解,用日常化的看似"很轻灵的笔调来化解""历史的沉重与压抑"①。实际上,还原历史的细节真实乃至于重构历史现场的原生态,这一直都是迟子建长篇小说创作的艺术法宝。于是我们看到在书写历史瘟疫的《白雪乌鸦》中,作者无意于去塑造历史灾难中的英雄人物,而是着重展现"鼠疫突袭时""人们的日常生活状态"。在作者的眼中,"虽然鼠疫已经过去一百年了,但一个地区的生活习俗,总如静水深流,会以某种微妙的方式沿袭下来"②。诚然,历史并非海洋表面上的狂风大作那么简单,也许海洋底下的静水深流更能体现历史作为日常生活的本质。在这个意义上,我们就更容易理解为何作者要把《额尔古纳河右岸》艺术地处理成一个老妇人的日常絮语,为何要把《伪满洲国》艺术地处理成一堆历史碎片的整合体,这一切都是因为作者想凸显自己的个人化历史观念,即高密度、慢节奏的历史生活日常化构想。即使在偏重现实题材的长篇小说中,迟子建对场景叙事和细节描写的偏爱也是以一贯之的。比如《晨钟响彻黄昏》的开篇,作者就把读者直接引入"我"和"她"的日常隐私场景中,并提示"我"正"听着时光在墙上钟摆的'嘀嗒'声中悄然溜走",这就直接驱逐了时间而使叙事固定在空间中,为接下来无数的日常生活细节蜂拥而至搭建了合理的叙述框架。而《群山之巅》的开场中,辛七杂甫一出场就用太阳火点烟的别致场景和细节描写很快地抓住了读者,同时也为作者接下来的高密型日常生

---

① 迟子建:《后记:一条狗的涅槃》,《越过云层的晴朗》,人民文学出版社2014年版,第330—331页。
② 迟子建:《后记:珍珠》,《白雪乌鸦》,人民文学出版社2010年版,第286页。

活叙事开启了帷幕。

在迟子建笔下众多的场景叙事和细节描写中，诸如婚丧嫁娶、饮食男女、民俗节日、生活起居、职业技艺等可谓琳琅满目。对于迟子建的海洋型长篇小说而言，由于作者无意于宏大政治或历史叙事，因而也就无意于书写宏大政治场景或战争场面，这样必然会趋向于日常生活场景或生活仪式的叙写。尤其是对于某些传统节日形式或庆祝活动本身的详细描绘，这虽然"是一种尽叙日常琐事的文体例有之义"①，但确实也表现了迟子建对中国古典世情小说如《金瓶梅》和《红楼梦》相关叙事传统资源的创造性转化。《白雪乌鸦》开篇就写农历霜降节气来临，傅家甸街市的日常生活形态也随之发生了深刻微妙的变化。那些夏日可以露天经营的生意（理发、修脚、洗衣服、代拟书信、抽签算命、点痦子、画像、兑换钱、卖针头线脑、擦皮鞋等）不得不移入屋内，只有铜缸铜碗、爆米花的照旧在树下忙碌，因为他们的活计有炭火。此时弹棉花的和卖柴火的得宠，因为女人们需要抓紧时间给家人做棉衣棉裤，而饭馆、茶坊、客栈、妓寮、澡堂和戏园子都需要木柴化作炭火。如此这般将农历节气描写予以日常生活化，于此可窥迟子建的高密度写实功夫之一斑。此外《伪满洲国》里的元宵灯节、《群山之巅》里的旧货节、《越过云层的晴朗》里的月亮节、《白雪乌鸦》里的小年祭祀灶神、《树下》里的革命文艺演出、《晨钟响彻黄昏》里的白马桥杀羊表演，这些节日或仪式的高密度叙写也都给读者留下了深刻印象。毋庸讳言，迟子建长篇小说系列中的死亡叙事出现得十分频繁，有关死亡的正面场景或外围场景的高密度叙写对于读者来说已然产生了无法回避的艺术光晕效果。她的长篇发轫之作《树下》正是以死亡场景叙事开其端，虽然作者开篇

---

① ［美］浦安迪：《明代小说四大奇书》，沈亨寿译，生活·读书·新知三联书店2006年版，第65页。

并没有直接去叙写母亲的死亡,但女主人公李七斗参加母亲葬礼之后的所有日常生活叙事都被笼罩在死亡叙事的阴影中。事实上,作者后来补叙了母亲在山中树下自缢的场景,以及人群给母亲送葬的场景,这些有关死亡的场景叙事在文本中萦绕不散。紧接着是目睹姥爷的死亡并参加姥爷的葬礼,还有亲历姨父姨妈和表弟一家四口的死亡和葬礼,及至最后儿子多米的死亡来临,可以说死亡场景叙事和有关死亡的日常生活细节描写构成了《树下》的文本主干和核心。而在《晨钟响彻黄昏》中,与宋加文的爱欲书写形成鲜明对照的就是他的学生刘天园和儿子宋飞扬的死亡书写,这两个人的死亡书写并非情节化的速度叙事,而是高密度的日常生活空间叙事。即使在儿童小说《热鸟》中,作者依旧给予死亡场景叙事以巨大篇幅,让赵雷在高密度的死亡叙事中身临其境,助其成长。至于《伪满洲国》和《额尔古纳河右岸》中的死亡场景叙事就更多了,不过相对而言,前者中的死亡场景叙事偏重于历史表达,而后者中的死亡叙事偏重于文化渲染,而作为历史与文化实体的则是高密度的死亡叙事存在。《白雪乌鸦》更是一部死亡之书,当然它也是一部超越死亡的大书,在这方面它与《额尔古纳河右岸》异曲同工,一起体现了迟子建痴迷于高密度死亡叙事并借此超越传统死亡叙事的现代艺术诉求。

  除了高密度的日常生活叙事,迟子建长篇小说中的海洋型生态共同体在人物群像结构上同样具备多元密集特点。如果借用法国人德勒兹的说法,迟子建海洋型长篇小说文本中的多元人物组合结构其实主要是"块茎"结构而不是"树状"结构[1],前者是一种多中心的或反中心的文本结构,这与后者的中心主义文本结构性质有着根本差异。这就如同马铃薯或土豆,依靠地下块茎表面上的诸多芽眼生

---

[1] [美]道格拉斯·凯尔纳、斯蒂文·贝斯特:《后现代理论——批判性的质疑》,张志斌译,中央编译出版社1999年版,第128页。

长出新芽并繁衍新枝,而块茎作为母体是兼容并包的,所有的新芽自由生长并没有主次之分,所以块茎文本中的诸多人物自然就构成了一个多元人物共同体。与之相反,树状文本结构中必然存在一个中心人物为主干,其余所有人物都以其为中心靠拢并聚集,他们是作为中心人物不同层次的枝叶或派生物而存在的。这种中心主义的树状长篇小说文本结构在中国传统小说里并不占主流,比较典型的有《说岳全传》或《岳飞传》之类,而多中心的块茎长篇小说文本结构则一直是明清古典长篇小说经典中的主导,《三国演义》《水浒传》《金瓶梅》《红楼梦》《儒林外史》都是如此,尽管它们各自的块茎结构内部也存在不同组合方式的差异,如《金瓶梅》和《红楼梦》的块茎结构更加严整和一体化,而其余三部的块茎结构相对松散,带有联缀或累积的痕迹。具体到迟子建的长篇小说创作,一体化的块茎文本结构则是其一贯的文体追求。就其去时间的空间化长篇小说来说,《晨钟响彻黄昏》《白雪乌鸦》《群山之巅》就十分典型地体现了多元人物一体化块茎文本结构的艺术魅力。比如《白雪乌鸦》这部长篇人物众多,他们都生存在一场鼠疫笼罩下的哈尔滨城中,此时由多元城区构成的哈尔滨就如同一个巨大的艺术块茎,其上生长着不同国籍、不同肤色、不同职业、不同年龄、不同性别的各类人物,他们在瘟疫中生存或者死去,他们在块茎文本结构中没有谁是唯一的中心人物,而是在共时态的空间结构中平等地聚集为一体,展示了高密度的人物群像艺术。这部作品由二十二章组成,其中每一章都有一个叙事的焦点人物或视点人物,由此形成了整体上的列传体组合结构。具体而言,第一章"出青"的焦点人物是王春申,第二章"赎身"的焦点人物是翟芳桂,第三章"丑角"的焦点人物是周喜岁,第四章"金娃"的焦点人物是吴芬,第五章"捕鼠"的焦点人物是翟役生,第六章"蝴蝶"的焦点人物是谢尼科娃,第七章"桃红"的焦点人物是罗扎耶夫,第八章"烧锅"的焦点人物是傅百川,第九章"过阴"的焦点人物是周于氏,第十章"离歌"的焦点人物是金兰,第十一章"道台"的焦点人物是于驷兴,第十二章"殉葬"的焦点人物是秦八碗,第十三章"烟囱"的焦点人物是伍连德,第十四章"典妻"的焦点人物是纪永和,第十五章"冷月"的焦点人物是迈尼斯,第十六章"口罩"的焦点人物是于晴秀,而从第十七章开始发生变化,每一章的焦点人物增多,这样便于小说走向大结局。不难看出,第十七章"封城"的焦点人物是周耀祖、周耀庭兄弟和王春申,第十八章"灶神"的焦点人物是周家三代人,第十九章"分糖"的焦点人物是娜塔莎和陈雪卿,第二十章"焚尸"的焦点人物是伍连德、施肇基和于驷兴三位官员,第二十一章"晚空"的焦点人物是伍连德、谢尼科娃和翟役生,第二十二章"回春"的焦点人物则多达近十位,相当于整部长篇小说中人物散点透视的缩影,从而正式宣告了小说的大结局。这是一种典型的中国式列传体小说结构,但又并非《聊斋志异》那种松散型的"史家列传体"① 短篇小说集,也不是《儒林外史》那种人与事来去自由的"集锦式"② 长篇小说,而是有着相对集中的故事主干,并且诸多人物又彼此发生密切联系的一体化块茎文本结构。《群山之巅》的文本结构与《白雪乌鸦》如出一辙,整部作品的十七章同样可视为某个人物的传奇或野史杂传来看待,当然其中也穿插着两个或三个人物的合传或连体传奇,以示结构的变化。

  与去时间的空间化长篇小说相比,迟子建将时间予以空间化的长篇小说在多元人物密集结构上表现得更加复杂。从她早期的这类长篇小说《树下》《热鸟》《越过云层的晴朗》到经典作品《额尔古纳河右岸》的诞生,表明迟子建在长篇块茎文本结构上的艺术探索不

---

① [清]冯镇峦:《读聊斋杂说》,《聊斋志异资料汇编》,朱一玄编,南开大学出版社2012年版,第483页。
② 鲁迅:《中国小说史略》,《鲁迅全集》第9卷,人民文学出版社1981年版,第221页。

断走向成熟。作为一部被空间化的时间型长篇小说,《树下》的人物自由块茎生长特征其实很难做到非常充分,因为李七斗作为女主人公和叙事线索人物毕竟在全部文本中占据着核心位置,这多少会遮蔽其他人物的自由成长,但与一般的时间型线性长篇小说不同的是,《树下》随着线索人物的不断空间位移,在每一个空间叙事中又出现了相对独立自由的新主人公,他们在各自的空间叙事中呈现出万物生长的自由状态,这就具有多元人物块茎结构特质了。同样,《热鸟》中的男主人公和叙事线索人物赵雷并没有完全遮蔽其他人物的自由生长,随着赵雷的空间位移,文本中出现了许多完全超出了主人公所能支配的民间野性人物,他们都是独立的生命个体,与所谓线索人物居于平等的对话位置。至于《越过云层的晴朗》则不同,由于此时的叙事线索不再是人而是狗,这就在很大程度上取消了所谓主人公,由此为不同空间中的不同人物的自由生长创造了条件,这就进一步趋近于多元人物块茎文本结构。到了《额尔古纳河右岸》中,虽然又回到叙事线索人物的套路上,但此时的酋长夫人"我"已经明显不再是这部作品的唯一主人公了,而是与她的家族和部落人群一起成为这部被高度空间化的时间型长篇小说的群体主人公。此时的"我"就如同一个引子,在一天的回忆中就牵引出了百年的历史人物群落,这里有我的母亲达玛拉,我的父亲林克,我的伯父尼都萨满,我的姑姑依芙林,我的姑父坤德,我的堂伯父伊万,我的堂伯母娜杰什卡,我的姐姐列娜,我的两任丈夫拉吉达和瓦罗加,我的弟弟鲁尼,我的弟媳妮浩,我的堂姐妹吉兰特、娜拉,我的表弟金得,我的表弟媳杰芙琳娜,我的儿子维克特、安道尔,我的女儿达吉雅娜,我的女婿索长林,我的侄子果格力、耶尔尼斯涅、玛克辛姆,我的侄女交库托坎、贝尔娜,我的儿媳柳莎、瓦霞,我的孙子九月、安草儿,我的孙媳林金橘、优莲,我的外甥女依莲娜、索玛,如此这般一连串的亲属人物纷至沓来。此外还有哈谢赫玛利亚夫妇一家人,他们的父亲是老达西,儿子是小达西,小达西后来向寡妇杰芙琳娜求婚,这样就把哈谢一家与我的姑父坤德一家串联起了类亲属关系。另外拉吉米是我前夫拉吉达的弟弟,她的养女马伊堪和我的孙子安草儿的私生子是西班,由此亲上加亲。正是通过如此密集的人物关系的构建与重组,《额尔古纳河右岸》中的所有人物形成了一串葡萄状的人物结构图。但葡萄状结构不同于树状结构,后者有显在的主干情节和中心人物,而前者完全是多中心、多层次的立体颗粒状貌,叙事线索人物时常潜伏在文本结构的深处,即使在明处也不影响其他人物的自由生长。这是一种共存共荣的民主型文本结构,因为每一颗葡萄就相当于一个独立的生命个体,这不同于树枝与树干的依附性或从属性关系,那是一种专制型文本结构,人物之间存在权力隶属关系。可见葡萄状结构尽管在外在形状上与块茎结构不同,但本质上相通。而真正在外形和内质上实践了高密度的大型块茎文本结构的作品是《伪满洲国》。在东三省的那个特殊气候与历史土壤中,迟子建的笔下涌现出了平民人物系列、伪满宫廷人物系列、国共抗战人物系列、日伪人物系列、朝鲜人物系列、土匪人物系列等众多人物群像,其中尤以平民人物系列最为繁复而多样,包括王吉来家族人物系列、王小二交往人物系列、杨家兄弟交往人物系列等,可谓纵横交错、星罗棋布。这也是一种一体化的列传体块茎文本结构,它和《白雪乌鸦》那种分章列传方式相映成趣。总体而言,迟子建海洋型长篇小说系列中的野史杂传充满了现代气息,她突破了《三国演义》《水浒传》《红楼梦》那种古典英雄或才子佳人的列传体传奇叙事模式,告别了中国古典列传体传奇小说的史诗精神,去除了史诗人物的"特殊的美感、完整性、极端的明确性和艺术的完美性"[1],

---

[1] [俄]巴赫金:《史诗与长篇小说——长篇小说研究方法论》,《巴赫金全集》第三卷,钱中文主编,白春仁、晓河译,河北教育出版社2009年版,第531页。

真正走向了民间野生人物群体和民间传奇群体叙事形态。

最后不能不提到迟子建长篇小说中海洋型生态共同体在风景话语上体现的高密度特征。迟子建向来热衷于小说中的风景描写，但这不是一般意义上作为人物活动环境的外在描写，而是让风景作为与人物并列存在的生命体出现，以此打破传统的人物中心主义文本结构，展示海洋型生态共同体中生物的多样性与异质性，可谓"万类霜天竞自由"。正如迟子建自己所言："童年围绕我的，除了那些可爱的植物，还有亲人和动物。请原谅我把他们并列放在一起来谈。因为在我看来，他们都是我的朋友。"又说："生物本来是没有高低贵贱之分的，但是由于人类的存在，它们却被分出了等级，这也许是自然界物类竞争、适者生存的法则吧，令人无可奈何。"[①]迟子建的这种众生平等的思想观念，与中国传统文化有关，比如她相信"佛家认为万事万物皆有灵性"[②]很有道理，此外庄子的齐物论思想和儒家的天人合一思想也不能忽视。当然，这种东方文化和思维方式与现代西方兴起的生态主义不谋而合，后者致力于反拨西方现代性的人类中心主义文化和思维，它与前者的文化和思维相融合，成就了迟子建海洋型长篇小说中的新生物观，即注重万物生灵的多样性、差异性与平等性，由此形成了她笔下高密度的生物书写。植物书写自不必多说，至于《树下》中的马、《晨钟响彻黄昏》中的猫、《热鸟》中的鸟、《越过云层的晴朗》中的狗，《白雪乌鸦》中的乌鸦、《群山之巅》中的斗羊、《额尔古纳河右岸》中的驯鹿，这些动物书写都成了作品不可或缺的组成部分。动物在作品中与人类展开对话，甚至填补了人类世界中的诸多缺憾。除了动植物之外，迟子建笔下的静物书写也十分显著，此时的作家如同画家尤其是那种高度写实的西方

---

① 迟子建：《我的梦开始的地方》，《迟子建散文》，浙江文艺出版社2009年版，第210—211页。
② 迟子建：《后记：一条狗的涅槃》，《越过云层的晴朗》，人民文学出版社2014年版，第330页。

油画家一般让静物复活,让万物生长。迟子建曾经明确表达过对俄罗斯油画的偏爱,她在两次参观俄罗斯当代油画展之后写道:"透过这些静物,我们能看到生养了它们的土地、森林、河流、房屋、果园、炉台等人间景致。当然,还能看到烘托了这一切的天上圣景:如火的晚霞、洁白的云朵、蛇一样飞舞的雷电以及星光灿烂的银河。"① 这说的虽是俄罗斯油画,其实也道出了迟子建自己的小说风景秘诀。但在日常静物中,迟子建还特别迷恋旧器物。她认为"每一件器物,都在昭示着一个长长的故事。只不过这故事的大幕低垂,等着人用手把它撩起。我们撩起幕布的方式有很多种,而我钟情的只是其中的一种:那就是用手中的笔"②。所以迟子建笔下的旧器物都是有灵性的艺术生命体。如《伪满洲国》中的铜镜,《树下》中的骨雕美人与梳妆匣,《晨钟响彻黄昏》中的老房子和天国钟声,《额尔古纳河右岸》中的镜子与鹿皮口袋,《白雪乌鸦》中的烧锅酒和泥塑命根子,《群山之巅》中的斩马刀和旧货节,这些旧器物叙事隐隐地散发着神秘的生命幽光,共同丰富了迟子建笔下的风景世界。

总之,从有生命的生物到无生命的器物,无不在迟子建长篇小说的风景世界之中。举凡东北的林海雪原、大地河流、日月星辰、草木虫鱼、生活用具等尽入迟子建长篇小说视域中,而且构成了人物群体日常生活叙事的有机组成部分。如《树下》中李七斗的生活漫游与风景的变换让人目不暇接,《伪满洲国》中不同的人物系列置身于不同的风景序列中异彩纷呈,《额尔古纳河右岸》中通过叙事人的回忆让风景流淌成河,《白雪乌鸦》中老哈尔滨的城市风景与气息(嗅景)汗漫无边,而《群山之巅》中的漫天风雪则让人愁肠百结,如

---

① 迟子建:《俄罗斯:泥泞中的春天》,《迟子建散文》,浙江文艺出版社2009年版,第210—211页。
② 迟子建:《农事博览会》,《年画与蟋蟀——迟子建散文》,浙江文艺出版社2014年版,第126页。

此众多高密度的风景书写构成了迟子建长篇小说创作中令人无法忽视的华丽风景线。但此时的风景不再是客体也不再是环境，而是获得了艺术的主体地位。在《额尔古纳河右岸》中，作者甚至直接让叙事人与风景展开对话，将风景中的动物、植物和器物全部加以拟人化，让叙事人置身于风景怀抱中合围一体。在上部的引子中，"我"让雨和火这对冤家来听我的故事，因为它们也张着耳朵，也有生命。在中部的引子中，"我"想继续讲我的故事，但如果雨和火不想听，那就让桦皮篓里的小物件听，因为那些器物也有生命。而到了下部的引子中，"我"准备把接下来的故事讲给那些老物件听，因为"我"有一只鹿皮口袋装满了已故或健在的亲人送的各种喜爱的旧物件，至于刚来的紫菊花也可以听但不要着急，关于故事的源头就让桦皮花瓶讲给它听罢。可见《额尔古纳河右岸》中充满了高密度的风景叙事，风景与人成了平等的艺术共同体。不仅如此，迟子建笔下的风景书写甚至还与她的创作自然环境之间构成了密切的互动。她说："在故乡，我的窗外就是山峦、河流和草滩，夏季时推开窗户，清洌的空气就会飘荡在室内，你能嗅到花香、草香和河水的气息，鸡鸣狗吠的声音也不绝于耳。""这种寂静而风景优美的写作环境，使《伪满洲国》的写作一直显得比较悠徐从容，不急不躁。"[①] 由此可见作者与笔下的风景之间已然是平等的对话关系，二者的深度密切互动塑造了《伪满洲国》的日常舒缓叙事形态。而谈到《额尔古纳河右岸》的创作，迟子建说道："写累了的时候，我常趴在南窗前看山峦。冬天的时候，山下几乎没有行人，有的只是雪、单调的树和盘旋着的乌鸦。有的时候，我会在相对和暖的黄昏去雪地上散步。我满眼所见的苍茫景色与我正写着的作品的气息是那么的相符。""我觉得这部

---

① 迟子建：《后记》，《伪满洲国》（下），人民文学出版社2014年版，第1044—1045页。

长篇只有面对着山峦完成,才是完美的。"①可以毫不夸张地说,没有高密度的风景书写,就没有迟子建长篇小说独特的海洋型生态艺术,她的长篇小说中总是释放着无边无际的大自然气息,或者是一方水土独有的整体文化气息。迟子建仿佛调动了全身的感觉系统在深切地体会这个世界的风景,诚如佛家所言眼耳鼻舌身意六门倾巢出动,故而能展示给读者如同海洋般广袤而深邃的生活世界。

三

从根本上说,迟子建的海洋型长篇小说文体美学是一种空间诗学。这不仅表现为她的长篇小说创作一直在致力于小说时空体的空间化建构,其目的是为了追求海洋型空间诗学的宽广度;而且还表现为她一直在致力于海洋型生态叙事和生态共同体的建构,其目的是为了追求海洋型空间诗学的密集度。更重要的在于,为了追求海洋型空间诗学的深度和厚度,迟子建的长篇小说创作还一直在有意无意地致力于文学空间上的异托邦建构。按照法国思想家福柯的说法,异托邦是一种真实的"另类"空间,而乌托邦是一种虚构的"完美"空间。"乌托邦是没有真实场所的地方","这是完美的社会本身或是社会的反面","从根本上说是一些不真实的空间"。异托邦是"真实的场所",但"这种场所在所有场所以外,即使实际上有可能指出它们的位置","因为这些场所与它们实际上所反映的,所谈论的场所完全不同,所以与乌托邦对比,我称它们为异托邦"②。其实与人类的日常或常规生活空间相比,"完美"的乌托邦与"另类"的异托邦都

---

① 迟子建:《跋:从山峦到海洋》,《额尔古纳河右岸》,人民文学出版社2010年版,第301页。
② [法]米歇尔·福柯:《另类空间》,王喆译,《世界哲学》2006年第6期。

属于非常态的空间，二者之间并非二元对立关系。乌托邦的反面是反乌托邦，前者一切皆好，后者一切皆坏，而异托邦超越了好坏二元对立价值判断，其存在的本质是独特性与差异性。有时候乌托邦会以异托邦的形象出现并被误认为是异托邦，反过来亦然，异托邦被当作乌托邦来指认也是常有的事。福柯醉心于解剖异托邦的形成机制与内在奥秘，他不仅揭示了殖民地、军营、监狱、医院、学校、养老院等乌托邦的异托邦本质，而且阐明了博物馆、图书馆、电影院、妓院、车厢、花园、旅馆、轮船、飞机等日常生活空间的异托邦本质。在福柯看来，这些不同类型的异托邦其实隐含了人类被规训的心理焦虑或逃离正常秩序的冲动。如果说在传统社会里，乌托邦更易受到大众与作家的追逐，那么进入现代社会后，异托邦冲动已被全面唤醒，而种种反乌托邦的叙事作品则层出不穷。在中国文学传统中，乌托邦叙事可谓源远流长，从陶渊明构筑的桃花源到曹雪芹笔下大观园的解体，折射了中国古典乌托邦叙事的破产。在现代中国文学中，革命乌托邦叙事虽然曾经蔚为大观，但新时期以降，反乌托邦叙事逐渐占据主流。格非在新世纪创作的"江南三部曲"就被公认为拆解中国乌托邦叙事的力作。迟子建的小说创作从一开始就表现出拆解乌托邦的叙事倾向，她的成名作《北极村童话》其实并非浪漫的童话而是反童话写作，小说中的"老苏联""傻子"（狗）和姥姥、姥爷，这些异人异物异事的悲剧存在，使得北极村成了颠覆社会成规的异托邦。无论文学世界中的北极村还是现实生活中的北极村，它们都是迟子建文学生涯的起点。正是北极村的童年生活记忆给予了迟子建日后文学创作的丰富滋养，迟子建小说创作中热衷于自然乡土、神话传说、梦境的讲述，这一切都与小小的北极村密切相连，北极村就是迟子建文学世界的缩影，而迟子建的文学世界就是北极村的无限放大与扩容,所以迟子建说北极村是"我的梦开始的地方"①,而她的文学梦幻世界并非乌托邦迷梦,而是令她忧伤与绝望的异托邦。

实际上,在迟子建空间化的长篇小说创作中一直潜藏着作家的巨大心理焦虑。这种焦虑的外在表现是作家对异托邦叙事的不懈追寻,而其内在本质则是现代人在另类空间中的存在性不安与潜在反抗冲动,它的存在证实了迟子建海洋型长篇小说的精神深度。这种精神深度是作家主体精神结构的艺术投影,它提升了作家的海洋型作品的精神境界。纵观从《树下》到《群山之巅》,迟子建的空间性存在焦虑并未缓解,相反有增无减,这在很大程度上构成了她不断写作长篇异托邦叙事作品的心理原动力。在迟子建既有的长篇小说中,首先出现的是串联型异托邦叙事结构。比如《树下》,这部长篇由五个异托邦叙事空间串联而成,即惠集小镇、斯洛古小镇、白卡鲁山下的木屋、白轮船和农场。之所以说这是五个异托邦叙事空间,是因为它们都被死亡和恐惧的阴影所笼罩,与一般所谓正常社会空间大相径庭。惠集小镇留下了令"我"恐怖的青少年记忆,母亲的上吊、父亲的出走、姨父的强暴、姨妈的刁难让"我"丝毫体会不到家的温暖。家不再是提供空间保护的乌托邦,回家也不再是回到习惯性的安全空间中②,而是意味着坟墓与死亡。惠集镇还发生了李老黑强暴女儿案、朱大有对姨父姨妈一家人的凶杀灭门案,还存在着会算命的苏半仙苏婉瑞、从上海滩逃来的国民党军官遗孀栾老太太、渎职犯靳开河的疯瘫女人,这些耸人听闻、稀奇古怪的边地小镇人与事的讲述,使得一个神秘的异托邦展现在读者面前。而斯洛古边防小镇承载了姥爷的历史与现实,这个早年在土匪堆中出没的淘金人在晚年孤独死去,在少年的"我"眼中,正是姥爷的传奇人生铸

---

① 迟子建:《我的梦开始的地方》,《迟子建散文》,浙江文艺出版社2009年版,第210—213页。
② [匈]阿格妮丝·赫勒:《日常生活》,衣俊卿译,重庆出版社1990年版,第258页。

就了斯洛古小镇这个神秘的另类空间。对于"我"而言,山下的木屋就是一个幽闭的空间,"我"仿佛置身于爱斯基摩人的原始空间中自我放逐,即使是米三样的无限殷勤也无法化解"我"内心的隐痛。"我"曾经憧憬着白轮船带我去远方,那时候"我"天真地以为白轮船就像艾特玛托夫描绘出的乌托邦,而等"我"成为一名白轮船服务员才明白,这个看似浪漫的乌托邦中上演着隐秘的人生传奇,李霁虹的婚外隐情和老船长的疯癫与自杀,确证了白轮船的异托邦本质。农场世界是又一个异托邦,婆婆葛兰妹吸毒,丈夫张怀在深山中种植毒品,"我"与城里画家有隐情,最后婆婆死亡、丈夫入狱、画家自杀、儿子夭折,这一连串的诡异叙事让农场空间备显孤绝。不仅如此,作者还让马的意象将这五个异托邦贯串起来组成一个新型的异托邦。其中红马代表死亡,白马代表自由;每个人的死亡都让"我"眼前出现红马拖棺材上山埋葬的幻象,而鄂伦春人马队的消失和白马青年的死亡最终也指向了自由的幻灭,这意味小说中唯一的乌托邦念想已破产,只剩下孤冷空寂的异托邦。

与《树下》相仿,《热鸟》由三个异托邦串联而成,即家、古崖屯和温泉。由于父母不和,赵雷的家成了他想逃离的异托邦。但他逃到古崖屯后亲历了狗蛋爷爷的葬礼与纷争,来到温泉寻找狗蛋生母后又目睹了人心冷酷,最后只能回到那个噩梦一般的城市家庭空间。显然,这三个异托邦叙事拆借了常规家庭乌托邦,其死亡与逃离的主题与《树下》可谓一脉相承。而且《热鸟》也运用了神秘意象贯穿异托邦叙事,这就是梦中的大鸟,但毕竟南柯一梦终成空,乌托邦让位于异托邦。由于是一部儿童文学作品,所以《热鸟》的串联异托邦叙事还相对比较单纯,真正与《树下》相媲美的串联异托邦叙事是《越过云层的晴朗》。这部长篇中的异托邦主要有丛林、招待所、伐木人家、葵花院、大烟坡、青瓦酒馆,而且它们都被一条狗所贯串起来,并且在狗的视野中呈现出不同的另类空间特质。"我"是一条狗,最初被黄姓主人带进了丛林中协助进行森林勘探。"我"的眼中永远只有黑白两种颜色,人世间所有的五颜六色和缤纷世界在"我"这里都能一览无余,"我"的眼力总能抵达生活的本相与真相。因此"我"所看到的丛林不再是浪漫式的自然空间,而是被人类所异化的异度空间。这里探勘队的人工于心计,喜欢撒谎,他们欺负动物不会说话,他们杀戮动物的残忍让"我"心灰意冷。即使是"我"这样为他们立过汗马功劳的"狗"最后也被无情地抛弃。在招待所里,"我"被花脸妈厌弃,她是一个性冷淡,主动和丈夫离婚独居;因为无意中撞见镇长与粮店女人偷情,"我"遭到了镇长的报复;"我"还曾被姓牛的电线工吊起来差点被勒死,幸亏被小哑巴搭救。但小哑巴其实不能算是正常的人类,所以他和动物能和谐相处,这就更加反证了招待所的异托邦性质。伐木人家在大黑山中,这里的男人清闲而女人受苦,男女之间经常吵架。男主人金发是这里的伐木工段长,所以工人的"日子都归他管",他有管理月份牌的权力。女主人羊草一直嫌弃"我",误解"我",惩罚"我",幸亏大丫搭救,"我"才免于一死。生性热爱自由的大丫后来得急性阑尾炎死了。"我"的同伴、一条叫作"芹菜"的狗因为伐木工人的迷信而被活活勒死。这就是"我"所见到的大黑山伐木人家的生活,这个生活空间仿佛一间大黑屋子一样令人压抑,它让"我"再次体会到了异托邦的煎熬。但梅主人的葵花院让"我"怀念,因为置身其中的女主人与葵花已经物我两忘、二位一体。其实梅主人的葵花院是一个相当神秘的空间,一直独身的梅红依靠给人借腹生子度日,但她替人生子是有选择性的,而且她也不是那种随便发生男女关系的女人,她之所以喜欢生孩子是为了以此证明自己还活着,她对右派分子文医生的爱其实是为了赎罪,因为早年的她是红卫兵造反派,曾纠集同学批斗自己的父亲致死,她来到边远山区生活是为了净化自己的灵魂。梅主人最终因为生下死胎而丢了自己的性命,这个堪称异类的女人和她独居的葵花院子确实是一个令读者无法忘却的异托邦。而文医生独处的大烟坡同样令人惊异,他在这里依靠给人做变相手术谋生,他已经从早年的政治劫难中超脱出来,他喜欢大烟花丛和松果湖边的诗意生活,他的身边也不乏梅红和"小唱片"那样的奇异女子,但最终被一个精神病人所误杀,他把所有的秘密都埋葬在了大烟坡这个异托邦里。"我"生命的最后驿站是金顶镇的青瓦酒馆。这里已经越来越商业化,酒店女主人赵李红只知道挣钱,连生母也不肯相认;她出于可怜而收容"我",但"我"并不领情。许达宽虽然主动讲述了他早年的政治罪孽以及如今的慈善赎罪行为,这让"我"知道了人间太多的秘密,所以更不想待在人间了。终于"我"吃了陈兽医的迷幻药,按照电影导演的要求开始了"我"最后的表演。"我"感觉自己真正体验到了"越过云层的晴朗","我"被无边无际的光明所笼罩,"我"再也看不到那个只有黑白两种颜色的人间了。这说明"我"从匍匐于地的低空飞升到了精神高蹈的高空,这无异于从人间的异托邦奔向了生命自由的灵境。

继串联型异托邦叙事结构出现之后,迟子建长篇小说创作中又出现了拼贴型异托邦叙事结构。与串联型异托邦叙事的时间维度空间化策略不同,拼贴型异托邦叙事摒弃了时间维度,径直采用了空间分解、拼贴与组合方法。这种拼贴结构首次出现在《晨钟响彻黄昏》中,这是迟子建的第二部长篇小说,也是她首次在长篇小说创作中直面当下中国社会现实困境。这部作品以20世纪90年代初中国市场经济转型和世俗化浪潮来临为背景,讲述了当代都市人群的生活乱象与精神困惑。值得注意的是,小说中出现了一系列的异托邦,比如失态的校园、精神病院、贫民窟、出租屋、同居房、小酒馆以及诡异的审判庭,正是通过对这些城市另类空间中的异人异事的讲述,作者完成了她的整体异托邦叙事构想。不难看出,小说中的校园是一个世俗化的异度空间,这里的大学生汲汲于经商挣钱,甚至有大学老师为生计而卖馅饼、推销壮阳药乐此不疲，此外还有大学生因为同性恋情殇而跳楼自杀未遂，这一切都显示了当今校园的异托邦性质，它解构了人们习惯上对大学校园所抱有的精神净土乌托邦印象。而那位自杀未遂的女大学生刘天园毕业后在报社工作，她在老师宋加文的帮助下住进了出租屋。在孤寡老人伍阿姨的出租屋内，刘天园目睹和发现了太多隐秘，诸如伍阿姨的养猫怪癖和虐恋心理，伍阿姨在车祸中死去的儿子伍玉祥居然与宋加文前妻冯巧巧有私情，而伍玉祥的妻子徐梦华其实是个性冷淡。刘天园甚至还撞破了宋加文与女贼刘凤梨的私情，然而最糟糕的还是她被隔壁屋内洋博士所强暴的不幸遭遇。可见城市里的出租屋就是一个非常态的另类生活空间，它容纳了太多的城市隐秘。被强暴后的刘天园再一次自杀未遂，她成了一个失忆症患者，住进了精神病院。而在精神病院这个异托邦中，她又被李其才这个心理变态的医生再次强暴，诡异的是被强暴后的刘天园居然恢复了记忆，她在神志清醒后终于自杀成功。但刘胜秋医生告诉了刘天园的追求者王喜林关于这座精神病院里的强暴内幕，在他们的申诉下真相终于浮出水面，李其才和制造纵火案掩盖真相的院长被绳之以法。这样藏污纳垢的精神病院无疑是一个现代城市黑暗空间，它击碎了人们对医院的乌托邦想象。至于小说中的婚外非法同居房出现了多处，宋加文与情人刘凤梨、陈小雅的诸多情节就发生在不同的同居房中，宋加文和冯巧巧的儿子宋飞扬的死也发生在同居房中，不过此时是冯巧巧的未婚夫与情人趁冯出差而同居一室。作为现代城市中的另类空间，同居房的流行无情地消解了传统的家庭乌托邦。离婚后的宋加文狂热地爱上了女贼刘凤梨（又名菠萝或乌鸦），为了追寻失踪的菠萝他闯入了安乐街这个城市贫民窟，从那里打听到了菠萝的底层人生真相。在菠萝远走高飞后，宋加文又到小酒馆老板娘红袄那里探寻菠萝留下的孩子。正是通过小酒馆和贫民窟这样的异托邦叙事，作品展现了现代城市空间的另一面。还有法庭，小说中第一次讲到法庭是妓女王前芬与嫖客许也民在审问时的回答都很真实也很放荡，而许的妻子灵芝为了维护自尊而必须向公众撒谎；而第二次写到法庭则是陈小雅为宋加文当众辩护，她承认宋飞扬摔死的那天晚上宋加文正在她自己的房间里非法同居，但大律师余侠红依旧为凶手做出了无罪辩护；这一切无疑宣告了法庭真假莫辨的异托邦性质。总之这部作品是由多个城市异托邦叙事拼贴整合而成，而遥远的塞外天国钟声从清晨响彻黄昏，也响彻了整个文本中的城市异托邦。

拼贴型异托邦叙事结构在《群山之巅》中也有精彩的体现。这部作品和《晨钟响彻黄昏》一样属于直面当下中国社会现实的作品，小说中的讲述虽有历史背景的纵深延伸，但主体部分大胆介入现实，艺术地折射了新世纪以来中国人的精神困境。从地理空间上看，小说紧紧围绕松山地区——长青县——龙盏镇而展开叙事，作者要凸显或建构的正是以龙盏镇为中心的"群山之巅"这个奇特的异托邦。但我们不能忽视的是，这个整体的异托邦在作品中又被分解为屠宰棚、石牌坊、烈士陵园、法场、殡仪馆、军营、法庭、小木屋、医院、榨油坊、山洞、客栈、土地祠、节日场所、贪官住所等众多小型的异托邦，而几乎所有重要人物的行止都与这些小型异托邦叙事有关，由此完成了作者的整体异托邦叙事结构拼图。小说中最先出现的是屠夫辛七杂的家和屠宰棚，二者在辛七杂的心目中相当于妻与妾的关系，这实在是诡异。这个屠夫的家中居然在厅堂墙上悬挂着一把如同永恒的月光一样的斩马刀，家的男主人如果没有一把干干净净、不沾血迹的刀放在身边就睡不踏实。正是这个散发着血腥气的家中爆发了人间惨剧，养子辛欣来情急中挥刀杀害了养母王秀满。辛欣来还顺势强暴了安雪儿，后者是以打造墓碑为职业的制碑人，她长期独居在石牌坊与墓碑为伍，因此石牌坊是一个类似于墓地的异托邦。小说中经常出现的真正墓地是长青烈士陵园，那是安雪儿爷爷安玉顺的宏大陵寝，但无论是安玉顺的妻子绣娘还是儿子安平都不喜欢这个另类空间，因为它类似于政治道具而在亲情之间建筑了不必要的鸿沟。出身不好的辛欣来更是一直仇视安家尤其是这座陵寝，他居然在汉白玉墓碑下排泄脏物以发泄自己的不满。至于安平的工作则常常是在法场枪毙犯人，而他的情人李素贞在殡仪馆做理容师，他们的两双手都习惯于与死亡打交道，法场与殡仪馆显然是两个息息相通的异托邦。李素贞有个瘫痪的丈夫在家，正是她和安平的一夜未归而间接导致了其夫死亡，此后在法庭上李素贞坚决拒绝安平为她做的大胆辩护，而坚持认为自己犯了杀夫罪，她不愿接受轻判而强烈要求入狱服刑。此时的婚外同居房间与气氛诡异的法庭无疑都成了超越常规的另类空间。安大营是安平的侄子，他在当地驻军野狐团服役，可自己喜欢的唐眉和林大花最终都在军营里沉沦。唐眉成了团长的公开情妇，林大花则被秃头师长玷污。安大营的死其实是对野狐团作为异托邦的另类证词。唐眉其实是唐镇长的女儿，她大学毕业后主动回家乡的乡镇卫生院工作，但她选择了与失忆症患者陈媛住在青山深处的小木屋。对于唐眉而言，青山小木屋就是她用来自我监禁的一座监狱，每天面对陈媛意味着她的自我惩罚永无终结，因为大学期间她出于嫉妒和憎恨而暗中向陈媛投毒，后来良心发现的她又选择了回乡暗中赎罪。这样的青山小木屋显然不是浪漫的诗意栖居地，而是十足的异托邦。唐眉的母亲陈美珍误以为女儿和陈媛是同性恋，她故意将陈媛寄居到红日客栈，想以此拆散这对生死冤家。但红日客栈已超出了常规旅馆功能，因为它还被陈美珍利用来监控丈夫与老板娘刘小红之间的私情。这样的客栈具有异质性和隐秘性，它和小木屋一样属于异托邦范畴。陈美珍的哥哥陈金谷贵为松山地区的高官，但他也是个贪官，在他的贪官府邸上演了不少人间闹剧。陈金谷得了肾病，但除了外甥女唐眉之外，包括妻子儿女在内的所有亲人都没人愿意给他做血液配型。当儿子陈庆北知道父亲有个私生子辛欣来之后，公然发动警力进深山捉拿逃犯辛欣来，他想用同父异母的弟弟的肾来挽救父亲的性命，然后维持这个贪腐家庭。最后陈家贪腐案因为小偷窃走了家庭受贿笔记本而东窗事发，这看似偶然的荒诞剧，其实隐含了这个贪腐家庭的异托邦本质。与辛欣来的爷爷辛开溜有关的两个异托邦是旧货节与斗羊节的节日场所，在公开的热闹中包含了不可告人的隐秘。辛欣来的藏身之地花老爷洞无疑也是一个异托邦，老兵辛开溜平生导演的最得意的一场战役就是围绕着花老爷洞而展开，老干警安平也正是在这里亲自抓捕了强暴自己女儿的逃犯，他们意味深长的对话使这个神奇的山洞包含了太多的人间隐秘。安雪儿最终生下了死刑犯辛欣来的遗腹子，她庆幸孩子爸的一颗肾还活在人间，为此她到群山之巅的土地祠去祷告，但等待她的却是再一次的被强暴。神圣的土地祠就这样沦为了世俗的异托邦，而群山之巅也就此定格为异托邦了！

　　与前面所论的现实题材拼贴型异托邦叙事作品不同，《伪满洲国》属于历史题材拼贴型异托邦叙事作品。伪满洲国的历史是现代中国的一段痛史与恨史，日本军国主义者对东三省长达十四年的殖民统治在迟子建的这部长篇巨著中得以全景式地艺术敞开。按照福柯的观点，"在地球空间的全面安排方面，殖民地起了异托邦的作用"①。但他以欧洲人在北美洲创立清教徒社会，还有在南美洲创建耶稣会会士的殖民地为例来赞美殖民地异托邦的历史功绩，这种欧洲中心主义思维却是值得警醒的。至于被日寇的殖民阴影所笼罩的伪满洲国，绝不是殖民主义者所宣扬的大东亚共荣圈乌托邦，而是人间地狱一般的另类空间异托邦。在迟子建笔下的伪满洲国超级异托邦中，存在着无数的小型异托邦。比如政治性的另类场所，大至溥仪的伪满皇宫，

---

① ［法］米歇尔·福柯：《另类空间》，王喆译，《世界哲学》2006 年第 6 期。

小至国共或民间的地下组织，无不应有尽有。小说中重点写到中共地下党剃头匠，他行踪飘忽，办事果断，出没于理发店、寻安客栈、石碑坊等另类空间中从事地下抗日活动。国民党女特工陆天羽则化身为苍泉酒馆老板娘，尽管她在这个战时异托邦中游刃有余，但最终还是被日军逮捕杀害。至于末代皇帝溥仪的宫廷生活完全被日军所掌控，不仅政治决策毫无主权，连私人生活都被日军监视。溥仪的性无能、皇后婉容与宫人通奸被废后疯癫、祥贵人谭玉玲被日军毒害，如此身不由己的皇宫显然不再是世人眼中的神圣乌托邦，而是不折不扣的变态异托邦。特别值得关注的是，小说中还花大量篇幅写到日寇在东三省强令推行的殖民统治政策给普通民众所带来的痛苦和屈辱，而这些殖民统治政策往往都与一个个的小型殖民异托邦的构筑有关。比如"移民开拓团"，日军在这里将老婆和粮食一样实行配给制，逼迫中国女性嫁给所谓日本移民，由此导致了张秀花和张丽华的婚姻悲剧。相对而言，张秀花更加悲惨，她被迫与梁力分手嫁给中村正保，生下日本人的孩子后她又忍痛谋杀亲子，最后在疯癫中被野兽吞噬。又如"粮谷搜荷班"，日军伙同汉奸向中国农民征粮，所到之处农民家庭皆被劫掠一空。小说中讲到汉奸刘麻子残废后被日军抛弃，东村正男带领日本宪兵征粮闯入刘麻子家中当面轮奸了他的女儿刘青，刘麻子气得七窍流血而亡，刘青也随后上吊自杀。又如日军实行"归屯并户"政策建立所谓集团部落，其实就是"人圈"，把中国农民强制圈养起来，还统一发放"协和服"便于管理，即奴役。酒坊寡妇的儿子丁力因为偷黄豆被日军吊打，导致他在酒窖里自杀。裁缝李进才因为改动女人的协和服被日军砍断双手。为了援救被日军扣押的李大风和丁阳，李进才的前妻夏荷决定用身体交易，两个孩子虽然被释放，但李进才不堪屈辱自杀弃世。又如劳工棚，日军将王金堂、祝兴运这样的中国城市平民随意劫走做苦力，待工程完毕就卸磨杀驴，祝兴运等一批中国劳工被残忍地集体射杀在猛虎谷。此外还有"关东军防疫给水部"和"七三一细菌实验部队",南次郎和栗原君等日寇打着科学的幌子在这类耸人听闻的异托邦中拿中国人做人体细菌实验品,他们肢解了泥人邱,强暴了马路大,杀害了王亭业。小说中还写到慰安船与所谓日满亲善,写到了羽田带领慰安妇组团进入中国东北北部边境,其中有朝鲜妇女也有日本妇女,而中日朝三国妓院在殖民战争中的畸形繁荣也折射了殖民地异托邦的变态本质。除了这些集中营类型的异托邦叙事之外,这部长篇还把笔力集中对准殖民语境中的中国百姓日常生活状态,而且作者的艺术透视同样离不开各种小型异托邦叙事。比如王恩浩和王吉来父子的当铺,祝兴运的老婆杂货张和祝家儿女的杂货铺,王小二经常去探视四喜(本名李秀娟)的妓院,杨三爷和杨三娘、杨浩与栾喜梅这两对欢喜冤家的棺材铺,还有李金全和朴善玉夫妇的酱菜园之类。战乱时期各种传奇事件正是在这些看似日常的生活空间中上演,这就使得它们在不同程度上具备了异托邦的叙事功能。值得一提的是小说中还重点写到了一面铜镜的分而合一的故事。由于杨路烈士为国牺牲、杨昭和尚惨遭杀害,兄弟俩最终无缘在抗战胜利后重逢。而代替他们履行承诺,让铜镜重圆的是杨路的战友李文和杨昭偶然结识的一个叫作拳头的傻孩子。这一幕就发生在这部长篇巨著的结尾,可谓意味深长。在福柯看来,镜子具备乌托邦与异托邦的双重功能。一方面,"镜子毕竟是一个乌托邦,因为这是一个没有场所的场所。在镜子中,我看到自己在那里,而那里却没有我,在一个事实上展现于外表后面的不真实的空间中,我在我没有在的那边,一种阴影给我带来了自己的可见性,使我能够在那边看到我自己,而我并非在那边:镜子的乌托邦。"另一方面,"在镜子确实存在的范围内,在我占据的地方,镜子有一种反作用的范围内,这也是一个异托邦;正是从镜子开始,我发现自己并不在我所在的地方,因为我在那边看到了自己。从这个可以说由镜子另一端的虚拟的空间深处投向我的目光开始,我回到了自己这里,开始把目光投向我自己,并在我身处的地方重新构成自己;镜子像异托邦一样发挥作用,因为当我照镜子时,镜子使我占据的地方既绝对真实,同围绕该地方的整个空间接触,同时又绝对不真实,因为为了使自己被感觉到,它必须通过虚拟的、在那边的空间点。"[1]说镜子是乌托邦,是因为镜子中的世界是虚拟的真实;而说镜子是异托邦,是因为镜子外的真实世界必须通过镜子内的虚拟世界来证实。所以镜子是真实与虚构的临界空间,而这也正是小说(文学)空间的二重性所在。在这个意义上,《伪满洲国》里的镜子并非一个简单的旧器物,而是隐含了迟子建的伪满洲国殖民地异托邦叙事潜意识。

迟子建的历史题材拼贴型异托邦叙事作品还有长篇小说《白雪乌鸦》。这部作品中构筑的清末哈尔滨并非一个常态化的城市,而是隐含了迟子建对故乡这座城市的异托邦想象。晚清的那场鼠疫差点让哈尔滨这个带有异域色彩的中外多民族杂居城市全城覆没。这是死神降临的夜幕下的哈尔滨,迟子建怀着巨大的心理压力去触摸那段历史的伤痕,尽管她竭力寻找历史暗夜中的温情[2],但还是无法改变笔下哈尔滨城的黑色异托邦性质。贯穿全篇的"白雪乌鸦"意象,昭示着黑白两色统驭着百年前的那座中国北方边地城市。在哈尔滨异托邦的死亡叙事中,作者又精心地提炼出了各具特色的小型异托邦。如客栈,男主人王春申和妻妾彼此厌恶,常年争吵。妻子吴芬不生育,但她是皮货商人巴音的老相好。妾金兰乃出名的丑女,她的相好是出宫太监翟役生。如此分崩离析的家庭而又共处一室,无疑颠覆了人们惯常的家庭乌托邦想象,但突如其来的瘟疫吞噬了一切。翟芳桂和纪永和夫妇的粮栈也是一个阴郁变态的异托邦。喜欢乌鸦的翟芳桂曾

---

[1] [法]米歇尔·福柯:《另类空间》,王喆译,《世界哲学》2006年第6期。
[2] 迟子建:《后记:珍珠》,《白雪乌鸦》,人民文学出版社2010年版,第287页。

做过头牌妓女,其夫纪永和眼中只有粮食和财物,他赎身娶妓只因命无贤妻,婚后继续强迫妻子卖淫赚钱。毫无疑问,纪永和典妻的故事折射了这个粮栈异托邦的诡异性。至于王春申的马车则是一个别有洞天的微型异托邦,作为马车夫的王春申每天习惯于接送俄国女演员谢尼科娃去演出,婚姻不幸的他对这个优雅的异国女人满怀暗恋,而由于丈夫在外沾花惹草,谢尼科娃仿佛也已习惯了这个中国男人的服侍,双方心照不宣,小小的马车就这样成了他们各自心理隐秘的另类空间。罗扎耶夫的鞋铺是小说中另一个别有意味的异托邦。这个俄国老男人的手艺迷住了两个大脚的中国女人,其中陈雪卿喜欢冷色调而翟芳桂喜欢暖色调。老罗头喜欢翟芳桂,而翟芳桂将自己与老罗头在鞋铺里的偷情和盘托出,就是为了打击心理变态的丈夫纪永和,由此给鞋铺增添了变异情调。还有烧锅酒坊也是一个意蕴深厚的异托邦。店主傅百川乐善好施,但他妻子是个疯女人,他一直暗恋周家主妇于晴秀,只可惜有缘无分。烧锅师傅秦八碗是个性格刚强的山东汉子,他固执地用本土烧酒对抗外来的啤酒生意,他要疗救的是民族的贫血症和软骨病。当瘟疫降临后他为老母亲无法回归故土而剖腹殉葬的义举令人唏嘘。至于于驷兴的道台府也一改晚清小说中的刻板衙门印象,而是呈现出诗酒风流的文人雅趣。在全城防疫总医官伍连德的一声封城令下,整个哈尔滨被隔离成红黄白蓝四个区,而所有鼠疫感染者都被隔离进火车闷罐车厢。这意味着哈尔滨这个巨型黑色异托邦中又分裂出闷罐车厢这种微型异托邦。周家三代人为了给闷罐车厢送餐而不幸感染鼠疫,他们的病故给全城带来了极大震动。而伍连德终于发现坟场是巨大传染源,乌鸦就是坟场异托邦的最后守灵人,他于是冒着极大风险向朝廷奏请集体焚尸,铲除坟场异托邦的幽灵。然而鼠疫并未就此终结,原来外国人控制的教堂是全城的防疫死角,谢尼科娃和女儿娜塔莎都在宗教募捐活动中感染鼠疫去世,伍连德不得不宣布接管教堂并焚烧天主教徒的棺材和十字架，此时的教堂不再是神圣的乌托邦而沦为黑色异托邦。而一直躲在天主教堂里苟且偷生的前太监翟役生拒绝被感化，由于心理阴暗和变态，他希望借这场瘟疫让所有人都死光，尤其是让所有男人都死光，他坚信这个世界一切都是黑色的，这就更加给死神笼罩下的这座城市异托邦留下了挥之不去的心理阴霾。

无论是拼贴型还是串联型异托邦叙事，都属于组合体的异托邦叙事结构。但迟子建长篇小说系列中也存在着单体异托邦叙事结构，这就是《额尔古纳河右岸》。这部讲述游牧民族生活的长篇小说中虽然人物众多，且众多人物都赢得了各自相对独立自主的性格与声音，其中渗透着反中心主义的"游牧式思维"①，但这部作品并非拼贴型文本结构，而是高度严密的单体文本结构。小说中几乎所有人物都主要活动于"额尔古纳河右岸"这个神秘的少数民族另类空间中，他们的游牧生活部落叫"乌力楞"，他们的房屋都是像伞一样的"希楞柱"，他们在森林中迷路可以临时借住于有物品储藏的"靠老宝"。这里的少数民族有着独特而奇异的空间生活形态，比如崇拜熊图腾、敬供玛鲁神、放养驯鹿、跳大神、风葬、野合、打猎等，由此构筑了一个神奇的北中国边地异托邦。但这里不是平静安康的世外桃源，而是充满了瘟疫与饥荒，充满了爱欲与死亡，充满了人性的变异与荒诞，在一片原始蛮荒中透出末世的苍凉。小说中讲到尼都和林克兄弟俩都爱上了达玛拉，但在射箭比赛中林克赢得了达玛拉的婚姻，而失落的尼都哭了整整一天一夜成了萨满。在林克遭雷击死亡后，尼都萨满重燃了对爱情的渴望，但碍于鄂伦春人的文化习俗，弟弟可与嫂子结婚而哥哥不能与弟媳结婚，尼都萨满与达玛拉只能困在情局中无力自救。亲友们都阻止他们在一起。忧郁的达玛拉甚至狂笑着冲进电

---

① ［美］道格拉斯·凯尔纳、斯蒂文·贝斯特：《后现代理论——批判性的质疑》，张志斌译，中央编译出版社1999年版，第133页。

闪雷鸣的森林里去寻死,她最终在儿子的婚礼后穿着尼都萨满为她缝制的羽毛裙子跳着舞蹈死亡。而日益老迈的尼都萨满最终也在跳神舞蹈中忧郁地死去。除了尼都萨满和达玛拉之外,小说中还写到了另一对因为爱而受苦的人,这就是坤德和依芙琳。依芙琳出于异化的爱情观为儿子金得找了一个歪嘴女杰芙琳娜做妻子,但金得以死反抗了这桩包办婚姻。失去儿子的坤德于是用性暴力惩罚依芙琳。直到日本人来了后,由于伊万为了保护坤德而被关禁闭,坤德才开始失去了惩罚依芙琳的自信。他开始遭到依芙琳的嘲弄,他的腰开始弯下去而依芙琳的腰则又挺了起来。随着抗战胜利伊万归来,坤德终于不用再自责,他又开始折磨依芙琳,依芙琳的腰又弯了下去,伊万仿佛就是一条鞭子,只不过主人由依芙琳换成了坤德。依芙琳终于怀孕,坤德百般呵护,但依芙琳故意去深山滑雪流产,就是不想让坤德满足得子愿望。在长年的暴力与冷漠中,这两个人日渐沉默,直至化成两块对望着的风化的岩石。与此同时,玛利亚一直在虐待杰芙琳娜,因为她无法接受儿子达西娶金得不要的遗孀为妻的现实,她甚至和原本关系要好的依芙琳交恶,认为是依芙琳间接害了达西。玛利亚对杰芙琳娜的折磨可谓无所不用其极,她强迫达西用梳子戳瞎杰芙琳娜的眼睛,但儿子却用梳子戳瞎了自己的眼睛;她又利用民族禁忌惩罚杰芙琳娜,直到达西威胁要自残,她才终止对杰芙琳娜的惩罚;她甚至逼迫杰芙琳娜去堕胎,无奈中杰芙琳娜选择从山上滚下来流产。同样是流产,但杰芙琳娜是出于对丈夫达西的爱,而依芙琳是出于对丈夫坤德的恨。依芙琳和玛利亚的仇恨,就是盘旋在额尔古纳河右岸上空的两团阴云。与之相对的是最后的萨满妮浩的博爱,为了保全别人的生命,妮浩多次受邀跳神,但每一次救人成功的代价,都是她自己的亲生孩子的死亡。从儿子果格力和耶尔尼斯涅到女儿交库托坎,他们的神秘死亡让妮浩心力交瘁,但她必须在绝望中担当起萨满神教的民族使命。直到妮浩自己最后唱着神歌死去,而已经无人为她主持葬礼了。妮浩之死就是一个寓言,它暗示了这个少数民族异托邦的最终解体。其实,在百年中国历史风雨中,这个孤悬边境的少数民族异托邦一直在竭力地维系着自己的文化命脉,无论抗日战争还是农业合作化运动都无法彻底改变这个异托邦民众的文化习性,他们下山之后总是再度回归山林,但在新世纪转型的中国城市化浪潮中,额尔古纳河右岸的异托邦再也抵挡不住现代化的侵袭,除了最后一位酋长夫人和她的孙子安草儿还在执着地守望这块另类生活空间之外,这个古老的异托邦已然土崩瓦解。所以《额尔古纳河右岸》是一部异托邦的命运之书。为了隐喻这个异托邦的文化命运,作者借用了贝多芬《田园交响曲》的艺术章法。她将小说的上部"清晨"视为单纯清新、悠扬浪漫的第一乐章,将小说的中部"正午"视为沉静舒缓、端庄雄浑的第二乐章,将小说的下部"黄昏"视为充斥着急风暴雨式的斑驳杂响的第三乐章,至于尾声"半个月亮"则是第四乐章,又回到了初始的和谐与安恬,如同满怀憧憬的小夜曲或者是钟声弥散的安魂曲①。显然,这里隐含着一种历史的轮回与循环,它昭示着古老异托邦的死亡与再生。

毫无疑问,正是异托邦的深度建构提升了《额尔古纳河右岸》的精神境界。唯其有了异托邦叙事的深度开掘,迟子建的海洋型长篇小说创作才不至于沦为片面追求宽度与密度的平面化日常生活叙事。当然反过来也可以说,唯其有了海洋型叙事文体对宽度和密度的要求,迟子建长篇小说创作中的异托邦叙事才不至于陷入狭隘化和极端化的现代派叙事泥淖。正是建立在日常生活叙事的宽广度和密集度的基础上,迟子建的异托邦叙事才能呈现出海洋般的气魄与胸襟。所以提到《额尔古纳河右岸》的修改,迟子建说道:"如果说山峦给

---

① 迟子建:《跋:从山峦到海洋》,《额尔古纳河右岸》,人民文学出版社2010年版,第303—304页。

予我的是勇气和激情,那么大海给予我的则是宽容的心态和收敛的诗情。在青岛,我对依芙琳的命运进行了重大修改,我觉得让清风驱散她心中所有世俗的愤怒,让花朵作为食物洗尽她肠中淤积的油腻,使她有一个安然而洁净的结局,才是合情合理的。从这点来说,我得感谢大海对我的启示。"① 海洋不仅对迟子建的文体具有重要启示,而且还启发了她笔下的人物形象塑造艺术。作为异托邦中的另类人物典型,依芙琳的形象深度令人叹为观止,但一味展示人物心灵深处的暗毒与沉疴并不符合海洋型叙事的宽容气度,所以作者最后选择了让依芙琳在给马克辛姆治疗项疮时死去,尽管她明知马克辛姆是她所不喜欢的妮浩的孩子,但她还是按照部落传统方式给马克辛姆吹气画圈治病,直到吹完最后一口气死去,而马克辛姆得救。此时的依芙琳无疑在精神上与博爱的妮浩萨满相遇了。她们都成了海洋型长篇小说中具备海洋气质与胸襟的艺术形象。实际上不仅仅是在《额尔古纳河右岸》中,在迟子建的其他长篇小说中同样存在着众多海洋型艺术形象,如《树下》中的李七斗、《晨钟响彻黄昏》中的刘凤梨、《热鸟》中的赵雷、《伪满洲国》中的王小二、《越过云层的晴朗》中的梅红、《白雪乌鸦》中的王春申、《群山之巅》中的安雪儿等,他们的博爱与悲悯、伤怀与温暖、绝望与希望,都在不同程度上拓展了这些长篇小说中异托邦叙事的宽度,提高了这些异托邦叙事的密度,由此实现了异托邦叙事中宽度、密度与深度的艺术统一。

---

① 迟子建:《跋:从山峦到海洋》,《额尔古纳河右岸》,人民文学出版社2010年版,第303页。

重构中国长篇历史小说的叙事传统

——论迟子建的长篇小说《伪满洲国》

在迟子建三十余年的小说创作历程中,长篇小说《伪满洲国》无疑占有举足轻重的地位。这不仅因为它是迟子建迄今为止篇幅最长、规模最大的作品,更重要的原因在于,我们看到了迟子建在这部长篇小说创作中试图重构中国历史小说叙事传统所取得的艺术实绩。这部60余万字的长篇巨著最初落笔于1998年4月12日,最终改定于2000年1月16日,虽然实际写作时间不到两年,但最早的创作动机却是萌发于作者20世纪80年代末在北京鲁迅文学院求学时期,可谓酝酿已久。只不过那时的迟子建对伪满洲国的那段历史所知甚少,故而写作动机很快被淹没和冲淡,直到1990年底作者赴日本东京访问期间,由于受到一位曾经参与过伪满新闻报道工作的日本老者的言语刺激,迟子建书写伪满洲国历史的创作冲动才不可遏制地再度强烈起来。为了使心中的艺术雏形得到孵化,迟子建在接下来的七年时光里想尽一切办法搜罗有关伪满洲国的历史资料并加以咀嚼和消化,直到1998年迎春初放之际,作者觉得心中的艺术意象愈益丰满,呼之欲出,才正式开启了这部长篇历史小说的写作①。在中国古代小说史上,以《三国演义》《水浒传》为代表的长篇"讲史"作品早已确立了经典的历史叙事规范,往往根据特定朝代或地方政治集团的史实加以敷衍铺展,区别仅仅在于纪实与虚构的比例差异,故有历史演义的陈说流传至今。近人蔡东藩在1916年至1926年还曾集中推出过《历朝通俗演义》十一种,从秦汉史一直演义到清末民初,惜乎"太实则近腐"(明谢肇淛《五杂组》十五),反不如《三国演义》"七实三虚惑乱观者"(清章学诚《丙辰札记》)更有艺术的魔力②。显然,迟子建的《伪满洲国》可视为关于伪满洲国的一部历史演义,但小说中的虚实比例并非《三国演义》式的"七实三虚",反而更接近于《水浒传》式的以虚为主和虚实相生艺术。不仅如此,迟子建的这部长篇历史小说还受到了以沈从文的《边城》和萧红的《呼兰河传》为代表的中国现代地方志小说或抒情小说叙事传统的影响③,但不同于现代文学前辈的是,迟子建不仅仅满足于日常性、抒情性、地方性的小叙事,而是将其纳入全局性、整体性的宏大历史叙事框架中,并且灌注了现代人性人道主义的精神血液,这就为古老的中国历史小说叙事传统的复活或再生提供了新的艺术形态,值得我们展开深入的艺术探究。

---

① 迟子建:《后记》,《伪满洲国(下)》,作家出版社2004年版,第1043—1044页。
② 参阅鲁迅《中国小说史略》中的论述,此处反其意而用之,见《鲁迅全集》第9卷,人民文学出版社1981年版,第129页。
③ 作为萧红的当代小说艺术传人,迟子建对萧红十分推崇,参阅《萧萧落红为哪般》,收入《迟子建散文·年画与蟋蟀》,浙江文艺出版社2014年版,第131—136页。

一

迟子建构思和写作《伪满洲国》是在 20 世纪 80 年代后期至 90 年代末期，那时的中国文坛正逐步兴起所谓"新历史小说"创作潮流，终至蔚为大观。但迟子建始终不肯依附文学时尚，尽管她也感知到了新历史小说时潮的侵袭，然而她无意于束手就范，比如像许多先锋小说家那样以叙述游戏的姿态消解历史，或者像时兴的历史小说家那样以文学商业化的策略消费历史，这两种历史小说叙事模式都带有剑走偏锋的色彩，与其说是为了还原历史还不如说是为了颠覆历史。作为土生土长的东北人，面对着自己的土地上曾经发生过的那一段伪满屈辱史，迟子建是无法以游戏或商业姿态去讲述那段特殊的中国史的；相反，她在创作中秉持着纯文学的严正历史立场，试图以民间的日常生活叙事和现代的人性人道主义精神还原伪满洲国的历史现场。此时的她不得不求助于中国古典的长篇历史演义小说叙事传统，虽然外在的章回体叙事框架可以弃之不用，但在纪实与虚构的艺术配置比例上却有着不可忽视的借鉴与传承意义。于是我们看到，与《三国演义》那种"七实三虚"的艺术资源配置不同，《伪满洲国》这部历史演义反其道而行之，大约是"三实七虚"的艺术格局。小说中关于伪满洲国的历史大事件无疑是严格合乎史实和正史记载的，从 1932 年伪满洲国成立到 1945 年伪满洲国垮台，作者严格依时序编年叙史，诸如日俄政治力量在中国东北的博弈，国共两党政治力量在中国东北的争夺，日美太平洋战争对中国东北时局的影响，乃至于具体的重要历史人物，如溥仪、溥杰、婉容、谭玉龄、李玉琴、陈曾寿、郑孝胥等伪满宫廷人物系列，吉冈安直、甘粕正彦、岸谷隆一郎、李香兰、川岛芳子等日伪人物系列，杨靖宇、周保中、程斌（后叛变）等东北抗日联军将领系列，其人其事无不大体合乎史实，无乖乎正史叙述。但这些真实的历史人物和历史事件在全部小说篇幅中所占的比例并不高,相对于作者虚构的众多民间底层人物群像而言,真人真事不过是这部当代历史小说接续传统历史演义叙事模式的前提而已,小说中更多的还是"真人假事"(如对真实历史人物生活细节的还原),"假人真事"(如日本医生抓捕中国人做人体细菌实验)或"人事两假"(小说中虚构的大量的民间小人物生活命运)[1]。这说明,《伪满洲国》的艺术资源配置更接近于《水浒传》而非《三国演义》,真实的历史人物和历史事件不过是作家铺排和演绎大历史的"楔子"或"语境"而已,这就如同《宋史》中关于宋江农民义军的记载不过是《水浒传》的叙事源头一样,正史成了野史的艺术渊薮,小说也就成了所谓"讲史",即历史演义。

众所周知,中国古代长篇历史演义小说的成书方式不外乎两种:一种是以《三国演义》为代表的"滚雪球"式累积,大体遵循历史时序讲述历史故事,小说中有比较清晰的历史年份或年号变迁的时间轨迹,基本上可以归结为"准编年体"历史演义。再一种是以《水浒传》为代表的"聚合式累积"[2],年份或时序痕迹不明显,主要依靠不同的人物故事板块拼合联缀而成,这就形成了比较典型的"准纪传体"历史演义。前一种是偏重于历时性叙事的时间型小说结构,后一种是偏重于共时性叙事的空间型小说结构。这两种小说结构方式分别反映了中国古代两种历史叙事模式——编年体与纪传体——对中国古典历史演义小说叙事的影响。进入现代中国长篇历史小说创作进程中以后,在现代线性时间观念的冲击下,由于普遍追求整体性叙事和单体式结构,连缀式的"准纪传体"历史小说模式逐步被抛弃,整体式的线性"准编年体"历史小说比较多见,而迟子建的《伪

---

[1] 参阅茅盾:《关于历史和历史剧》,《茅盾评论文集(下)》,人民文学出版社1978年版,第209页。
[2] 石昌渝:《中国小说源流论》,生活·读书·新知三联书店1994年版,第319页。

满洲国》的文体美学意义在于，它不仅大胆地直接采用了"纯编年体"结构作品，而且在"纯编年体"的外部结构内又依靠"准纪传体"的内部结构展开叙事，由此实现了编年体与纪传体这两种历史叙事模式在当代中国历史演义小说中的立体复活。据这部作品的外部结构来看，全书共分为十四章，每一章的题目以大写的公元纪年标示，同时附以中华民国、日本国和伪满洲国的年号表明特定的历史语境，这样就使全书形成了一部《伪满洲国编年史》的外部述史结构，十分明显地体现了作者有意借鉴《春秋》《左传》《资治通鉴》的历史编年体叙事意图。应该说，像这种"纯编年体"构架在中国从古至今的历史演义小说中都是比较鲜见的，一般都习惯于采用"准编年体"的历时叙史框架，由此可见迟子建在当代历史小说创作中有意复活编年体结构的艺术雄心。毫无疑问，《伪满洲国》的这种纯编年体标目的做法取得了出人意料的艺术效果，它使这部当代长篇历史小说平添了许多历史的庄严感、真实感和现场感，虽然是虚构的小说作品，但其真实性和历史感是不可拒绝的，直接给读者营造了一种阅读信史的艺术氛围。

采用纯编年体的《伪满洲国》共分三部，依年叙事，上部包含第一至五章，讲述了伪满洲国建立初期从宫廷到市井的社会众生相。其中，第一章"一九三二年（民国二十一年/昭和七年/大同元年）"围绕着伪满洲国的成立和日寇制造的平顶山血案展开历史叙事，第二章"一九三三年（民国二十二年/昭和八年/大同二年）"围绕日寇在所谓新满洲建立移民开拓团的军事扩张政策展开历史叙事，第三章"一九三四年（民国二十三年/昭和九年/大同三年/康德元年）"围绕日寇对溥仪的伪满宫廷的控制展开历史叙事，第四章"一九三五年（民国二十四年/昭和十年/康德二年）"围绕伪满宫廷内部矛盾和伪满政府实行"归屯并户"政策并建立集团部落而展开历史叙事，第五章"一九三六年（民国二十五年/昭和十一年/康德三年）"围绕日寇对伪满宫廷的加强控制和"南满抗日游击队"的军事斗争展开历史叙事，其间还写到了鲁迅逝世和西安事变给时局和社会各界造成的影响。《伪满洲国》的中部包括第六至十章，集中讲述抗战全面爆发后被日寇全面加强控制的伪满洲国的社会众生相。第六章"一九三七年（民国二十六年／昭和十二年／康德四年）"主要围绕卢沟桥事变后伪满洲国的政治局势展开历史叙事，第七章"一九三八年（民国二十七年／昭和十三年／康德五年）"主要围绕南京大屠杀后日寇在伪满实行"人圈"政策和细菌实验展开历史叙事，第八章"一九三九年（民国二十八年／昭和十四年／康德六年）"主要围绕日寇操控溥仪的伪满政权和在伪满实行慰安妇政策而展开历史叙事，第九章"一九四〇年（民国二十九年／昭和十五年／康德七年）"主要围绕东北抗日联军总司令杨靖宇将军之死展开历史叙事，第十章"一九四一年（民国三十年／昭和十六年／康德八年）"主要围绕"日满映画协会"的文化殖民战略和日军内部反战情绪而展开历史叙事，以此揭示伪满洲国已进入风雨飘摇阶段。这部长篇历史小说的下部包含第十一至十四章，集中讲述伪满洲国的崩溃史与社会众生相。第十一章"一九四二年（民国三十一年／昭和十七年／康德九年）"主要围绕太平洋战争爆发后日寇七三一细菌实验部队的丧心病狂和东北抗日联军与苏军进行战略合作准备进入反攻而展开历史叙事，第十二章"一九四三年（民国三十二年／昭和十八年／康德十年）"主要围绕日寇实施的日满亲善政策与伪满皇宫内部的腐朽堕落而展开历史叙事，第十三章"一九四四年（民国三十三年／昭和十九年／康德十一年）"主要围绕日寇变本加厉的集中营管理和惨无人道的人体细菌实验而展开历史叙事，表明伪满洲国已到崩溃边缘，直至最后第十四章"一九四五年（民国三十四年／昭和二十年／康德十二年）"，集中讲述伪满洲国史的正式落幕和此间社会各界众生相。应该说，迟子建的这部长篇历史小说的创作是建立在她对伪满洲国史的客观而深入的历史把握基础上的,她在小说的编年章节中所选择并反映的重大历史事件或历史背景是无乖史实的①,由此我们可以清晰地看到迟子建创作一部"伪满洲国演义"的叙事意图,这是她对养育自己的那片东北黑土地的最好的艺术报答。

然而,仅仅采用以重大事件为中心的纯编年体进行历史小说叙事毕竟还是显得庄严有余而灵动不足,为此,迟子建在《伪满洲国》的内部叙事结构上又做了新的处理,即以多人物、多场域、多中心的"准纪传体"的述史方式展开空间化叙事,以此打破纯编年体的时间化叙事所带来的艺术限制。曾经有西方汉学家认为中国古典长篇小说缺乏"时间化"的有整体感的艺术结构,而盛行"空间化"的"缀段性"的组合结构②,这种观点并不符合中国古典小说的创作实际情形,因为我们不仅有《水浒传》式的"准纪传体"空间组合小说叙事模式,也有《三国演义》式的"准编年体"时间整合小说叙事模式,甚至还有二者相交叉的情形出现,这两种历史时空叙事模式各有侧重,代有传承,不绝如缕。不难看出,迟子建的《伪满洲国》就属于两种时空模式交叉融合的情形,这不仅是对中国古代长篇小说叙事传统的继承和激活,更是对中国古代长篇历史小说时空观念的改造与重构。在《伪满洲国》全部十四章的十四个年份的纯编年体历史叙事中,作者把每一章的每一个年份的历史叙事分解成6节(只有第一章和第五章是分解成7节),而且每一节都属于相对独立完成的历史叙事片断,它们"缀段性"地组合在一起,构成了每一章的历史纪年叙事,可见作者是有意识地将历时性或时间化叙事转化或拆解成了共时性的空间化叙事形态。比如在第一章一九三二年中,第1

---

① 参阅姜念东等合著的《伪满洲国史》(附有详细的大事年表和年号对照表),吉林人民出版社1980年版。

② [美]浦安迪:《中国叙事学》,北京大学出版社1996年版,第60—61页。

节主要讲述王金堂和吉来祖孙俩的故事，第 2 节主要讲述王小二暗恋王美莲（吉来的姑姑）的故事，第 3 节主要讲述王亭业和郑家晴参加读书会的故事，第 4 节主要讲述谢子兰（王小二外甥女）的家庭亲友故事，第 5 节主要讲述王恩浩（吉来的父亲）开当铺的故事，第 6 节主要讲述导致王美莲等人惨死的平顶山血案，第 7 节主要讲述溥仪和婉容的伪满皇宫故事。其中，第 1 至 3 节的故事发生地是伪满首都新京/长春的市区，第 4 节的故事发生地是哈尔滨，第 5 节的故事发生地是奉天/沈阳，第 6 节的故事发生地是抚顺/平顶山，第 7 节的故事发生地是长春/皇宫。这说明，在小说第一章的编年纪事中，不仅是分头绪的多中心和多人物叙事，而且是多处四散发生的多场域叙事，包括长春、哈尔滨、奉天等在内的东三省主要场域都已初步出现在了第一章中，作者从一开始就发散性地分镜头聚焦伪满洲国的不同场域，仅从地域的更迭上就不难看出这部长篇历史小说的空间化叙事诉求。不仅如此，我们从多人物和多头绪叙事中同样可以发现这种空间化叙事的努力，作者是通过七个不同的故事或场景的组合来完成关于 1932 年伪满洲国成立之年的历史叙事。这是一种散点透视的叙事方式，在中国古代联缀组合式小说如《水浒传》《儒林外史》等中所见甚多，同时这也是一种西方所谓的蒙太奇叙事方式①，第一章中的 7 节每一节都相当于一个镜头，这些镜头之间除了存在着所谓最强烈的"冲突"或"撞击"②性的联结关系之外，也存在着平行、交叉、层递、陪衬等多样化的联结关系，但正如爱森斯坦所说，"两个蒙太奇片段的对列不是二者之和，而更像是二者之积"，因为它们之间"必然结合为一个新的概念，由这一对列中作为

---

① 迟子建多次表达对电影的喜爱，可参阅《两个人的电影》，收入《迟子建散文》，浙江文艺出版社 2009 年版，第 64—66 页。
② ［苏联］爱森斯坦：《镜头以外》，《蒙太奇论》，富澜译，中国电影出版社 1998 年版，第 459 页。

一种新的质而产生出来"①。这意味着,《伪满洲国》第一章中的7节或镜头通过作者的有效剪辑、拼接或组合,它所产生的历史叙事力量,要比单一的人物或情节构成的中心主义叙事模式大得多。第一章如此,其他十三章亦然,迟子建激活中国古代小说空间化叙事传统的努力可见一斑。

如果说迟子建的《伪满洲国》仅仅是展示同一个空间中的多个人物的生活片段场景的组合,那么它在叙事时空结构上也就并未超越前辈萧红的《呼兰河传》;同理,如果《伪满洲国》仅仅是将不同空间中的多个人物的叙事单元板块拼合在一起,那么它也无法实现对《水浒传》的结构性超越。《伪满洲国》叙事结构的卓越之处就在于,它用外在的编年纪事结构贯穿了内在的人物空间组合结构,从而实现了编年体与纪传体、时间型与空间型相结合的立体叙事形态。用迟子建自己的话来说,这是一种"海洋"型的长篇小说,它不同于"溪流"型的短篇小说,也不同于"江河"型的中篇小说,"海纳百川,方可磅礴"②,而《伪满洲国》正具备了这种海纳百川的时空组合结构气势。不难注意到,《伪满洲国》的总共十四章之间在整体上具有连续性,主要的人物系列故事虽然被分割在了不同的章节中,但从整个编年纪事的完整性来看,这些多人物、多场域、多中心的叙事片断又被联缀成了各自相对独立的历时性叙事链条,而且它们之间彼此互动和交叉,又被整合成了一个庞大而立体的共时性叙事网络。因此,从局部的每一章节而言,《伪满洲国》主要运用了蒙太奇的排列组合技法;而从整体的全部编年叙事结构而言,这部长篇历史小说又可以被看作是西方人所谓的纪实性长镜头叙事的产物。诚

---

① [苏联]爱森斯坦:《蒙太奇1938》,《蒙太奇论》,富澜译,中国电影出版社1998年版,第264—265页。
② 迟子建:《自序》,《世界上所有的夜晚·迟子建中篇小说编年》,人民文学出版社2014年版。

如法国人巴赞所言,"现代导演利用景深拍出的镜头段落并不排斥蒙太奇","而是把蒙太奇融入他的造型手段中"①,由此可见迟子建深谙现代电影观念与技法,她让《伪满洲国》中的局部蒙太奇与整体长镜头叙事密切地交融于一体。这些以不同人物为中心的系列叙事长镜头的自由组合,给读者制造了关于伪满洲国真实历史的整体艺术幻象,仿佛大历史从遥远的深处走来,阔大而深沉。而且它们之间相对独立而又自由组合的叙事之流又如同多条溪流或江河汇聚交合,最终流贯成波澜壮阔的"海洋"小说艺术格局。需要注意的是,《伪满洲国》中很好地处理了章与章之间的连贯性与断裂性,由此造成似断似续或似续实断的结构性印象。总体而言,全书十四章中前一章的6(7)节与后一章的6(7)节中一般有3(4)节处于连贯性的叙事,另有3(2)节处于断裂性叙事,至少也有1节保持着前后两章之间的连贯性,反过来说,作者为了避免编年叙事的机械与呆板,有意制造了编年叙事中的断裂与延宕,让每一章的6(7)节中一般有3(4)节在下一章中处于中断或悬置状态,这样就形成了整饬的编年叙事中的摇曳错落之姿,不致于因为要在当代小说中复活古老的纯编年体述史模式而陷入古典主义的泥淖。

二

事实上,早就有外国学者指出:"前代的西方汉学家在探讨中国叙事文的时候,往往会自觉或不自觉地用西方 novel 的结构标准去要求中国古典小说,因而指责中国明清长篇章回小说的'外形'缺乏

---

① [法]安德烈·巴赞:《电影语言的演进》,《电影是什么?》,崔君衍译,中国电影出版社1987年版,第77页。

艺术的整体感（unity），也就是说，缺乏'结构'的意识。"①这种观点甚至长期以来在中外学界占据主导地位，包括鲁迅、胡适、陈独秀、钱玄同、茅盾、阿英以至于夏志清等都持有这种看法，认为中国古代和近代长篇小说均缺乏整体的结构意识，殊不知他们在比较中都是拿19世纪西方长篇小说整体性的叙事模式作为典范，其西方中心主义的小说史观显而易见，故而遭到了部分西方汉学家的辩驳②。其实，按照米兰·昆德拉的著名说法，所谓19世纪西方长篇小说的整体性叙事模式，不过是一种"下半时"小说叙事范型而已，在19世纪以前的西方小说更流行的是所谓"上半时"小说叙事范型，二者的差异主要在于，"下半时"小说叙事范型追求人物和情节的整体中心主义叙事，而"上半时"小说叙事范型则几乎没有文体限制，故而是一种开放式或松散式的小说叙事结构，这以拉伯雷的《巨人传》、塞万提斯的《堂吉诃德》、薄伽丘的《十日谈》等文艺复兴时期的长篇小说为代表，由此与19世纪司汤达、巴尔扎克、狄更斯、老托尔斯泰等人长篇小说的文本中心主义叙事结构之间形成了鲜明的对比③。显然，昆德拉是主张向"上半时"小说叙事范型学习的，他反对"下半时"小说的中心主义固化叙事结构，这对中国当代小说创作有着重要的启发性。毫无疑问，迟子建的《伪满洲国》在整体叙事结构上是对中国古典长篇小说组合式叙事结构的艺术回归或激活，这是对五四以来现代中国长篇小说整体性的单体叙事结构潮流的艺术反拨，它和贾平凹的《废都》、韩少功的《马桥词典》、莫言的《檀香刑》、王安忆的《长恨歌》等20世纪90年代的中国当代长篇小说佳作一道，

---

① ［美］浦安迪：《中国叙事学》，北京大学出版社1996年版，第56页。
② 参阅［捷克/加拿大］米列娜：《晚清小说情节结构的类型研究》，《从传统到现代——世纪转折时期的中国小说》，米列娜编，伍晓明译，北京大学出版社1991年版，第35—37页。
③ 参阅［捷克/法］米兰·昆德拉：《被背叛的遗嘱》，余中先译，上海译文出版社2011年版，第78—79页。

共同实现了对中国古代长篇小说叙事传统或文体美学的"进步的回退"①,其小说文体史意义不容低估。

但毋庸讳言,像《伪满洲国》这种组合型的长篇小说容易在塑造人物形象上失之于杂乱而单薄,毕竟在编年体与纪传体的时空组合叙事模式中,要兼顾到不同时空中的人物群像的艺术雕塑并不容易;相反,很容易出现人物群像中只突出了某一个中心人物而忽略了其他大多数人物形象塑造的情形。由此导致所谓的树状人物结构模式,它在本质上属于中心主义的文本结构,虽然小说中人物众多,但并非"块茎状"②的人物结构模式,后者本质上属于反中心的多元主义人物结构模式,在这种长篇小说人物结构模式中,我们无法断定哪一个人物是长篇小说的主人公或中心人物,换句话说,即使不是全部人物形象,至少是大多数人物构成了作品的主要人物形象,甚至在这种作品中连人物之外的艺术形象(包括自然环境和社会环境的书写)也会构成文本中不可或缺的主要艺术形象,有时候还起到了不亚于人物形象的艺术作用,像萧红的长篇小说《呼兰河传》和迟子建的《伪满洲国》中就存在着这种艺术情形。反之,中国明清长篇小说说部中出现的《说岳全传》就属于那种人物众多但存在着中心主义人物形象的树状人物结构模式,这种中心主义树状结构模式在新中国前三十年的革命历史小说和农业合作化小说中屡见不鲜,正好构成了新时期中国小说创作逐步要超越的艺术屏障。不难发现,同样是长篇准纪传体的多元人物结构模式,但萧红的《呼兰河传》仅仅是为东北的一个小县城的人物立传,而迟子建的《伪满洲国》则是为东

---

① 韩少功:《进步的回退》,《进步的回退·韩少功作品系列》,上海文艺出版社2012年版,第7—8页。

② 参见[美]道格拉斯·凯尔纳、斯蒂文·贝斯特:《后现代理论——批判性的质疑》,张志斌译,中央编译出版社1999年版,第128—133页。

三省各色人物整体立传，其艺术上的气魄和规模无疑要更加的阔大。所以读者需要更多地体会迟子建在《伪满洲国》中驾驭和调配众多人物形象时的苦心和匠心，仔细寻绎出这部体制宏伟的长篇历史小说的叙述头绪，用以说明这部长篇小说并非那种随意性强的散文化结构，而是有着严密的叙述肌理或机制的整体性叙事结构。

实际上，在《伪满洲国》中有四个关键性或枢纽性的叙事线索人物，他们牵一发而动全身，各自维系着一大串千姿百态的大小人物群像。首先当然是王吉来，吉来是全书中出现的第一个人物，由他牵连出爷爷王金堂和奶奶，牵连出姑姑王美莲及其暗恋者王小二，牵连出教书先生王亭业，牵连出在外地的父亲王恩浩，牵连出底层乞丐狗耳朵，牵连出他与洗衣房店主女儿李小梅和日本姑娘麻枝子之间的爱情纠葛。在吉来所形成的人物链条上又派生出几个次级的关键性或枢纽性人物，比如王小二恋爱失败后远走哈尔滨投奔姐姐和姐夫，由此牵连出外甥女谢子兰，牵连出白俄商人阿廖沙，牵连出房东女儿李秀娟（后来沦为妓女"四喜"），牵连出汉奸土匪刘麻子和他后来受辱的女儿刘青，牵连出苍泉酒馆老板娘陆天羽（实际是国民党地下特工），牵连出诗人陈希金的荒诞爱情故事；又比如由王美莲远嫁平顶山而牵连出杨家血案中死里逃生的杨浩，又牵连出养父杨老汉和杨路、杨昭兄弟的故事，由杨路投军又牵连出东北抗日联军将领杨靖宇和李文的故事，由杨浩又牵连出杨三爷和杨三娘夫妇、栾老四和栾喜梅父女的故事，由杨昭又牵连出宾县屠夫一家人的故事，由李文又牵连出苏联教官阿列斯基和"香肠姑娘"尤里娅的故事；再比如由王金堂牵连出和他一起被日本人劫持进劳工棚的祝兴运一家的故事，牵连出祝兴运老婆杂货张与货栈老板、伙计，还有丁屠夫的私情故事，牵连出祝梅、祝岩姐弟的故事，牵连出劳工棚里的陈工头、难友李大手爪、国民党俘虏陈大耳朵、送菜工王三的故事；再比如由王亭业牵连出教员同事郑家晴和沈雅娴夫妇的故事，牵连出剃头匠参加抗日游击队的故事,牵连出他老婆刘秋兰和女儿宛云的故事,牵连出他在狱中遭遇的北野南次郎给泥人邱等犯人做人体实验的故事,然后由宛云又牵连出酱菜园老板李金全、老板娘朴善玉(朝鲜人)和傻儿子阿永的家庭故事,牵连出刘秋兰与李金全、丁立成(蒙古族)的私情故事,牵连出媒婆张家老太的故事,同时又由郑家晴牵连出房东女儿香雪和香琴的故事,牵连出卖扇子的古怪老人的故事;再比如由王恩浩牵连出干娘张荣彩和她远在南京的儿子的故事,牵连出日本人山口川雄与于小书的爱情故事,牵连出老郎中王正坤的故事;还有由乞丐狗耳朵牵连出丁家寡妇、养子丁力和丁阳的故事,由丁阳牵连出裁缝李进才的儿子李大风的故事,牵连出李进才与夏荷的爱情故事。应该说,在王吉来的这条枢纽性的人物叙事线索上,王小二、王美莲、王金堂、王亭业、王恩浩、狗耳朵等六人各自扮演着派生性的人物叙事线索功能,他们所引发的叙事支流如水银泻地,汗漫无间,作为"江河"或"溪流"共同构成了全部作品的"海洋"格局和气势。

当然,对于《伪满洲国》这部致力于反中心主义的多元人物块茎结构的多卷本长篇历史小说而言,仅仅只有王吉来这一个原发性的叙事枢纽人物还不够,只有伪满洲国皇帝溥仪、土匪胡二、日本羽田少尉另外这三个原发性的叙事枢纽人物的共时性介入,才能弥补城市平民或小市民王吉来的叙事视野所带来的历史局限性。《伪满洲国》毕竟是一部长篇历史小说,它致力于讲述伪满洲国的历史故事,这中间除了平民或市井视角外,不可能让帝王或宫廷视角缺席,否则容易让这部长篇历史小说失重,即失去大历史或宏大叙事的重心。在这部作品中,虽然王吉来的第一原发性叙事枢纽人物的地位不可撼动,但王吉来毕竟只能代表底层社会视野,而溥仪所代表的叙事视野则体现了民国时期伪满国内国际的高层政治动向。在全书十四章中,时断时续地展开着以溥仪为代表的伪满宫廷政治叙事,其中牵涉伪满政权与日本军国主义势力之间的复杂关系：第一章第 7 节讲述溥仪与皇后婉容的故事，穿插了汉奸女间谍川岛芳子（金璧辉）的故事；第三章第 5 节讲述溥仪与宫廷小茶房孙小龙的故事；第四章第 3 节讲述溥仪出访日本及其与郑孝胥、陈曾寿等伪满大臣的故事；第五章第 5 节讲述溥仪与关东军参谋吉冈安直、蒙古族伪满大臣凌升、宫廷大太监李国雄的故事；第六章第 4 节讲述抗战全面爆发后溥仪与日本军方的矛盾以及他与皇后婉容、祥贵人谭玉龄的关系；第八章第 5 节讲述溥仪北巡中被日本军方加强控制以及郑孝胥被日本军方谋杀的故事；第十章第 2 节讲述溥仪与日本明星李香兰的交往以及"伪满洲国映画协会"负责人甘粕正彦的故事；第十一章第 5 节讲述太平洋战争爆发后日本军方害死溥仪爱妃谭玉龄的故事；第十二章第 6 节讲述性无能的溥仪迎娶福贵人李玉琴的故事；第十四章第 3 节讲述日本天皇下诏投降和溥仪宣布退位的故事，可见全书十四章中有十章辟了专节讲述伪满宫廷的政治斗争故事，所占篇幅和比例不可谓不高，这正是《伪满洲国》传承中国古典历史演义小说叙事模式的证明。值得关注的还有日本羽田少尉这个原发性的叙事枢纽人物，他提供的是不同于溥仪那种伪满洲国上层政治斗争的宫廷视角，而是作为外来入侵者的多重政治渗透的普通日本殖民者视角，以此也区别于吉冈安直的日本高层军方视野。羽田最初出现在第二章第 4 节，他随着"北满移民开拓团"进入读者视野，由他牵连出中村正保与满族姑娘张秀花的婚姻悲剧故事，由他另牵连出北野南次郎的变态细菌实验故事，由他还牵连出朴善姬等朝鲜慰安妇的故事，一直到第十三章的第 6 节，羽田才和南次郎一起消失在历史的深处。羽田的叙事视野将读者带入了日本殖民主义政策实施的历史暗角或日常生活中，这是对溥仪的宫廷政治叙事视野的必要补充。还有一个原发性的叙事枢纽人物是土匪胡二，显然他提供的是一个民间历史视野，这个风流成性的土匪在抗日失败后选择了与情人紫环逃亡到深山老林中，由此牵连出野人乌日楞和鄂伦春人的故事,牵连出三合店店主王哥和王嫂的故事,牵连出陈家客店老板娘的故事,牵连出谢子兰与阿廖沙的离婚故事,最后还牵连出中村正保(化名刘三保)的逃亡故事。这一欲避世而不可得的民间人物历史叙事视野的引入,与溥仪所代表的正统宫廷政治叙事视野、羽田所代表的日本基层殖民者叙事视野,还有王吉来所代表的中国平民或市民的历史叙事视野一起,共同实现了《伪满洲国》历史叙事视界的整合。

需要指出,无论是原发性还是派生性的叙事枢纽人物,他们在《伪满洲国》中都是相对独立而自足的艺术生命体,在整个块茎状的人物群像结构中处于大体平等而相对自由的艺术地位。虽然这些不同层次的叙事枢纽人物在《伪满洲国》的历史叙事中起着穿针引线的"穿连程序"或"串联结构"①的作用,但他们不仅仅是叙事发动的牵连者,也不仅仅是叙事展开的串联者或穿连者,而且也拥有各自相对独立的叙事单元或故事系列,甚至他们各自的叙事单元或故事系列之间还经常地互动和穿插,从而将各自不同的线形串联结构并置或交织在一起,由此生成了串联与并联高度融合的立体叙事结构。毫无疑问,置身于这样的立体历史叙事结构中的众多人物形象必须要避免沦为走马灯或跑龙套似的艺术道具,他们必须要力争使自己成为有相对独特的艺术声音的独立生命个体,而不能成为整个文本结构中被其他中心人物或重要人物展开话语兼并的对象,如果出现了那种创作情形,那么小说就不再是现代人倡导的"复调小说"②而是

---

① 俄国形式主义文论家什克洛夫斯基的艺术概念,在方珊等译的《俄国形式主义文论选》中被翻译为"穿连程序",三联书店1989年版,第28页;在伍晓明译的《从传统到现代——世纪转折时期的中国小说》([捷克/加拿大]米列娜编)中被翻译为"串联结构",北京大学出版社1991年版,第38页。

② [俄]巴赫金:《陀思妥耶夫斯基的复调小说和评论著作对它的解释》,《巴赫金文论选》,中国社会科学出版社1996年版,第3页。

"单调小说"了。中国明清长篇小说中的佼佼者都是反对人物中心主义的"复调小说",只有那些艺术品格不是很高的通俗长篇章回小说才会遵从"单调小说"的写作模式,由此造成了千人一面、千部一腔的恶劣印象,这在明清时期的历史演义或才子佳人小说中表现得至为明显。真正的复调小说必须让文本中的大多数人物自由地生长,自由地发声,而《伪满洲国》恰恰是具备这种现代长篇小说艺术气质的作品,小说中的人物谱系在多元块茎状的文本结构中散漫而有序地分布并绵延,充满了各自独特的生命体温和性格质感。然而,在如何让众多人物群体发声的艺术策略上,不难发现,《伪满洲国》的作者从《红楼梦》和《金瓶梅》那里有效地汲取了中国化的日常生活叙事手法①,而有意回避了《水浒传》和《三国演义》那种古典英雄传奇或历史演义的宏大叙事模式。其实,作为一部长篇历史小说,迟子建的《伪满洲国》完全可以借用古典英雄传奇或历史演义的写法,就像革命年代的东北题材小说《林海雪原》曾经所做的那样以革命叙事铺展宏伟历史,但迟子建却偏偏选择了具有现代意识的民间日常生活叙事来展示伪满洲国的那一段民国痛史,她在小说创作中一直注意把叙事焦点对准底层民众日常生活形态,无论是城市市民王吉来、日本军人羽田少尉还是土匪胡二,他们所牵连出来的对中国东三省从城市到乡村的日常生活图景的书写,无不深入而细腻,抵达了历史的微观描摹,而不是停留在历史的宏观扫描上。即使是在溥仪所牵连出来的伪满宫廷政治叙事的文本板块中,我们也不难看出作者有意识地将政治叙事转化为日常生活叙事的艺术诉求,比如小说中频繁地出现对溥仪和几个后妃的夫妻家庭生活的书写,还有溥仪眼中的太监和随侍的日常生活形象,这些都有意地冲淡了这

---

① 迟子建多次表达对《红楼梦》的喜爱,可参阅《我的2001》,收入《迟子建散文》,浙江文艺出版社2009年版,第163页。

部大历史小说的紧张艺术氛围，使《伪满洲国》没有成为以战争或政治叙事见长的所谓史诗性小说，而是彰显了以战乱中的普通人的历史命运和人性深度为艺术重心的现代小说叙事传统。

三

　　读过迟子建的中篇成名作《北极村童话》的读者一定对小说的结局记忆犹新：小小的女主人公突然发现自己把五彩的项圈丢失在北极村了，霎那间她的眼前一阵晕眩，死去的老奶奶讲过的北极光终于在幻觉中出现，"粉的、红的、金的、绿的、蓝的、紫的、灰的、白的"多彩光芒瞬间照亮了她的心灵。其实这种多彩的光谱不仅仅可以作为小说中的隐喻或象征而存在，它也可以作为小说的结构方式和叙事模式而存在，比如在长篇历史小说《伪满洲国》中，我们就不难发现这种多彩或多重的光谱叙事结构形态。如前所说，这部长篇的总共十四章中每一章都被有意识地分解为6至7节展开历史叙事，这就如同作者手中执导着一部高级的历史显微镜或光谱仪，她巧妙地把每一个历史横断面分解成了多彩多姿的历史光束，让混沌一团的大历史以多彩而有序的艺术结构展现出来。不仅如此，如果我们把全书的十四章连贯起来做整体考察，就会发现这部长篇历史小说中既有线状光谱也有带状光谱，其中线状光谱是指小说中具有连续性的"节"所断断续续地组成的众多叙事线，这是一些以不同的主人公为核心而形成的叙事单元；而带状光谱则着眼于全书的全部章节，即由多种线状光谱的排列与组合而构成了五彩斑斓的历史彩带。这种复杂而有序的光谱叙事结构给《伪满洲国》带来了巨大的叙事力量，既拓宽了叙事空间也延展了叙事时间，这在以前的中国长篇小说叙事传统中是比较少见的，是对从《水浒传》到《呼兰河传》

的中国长篇小说叙事时空的创造性转化和发展，体现了散点透视形态的中国长篇小说时空组合结构传统的艺术生命力。

在《伪满洲国》的大型光谱叙事结构中，出现了众多相对独立而自足的艺术生命个体，这些五彩斑斓的人物形象才是这部"光谱小说"的艺术之源。有意思的是，我们在《伪满洲国》的许多人物形象的生命史中都可以察觉到难以排解的反讽意味。这应该不是偶然，而是出于作家迟子建在小说创作的人物塑造和意蕴开掘上的主动选择。事实上，中国古代长篇小说文体中并不缺乏反讽的寓意传统，虽然迟子建在《伪满洲国》中大量运用反讽的寓意手法肯定与西方现代派文学的影响有关，如存在主义小说、荒诞派戏剧、黑色幽默等的影响，但我们同样不能忽视《伪满洲国》中的反讽寓意艺术与中国明清长篇小说奇书文体传统的关联性。曾经有海外汉学家在研究中国明清长篇小说奇书（主要包括四大名著和《金瓶梅》《儒林外史》等）文体时指出："在研究中，我们已经发现奇书文体有刻意改写素材的惯例，在某些场合下甚至对素材做戏谑性的翻版处理，不再单纯地复述原故事的底本，而注入了一层富有反讽色彩的脱离感。这类惯例促使我们回到一个困扰已久的问题——奇书文体作为一个文化意义上的叙事整体，究竟要通过反讽和寓意曲折地表达什么样的潜在本义？"[①]之所以说明清奇书文体中大量运用了反讽寓意手法，这是因为奇书作者们在小说的素材选择、编排和改写中渗透了自己对人物和事件的独特理解和认知，尤其是联系这些长篇小说的情节结构编排而言，情形更是如此。比如《水浒传》的整体情节编排中就存在"造反"与"招安"的前后反差，《三国演义》的整体情节编排中就存在着"从英雄到末路"的前后落差，《西游记》的整体情节

[①] ［美］浦安迪：《中国叙事学》，北京大学出版社1996年版，第167页。

编排中也存在着"取经"过程与目的的脱节,而《红楼梦》的整体情节编排中同样存在着"反抗"与"回归"的前后不一致。这种整体情节编排中的叙事症候恰恰隐含了奇书作者们的反讽寓意,使得读者在掩卷后不得不对奇书中的主要人物和故事做出新的判断,这种判断与最初的英雄叙事、历史叙事、宗教叙事和爱情叙事等判断之间产生了明显的差距或龃龉,由此滋生出悲凉感、虚无感和荒谬感,这正是反讽寓意之所在。作为一种文化潜意识,明清奇书中的这种超前的反讽意识必然会在不同程度上影响到现代中国作家的写作,一旦这种传统的反讽意识与西方现代派哲学和文学观念相遇合,就必然会生成中国文学中的现代主义意识。

在《伪满洲国》中,大部分人物形象塑造中都使用了反讽手法,由此凝结了浓重的生命荒诞意味。就拿全书中的几个叙事枢纽人物来说,比如王吉来,作者在塑造这个人物的过程中明显留下了《红楼梦》中贾宝玉影响的痕迹。他生性顽劣调皮,经常做些糊涂事但又有聪明劲和正义感。他陷入了两个姑娘的爱情旋涡中,一个是中国姑娘李小梅,习惯使小性子如同林黛玉;另一个是日本姑娘麻枝子,温柔贤惠如薛宝钗。王吉来居然同时让两个姑娘怀孕,这引来了他父亲王恩浩(有点像贾政)的家庭拷打,这也颇有宝玉挨打的叙事原型意味。拷打的结果是吉来和李小梅很快完婚,但婚后很不幸福,争吵成了婚姻常态。而麻枝子偷偷生下了他和吉来的儿子,十分惹人怜爱。王吉来最后的堕落实在是与他的婚姻家庭生活受挫有关,他选择了李小梅而放弃了麻枝子,这类似于选择了"林黛玉"而放弃了"薛宝钗",这里面隐含了《伪满洲国》的作者对《红楼梦》中经典的宝黛钗爱情叙事模式的改写,但改写的结果却是另一场悲剧,甚至完全是一场闹剧,其中的文化反讽与生命荒诞意味可想而知。再如溥仪,他虽贵为伪满洲国皇帝,但其实压根就没有自由,甚至连最基本的生命本能欲望也被压抑和扭曲,他只能为皇后婉容对他的背叛而绝望地咆哮。至于他喜欢的两位贵人——谭玉龄和李玉琴，他对她们完全丧失了爱的能力，他不仅无法保护谭玉龄的人身安全，使她最终被日本人毒害，而且在和李玉琴相处的过程中，他的虚伪、脆弱与暴戾性格暴露无遗。不仅如此，在吉冈安直等日本关东军首领的监控和摆布下，溥仪其实就是一个政治玩偶，一个看似君王而实则是奴隶的政治玩偶。可以说，迟子建笔下的溥仪形象完全是一个隐含的"仆役"形象，其中的反讽意味于兹可见。再如胡二，这个生性风流的土匪在劫得美人逃进大兴安岭深处后，并没有好好珍惜紫环给他带来的安逸生活，而是不断偷腥，等他彻底明白了那些女人不过是在利用和压榨他的时候，紫环早就对他死了心，他再也无法回到过去那种幸福生活中，这是痛苦的领悟，也是荒诞的嘲弄。再如日本人羽田少尉，他心中念念不忘的日本少女吉野百合子最后成了他在伪满洲国押解的一名慰安妇，这种反讽叙事对于羽田的心理打击相当致命。还有王小二，这个一辈子都在不断追求爱情的小市民，最后发现他所爱的女人不是被日本人屠杀就是被自己人玩弄，所以他只能清醒而又麻木地活着，用程式化的店员生活方式去抵御生命的虚无。至于郑家晴由革命知识分子堕落为依靠男色谋生的灰色商人的故事，杨浩与栾喜梅之间的美好爱情最后蜕变成强暴与复仇的故事，王亭业的老婆刘秋兰和女儿宛云各自的灰色婚姻故事，狗耳朵因为对丁家寡妇的绝望而离家出走的故事，裁缝李进才因为职业习惯而被日本兵砍了双手的故事，诗人陈希金令人啼笑皆非的浪漫故事，还有祝兴运老婆杂货张那令人同情的苦涩命运故事等等，无一不充满了人生的反讽与生存的荒诞意识。

应该承认，正是这种现代荒诞意识和反讽艺术的介入，《伪满洲国》中的众多人物形象才变得格外鲜活起来，那些穿插或游走在这部纯编年史体例的长篇历史小说中的各色人等和大小事件才变得别样生动起来。有西方历史哲学家曾说"历史是活的编年史，编年史是死的历史；历史是当前的历史，编年史是过去的历史；历史主要是一种思想活动，编年史主要是一种意志活动"①，这就把主观型与客观型的两种历史观念完全对立起来了，其实编年史并非死去的历史死尸，用编年史体例写就的长篇历史小说就更不可能是拒绝思想的历史灰烬了。一般而言，一部有价值的长篇历史小说中必然会灌注历史叙事人的思想观念和主体意识，《伪满洲国》自然也不例外。迟子建对伪满洲国的历史叙述显然吸纳了近现代西方战争文学的影响，这其中既有老托尔斯泰的《战争与和平》那种经典的近现代人道主义文学思潮的影响②，也有许许多多反映和反思二战历史的后人道主义文学思潮的影响，她在人道主义文学思潮中学到了对战争中人的生命价值和个体人格尊严的尊重，而在后人道主义文学思潮中领悟到了战争中个体生命存在的虚无意识与荒诞感。于是我们看到在参观二战诺曼底登陆历史旧址时，迟子建面对那些生命早逝的年轻战士的墓地，敏锐地察觉到了它与二战历史风云人物艾森豪威尔将军的丰功伟绩之间形成了鲜明的反差，所以她在《最苍凉的海岸》中认为"他们的死亡，在历史教科书中，是伟大的辉煌的死亡。可是再崇高的定义，也不如生命本身的存在更富有诗意"③，由此一代二战历史名将的伟岸形象也在瞬间变得黯淡起来。而在《我的2001》中，也就是迟子建刚刚写完《伪满洲国》的翌年秋天，她还将两部二战题材影片放在一起对比，并认为美国大片《珍珠港》虽然在战争场面的拍摄上很好看，但对人物情感的处理却显得苍白；而意大利影片《西西里的美丽传说》从人性透视战争的摧毁性，这种切入角度深得

---

① [意]克罗齐：《历史学的理论与实际》，傅任敢译，商务印书馆1982年版，第8页。
② 迟子建对从普希金到老托尔斯泰的俄罗斯近现代文学传统十分尊崇，可参阅《看见的和看不见的镖铐》，收入《迟子建散文》，浙江文艺出版社2009年版，第127—129页。
③ 迟子建：《最苍凉的海岸》，《迟子建散文》，浙江文艺出版社2009年版，第36—37页。

迟子建赞赏①，由此可见她的人性人道主义战争立场。这种立场在《赎罪日前夜》中得到了强化，迟子建针对《大屠杀》《辛德勒名单》《抵抗者》这三部二战题材小说感叹道："我多么希望这样的赎罪日会永远从人类的史册中消去啊。我们重温这样的历史，其实就是对今天的珍重，也是对人类曾迷失和沦丧过的尊严的拾取。"②不难体会，当迟子建在谈论二战与二战题材的文艺作品之时，她的话语中已经饱含了我们民族在二战中所遭受的日本军国主义制造的巨大历史创伤，只不过此时的她作为一个具有世界视野和人类意识的当代作家，她还必须超越狭隘的民族国家情感，在谴责发动战争和殖民的法西斯主义的同时，也对人类战争本身和人类本性问题做出新的历史思考。

显然，正是这种现代人性人道主义思想的灌注，才使得《伪满洲国》作为一部当代长篇历史小说与《三国演义》《水浒传》那种古代长篇历史小说的寓意模式区别了开来。不同于中国古代长篇历史小说中惯常采用的儒道释思想话语体系，如拥刘反曹的儒家正统政治立场、只反贪官不反皇帝的儒家仁政理想之类，《伪满洲国》不仅用现代人性人道主义思想烛照出了"伪满洲国"皇帝溥仪的人性扭曲和人格虚伪，对中国现代封建皇权复辟思潮做了无情的针砭；而且用同样的现代视角透视了佛教思想在现代中国文化生活中的困境，如小说中着重讲述了杨昭在绝望中皈依佛门，最终却被土匪谋害并吃人肉的悲惨结局，这种反讽性的叙事无疑表明了迟子建在《伪满洲国》创作时期对佛教救世思想的基本态度和立场③。不仅如此，迟子建在《伪满洲国》中还通过重点讲述土匪胡二在战乱中流亡的故事，表明

---

① 迟子建：《我的2001》，《迟子建散文》，浙江文艺出版社2009年版，第167页。
② 迟子建：《赎罪日前夜》，《迟子建散文》，浙江文艺出版社2009年版，第209页。
③ 迟子建对佛教的态度后来有所转变，这与她母亲是个虔诚的佛教徒的影响有关，也与她中年失去丈夫的命运遭际有关，参见《风雨总是那么地灿烂》，《迟子建散文》，浙江文艺出版社2009年版，第56—58页。

了她对中国传统社会结构中的民间野性力量的批判性反思,正如闻一多先生早就指出过的那样,"土匪究竟是中国文化的病,正如偷儿骗子也是中国文化的病"①,土匪是墨家文化的变体,而偷儿与骗子则是儒家和道家文化的衍生物。对于土匪胡二,虽然作者也竭力地表现他身上的原始生命强力,但对其被生命本能冲动所裹挟的原始生存状态还是持有明显的批判立场。至于书中对知识分子形象的塑造也无不体现了作者对启蒙精英文化的自我批判态度,比如在塑造王亭业的时候,虽然作者也竭力地彰显王亭业在狱中艰难生存的生命勇气和拒不变节的民族大义,但将他对女儿的牵挂、对妻子的淡漠与对一个暗恋对象于小书的念念不忘多次并置在一起叙述,还是明显流露出作者对王亭业知识分子性格中的软弱的嘲弄。而对郑家晴形象的塑造,作者更是极尽讽刺与揶揄之能事,把现代中国知识分子国难当头时期的逃避、软弱、虚伪、堕落、绝望展现得淋漓尽致。倒是对诗人陈希金的形象塑造,作者选择了与塑造郑家晴不一样的方式,即不再是欲抑先扬、高开低走,而是反过来,让读者对这个最初令人充满鄙弃的知识分子逐步有了同情,看到了他身上其实确有理想和赤诚的一面。但无论如何,通过考察《伪满洲国》中的知识分子形象塑造,我们大体上还是可以窥见迟子建对中国现代知识分子及其所代表的现代精英启蒙文化的看法,这就是启蒙知识精英自身的软弱性,他们尚未确证现代知识文明的强大力量。

明眼的读者会发现,《伪满洲国》把许多笔墨用在了中日民间日常生活形态的侵略与反侵略叙事上,这显然是受到了萧红的小说成名作《生死场》的艺术启示,而与同样讲述东北沦陷时期历史的萧军的长篇小说《八月的乡村》有着明显的艺术分野。《八月的乡村》

---

① 闻一多:《关于儒·道·土匪》,《闻一多全集》第2卷,湖北人民出版社1993年版,第381页。

那种讲述东北抗日游击队武装反抗的革命叙事模式在中国现当代小说史上屡见不鲜，《伪满洲国》中围绕杨靖宇的牺牲也展开过类似的革命叙事，但必须看到，《伪满洲国》中的宏大革命叙事所占篇幅极其有限，而萧红式的日常生活叙事则占据主导地位。迟子建在长篇历史小说中对日常生活叙事模式的推崇，显然与她内心秉持的现代人性人道主义思想信仰有关，所以她才会在创作中把笔触深入中日两国不同民族之间的日常生活斗争的肌理之中，努力站在超越现代民族国家的人类立场上审视那场战争给中日两国人民各自所带来的生活苦难和心理创伤。如小说中重点讲述了伪满洲国实施"归屯并户"政策、建立集团部落即"人圈"给狗耳朵、丁家寡妇及儿子丁力和丁阳，给裁缝李进才及儿子李大风、情人夏荷等人所带来的贫苦、屈辱与痛苦。小说中还通过讲述东村正男和汉奸王包发带领粮谷收荷班收粮过程中侮辱土匪刘麻子的女儿刘青，致其上吊自杀的悲剧故事，强烈地谴责了日本法西斯主义者的暴行与丑行。但与此同时我们也注意到，作者在讲述满族姑娘张秀花被中村正保强娶之后，一方面，小说中叙述了张秀花被迫和中国恋人拆散的内心痛苦，作者对此饱含同情；另一方面，对于张秀花故意杀死她和中村正保生下的儿子，作者又流露出复杂而矛盾的痛楚。而且，与小说中写到的吉冈安直、北野南次郎等日本军国主义者相比，中村正保其实是一个人性比较健全的日本农民形象，他对张秀花的爱最初是真诚的，直至张秀花杀死了他们的儿子，他对中国妻子的态度才发生转变。和中村正保一样，作者对羽田少尉的形象塑造也充满了人道主义同情，这位年轻的日本反战军官内心里良知未泯，他对日本家乡的怀念和对战争的厌恶与北野南次郎那种阴险、狡诈、残忍的法西斯变态人格之间形成了鲜明对比。凡此种种，我们不难发现，迟子建的长篇历史小说《伪满洲国》其实在致力于现代人性人道主义的新历史叙事，这既是对这一时期的长篇小说《新旧时代》《协和之花》《凯歌》

中的"新满洲"殖民小说修辞策略的全面颠覆与修正[①]，也是对两位东北文坛前辈萧军和萧红笔下的东北沦陷叙事的一次艺术传承与超越，归根结底，还是对中国古代长篇历史小说叙事传统的一次创造性转化或现代转换。

---

① 刘晓丽：《"新满洲"的帝国主义修辞》，《文汇报》2014年3月17日。

传奇·反讽·寓言

——迟子建长篇近作《群山之巅》的文体选择

迟子建是当今中国举足轻重的大作家之一。她不仅以中短篇小说饮誉文坛,其长篇小说系列同样拥趸甚众。但《群山之巅》问世后却出现了截然相反的评价,誉之者以为是对《额尔古纳河右岸》的超越,这多少有些言过其实;毁之者则指责作家用力过猛[①],有违作家一贯的艺术个性,这就未免有些画地为牢了。其实对于迟子建这样有着漫长的创作经历的大作家而言,读者需要理解作家在艺术变法上的苦心,更何况迟子建在这部长篇新作中的艺术新变并非无迹可寻,所谓散文化和抒情化叙事、人物群像结构模式、绝望中的悲凉意蕴,无不是作家此前长篇小说创作一贯的文体风格。当然,迟子建在这部长篇新作中肯定有着自己新的艺术探索,虽然这种探索由于文体的限制会存在着并不圆融的艺术局限,但这并不能否认《群

---

① 逯存磊:《〈群山之巅〉:用力太猛,适得其反》,《北京青年报》2015 年 3 月 20 日。

山之巅》依然是一部体现了迟子建整体艺术水准的长篇力作。从《树下》到《群山之巅》，迟子建的七部长篇小说（未计儿童文学长篇小说《热鸟》）虽然每一部都有所新变，但没有一部是失败之作，这也是迟子建值得读者和批评家敬重之处，因为她绝不会选择仓促成篇，而是把小说艺术的尊严放在首位。

一

十分明显，《群山之巅》中有一条核心叙事线索，这就是追捕刑事犯辛欣来。小说第一章就讲述了辛欣来杀害养母王秀满并强奸侏儒安雪儿的恶性刑事案件，由于凶犯逃逸，整部作品实际上就是围绕着追捕凶犯辛欣来而展开，直至第十五章中辛欣来才终于落网，而最后的第十六、十七章是尾声，讲述辛欣来落网后的故事大结局。这样来看，我们很容易把这部长篇小说当成一部通俗的侦破小说来阅读，但作者显然无意于讲述一个俗套的侦探或公案故事，虽然这部小说中确实也有着吸引读者眼球的通俗叙事元素。一般而言，传统的侦探或公案小说习惯于讲述一环扣一环的侦破故事情节，让谜底逐步在读者眼前显现，这就是所谓的解密或揭秘。这种通俗小说类型大都属于情节型的叙事结构，遵循一定的时间顺序讲述，而且往往醉心于惊险的故事情节的讲述而遗忘了人物性格形象的塑造，情节淹没人物成了这类通俗小说的最大弊端。乍一看，《群山之巅》似乎也未能免俗，整部文本讲述的故事时间大体清晰：第一章凶案的发生时间在某年春夏之交，随后的九章故事时间基本相同，叙事时间节奏明显放缓。直至第十一章才写到旧历端午节，然后叙事时间明显加快，第十二、十三章的故事时间猛然转到了腊月风雪时节。第十四章的故事在旧历春节之后的正月展开，第十五章写凶犯落网正好到了翌年春天，刚好构成了完整的一年故事时间。但小说的最后两章中叙事时间的频率转换更加快速，短短的两章中经历了从春天到春节再到冬天的两年时光。这意味着作者在有意地选择或者切割故事时间，她在灵活地掌握着叙事时间的调度安排，有时候她让故事时间明显地拉长或者停滞不前，有时候则将长长的故事时间压缩成短短的一瞬。这样其实正好实现了对一般侦探或公案小说的时间/情节叙事结构模式的消解，表层的时间顺序不再起着关键的叙事功能，而让位于深层的空间秩序结构安排。

实际上，在《群山之巅》中作者一直在淡化历时性的时间概念，她甚至直接隐去了具体的年份，这与她在《伪满洲国》《额尔古纳河右岸》《白雪乌鸦》中格外强调真实的历史时间年份存在着明显的差异。不仅如此，《群山之巅》中推进时间进展的叙事节点主要依靠季节的循环更替和民间传统节日的上演来完成。比如春夏秋冬在小说中循环往复地进行，作者不吝笔墨多次对龙盏镇的不同季节的山川景物进行精细的描摹，这与其说是对时间的强调，不如说是对空间的聚焦。而且主要人物中，安雪儿是在第一个春天被强暴，又在最后一个冬天中再一次被强暴；辛欣来在春天作案，又在翌年春天落网，这些人物命运和季节的循环都隐含了古老的循环时间观，明显不同于历时性的或者现代线性时间观念。在某种意义上，循环时间观要达到的正是时间的空间化效果，此时的历时性时间之流成为了共时性空间结构。值得注意的是，小说中还反复地讲述到传统节日中发生的故事，比如端午节和春节，还有龙盏镇特有的旧货节和斗羊节，尤其对后两种节日的描绘，作者堪称倾心倾力、不厌其烦，颇得西方现代自然主义或者中国古典写实主义的叙事神韵，对日常生活肌理的刻画精细而深微，从而让时间停滞，让位于空间写实艺术。其实这种艺术倾向在中国明清写实小说巨著《金瓶梅》和《红楼梦》中屡见不鲜，古典的中国写实主义小说家正是依靠季节和节日的焦点叙事达到了小说叙事的空间化目的①，这是对于传统情节结构模式和小说叙事的时间化定式的颠覆。不难看出，迟子建在《群山之巅》中不仅有意地借鉴和化用了这种以季节和节日为中心的空间化叙事传统，而且在整体的文学地理空间的构筑上也潜在地传承了《金瓶梅》和《红楼梦》的空间叙事资源。如同古典写实小说大师热衷于高楼宅院的空间描绘一样，迟子建在第三章"龙山之翼"中也对坐落在龙山南北左右两翼的龙盏镇的地形地貌做了详尽的描绘，诸如南翼灿烂明亮，多住有头有脸的人物；北翼清冷幽深，多住生活底层之人，由此交代了龙盏镇众多出场人物的文学地理空间并折射了其中的空间政治。

说到《群山之巅》的空间化叙事特征，更重要的还是体现在人物传奇的组合结构上。这里说的传奇并非西方文学中所说的罗曼司概念，而是指的唐人传奇，罗曼司属于情节型小说，而唐传奇属于野史杂传，前者偏重故事情节的传奇性，后者注重为民间人物立传。实际上，中国明清长篇小说中的佳作，大都从文体上吸纳了唐传奇的艺术滋养，虽然语言从文言转向了白话，但整体结构还是偏向于野史杂传的人物群像组合，不过是放大了的或者说是规模化了的白话传奇而已。《金瓶梅》和《红楼梦》这样的单体式长篇小说是如此，《水浒传》和《儒林外史》这样的组合式长篇小说更是如此，区别在于后者的野史杂传组合艺术的人工痕迹更明显，而前者的野史杂传组合艺术近乎无缝对接，故有单体与合体之别。不难看出，迟子建在《群山之巅》的创作构思中有意借鉴了《水浒传》和《儒林外史》那样的人物传奇组合结构，整部小说的十七章中大多数章节基本上能够独立成篇，构成单篇的人物传奇，这些单篇的人物传奇中不一

---

① ［美］浦安迪：《明代小说四大奇书》，沈亨寿译，生活·读书·新知三联书店2006年版，第65—68页。

定都是单一的传主,有时候还是几个人物的合传,而且这些单篇的人物传奇经常有重合或交合之处,即某些单篇(单章)的人物传奇的传主其实是相同的,它们之间具有连续性和同一性,共同组成了另一层面上的传奇组合,这就使得全书的人物传奇组合结构不至于散乱无章,而是组合中套有组合,彼此镶嵌为一体,在很大程度上避免了古典传奇组合结构常见的松散流弊。鲁迅曾点评过《儒林外史》人物传奇组合结构的妙处和憾处,指出"惟全书无主干,仅驱使各种人物,行列而来,事与其来俱起,亦与其去俱讫,虽云长篇,颇同短制;但如集诸碎锦,合为帖子,虽非巨幅,而时见珍异,因亦娱心,使人刮目矣"①。与《儒林外史》全书无主干不同,《群山之巅》是有叙事主干的,全书围绕着犯人辛欣来的追捕事件而进行讲述。而且,迟子建所驱使的各种人物大都与辛欣来及其家族的主要人物之间有着各种各样、或显或隐的因缘关系,这样就避免了人与事俱起俱讫的遗憾,将长篇与短制、巨幅与碎锦的各自优长融合起来,由此实现了对中国古典叙事结构传统的创造性转化。

不妨对《群山之巅》的文本结构予以必要的剖析,从中我们不难发现这部长篇小说在多元人物传奇组合结构上所做出的艺术努力。第一章"斩马刀"既是全书主干故事的起因,又是辛欣来复杂而隐秘的家史叙述,包括祖父辛开溜、养父辛七杂、养母王秀满在内的主要家庭成员全部登场,而辛欣来的杀人强奸案引爆了整个龙盏镇。如果说"斩马刀"是辛欣来的家史杂传,那么第二章"制碑人"就是安雪儿的家史杂传,包括祖父安玉顺、祖母绣娘、父亲安平、母亲全凌燕在内的主要家庭成员同样纷纷出场,所不同的是,"斩马刀"是以辛七杂为叙事视角人物,而"制碑人"是以安雪儿为叙事视角人物,

---

① 鲁迅:《中国小说史略》,《鲁迅全集》第9卷,人民文学出版社1981年版,第221页。

他们作为叙事视角人物显然构成了各自章节的中心人物或传奇的传主。第三章"龙山之翼"转入以龙山镇镇长唐汉成作为叙事视角人物，唐镇长为了化解安雪儿事件给龙山镇带来的负面影响而求助于当医生的女儿唐眉，于是牵引出关于唐汉成的家史杂传，包括他的父母、妻子陈美珍、妻兄陈金谷、妻弟陈银谷等人之间复杂的官场传奇。第四章"两双手"转入安雪儿的父亲安平与情人李素贞的叙事视角，堪称两人的爱情传奇或合传。第五章"白马月光"转入绣娘和安玉顺的夫妻视角，这又是安平的父母亲的爱情传奇或合传了。第六章"成长的声音"再转入安雪儿的叙事视角，第七章"追捕"再转入安平的叙事视角，这都是单一的中心人物叙事视角；而第八章"女人花"就不同了，它虽以辛七杂为隐性叙事视角，但主要为陈美珍、单四嫂、金素袖三个女人立传。第九章"格罗江英雄曲"转入安平的侄子安大营的叙事视角，为安大营谱写荒诞的人生传奇。第十章"从黑夜到白天"采用双重叙事视角人物，分别为单尔冬和林大花两个可怜人的变态心理画像。第十一章"旧货节"转入辛开溜的叙事视角，是名副其实的辛开溜人生秘史。第十二章"肾源"转入陈金谷的叙事视角，其官场人生秘史与辛开溜的革命人生秘史相映成趣。第十三章"暴风雪"再度运用双重人物叙事视角，一方面以显性视角为唐眉的人生秘史揭秘，另一方面以隐性视角为安平的人生悲剧作注，可谓一场暴风雪中的两种人生传奇。第十四章"毛边纸船坞"转入辛开溜和秋山爱子的叙事视角，讲述二人早年的情感秘史。第十五章"花老爷洞"转入辛欣来叙事视角，为其传奇逃亡生涯作结。第十六章"黑珍珠"再度转入辛开溜视角，为其荒诞传奇人生作结。最后第十七章"土地祠"再度转入安雪儿叙事视角，不仅为安雪儿的悲剧人生作结，而且也为绣娘、陈金谷、辛七杂、唐汉成等主要人物一并作结，由此定格或完结了"群山之巅"的人物群像传奇。

《群山之巅》中人物众多，而且每个人物都有着属于自己的故事，这些故事盘根错综，如同网络难以拆分。如果按照常见的多线索的情节结构模式予以讲述，《群山之巅》将呈现出另一种宏大叙事文体特征。但迟子建显然无意于讲述那种史诗般的故事，她迷恋的是小地方的小人物的性格和命运，所以她转而向中国古典小说的史传或传奇传统学习，用野史杂传的笔法为龙盏镇或群山之巅的众多人物画像立传。于是我们发现，《群山之巅》中有些章节是单个传主的传奇，有些章节属于多个传主的合传，还有些章节是不同家庭的家史群传；此外，有些传主多次占据不同章节的中心位置，如辛开溜、辛七杂、辛欣来、安雪儿、安平等人，由此构成了小说中主要人物的传奇组合，既形成了主要人物的完整人生传奇，又为整部小说的组合式结构起到了支撑或聚合作用。至于小说中的王铁匠、陈媛、老魏、烟婆、王庆山、刘小红、葛喜宝、李来庆、单夏、刘爱娣、陈庆北等众多小人物，他们虽然没有享有传奇传主的光荣，但同样被作者编织在不同的传奇章节中完成着各自不同的传奇人生。需要指出的是，虽然都属于多元人物传奇组合结构，但与《水浒传》和《儒林外史》那种人物接力棒式的串联结构不同，《群山之巅》的多元人物传奇组合呈现为并联或并置结构，这就更加强化了这部长篇小说的空间化叙事倾向。但因为有统一的叙事主干情节，凶犯辛欣来和受害者安雪儿一起成了这部组合式长篇小说结构中的枢纽性人物，故而每一章虽然作为相对独立的人物传奇各自并列，但这种并联或并置结构却并不显得松散，这得归功于两个枢纽性叙事人物的暗中关联或扭结。

二

作为一部人物群像组合结构的长篇小说，《群山之巅》的人物谱系并非无迹可寻。粗略而言，其一是辛开溜、辛七杂、辛欣来、秋山爱子、王秀满、金素袖等辛家人物系列,其二是安玉顺、绣娘、安平(李素贞)、安泰、安雪儿、安大营、全凌燕等安家人物系列,其三是唐汉成、陈美珍、唐眉(陈媛)、陈金谷(刘爱娣)、陈银谷、陈庆北等唐陈两姓姻家人物系列,其四是单尔冬、单四嫂、单夏、老魏、烟婆、林大花、李来庆、王庆山等小镇人物系列。虽然作家塑造了大大小小数十个人物,但其中相对重要并且处于文本中心的人物也就是十来个,这对于这部只有 20 万字的长篇小说而言已经是非常不易了。倘若不是采用野史杂传体或中国古典意义上的传奇体进行结构谋篇,而是袭用现代通行的情节型小说结构模式,《群山之巅》很容易落入中心主义人物结构窠臼。为了写好人物,让众多的人物形象在有限的叙事篇幅中熠熠生辉,迟子建颇费艺术匠心,她说"她想到了倒叙,就是每个章节都有回忆,这样方便我讲故事,也便于读者阅读"①。所谓"每个章节都有回忆""每个故事都有回忆",其实就是"每个人物都有回忆",因为《群山之巅》中的每个章节、每个故事都是由每个人物支撑着的,为群山之巅的各色人物作史立传成了迟子建这部长篇小说的主要艺术诉求。不仅如此,回忆和倒叙的叙述方式在传奇体、纪传体、史传体中展开更便于立体地塑造人物,雕刻完整的艺术形象,它能够顺利地实现历史与现实的对接,增添人物和故事的宽度、厚度和深度。

如果细究深察,不难发现,《群山之巅》中的众多人物传奇中大都隐含着复杂的反讽意味。这种反讽意味不仅来自作家有意识地让主要人物的传奇一生中产生戏剧性的前后对比,而且来自作家特意进行的不同人物传奇之间的并置对比,这种纵向和横向的对比叙事所导致的结构性反差,给人物的传奇生涯注入了荒谬性或喜剧性的意蕴,

---

① 迟子建:《后记:每个故事都有回忆》,《群山之巅》,人民文学出版社 2015 年版,第 327 页。

也给读者的阅读心理带来了无以言传的苦涩和惆怅。作为一种话语方式，反讽在西方文学史和文学批评史上由来已久，从古希腊到20世纪的英美新批评，关于反讽的理论与实践不断地丰富和发展。一般而言，西方人习惯上把反讽分为两种类型，即言语反讽和情境反讽①。前者主要是一种微观层面上的语言修辞格，比如布鲁克斯就认为反讽是"语境对于一个陈述语的明显的歪曲"，由此导致"实际意义与字面意义对立"②，而后者更多的是指宏观层面上的结构反讽或反讽结构，比如喜剧反讽让喜剧充满苦涩滋味，悲剧反讽让悲剧充满嘲弄意味。这意味着反讽是一种矛盾而富有张力的艺术结构或结构艺术，它打破了文本的单一指向性和确定性的意义结构，能增强或拓深文本的精神意蕴。而在中国古代文学和文学批评传统中，反讽艺术同样源远流长，自相矛盾和言此意彼的语言文学策略层出不穷。有意味的是，有西方汉学家指出，中国古代四大名著中都隐含了反讽结构和反讽寓意③。无论是从人物传奇命运结构来看，还是从主干情节结构编排来看，四大名著中都包蕴着中国古典长篇小说精深的反讽艺术传统。比如《三国演义》中魏蜀吴三国最终都未赢得天下，反倒是三国归晋，政归司马氏，这无疑是整体的结构性反讽。而《水浒传》中前半部的英雄侠义豪举与后半部的招安自残结局之间同样构成了结构性的反讽和自我消解。至于《西游记》中九死一生的取经磨难历险记，最终换得的却是残损的无字经书，这种情节结构性反讽无疑是对主人公的巨大嘲弄和戏谑。而《红楼梦》的反讽意味同样鲜明，众多女性人物"千红一窟（哭）""万艳同杯（悲）"的结局，

---

① ［英］罗杰·福勒编：《现代西方文学批评术语辞典》，周永明等译，春风文艺出版社1988年版，第62页。
② 赵毅衡编选：《"新批评"文选》，百花文艺出版社2001年版，第377页。
③ ［美］浦安迪：《中国叙事学》，北京大学出版社1996年版，第167页。

还有男主人公贾宝玉从繁华遁入空门的归宿，无不隐含了今昔对比的强烈辛酸和盛衰荣枯的无尽苦涩。作为一位深谙中国古典长篇小说奥妙的当代作家，迟子建尤其对《红楼梦》情有独钟[①]，这就不难推想，她在长篇小说《群山之巅》的创作中创造性地转化了中国古典文人化而非通俗化的长篇小说中的反讽艺术传统，或者说，后者以某种文化原型或文本潜结构潜在地发生艺术作用。

比如，就辛家人物系列而言，辛开溜的传奇一生中就极具反讽意味。这是一个长期被人们鄙视的老逃兵，他的家人都以他为耻，但随着作者的深度历史回忆的展开，读者才明白这是一个误解。辛开溜少年时在江南老家饱受欺凌，被卖到东北后同样饱经世事风霜，他当过掌柜的马童，被日本人抓去做过劳工，出逃后巧遇抗联小分队做了火头军，只因不忍目睹杀马惨象，他在无意中脱离了大部队，沦落为店铺伙计。抗战胜利后，辛开溜出于对战争中女性的同情，他冒着被国人误解的风险执意和日本女人秋山爱子成亲，这就注定了他一生中无法洗清的政治污点。当然，辛开溜绝对不是一个英雄，但他又确实不是一个逃兵，更不是所谓的汉奸，他只是战争年代里一个尴尬的生命存在，他的人生中充满了偶然和荒诞，但又隐含了朴素而正直的人生信念，他对日本妻子的爱情超越了狭隘的民族主义而令人唏嘘不已。辛开溜晚年的一大壮举就是展开了一场对孙子辛欣来的保卫战，为了让孙子能看到自己的孩子出生，辛开溜和长青县法警安平、松山地区公安局副局长陈庆北等人进行了这个世界上令人啼笑皆非的一场战争。这是一场带有黑色幽默意味的战争，在这场保卫战中，辛开溜以一种荒诞的方式为自己的人生正名，他终于可以摘掉逃兵的帽子了。与辛开溜先抑后扬的人生抛物线如出

[①] 迟子建：《我的2001》，收入《迟子建散文》，浙江文艺出版社2009年版，第163页。

一辙的是，他的儿子辛七杂同样是早年饱经忧患，这个不知道生父为何人的"辛七杂"，连名字都带有难堪的苦涩意味。在经历了丧妻失子的悲剧后，辛七杂竟然时来运转，这个善良而正直的老男人终于抱得美人归，他和榨油坊的老板娘金素袖喜结连理。但这不是惯常意义上的大团圆模式，而是在"卖油郎独占花魁"的戏剧性反讽中凸显了人生的亮色和世间的真情。至于辛欣来，他的生命尴尬甚至远远超过了祖父辛开溜和养父辛七杂，他从小就因为是私生子而遭人厌弃，长大后多次因被误解而入狱，由此埋下来对社会的仇视心理，他最讨厌的就是一门英雄的安氏家族，这就注定了他在过失杀母后又恶意强暴安雪儿的悲剧。但辛欣来的人生苦涩还不止于此，当得知生父是高官陈金谷之后，他竟然天真地以为会有人救他出狱，殊不知他的生父和同父异母的哥哥陈庆北要的正是他的命，因为陈金谷急需做肾移植手术，陈家人早就虎视眈眈辛欣来的流淌着陈氏血的肾了。可见，从出生到死亡，辛欣来的短暂一生确实荒谬绝伦。当他最后拒绝见安雪儿和辛七杂的时候，他的那份可怜的自信与残酷的社会现实之间构成了强烈的反讽。

与辛家人物系列相比，安家人物系列的传奇反讽意味有过之而无不及。第一代是安玉顺和老伴绣娘，一个是早年参加抗日战争和解放战争的革命英雄，一个是在英模汇报团上爱上英雄的能歌善舞的鄂伦春姑娘，但他们的英雄美人婚姻模式并不幸福。伤残的安玉顺日渐沦为英模汇报团的政治道具，在绣娘的眼中他已经从英雄日渐平庸甚至无趣。绣娘最不能容忍的是，安玉顺死后要进烈士陵园享受无上的政治荣光，而她自己并无资格进烈士陵园，和百年后不能合葬一处的男人结婚实在让绣娘灰心失望。为了排遣内心孤寂，绣娘迷上了刺绣，晚年还特别迷恋白马，她渴望能像月光一样冲破人生的黑暗。绣娘的死与白马的失踪有关，为了满足绣娘在白马尸骨旁实行风葬的愿望，当乡长的儿子安泰因违反火葬制度而被撤职。无论绣娘还是安玉顺,这对传奇夫妻的晚年人生苦涩都极具反讽意味。作为第二代的代表,长青县法警安平的传奇人生更加荒诞不堪。他唯一的女儿安雪儿被辛欣来强奸致孕,他想抓捕凶手但因违反警察制度而被迫提前退职,他在私下抓捕逃犯的过程中反思自己手下也曾有过冤魂,他意识到逃犯辛欣来因为多次被警方冤枉而不是没有可以原谅的地方,最让他痛苦的是他捕获的逃犯其实是自己事实上的女婿,因为安雪儿并不怨恨辛欣来,相反认为是神的旨意让辛欣来送给自己一个孩子。不仅如此,安平的爱情生活也充满苦涩,他的前妻全凌燕因为厌恶他的法警之手而弃他而去,他的情人——殡葬理容师李素贞虽然一度与他心手相惜,但最终与他分道扬镳,因为他们之间一道显性的心理墙壁垮掉之后又凸现了一道隐性的心理墙壁,再也无法实现心灵的交流。安家的第三代人物主要是安雪儿和安大营,他们的命运比上辈们更加孤苦和悖谬。安雪儿本是一个不幸的侏儒,虽然天赋异禀通灵,被人誉为安小仙,但她内心的孤独是常人无法理解的。猝不及防的强暴虽然令她痛苦,但很快她就从痛苦中走出来,因为她发现自己随着肚子里的孩子一起生长,她终于可以像一个正常的女孩那样结婚生子了,这让她感受到了突如其来的幸福。但不幸也在悄悄地逼近,因为那个让她重回正常人生轨道的罪犯辛欣来终于被自己的父亲安平亲手抓捕,并最终被送上了刑场。当她沉浸在庆幸孩子爸还有一颗肾活在人间的时候,安雪儿再一次被人强暴,满世界的鹅毛大雪也无法掩盖安雪儿的悖谬人生。安大营是安平的侄子,这个年轻人从小深得祖父安玉顺的宠爱,长大后参军入伍希望做祖父那样的英雄,但他的命运比祖父更加荒谬,因为他的死根本就不是英雄壮举却被当作英雄烈士加以宣传,事实的真相是他发现正是自己亲手把女朋友接到军营来被部队首长玩弄,这让他无地自容,终于在冲动中驱车坠江而亡。和安玉顺的英雄光环逐步消退或曰形象逐渐异化相比,安大营的英雄形象纯属虚构,它掩盖了阳光下的罪恶。

至于唐陈两姓姻亲人物系列中,人生充满反讽意味的同样大有人在。唐汉成虽然官居龙盏镇镇长,但在表面风光的背后其实隐含着不可告人的屈辱,高大英俊的他早年落入陈家婚姻圈套,被迫娶了丑女陈美珍,这本质上是对陈家政治势力的妥协。虽然唐镇长家庭生活不顺,但他毕竟还是一个有政治理想之人,他不怕丢弃官位,他最担心的是失去了龙盏镇的青山绿水,他把生态环保看得比所谓的开发和发展重要得多,但也为此背地里做下了不少荒唐事。为了不毁坏龙盏镇的美名,唐汉成不惜收买人证掩盖杀人强暴案;为了不让无烟煤在龙盏镇推广,唐汉成不惜用一匹好马换回了辛开溜的那块煤;为了赶走城市里来的地质勘探者,唐汉成竟然指使李来庆在斗羊比赛中袭击地质工程师,他万万没想到受伤的不是工程师而是年迈的辛开溜,为此镇政府必须承担植物人辛开溜的巨大医疗开支,这真是莫大的讽刺!唐汉成的女儿唐眉的人生反讽意味更加浓烈,她大学毕业后把患病的女同学陈媛带回了老家龙盏镇共同起居生活,为此她成了报纸新闻中宣传的道德楷模,但只有她内心底才知晓事情的真相,因为她就是那个投毒的罪魁祸首,正是她的蓄意投毒导致了陈媛的慢性失忆症。所以唐眉的一切善举都包裹着罪恶及其赎罪的隐痛,她后来堕落为汪团长的情人,甚至还向安平变态性地寻求乱伦关系,这一切都对她外在的道德形象构成了强烈的反讽。作为唐眉的舅舅、唐汉成的妻兄,官拜松山地委副书记的陈金谷的命运可谓高开低走、大开大阖,其人生的抛物线轨迹荒谬而令人唏嘘。陈金谷从龙盏镇到长青县再到松山地委,仕途一帆风顺,在其羽翼照拂下不知道有多少陈姓和唐姓人氏广受荫庇,但当陈金谷罹患肾病需要亲人们提供肾源时,他绝望地发现,除了外甥女唐眉之外,竟然找不到一个人愿意为他捐肾,包括妹妹陈美珍、儿子陈庆北、女儿陈雪松在内都拒绝做配型实验。而妻子徐金玲暗中打听到陈金谷早年的私生子辛欣来，这让儿子陈庆北如获至宝，他既不想认这个胞弟，也不想损害陈家名声，他只想要辛欣来的命！陈金谷虽然依靠私生子辛欣来的一颗肾而活了下来，但很快东窗事发，陈家在一场戏剧性的盗窃案中败露了贪腐真相，正可谓机关算尽太聪明反害了卿卿性命！

除了以上三个主干系列的家族人物之外，《群山之巅》中还写了一些辅助性的小镇人物系列，这些小人物在这部多元人物群像结构的长篇小说中并非可有可无，而是各自发出了独特的声音，构成了全部文本中人生反讽传奇的混响。比如单尔东，作者用戏谑的笔法勾画了这个三流作家的可怜形象。单尔东因为发表小说而调入松山市文联，人阔脸就变，他把妻儿抛弃在乡下小镇。成了专业作家的单尔东后来接受了采访任务，他装模作样地采访了安大营的亲人和乡邻，最后却虚构出了英雄烈士安大营的一大堆好人好事，这种虚假的新闻文字招来了龙盏镇人对所谓作家单尔东的厌弃。由于遭到城里女人的抛弃，病后的单尔东回到龙盏镇乞求妻儿的原谅，好不容易换得了妻儿的同情，他又因为长篇小说创作中思维枯窘而迁怒于妻儿和外部环境，他以龙盏镇生态环境被污染导致他灵感枯竭为由再度弃家出走，从这里读者不难体味到作者对单尔东这位虚伪造作的作家同行的嘲弄和鄙夷。还有卖豆腐的老魏，这是一个常患生活作风问题的老光棍，他一向过着玩世不恭的逍遥生活，可突然有一天他向单四嫂求婚，而在结婚前他决定去城里把该睡的小姐全部睡一遍，然后再回来和单四嫂好好过日子。可就在思考人生的返程途中，老魏偶然抓蝴蝶采到了各种各样的野花，他决定不和单四嫂结婚了，他不想守着一朵枯萎的花过日子。可想而知，当老魏跪在地上讲明实情时，等待他的是单四嫂和儿子单夏的冷水灌顶。最后老魏高喊着自由抱头鼠窜，这幕场景颇能见出叙事的反讽意图。而善良的单四嫂的悲剧人生也正是在单尔东和老魏这样的男人的随意捉弄中充满了黑色幽默意味，所以她虽然没有和老魏过一天日子却再度体会到了被抛弃的感觉,心如死灰的她不禁泪流满面。事实上,单尔冬的内心也并非没有隐情,儿子单夏的眼神就是他生命中的黑夜,所以他能真切地体味到林大花对黑色的迷恋和对白色的恐惧。林大花因为安大营的死而心理失常,以前怕黑的她现在怕白,怕黑是因为父亲矿难而死,怕白是因为她出卖自己的那座军营小白楼。林大花说她不想看到自己的脸,也不想被人看到自己的脸,对此单尔冬深有同感,因为他也希望一直在黑暗中不让人看见。这是两个灵魂分裂者的内心告白,他们的人生传奇中都隐含了无法拆解的悖论,在是非对错、黑白转换之间撕扯着各自孤苦的灵魂。

三

《群山之巅》的反讽艺术,不仅仅表现为局部性的反讽修辞,更重要的是表现为整体性的反讽结构。这种整体反讽结构的形成,不仅仅是通过对众多人物传奇人生的前后对比或自我分裂来完成,而且还通过对不同人物传奇人生之间的并置对比来完成,由此在同一人物内部和不同人物之间形成了较为完整和立体的整体性反讽结构。首先是不同人物系列之间的并置对比,比如辛家人物系列与安家人物系列的并置对比,辛欣来之所以要强暴安雪儿,就因为他从小受到家庭歧视,他不能明白为何辛家人都是逃兵、屠夫、罪犯这种不受人待见的社会角色,而安家人则占据了英雄、法警、神仙、乡长这些令人敬而远之的上层位置。实际上随着叙事的进展我们可以发现,安家的英雄在异化、安家的法警陷入两难、安家的神仙跌入凡尘、安家的乡长黯然离职,而作为比照的是,辛开溜由"逃兵"演变成了"英雄",他晚年独立指挥了一场智慧的战争,在与安家的法警和陈家的公安的斗志斗勇中,辛开溜取得了一场完胜,如若不是他酒后吐真言,老法警安平不一定能及时捕获匿藏在花老爷洞里的辛欣来。可以说,"逃兵"辛开溜与"英雄"安玉顺之间的较量,构成了整部小说中最有戏剧性的反讽。至于屠夫辛七杂抱得美人归的结局,与法警安平痛失李素贞的法庭大辩论相比,也潜在地构成了一种反讽。而罪犯辛欣来恰恰成了侏儒安雪儿(安小仙)的拯救者,安雪儿对辛欣来没有仇恨只有感恩,这也是自以为英雄的安家人始料未及的,其中的反讽意味同样深长。其次是同一人物系列内部的并置对比,比如在唐陈两姓姻亲人物系列内部,随着叙事进展日渐暴露出分裂的征兆,唐汉成与陈金谷道不同不相为谋由来已久,所以陈金谷贪腐落马后,唐汉成是唯一不受牵连的陈系官员,他对政治理想的奇怪捍卫方式与陈金谷的家族政治哲学之间构成了某种微讽。至于陈金谷换肾之时所遭遇到的政治家族内部的互相推诿,则更是充满了反讽意味,它直接导致了陈系政治家族最后的分崩离析。此外,小说中还有众多传奇人物之间的对比并置,如唐眉与陈媛之间、安平与李素贞之间、陈金谷与刘爱娣之间、辛欣来与陈庆北之间、单尔冬与老魏之间、安大营与林大花之间,都属于反讽性的并置结构。显然,正是依托着如此众多的局部性反讽并置结构,才最终形成了整部小说中的整体性反讽结构。

一般而言,一部反讽性的长篇小说会有弦外之音,反讽中常有寓言指向,《群山之巅》就是如此。但"反讽和寓言毕竟是两个含义相近的词语。它们的描绘手法都可以用一句话概括:言此意彼。不过,反讽旨在贬损那'言此'的权威,而在寓言作品里则要求最终完全应指出那'意彼'的一面来"①。我们看到,《群山之巅》中处处充满了自我消解式的反讽叙述,许多"权威""英雄""神仙""警察"的

---

① [美]浦安迪:《中国叙事学》,北京大学出版社1996年版,第199页。

声音或形象被消解,与之相对的"逃兵""罪犯""屠夫""小人物"的声音或形象则实现了自我反转,而就在这些反讽式的叙述结构中,作家的意图或作品的寓意得以凸现。大致而言,《群山之巅》的寓言指向性可以分为两个层面:一个是现实性的讽喻层面,一个是存在性的讽喻层面。就前者来说,《群山之巅》是一部现实指向性很明确的世情小说,迟子建在接连写了两部历史题材的长篇小说《额尔古纳河右岸》和《白雪乌鸦》之后,再次把长篇小说的叙事焦点直接对准当下中国的社会现实生活。对于当下这个信息化的微时代而言,一个作家面对现实生活发言并不容易,因为很容易跌入新闻拼贴或"新闻串串烧"的陷阱,近年来已有不少实力派作家因为未能处理好小说与新闻的关系而饱受诟病,如余华的《兄弟》和《第七天》、贾平凹的《老生》和《极花》,都受到了类似的苛评。《群山之巅》也未能幸免。但迟子建很清楚:"一个飞速变化着的时代,它所产生的故事,可以说是用卷扬机输送出来的,量大,新鲜,高频率,持之不休。"[①] 如何面对现实生活中海量的故事和素材,是直接进行新闻拼贴还是按照作家的个性化思考加以组装,这是两种不同的艺术选择。诚然,《群山之巅》中写到了一些似曾相识的新闻事件。但作者对这些新闻事件并未做简单的新闻拼贴,而是根据自己的思考对这些新闻事件进行了人性或文化层面的深度开掘,这样就避免了《群山之巅》沦为所谓新闻的附庸。毫无疑问,《群山之巅》不是简单的黑幕小说,也不是晚清谴责小说的翻版。鲁迅曾指出:"虽命意在于匡世,似与讽刺小说同伦,而辞气浮露,笔无藏锋,甚且过甚其辞,以合时人嗜好,则其度量技术之相去甚远矣,故别谓之谴责小说。"[②] 迟子建的小说向来以温婉含蓄见长,《群山之巅》虽然在部分片段中确也

[①] 迟子建:《后记:每个故事都有回忆》,《群山之巅》,人民文学出版社2015年版,第327页。
[②] 鲁迅:《中国小说史略》,《鲁迅全集》第9卷,人民文学出版社1981年版,第282页。

存在着不够隐忍之处，但总体来看，并非那种"辞气浮露，笔无藏锋"的社会谴责小说。

事实上，迟子建在《群山之巅》的创作中试图精心打造一部反讽性的中国寓言。我们可以从作家对几个主要人物的生活原型进行反讽式改编中窥见这一艺术诉求。关于辛开溜，这个人物的原型是来源于2001年作者夫妇在中俄边境的一个小村庄里偶遇的一位老人，他衣衫破烂、家徒四壁，他原本是攻打四平的解放军老战士，身上有多处战争创伤，但"文化大革命"中被诬蔑成了逃兵接受批斗，晚景凄凉。像这种生活原型，对于当代中国而言并不鲜见，但迟子建显然进行了精加工，小说中的辛开溜并非一个感伤的老人形象，而是一个充满了诙谐的人生机趣的老顽童。在辛开溜的身上有着一种不服输的朴素的生命意志存在，尽管被诬蔑成为逃兵不受人尊重，但他依旧能凭借着心中的大爱与坚韧达观地活着，唯其如此他才能在家庭灾难袭来的时候，独自指挥了一场对孙子辛欣来的保卫战，由此完成了从"逃兵"到"英雄"的逆袭或华丽转身。再比如安大营，像这样的假英模事件在当下中国可谓屡见不鲜，但小说中的安大营形象显然比生活原型要复杂得多，也更具有反讽的艺术张力，使安大营的死再次平添了反讽色彩。安大营作为英雄的子孙继续扮演着英雄的角色，但他其实比祖父安玉顺的英雄招牌更为脆弱，不堪一击。从老一辈英雄的历史反讽到新一代英雄的现实反讽，于此可见作者对生活原型的反讽式改编的艺术力度。关于安雪儿，她的原型来自作者童年生活的小镇附近山村的一个侏儒，迟子建曾在儿童小说《热鸟》中以她为原型塑造过一个天使般的精灵形象，但在《群山之巅》中，作者让她从云端坠落凡尘，天使蜕变成他人妇。显然，作者对生活原型及其人生做了深度开掘，她让安雪儿在小说的首尾两章中经受两次强暴，这似乎有些血腥，但非如此就不能彰显安雪儿人生传奇的苦涩与荒谬。再比如辛七杂，他的原型是作者居住的小城的一个卖菜的老头,他用太阳火点烟的姿势十分迷人,作者就以此为由让他以辛七杂的身份登场①。但辛七杂的人生充满了酸辛,这个生父不明、生母出走的可怜人虽然表面坚硬如铁,但骨子里柔情似水,故而最后赢得了金素袖的爱情,这是小说中难得的一抹亮色,却同样是通过反讽性的戏剧化情节来实现的。

虽然作者对社会现实生活素材进行了别具匠心的反讽式改写,但其意并不在于对社会现实生活做简单或表层的价值评判,而是试图从现实性的社会讽喻层面深入存在性的生命讽喻层面,暗示或表明当下人类生命存在的困境问题。如前所说,《群山之巅》是一部有着强烈的空间化叙事诉求的作品,整个作品其实就是一个北中国山地的缩影。所谓"群山之巅"主要包括三个层次的文学地理空间:从龙盏镇到长青县,再到松山地区。这是一个逐步扩大的话语空间,其中包含着以小见大的象征或隐喻功能。在中国古代小说传统中,这种通过小天地折射大世界的空间隐喻艺术有着出色的运用,《金瓶梅》和《红楼梦》都是通过特定的家族宅院为中心展开叙事,以此连接京城乃至于通向天下②。在中国现代小说传统中,鲁迅笔下的鲁镇,茅盾笔下的乌镇,沈从文笔下的边城,萧红笔下的呼兰河县城,都是空间性隐喻叙事的范例。至于当代小说中的《白鹿原》《废都》《马桥词典》,包括迟子建本人的《伪满洲国》在内,也都属于同样的空间化叙事寓言,都是试图勘探现代中国文化命运或生命处境的作品。豆瓣读书上有读者留言说《群山之巅》是东北版的《百年孤独》,这虽然未免有些过誉,但注意到这两部长篇小说之间在精神寓言上的相

---

① 本段中关于几个主要人物的生活原型资料,均见迟子建《后记:每个故事都有回忆》,《群山之巅》,人民文学出版社 2015 年版,第 325—328 页。
② [美]浦安迪:《明代小说四大奇书》,沈亨寿译,生活·读书·新知三联书店 2006 年版,第 84 页。

通,却是颇有见地的。从迟子建在五十岁的秋天给《群山之巅》作的一首诗来看,其中第二节写道:"也许从来就没有群山之巅,/因为群山之上还有彩云,/彩云之上还有月亮,/月亮背后还有宇宙的尘埃,/宇宙的尘埃里,/还有凝固的水,燃烧的岩石/和另一个世界莫名的星辰!/星辰的眸子里,/盛满了未名的爱和忧伤!"[1]这无疑表明她在创作这部长篇小说时持有强烈的人类意识和生命关怀。在作者的眼中,群山之巅的芸芸众生都值得悲悯,他们在生与死、爱与恨、罪与罚中挣扎,他们的人生往往充满了反讽性和悖谬感,他们以为自己置身于群山之巅而实际上深陷于滚滚红尘,正是在这种"形而上"的生命幻象中人们迷失了自我,他们在绝望中寻找家园而又在寻找中绝望地呼告。于是我们听到迟子建这样坦诚相告,她说自己在写到小说结尾那句"一世界的鹅毛大雪,谁又能听见谁的呼唤"时,自己的心是颤抖的[2]!这是群山之巅的旷野呼告,这是滚滚红尘中的绝望哀鸣,这是人类生命存在困境中的最后吁求,这种生命寓言直抵人心。

---

[1] 迟子建:《后记:每个故事都有回忆》,《群山之巅》,人民文学出版社2015年版,第331页。
[2] 迟子建:《后记:每个故事都有回忆》,《群山之巅》,人民文学出版社2015年版,第329页。

"新世情小说"的艺术探寻

——乔叶与传统

中国文学传统的创造性转化,这已是近年来中国当代文学研究中的一个焦点话题了。实际上,不同代际的中国当代作家对中国文学传统的态度存在着明显的差异。比如"50后"作家群体中的莫言、贾平凹、韩少功、王安忆等人就都曾有过向中国文学传统"回撤"的经历,而"60后"作家群体中的格非、苏童、毕飞宇等人更是经历过从先锋文学试验转向中国文学传统"求援"。与前辈作家不同的是,以乔叶、魏微、付秀莹等为代表的"70后"作家似乎从一开始就越过了中西文学二元对立的思维模式,她们就像转向后的前辈作家一样,径直而稳健地走在了中西文学平等交通的大道上,由此自觉不自觉地从事着中国文学传统的创造性转化。虽然关注乔叶的小说创作好几年了,但笔者最近才真正意识到原来她与中国文学传统的关系实在是密不可分,这就难怪她的小说创作一直后劲十足、根深叶茂了。何以为证?先简单说些外证,笔者发现乔叶在散文随笔中多次对中国古代的神话传说、话本小说、古典戏曲进行改写或者重释,如牛郎织女、梁祝化蝶、张生煮海、田螺姑娘、白娘子永镇雷峰塔、杜十娘怒沉百宝箱等中国古典文学文本都在乔叶的笔下闪烁着新的艺术之光①。乔叶甚至公开表示："《三言》之中，让我落泪最多的小说，是《杜十娘怒沉百宝箱》。"② 由此可见她对《三言》《二拍》为代表的宋元至明清的话本小说的迷恋。笔者还注意到，乔叶是一个地道的戏迷，她不仅写过当代河南戏曲艺人生活题材的中篇小说《旦角》，而且对河南三大地方戏种（豫剧、曲剧和越调）情有独钟。在她看来，河南地方戏曲的最大共同点只有一个："都很土，从根儿里听都是土戏。""这土啊，土得面，土得酥，土得细，土得可心可肺，可肝可胆。土得人每一寸骨头都是软的。没有什么比这土味儿更丰满，更宽厚，更生机勃勃，更情趣盎然。土就是河南戏的真髓。这要了命的土啊。"③ 如此深情款款，非内行者不能言。仅凭这些外证，即可见笔者所言非虚，乔叶确实与中国本土文学传统有着不解之缘。

一

仅有外证显然是不够的，我们还需要到乔叶的小说创作中去寻找到内证才行。毫无疑问，乔叶的小说创作中创造性地转化了诸多中国古代文学传统资源，但这些本土文学脉络或显或隐、时明时暗，夹杂在福楼拜、老托尔斯泰、陀思妥耶夫斯基、福克纳、杜拉斯等

---

① 参阅乔叶的系列散文随笔《新白娘子传奇》（关于白蛇）、《我爱法海》（关于青蛇）、《若不化蝶》（关于梁祝）、《你的壳是你最大的美》（关于田螺姑娘）、《煮海》（关于张羽与龙女）、《批谎记》（关于牛郎织女）、《一个女人的自杀史》（关于杜十娘）等，收入乔叶的散文随笔集《薄荷一样美好的事》，江苏文艺出版社2010年版。
② 乔叶：《一个女人的自杀史》，《薄荷一样美好的事》，江苏文艺出版社2010年版，第69页。
③ 乔叶：《在淮阳听戏》，《薄荷一样美好的事》，江苏文艺出版社2010年版，第111页。

西方现当代文学大师的艺术面影中如影随形,并非随意都可以辨认。但据笔者观察,乔叶整整二十年的小说创作生涯(1998—2018)中,她渐渐地形成了一种饶有个性风格的"新世情小说"写作形态。这种"新世情小说"写作依旧还在她的艺术探寻过程中,很可能还会有更加阔大与成熟的艺术气象,但仅就她业已取得的艺术成就而言,就足以傲视同辈时流。说到"世情小说",鲁迅先生也把它称之为"人情小说",以《金瓶梅》和《红楼梦》为代表的"人情小说"或"世情小说"被认为是中国古典小说的艺术最高峰。鲁迅先生认为"世情小说""其取材犹宋市人小说之'银字儿',大率为离合悲欢及发迹变态之事,间杂因果报应,而不甚言灵怪,又缘描摹世态,见其炎凉,故或亦谓之'世情书'也。"[①]可见以长篇白话小说见长的明清"世情小说"其实脱胎于宋元话本小说,也与明清短篇话本或拟话本小说同源同体,它们大都属于描摹世情世态、透视人情人心的"世情书"。考虑到中国古代戏曲与白话小说的通俗文学共性,甚至直到晚清时期中国人的小说观念中还包含戏曲文体在内,我们便不难发现诸多古典戏曲的"世情书"性质了。所以乔叶对中国古代白话小说和本土戏曲传统的迷恋,其实隐含着她对中国古代"世情书"文学传统的迷恋。正是通过创造性地转化中国古代"世情书"写作传统,作为"70后"作家的乔叶开垦出了一片属于自己的"新世情小说"艺术园地。当然,当代中国的"新世情小说"写作由来已久,早在20世纪90年代初,贾平凹就凭借《废都》公然开启了当代中国"新世情小说"写作之门。在此前后,诸如苏童的《妻妾成群》和《红粉》、王安忆的《长恨歌》和《天香》、莫言的《檀香刑》和《生死疲劳》、格非的"江南三部曲"、刘震云的《一句顶一万句》和《我不是潘金莲》、毕飞宇的《玉

[①] 鲁迅:《中国小说史略》,《鲁迅全集》第九卷,人民文学出版社1981年版,第179页。

米》系列等,无不是当代中国"新世情小说"兴起的明证。这些纷纷向中国古代文学传统致敬的当代文学杰作,无不彰显或暗含了以《金瓶梅》和《红楼梦》以及"三言二拍"为代表的中国本土"世情书"文学范式的艺术魅力。这显然是一条当代中国文学复兴的艺术大道,而后起的乔叶从一开始就走在了这条艺术大道上。事实上,凭借着她的"70后"身份,乔叶的"新世情小说"无论在内容还是形式上都做出了极具个性的艺术探寻。

中国古代世情小说大都是话本小说或话本小说的变体,而话本小说最重要的文体特征就是讲故事。按照乔叶自己的说法:"二十年过去,现在,我依然在写故事。我粗通文墨的二哥就说我是个故事爱好者,离了故事就不能活。从《取暖》到《月牙泉》,从《打火机》到《最慢的是活着》,从《拆楼记》到《认罪书》,短篇中篇长篇小说,短的中的长的故事……只是再也不敢用'一个故事引出一个哲理'。已经渐渐知道:那么清晰、澄澈、简单、透明的,不是好故事。好故事常常是暧昧、繁杂、丰茂、多义的,是一个混沌的王国。"① 确实,乔叶的小说喜欢讲故事,这与中国古代话本小说传统有着不解之缘,但乔叶并不拘囿于传统话本小说的故事与意义模式,而是结合现代人的文学趣味和当代中国社会现实生活对传统的故事模式加以改造和翻新,并赋予其复杂而多义的现代意涵。一般来说,中国古代世情小说主要有三种题材或叙事类型:一是情爱小说,二是公案小说,三是神鬼小说。这三种题材或叙事类型时常交织在一起,即把情爱故事、公案故事和神鬼故事中的二者或三者组合在一起。短篇小说中的例证有《错斩崔宁》(后演绎出《十五贯》)和《蒋兴哥重会珍珠衫》之类,至于长篇小说中的《金瓶梅》和《红楼梦》则更是三种题材

---

① 乔叶:《在这故事世界里(后记)》,《旦角》,安徽文艺出版社2015年版,第357页。

或叙事类型的集大成之作。有意思的是，乔叶的小说创作恰恰就以情爱叙事和探案叙事的结合为主，而有意舍弃了古代话本小说中常见的神鬼叙事，因为古代神鬼叙事往往与道教和佛教思想有关，这与乔叶追求的西方现代意识格格不入，而不利于她从事中国话本小说或世情小说叙事传统的现代转换。所以我们在乔叶的小说中读不到莫言和贾平凹笔下的那种神鬼叙事或者魔幻现实主义，她习惯于直面当下中国社会转型中的残酷现实和内心生活。相较于莫言、贾平凹、余华、迟子建等前辈作家在讲述新世纪中国故事时与现实之间存在着不同程度的疏离感和隔膜感，如余华的《兄弟》和《第七天》就遭到了"新闻串串烧"的訾议，"70后"作家乔叶笔下的当代中国故事更加具有时代感和现实性，更加切近我们这个时代的精神脉搏与生活遭遇，同时又比年轻一代的"80后"作家笔下的新人类故事更加具有历史感与思辨性，而不致于陷入那种通俗化与时尚化的写作陷阱。

　　无论是情爱故事还是探案故事抑或二者的结合，乔叶笔下的当代中国故事都集中凸显了当代中国的世情世态和人性人情。为了论述的方便，先看乔叶笔下的情爱故事。乔叶十分热衷于解析当代中国人尤其是女性的情爱心理，她笔下的情爱故事的主人公大多是女性或者是从女性角度透视的男性；这些女性人物大抵可以分为两种类型，一种是常态生活中的女性，再一种是非常态生活中的女性，主要是妓女。与中国古代话本小说或世情小说的作者往往习惯于从男性角度讲述妓女或者陷入情爱纠葛的普通女性的人生故事不同，乔叶因为深受中西现代女性文学影响，所以总是从现代女性意识的角度讲述当代中国女性故事。比如古代话本小说中具有独立女性意识的作品并不多见，尤其是讲述古代妓女故事的小说中往往充斥着陈腐的男权意识，习惯于把女性当作男性的玩物，即使是像《卖油郎独占花魁》那样为人称道的妓女故事中，虽然宣扬了古代市民或平民的爱情理想,具有一定的现代民主意识,但依旧缺乏对女性独立人格的尊重。乔叶真正欣赏的古代妓女故事是《杜十娘怒沉百宝箱》,她赞赏杜十娘"这样一个烟花女子,却有着如此清洁纯粹的爱情精神。我相信,面对她的勇敢和决绝,有太多活在当下的口口声声标榜个性和自由的酷男酷女都会汗颜",杜十娘之所以选择自杀,是因为"她拒绝苟且"[1]。于是我们不难理解乔叶对妓女题材的垂青,以至于她的长篇小说处女作《我是真的热爱你》就写了一对沦落为妓的姐妹花的故事。如果说姐姐冷红的"小姐意识"或妓女心理已深入骨髓,她已经习惯了苟且、习惯了妓女生活方式,那么妹妹冷紫则想拒绝苟且、拒绝妓女生活而不可得,她在妓女生活中苦苦挣扎,清醒地活在堕落中,找不到拯救自己的出路。良知未泯的冷紫最后为了保护姐姐而被歹徒报复性地枪杀,但她的死却充满了黑色幽默的味道,因为世人无法相信一个妓女的正义和良知,就像在遥远的古代,世人无法相信杜十娘心中的爱情。在长篇小说《底片》(根据中篇小说《紫蔷薇影楼》改写扩充而成)中,乔叶进一步深挖了世人心底的黑色精神底片,那种出卖肉体和灵魂的"小姐意识"仿佛阴魂不散、拂去还来。多年后,女主人公刘小丫尽管已经改邪归正、弃旧从良,但回到故乡的她依旧难以摆脱内心深处的黑色诱惑,一旦遇到昔日嫖客的勾引,她那根深蒂固的"小姐情结"便死灰复燃。"这个旧客就是她的妖,她也是他的妖。""他们都知道彼此的黑暗——都握着彼此的底片。"[2]可见此时的底片已经具备了抽象的精神符号意义,这显然是乔叶的艺术发现。

除了非常态生活中的妓女故事之外,乔叶小说中还大量讲述了所谓看似正常的生活状态中的婚外情故事。这些婚内男女的婚外出轨故

---

[1] 乔叶:《一个女人的自杀史》,《薄荷一样美好的事》,江苏文艺出版社2010年版,第73—74页。
[2] 乔叶:《后记:关于底片》,长江文艺出版社2008年版,第204页。

事其实在中国古代话本小说和世情小说中所在多有,堪称源远流长。但古人讲述的婚外情故事往往被目为"偷情"故事而受到传统儒家道德伦理的谴责或者佛家因果报应思想的支配,比如《十五贯》《金瓶梅》中的奸夫淫妇故事就体现了罪有应得的儒道思想,即使是《蒋兴哥重会珍珠衫》那样体现了近世市民平等思想觉醒的作品,同样也难以摆脱古老意识形态的羁绊。但乔叶笔下的婚外情故事不是这样,透过婚外情的生活隐秘窗口,乔叶窥探到了当代人的精神心理困境。她在散文《月牙泉外》中说:"男人有妇,女人有夫。电视上正在上演一场婚外恋。二人相遇,碰出火花。——在这个干燥的年代,男女之情燃烧的沸点是那么低,以至于婚外恋几乎成了婚姻的孪生姊妹。"又说:"忽然想起那年我去敦煌看到的月牙泉。月牙泉,它孤零零地汪在那里,如一只无辜的眼睛,让人心疼,仿佛一汪稍纵即逝的奇迹。在我的想象中,真正优质的婚外恋就是这样的奇迹。"[①]显然,乔叶无意于站在传统道德立场去简单地谴责婚外恋,而是看到了现代人婚恋生活中理想与现实的冲突,由此表达了她对人性的悲悯。乔叶平生发表的第一篇真正意义上的短篇小说《一个下午的延伸》就是写的婚外恋,写一个女下属和她的男上司在京城进修期间所发生的隐秘婚外恋情,一切随风而散了无痕迹。这种婚外情故事模式在乔叶的笔下几乎反复地出现,乃至于成了她小说中的一种叙事原型,这当然隐含了乔叶对当今中国世情人性的观察和思考。比如在长篇小说《认罪书》中就重点讲到了梁知在省委党校学习期间与酒店服务生金金之间的婚外情故事,还有金金出于报复嫁给梁新后依旧与梁知保持着隐秘恋情,这种多角婚外情故事不仅是这部长篇小说的核心叙事框架和叙事线索,而且其中还隐含了作者对当代中国人心理罪感

[①] 乔叶:《月牙泉外》,《薄荷一样美好的事》,江苏文艺出版社2010年版,第83—84页。

和耻感的反思。再比如短篇小说《像天堂在放小小的焰火》也是讲述的在干部培训班中发生的婚外恋故事，但作者要思索的是现代社会中男女之间超越性别的友谊神话的幻灭，这就给时尚的婚外恋小说模式注入了新的内涵。在中篇小说《打火机》中，乔叶写余真与胡厅长在北戴河休假期间的一段暧昧故事，但作者的着眼点并不在于写暧昧的婚外情，而是挖掘女主人公内心深处早年被压抑的精神暗疾，这就摆脱了平面化的故事套路而进入了立体叙事的心理深渊。还有短篇小说《妊娠纹》，写中年女性的一次未遂的婚外情，作者借此剖析中年女性的心理危机，尤其是女主人公的性别自审与生命反刍令人印象深刻。还有中篇《山楂树》，写一个少妇返乡途中在火车上与一个逃犯的暧昧邂逅，但作者的叙述重点在于捕捉与描摹婚外恋的心理波澜，即所谓精神出轨，而不在于身体书写。此外长篇小说《爱情互助组》，中篇小说《那是我写的情书》《他一定很爱你》《我承认我最怕天黑》等都是以婚外恋故事作为基本叙述框架，呈现了当代中国城市男女的精神面相与生活状貌。需要补充的是，乔叶还将婚外情故事从当下青年男女这里引向了前辈们的历史记忆中，这就增强了小说的精神深度与生命厚度。如中篇《最慢的是活着》写祖母王兰香的生命史，但其中也重点写到了她与驻队干部的私情；中篇《解决》写祖母与小叔子六爷早年的私情，直至当事人都已告别人世才让时间来化解隐秘；长篇《认罪书》里也写到了母亲早年与哑巴之间的私情，而女主人公金金就是他们的私生女；凡此种种，无不体现了乔叶喜欢探秘的叙事旨趣。

事实上，在乔叶的情爱叙事中往往纠缠着探案叙事。在乔叶的艺术视界中，各种非常态的情爱叙事中本来就包含了罪感和耻感，这种私人生活中的罪感和耻感与社会公共生活中的罪感与耻感纠结在一起，更能凸显作家对当代中国社会世情与人性的反思。虽然乔叶笔下的情爱故事与探案故事时常扭结在一起，但这并不妨碍我们将这两种叙事单独拆开来予以分析。比如长篇《认罪书》中除了梁家兄弟与金金的不伦之恋这条情爱叙事线索和结构框架之外，作者还精心设计了梅好和梅梅母女之死在不同历史时期所导致的民族心理暗疾，而围绕着梅家母女之死的案情解密，金金在闯入梁家内部后充当了探案者的社会角色，此时的她不再是不伦之恋的罪人而摇身变作了地下法官，正是通过她的层层揭秘，读者终于明白了作者要反思的其实不仅仅是某一个生命个体的罪恶，而是一个民族集体的精神失足所导致的罪感的泛化与蔓延。这样的犯罪与探案叙事显然超越了古代通俗公案小说的思想和艺术樊篱，跳出了儒家忠奸善恶伦理模式，径直抵达了现代人性自审的灵境。再如长篇《藏珠记》，除了唐珠与赵耀、金泽之间的私人情爱叙事线索之外，作者又精心设计了司机起家的赵耀为了侵夺曾经的上司金家的家产而围捕、陷害乃至于追杀金泽及其女友唐珠的好戏。利令智昏的赵耀最后强暴了千年剩女唐珠，然而他没想到正是他的强暴无意中成全了唐珠从神到人的回归，唐珠在经历了生死劫难后终于过上了自己渴望已久的平凡的人间生活。可见《藏珠记》中私人情爱叙事是明线而公共探案叙事是暗线，明暗交织，而千年剩女唐珠则同时充当了小说中罪案的受害者与探案人。但受害者最终又成了受益人，这一出看似荒谬的悲喜剧中其实隐含了作者对生命存在过程与本质的思考。有意思的是，由《盖楼记》和《拆楼记》合成的长篇小说《拆楼记》其实也隐含了探案叙事模式。如果说上部《盖楼记》写的是"我"伙同乡下老家的姐姐和乡邻为了争取更多的拆迁款项而精心盖楼"作案"，那么下部《拆楼记》就是写政府人员为了惩罚乡民"种房子"的罪行而与乡民进行的执法较量。这是一场没有胜利者的较量。无论是读者还是作者都很难站在单纯的立场上做出评判，究竟谁是受害者而谁又是施暴者，一切都交给作者对市场经济体制下当代中国世情人心的描摹与刻画。对于乔叶而言，犯罪与探案并非是严格意义上的法学概念，而更多地属于人性与人学范畴。所以我们发现她往往从人性的角度审视罪犯,揭秘当代中国的隐秘世象。如中篇《锈锄头》中解密了老知青李忠民为何要杀掉偷窃者石二宝的心理意识流动过程,中篇《我承认我最怕天黑》揭示了离婚女刘帕爱上了一个破窗而入的民工犯人的心理真相,中篇《他一定很爱你》证明了诈骗犯陈歌对初恋情人小雅依旧有着真诚的爱情,而短篇《取暖》中写犯人和犯人家属之间也有难得的温馨。至于中篇《那是我写的情书》中写纯情的麦子其实暗中充当了从案犯见死不救,还有《失语症》中写尤优对丈夫出车祸所滋生的隐秘罪感,这些都折射了乔叶对当下中国世情人心的犀利洞察力。显然,这类探案性世情小说是不能简单地视为古代判案小说的现代翻版的,而是体现了乔叶对中国传统世情小说的现代转换。

二

众所周知,中国古代世情小说是一种"说话"艺术,而当代中国"新世情小说"则是一种"新说话"艺术,从贾平凹到乔叶等当代中国作家已经和正在不断地发展这种"新说话"形态。比如贾平凹既反对中国传统的说书人式的说话,也反对现代西洋人式的说话,至于把小说写成了领导人式的说话,他同样不赞成;他要做的就是将《金瓶梅》和《红楼梦》为代表的古代闲聊式说话发扬光大乃至于创造性转化①。而乔叶虽然也迷恋中国古代话本小说,但她的小说也摒弃了传统说书人式的评书体说话套路,而更接近与读者平等对话交流的闲聊体说话,这就为传统的闲聊体注入了现代民主意识。比如

---

① 贾平凹:《后记》,《白夜》,华夏出版社1995年版,第385—386页。

在她的长篇非虚构小说《拆楼记》的创作中，乔叶既没有模仿西洋式的现代知识精英说话形态，也没有站在主流意识形态立场上提供主旋律话本，而是选择了作为民众的一员进行说话，既不高高在上也不冷眼旁观。于是我们看到，在这部讲述中国式的盖楼与拆楼故事的当代拍案惊奇中，作家虽然采用的是第一人称"我"作为说话人，但作品中的"我"其实并没有明确的社会身份，甚至"我"的工作单位在作品中也没有得到明确的指认，读者只能判定出"我"是一个城籍农裔的城里人，"我"有一个还在做农妇的姐姐，她与"我"血脉相连。唯其如此，虽然明知姐姐的盖楼诉求有着不可告人的经济利益在其中，但"我"依旧冒着风险参与了这场当代闹剧，因为"我"无法剥离自己作为一个农妇的妹妹的血缘身份。可见在《拆楼记》中，乔叶如同古代话本小说精品常常站在市民立场上写作那样，她是坚定地站在当代民众立场上写作的说话人。用作家自己的话来说："其实我也曾试图站在这样一个（知识精英）立场上，但我很快发现我做不到，我站不稳。不仅仅是因为我的乡村之根还没有死，也不仅仅是因为我是一个农妇的妹妹，更重要的是，我一向从心底里厌恶和拒绝那种冷眼旁观和高高在上。我不喜欢那种干净。我干净不了。我无法那么干净。我对自己说：那就和姐姐她们混在一起吧，尽管混在一起让我很不舒服，我也不可能舒服，但我只能把自己投身到姐姐他们中间，投身到他们的泥流里。"① 必须指出的是，乔叶在这里拒绝的是那种自恋式的知识分子写作姿态，而并非真正地反对严肃的知识分子写作立场，因为她在《拆楼记》中对农民的同情中其实也隐含了对农民的批判，当她作为"我"以农妇的妹妹身份出现在小说中的时候，"我"身上的小农意识同样没有逃过作者自审的眼光。

---

① 乔叶：《后记》，《拆楼记》，河南文艺出版社2012年版，第249页。

所以《拆楼记》中的说话人"我"既是农民也是知识分子,这种外在农民而内在知识分子的双重身份,决定了这部长篇小说的立场与意图的复杂性与含混性。如果说外在的农民或民众身份为这部作品赢得了说话的平等性和民主性,那么内在的知识分子身份就为这部作品赋予了说话的主体性与批判性,由此成就了这部作品的现代性说话底蕴。

中国古代话本小说都喜欢讲故事,而小说常常被认为是"说话",故而小说家也就成了"说话人"或者是讲故事的人。乔叶的小说尤其迷恋讲故事,她就是一个"故事爱好者,离了故事就不能活"[①],由此可见乔叶的小说与中国传统"说话"艺术的关系确实非同一般。一般而言,乔叶小说中的说话人往往就是《拆楼记》中的那个一身二任的城籍农裔的当代中国城市女性。这就使得乔叶笔下的"我"在说话过程中既有农民的朴实也有市民的狡黠,既有传统乡土女性的柔和又有现代知识女性的犀利。所以乔叶的小说作为"新说话"文本既不是贾平凹那种当代男性文人的闲聊录,也不是林白笔下的底层妇女闲聊录,甚至也与王安忆那种现代都市妇女闲聊录存在着本质分野,而是呈现出话语杂糅与身份重叠的新闲聊形态。比如她的最新长篇小说《藏珠记》,虽是取材自唐人志怪传奇集《独异志》《广异记》以及《资治通鉴》等史籍中关于波斯人与珠子的神秘故事[②],但在叙述上明显继承了宋元以来的话本小说路数。小说开篇就写道:"天宝十四年,一个抱病垂危的波斯商人住在长安城东市附近崇仁坊里的一家客栈中。"由此引发了波斯商人让店主家的丫头吞珠的故事。紧接着作者话锋一转,又讲述了《独异志》《广异记》和《资治通鉴·唐纪八》中的三则波斯商人的神珠故事。猛然中又回应开篇,写波斯

---

① 乔叶:《在这故事世界里(后记)》,《旦角》,安徽文艺出版社2015年版,第357页。
② 乔叶:《后记》,《藏珠记》,作家出版社2017年版,第259页。

商人临终前赠送无题诗给丫头,而那个丫头就是"我",就此在第一章中完成了从传统的第三人称说话向现代性的第一人称说话的转变。显然,这第一章就相当于古代话本小说中的"入话",其中有故事、有诗词,既是对全书历史背景的交代,也可以独立成章,因此说成是"得胜头回"也大致不差。但作者显然不满足于做传统的说书人,而是径直改换说话口吻,每一章都以一个人物展开第一人称说话,其中女主人公唐珠的说话最多,计二十六章,与她产生情爱纠葛的两个男人赵耀和金泽的说话各有八章,这三个人的第一人称说话构成了这部长篇小说的主体。此外金泽的姐姐金顺的说话有两章,金泽的前辈世交松爷的说话有一章,他们的说话主要是起串联和组织作用。值得注意的是,这些第一人称说话大都符合说话人的身份与个性,其中唐珠的说话所占篇幅最大,基本上奠定了这部作品的主调。穿越千年而来的唐珠在现实生活中是一个底层女性,即城籍农裔的酒店服务生,然而在这个底层女性的显在身份背后,她还有一个历经历史沧桑的神秘知识女性身份,由此决定了唐珠的说话的二重性:她既可以娓娓道来地与读者闲聊,又可以洞若观火地评论自己的故事。可见《藏珠记》中的第一人称说话不等于常见的独白体,因为前者是预设了"我"与"你"的平等而内在的对话,而后者是单向度的近乎封闭的自我诉说。

无独有偶,长篇小说《认罪书》的第一人称说话同样具有对话性而不是封闭的独白体。作者在这部厚重的长篇力作的开篇别出心裁地设置了一个"编者按",以本书责编的第一人称口吻介绍了这本小说的前因后果,其中包括女主人公金金临终前给"我"的来信,"我"收到金金的书稿后重新做了编辑处理,"我"还谈了自己对这本书的阅读感受,"我"甚至还按照作者金金的生前嘱托将她的骨灰妥善安葬。不难看出,这篇所谓"编者按"其实就是中国古代话本小说中"入话"的变体,而"责编"也就成了说书人的化身。但到了小说的正文或"正话"中，全部二十二章都属于女主人公金金的自我告白，这就打破了中国古代长篇说话的第三人称全知套路。值得注意的是金金的自白并非独白，而是有着包括"未未"在内的未来理想读者作为倾诉对象，金金"向死而说"的行为具有强大的现代性自审力量。还需要指出的是，在金金的所有自白中还穿插了梁知、梁新、张小英、钟潮、赵小军、秦红等人的自白，这些自白都是在金金的设计下，围绕着梅好和梅梅母女之死的追问所提供的认罪书。这些第一人称的认罪书构成了头号女主人公金金的认罪书的组成部分，他们向金金说话，而金金向未未说话，由此使《认罪书》成了话语的交响。所以，《认罪书》中的这种故事中套故事的嵌套结构还可以被理解为"话中有话"，大大小小的说话分支都被镶嵌进了头号说话人金金的主体说话框架中，而在"编者按"中设置的"责编"看来，甚至连主体说话框架也在作者的掌控之中，作者作为隐居幕后的说话人实际上导演了这场话语狂欢节。与《藏珠记》相比，《认罪书》中的多角度第一人称说话不是并置交叉而是嵌套式的立体说话模式，但两部小说中都有主导性的说话人，《藏珠记》中是唐珠，《认罪书》中是金金，她们的现实社会身份大体类似，都是具有一定知识背景的城籍农裔的底层女性，因此她们的说话也都属于当代中国都市普通妇女闲聊录，既有底层女性的粗粝或狂野，又有知识女性的自觉与反思，这种二重性的说话身份决定了这两部小说的主导性说话风格，即民间话语与知识分子话语的艺术统一。由此可见，乔叶在尝试着改造中国话本小说的说话艺术，她创造性地将西方现代派文学中的多角度第一人称叙事策略吸纳进中国话本小说传统的说话家数中，即在仿佛和读者闲聊的话语中不动声色地进行先锋文学实验，这就比单纯的评书体或老式话本更有艺术张力，也比那些生硬的先锋文学文本更有中国味道。

实际上，除了长篇小说创作，乔叶在其中短篇小说创作中同样在有意无意地进行着中国话本小说传统的现代转换。比如她的中篇小说代表作《最慢的是活着》，开篇就相当于"入话"，写"我"和朋友在茶馆里聊天，不知怎么就聊到了她的祖母的故事。而就在这种闲聊体说话中，"我"也想起了自己的祖母，接下来的"正话"便是以"我"的祖母为中心的世情往事。"我"的身份照样是城籍农裔，集农民与知识分子于一身，所以"我"对祖母一生遭际的讲述既有世俗生活的缓慢节奏，又有超越世俗的精神剖析，于是一个克夫、克子、克媳的中国农村妇女卑微而坚韧的形象通过"我"的讲述变得生动起来。再看中篇《打火机》，小说开篇也有一个类似"入话"的噱头，讲中国民间关于数字的迷信。在民谚里，七十三、八十四就是一道坎。所以选门牌号码往往都会回避"73号"或者"4楼"云云。由这段噱头果然就引出了女主人公余真的一段伤心往事，她在十六岁的花季被强暴，而家里的门牌号码正是"73"。当然这段民俗噱头并非小说的关键，它的叙述功能主要是引发说话人接下来进入正题，正所谓闲话少讲、书归正传。更进一步来说，整个小说的第一节其实都相当于"入话"或"头回"，因为第一节中所讲述的余真早年被强暴的故事仅仅是为后面作为小说正话的一次婚外恋故事作为铺垫或"前史"，而短暂的前史与琐碎的正话之间虽然有着内在逻辑联系，但也各自具有相对独立性，这正是中国话本小说中常见的说话家数。与《打火机》不同，中篇《他一定很爱你》中的"入话"或"头回"与小说的正话之间的关系并不是那种因果逻辑联系，而是相互反对的拆解关系。这部小说的第一节讲述了四个女子被男人骗钱骗色的故事，而接下来的正话讲述女主人公小雅与骗子陈歌的情感纠葛，陈歌欺骗了所有与他交往的女人，唯独没有欺骗小雅，不是因为小雅精明而是因为陈歌对小雅有真爱，这种骗子的爱情故事与开篇入话中的纯粹骗局正好形成了反衬或反差。此外，中篇《指甲花开》开篇不讲故事而重点讲述农村女孩子用指甲花染指甲的民间习俗，《紫蔷薇影楼》开篇就写"做小姐"的女子在职业生涯中对黑胸罩的偏好，这些都属于对中国古代话本小说"入话"传统的化用。当然，并非乔叶的每篇小说都有这种"入话"的痕迹，而在另一些小说中虽然没有"入话"之类的化用，但整体上而言却依旧带有比较显著的话本色彩。比如中篇《锈锄头》中，作者以第三人称讲述老知青李忠民的传奇故事，随着故事的进展，李忠民开始向农民小偷石二宝讲述自己的知青故事，而石二宝也顺着向李忠民讲述自己的农村故事，就这样整个小说变成了一场话语的盛宴，作者的讲述与两个人物的讲述交错在一起，让古老的说话艺术别开生面。

中国古代话本小说和古典戏曲中都有插科打诨的"使砌"传统，所谓"砌"就是插科打诨开玩笑一类的滑稽话[①]。显然，这种"使砌"的传统做法在乔叶的小说中得到了艺术的扬弃，既增添了读者的阅读趣味又保持了严肃文学的品味，不至于流于滥俗，可谓喜剧性与讽刺性兼具。这样的例子在乔叶的小说中可谓俯拾皆是，比如《藏珠记》的第三章"赵耀：可我还是喜欢开车"就是一篇十足的"使砌"文字。这篇看似多余的"饶舌"文字其实显示了乔叶独特的语言风格和鲜明的艺术个性。它以给领导开车起家的赵耀为说话人，让他向读者道出自己的心里话或生意经抑或厚黑学。其中一段写道："给领导开车的本质，一句话到底：你就是领导的一辆车，人车合一的车。谁是司机？领导才是司机。领导就是开你的司机。当然，因为人车合一，所以你要比单纯的机器车高级一些。要你快你就快，要你慢你就慢，要你停你就停，要你退你就退。这里面的讲究太多了，能分好几个等级呢。"接下来就按等级讲初级的"开车之道"重技术，中级的"心腹之道"是当好奴才，高级的"搭档之道"才是实现和领导的合谋与双赢。这

[①] 胡士莹：《话本小说概论》（上），商务印书馆2011年版，第114页。

简直就是一篇与时俱进的官场厚黑学,写出了世情人性的新变化。再比如《认罪书》第二十一章中有这样的话:"省。多么有意思的一个字啊。一个少,一个自。这显然就是在说:人们对于自己的问题总是想得太少了,所以要省。""至于同流合污,这更不是饶恕的理由。因为同流合污就是同流合污,即使同再大的流,合再大的污,也是同流合污。"这是女主人公金金在醒悟后说的话,虽然饶舌但不失精辟和俏皮。同一章中金金还自忖道:"我忽然明白:两年前的我们无论看起来怎么的一丝不挂,其实一直都是在穿着衣服做爱。那些道貌岸然的衣服,那些既片缕不见又严严实实的衣服,就挡在我和他之间。我们从来就没有把那些衣服脱下。因为,是心在穿着衣服做爱。"像这样的性描写虽然不免露骨和直白,但却充满了人性解剖的力量,甚至在滑稽中隐含着沉痛。再比如《拆楼记》上卷第一章里的一段话:"对于山阳,我总觉得自己像是一条丧家之犬——不,更准确地说,不是丧家之犬,而只是离家之犬。只能是这样。虽然我这条狗在外跑得很努力,也很尽兴,还常常在幻觉中以为自己已经快修炼成一条无牵无挂的野狗了,但只要在报纸上或电视上看到老家的消息,我就会或疼或痒地牵筋动骨一番。仿佛老家就是一根致命的老骨头,尽管这根老骨头上早就没肉了,就是有肉也不见得多么香肥,可它的那种气息那种味道却总是能让我不由自主地惦着,想着,让我不容拒绝。命中注定,说的就是这个吧?用老家的方言,就叫'胎里带'。"这种幽默而自嘲的话语,确实给人耳目一新的感觉,滑稽而犀利。 还有《最慢的是活着》中的一段话也十分引人注目:"奶奶,我的亲人,请你原谅我。你要死了,我还是需要挣钱。你要死了,我吃饭还是吃得那么香甜。你要死了,我还喜欢看路边盛开的野花。你要死了,我还想和男人做爱。你要死了,我还是要喝汇源果汁嗑洽洽瓜子拥有并感受着所有美妙的生之乐趣。这是我的强韧,也是我的无耻。请你原谅我。请你,请你一定原谅我。因为,我也必在将来死去。因为,你也曾生活得那么强韧,和无耻。"显然,类似这样的语言和句法受到了中国传统戏曲和话本小说的唱白影响。

事实上,乔叶的小说中不仅在有意无意地模仿中国传统戏曲和话本小说的唱白文字,而且还经常穿插中国古代诗词和戏曲的文字在其中。比如《藏珠记》中的唐珠因为从唐朝一直穿越到了当代,故而她能时常脱口而出经典的唐诗宋词;《认罪书》中的张小英因为当过豫剧花旦演员,故而她的言谈举止中都能体现出地方戏曲做派;至于《旦角》里戏曲唱词出现的频率就更高了,诸如《抬花轿》《杨门女将》《对花枪》《盘丝洞》《花木兰》《拷红》《白蛇传》《卖苗郎》《秦香莲》《打金枝》《大祭桩》《三上轿》《秦雪梅》《杨八姐游春》《小二黑结婚》《朝阳沟》《南泥湾》《编花篮》等古今豫剧唱词随着红羽绒、绿羽绒、紫羽绒、黑羽绒等一般戏曲演员的轮流上场倾泻而出,所以《旦角》这部中篇中隐藏了乔叶小说创作与传统戏曲或话本艺术的秘密。必须指出的是,除了直接借用和穿插中国古典诗词和戏曲唱段,乔叶的小说创作中还大量借用和穿插了西方近现代诗歌和中国新诗或者流行歌曲。比如在《认罪书》《藏珠记》《拆楼记》《底片》《我是真的热爱你》《指甲花开》《他一定很爱你》《山楂树》等小说中,诸如英国诗人约翰·邓恩的诗、俄裔美籍作家纳博科夫的诗、希腊现代诗人卡瓦菲斯的诗、中国诗人雷平阳的诗,还有流行歌曲《快乐老家》《栀子花开》等,不分中西雅俗,全部在乔叶的小说中熔冶于一炉。当然,乔叶小说中出现得最多的还是我们这个时代流行的笑话和网络段子,这也是中国古代话本小说和古典戏曲唱本中常见的做法。但乔叶小说中的笑话或段子并非那种上不得台面的荤笑话和荤段子,而是隐含了作家的机智与幽默,既拉近了与读者的距离,同时也彰显了作者的灵气和才气,进一步丰富了乔叶小说的说话家数。确实,乔叶是一个善于说话的小说家,她不仅创造性地转化着中国古代话本小说的说话路数,而且不断地对中国小说的说话传统进行创新性发展。比如和古代话本小说偏重于讲述外在的语言与行为相比,乔叶的小说中就十分注重讲出"心里话",包括说话人的心里话和人物的心里话。这些"心里话"并非简单而粗暴的主观介入式叙述,而是充满了现代心理分析小说和哲理小说的思辨张力。比如我们前面直接引用的几段看似插科打诨的滑稽话,实际上都是男女主人公们以第一人称说出的"心里话",这在中国古代重白描而轻心理描写的话本小说传统中是不多见的。乔叶小说中这些"心里话"实非"多余的话",而是推进小说情节进展和塑造人物形象的重要手段。

三

接下来要探讨乔叶小说中的分析性叙述策略。它关系到乔叶对中国传统世情小说中"说话"艺术的改造与开新。所谓"分析性叙述",是加拿大人里卡尔从米兰·昆德拉的小说艺术中提炼出来的一个概念,也叫"思考性叙事"或"叙事性思考"[①]。这是一种有别于单纯地讲述一个故事(菲尔丁式)或者描写一个故事(福楼拜式)的新叙事形态,即思考一个故事(穆齐尔式)[②]。显然,昆德拉以《生命中不可承受之轻》为代表的小说创作就属于这种思考性叙事或分析性叙事。如果借用到乔叶的小说创作中来,这种分析性叙事或思考性叙事其实也就转换成了分析性说话或者思考性说话。在中国的话本小说或泛话本小说传统中,向来是比较缺乏这种分析性说话或者思考性说话的。这倒不是说中国话本小说或泛话本小说中缺乏分析话语或思考话语,

---

① [加]弗朗索瓦·里卡尔:《阿涅丝的最后一个下午》,袁筱一译,上海译文出版社2011年版,第140、171页。
② [法]米兰·昆德拉:《小说的艺术》,董强译,上海译文出版社2004年版,第155页。

恰恰相反，分析话语或思考话语在中国话本小说或泛话本小说中随处可见，甚至到了让读者望而生厌的地步。无他，只因中国话本小说或泛话本小说中的分析话语或思考话语往往不是内在于小说文本结构的有机组成部分，而是某种嵌入式的或者外在于小说文本结构的艺术赘生物。因为传统的说书人总是习惯于以全知全能说话人的身份对故事中的人物、事件和场景发表自己的主观看法，而这些主观看法由于大多是基于中国传统的儒道释话语体系所做出的分析和思考，故而往往流于迂腐和肤浅，删去实不足惜，甚至节本的思想性和艺术性可能会更高，因为单纯的描写性故事具备多义性和含蓄性。在这个意义上，中国话本小说或泛话本小说作者的分析话语或思考话语往往属于"多余的话"或"废话"，它与小说的主体话语如人物话语、叙述话语、描写话语之间并未形成有机的艺术统一，而是充满了话语裂隙和违和感。所以中国话本小说传统中的那些"诗云""赞曰"之类的分析话语或思考话语不同于现代小说中所倡导的分析性叙事或思考性叙事，后者是诗性的话语策略，而前者是实用性或工具性的载体。对于乔叶而言，她必须要借鉴和吸纳西方现代小说话语策略来改进那种中国传统的机械而僵化的话本或泛话本说话模式，而以昆德拉为代表的分析性叙事或思考性叙事则是改善中国话本或泛话本小说艺术的一剂良方。由此也就形成了乔叶个人化的分析性或思考性说话艺术。这应该是乔叶小说对中国话本或泛话本小说的说话传统所做出的创造性转化。

　　乔叶的分析性或思考性说话首先表现在讲述层面上，即在讲述过程中对所讲述的情节进行分析和思考，但又不是传统的那种以第三人称全知叙述人所做的插入性夹叙夹议，而是以第一人称限知叙述人或故事中人物的视角做出的内置性夹叙夹议。比如长篇《盖楼记》第五章"筹谋"中，讲述"我"去找赵老师合谋让村长的弟弟王强参与到盖楼大计中，以此让村长陷入两难。在与赵老师把问题分析透彻了之后,"我"以第一人称叙述人的身份评述道:"这是一场拔河,王强站在中间,兄钱各两边——王永的砝码旁边还有所谓的'正',拆迁赔偿款的旁边还有我们准备好的本金在对他勾引诱惑,就看他赚钱的欲望是否能大过兄弟的情义。鉴于这么多年来对人性的认识经验,我对胜利很有把握。"显然,"我"对这场筹谋的可能性的分析和思考是建立在对人性的深刻洞察基础上的。乔叶没有采用纯白描的写实手法描述情节的进程,而是以人物或叙述人的视角直接介入事件的分析与思考,这就如同在与读者或听众进行深切的交流,而且避免了传统说话人的生硬说教。同一章中,当接下来讲到姐姐又想拉拢王强入伙又不想借钱给王强做投资,以至于愤然拒绝盖楼时,"我"在苦笑后再次发表看法:"不患寡而患不均,宁可我得不到也不能让你得。这就是人性的黑洞啊。""我也不能恭维这种逻辑。不是我多高尚,我从来不高尚。我只是在遵循最基本的利益原则:损人损己不可取,损己利人很压抑,损人利己看情况,利人利己亚克西!"作为说话人,"我"的坦诚与自我剖析无疑会赢得读者或听众的青睐,而且"我"适时地将当代民间流行语引入说话中,可谓深得传统话本小说三昧。再如中篇《失语症》的开头写女主人公想离婚,作者虽然选择了第三人称叙事,但完全是从人物的角度说话:"离婚的念头像一只越长越大的鸟,早就展开了两个翅膀,在尤优心里盘旋。可是它飞不出去。尤优开不了这个口。无法开口往往有两种情况:一是没理由。二是理由太多。起初,尤优不清楚自己是哪个。后来她才明白:自己是二者兼有。而之所以既没有理由又理由太多,是因为她没有大理由,有的都是无数斑驳混杂的小理由。这些小理由虽然琐屑,却很壮实,而且四处蔓延爬动,咬噬得她浑身痛痒,让她越来越不堪忍受。"这样的开头实在是精彩,让一个想离婚而不可得的故事就此展开,虽是夹叙夹议,但由于紧贴着人物心理来对离婚事件进行自我思考和剖析,故而毫不显得隔和涩。又如短篇《一个下午的延伸》

中,女主人公以第一人称评述"我"与男上司的那次幽会道:"那真是个让人迷醉的下午,连沉默与尴尬都包含着无穷无尽的语言。其实,那天下午我们的谈话光明到可以公布给任何一个人听,但我们却默契地把它变成了一个由我们创造、我们分享也由我们占据的秘密。我们都没有向任何一个人讲过那天的下午。没有必要。我们没有必要公布这个秘密以证明我们的清白,我们本来就是清白的。持有秘密不意味着犯罪。也许在很多人眼里,秘密只意味着肮脏和阴暗。他们不明白,秘密同样可以意味着纯洁和深情。而在许多时候,人们之所以会成为秘密的持有者,只是不想让这种纯洁与深情受到世俗的侵犯和干扰。"这种立足人性的理性分析与剖白,已然与小说中的描述合为一体,既显示了故事说话人的睿智与机巧,也在深层次拓展了小说的精神空间。

在塑造人物形象时,乔叶也并不完全依赖外在的白描或客观故事的延展来刻画人物性格,甚至也不依赖常见的内在心理描写手段,比如以第三人称全知视角对人物心理进行描述,而是往往以第一人称限知视角或故事中人的特定角度去分析和思考人物的复杂心理状态或流程,从而形成那种既不是非理性的意识流又不是常规心理描写的分析性心理话语或思考性心理话语。这也是乔叶吸纳现代西方小说技法对中国传统说话艺术所做的改进。比如长篇《认罪书》第八章中有女主人公金金的一段自我剖白:"多年之后的现在,我才明白,那时候,推动我向前走的最最重要的力量,其实还是我对梁知的爱情——仇恨是一池毒液,连我自己都不知道,我是那么愿意把自己和他浸泡在同一池的毒液里。痛苦也是甜蜜,折磨也是依偎,啃咬也是亲吻,厮打也是拥抱。"这种分析性或思考性的心理话语,它不是通常的心理活动描写,也不是心理无意识流动,而是带有画面感或具象性的心理分析,与学术性或抽象性的心理分析也迥然异趣。第十二章中金金的另一段自我心理剖白可谓异曲同工:"事实上,当时夹在他们两人中间,我很享受那种状态:被梁新爱着,也被梁知爱着。被梁新在明亮里爱着,被梁知在黑暗里爱着。被梁新的身体爱着,被梁知的精神爱着。被梁新的年轻爱着,被梁知的成熟爱着。被梁新的喧嚣爱着,被梁知的沉默爱着……那时,被这两个男人如此爱着的我,常常是满足的,很满足,有时候甚至是满足得不能再满足了,满足得让我不安,那我就会和梁新拌个嘴或者小吵一架,心里才会踏实。如同面对满杯的水,我忍不住要轻摇一下,将水洒出一些来,才会确定这水的安全。"这样的分析性心理话语对塑造女主人公金金的性格形象十分有助益,它将金金的分裂人格与变态心理解析得深入骨髓,但又绝不是那种抽象的或说教式的给人物形象贴上性格标签,而是将分析性心理话语融入了小说的叙事艺术整体之中。再如中篇《打火机》中写女主人公余真因为外遇而对那个男人念念不忘,作者虽是用的第三人称讲述,但却是严格从人物的视角加以心理分析:"那个人走进她梦的深处,心的深处,思想深处,灵魂深处,骨头缝深处,针挑不出,风吹不出,水灌不出,火烧不出,雨泡不出,她抱着他,一夜一夜,她把他抱熟了,抱成了一个亲人。而他之所以能成为她的亲人,是因为他对她做了最恶毒的事。他对她的恶毒,超过了她做过的所有的,小小的恶毒的总和。他让她一头栽进一个漫长的梦魇里,睡不过去,也醒不过来。"如此这般用繁密叠加的话语来反复描摹和解析女主人公的复杂心理状态和流程,这种分析性心理话语策略正是乔叶小说创作中刻画人物形象的惯用技法。再看短篇《月牙泉》中的一段心理分析,完全是结合女主人公的生活经历和性格特征所做出的分析性或思考性心理话语:"得体,经历了这么多世事之后我终于认识到:一个人在什么时候都得体,这是一种非常难以抵达的境界。现在,我可以自信地说:我基本上已经是一个得体的人了。""甚至,对于如何得体地失控或者说失控得得体这种高难度的得体动作,我也常常无师自通。常常的,某时某刻某地某事,我打眼一看就心地透亮,实施起来如行云流水。""当然,得体惯了,也常常会觉得无聊,看到不得体的人,就会觉得他们格外有趣。""让我得体面对的那些人,我对他们看似尊重,实际上是一种皮不沾肉地看不起。而能让我不得体的人,对我来说可能才具有真正的分量。"这显然不是一般的心理描写,甚至也不仅仅是为了刻画人物的性格深度,而是对世情人心的深切体验与敏锐洞察。

在世情小说或话本小说创作中,场景的讲述是很重要的艺术环节,比如《金瓶梅》和《红楼梦》中就充满了大量的关于古代生活场景的讲述。乔叶的新世情小说创作中同样也很重视场景的讲述,但与古代话本小说或世情小说中的场景讲述偏重于静态的描述不同,乔叶的场景讲述大抵属于动态的场景讲述,而且是分析性或思考性的场景话语,往往借助于叙述人或某个人物的视角或口吻予以讲述。这样的分析性动态场景话语已然被纳入整个小说的话语有机体系,从而避免了传统场景话语时常游离于文本之外的艺术缺憾。姑且再举几例印证。在长篇《我是真的热爱你》第十二章中,作者以洗浴中心女老板(其实就是当代"老鸨")方捷的视角和口吻讲述当代"鸨儿理论与实践"。先是说方捷对《卖油郎独占花魁》里老鸨儿刘四妈的那套老式"鸨儿经"背得滚瓜烂熟,小说中甚至直接予以原文引用;但与传统的纯宣讲式描述不同,接下来讲述方捷经过改进后的新式"鸨儿经",比如"行业宗旨"和"行业规范"时,作者采用了边介绍边描述、边分析边议论的方式,从人物的视角把诸多画面或场景拿来做分析性描述或描述性分析,对当代"小姐行业"的"软硬辩证哲学"予以透视,借以窥测当代人性的新裂变。从这里我们也不难窥见乔叶试图重构中国青楼文学传统的创作动机。在短篇《良宵》中,作者照例以女主人公的视角和口吻来讲述和分析她所面对的工作场景。她被丈夫遗弃后在洗浴中心做搓澡工作,在她的眼中眼花缭乱地出现着多种女人的身体,老年女人的身体叫作"皱"(又分"胖皱"和"瘦皱"),中年女人的身体叫"棉",小姑娘的身体叫"水",少妇的身体叫"瓶",这都是她们职业中的行话。而在第三人称限知视角"她"的讲述中,各种搓澡的场景中充满了人物对自身职业和所遭逢的各类女性角色的分析和思考,当然其中也凝聚了女主人公乃至于作者从底层角度对当代中国世情人性所做的分析和思考。像这种分析性场景话语在短篇《妊娠纹》里同样有着精彩的讲述:"当然,从理论上讲,她曾经有过的最接近完美的身体和最接近完美的爱,给了第一个男人,她的丈夫。现在她能给苏的,只是残余的身体和残余的爱。他能给她的,也是一样。她和他之间,残余的身体对等残余的身体,残余的爱对等残余的爱,似乎很公平。"这篇小说同样从女主人公的第三人称限知视角讲述自身的经历,其中第 6 节围绕女主人公出轨前的身体自审来展开,她在仔细审视自己身体皮肤变化的私人隐秘场景中同时也展开了对自己隐秘心理欲望的反思与剖析,显然这里同样也隐含了作者对当今中国世情人性的思考与分析。由私人隐秘生活场景的分析性话语揭示社会公共生活空间的隐秘,这已然成为乔叶的写作法宝。最后必须提到乔叶的新长篇《藏珠记》,其中也有分析性场景话语的重头戏。比如第二十二章"松爷:厨师课"和第三十五章"金泽:鼎中之变"就都是很好的例证。前者以松爷的视角和口吻讲述做豫菜的工序与场面,后者以金泽的视角和口吻讲述参赛做菜的工艺实践。如果按照传统的写实手法很难避免静态的呆板呈现,但乔叶选择了动态的分析性场景叙述话语,让人物以自身特定视角和口吻进行动态的描述与分析,从而在不厌其烦的豫菜的客观工艺描写中体现或彰显着豫菜的博大精深的文化人生哲学[①]。这种虚实结合的艺术手法虽然尚未臻达化境,但毕竟已经显示了乔叶的艺术潜能和创作实绩,值得读者继续期待。

---

① 乔叶对豫菜做足了功课,参见《藏珠记·后记》,作家出版社 2017 年版,第 259 页。

地方性叙事中的"光谱"诗学

——评张好好的长篇新作《布尔津光谱》

在当代中国文坛,"70 后"曾经是一个尴尬的存在。与"60 后"和"80 后"相比,"70 后"似乎先天不足,他们几乎没有以群体性身份登场亮相,也未曾引领一代文学新潮,如像"60 后"那样一开始就以"先锋"姿态令人侧目,即使起步晚一点的,也能领取"新生代"或"晚生代"之类的头衔,至于"80 后"就更不必说,"青春"或"时尚"写作的标签让他们迅速在文坛获得了独立的身份。而夹在二者之间的"70 后"就只能剩下尴尬了。

对于"70 后"而言,作为文坛夹缝中生存的一代,他们始终面临着在传承前辈纯文学薪火的同时,以渐进方式实现文学革新理想的使命。他们无法像"80 后"那样以决绝的姿态告别前辈的纯文学理想,他们大都显得瞻前顾后,近乎小心翼翼地或曰踏实稳健地寻找着艺术突围的契机。由此也恰好成全了"70 后"这一代,他们的写作既不像前辈那样新潮,也不像后辈那样时尚,虽然普遍成名较晚,但也就此显示出"大器晚成"的迹象。终于,在当代中国文学进入新世纪第二个十年的时候,"70后"作家群体迎来了迟到的艺术收获期。这些年龄在四十上下的文坛跋涉者,以集体喷薄的方式,纷纷贡献着自己的长篇力作,如魏微的《流年》、乔叶的《认罪书》、徐则臣的《耶路撒冷》、冯唐的《万物生长》、盛可以的《野蛮生长》、田耳的《天体悬浮》、鲁敏的《六人晚餐》、朱山坡的《懦夫传》、李骏虎的《共赴国难》、张好好的《布尔津光谱》等,这一系列"70后"长篇力作的出现,已经庄严地宣告了这一代人的存在,他们业已步入了创作的成熟期。

这里要重点说说张好好和她的长篇新作《布尔津光谱》。张好好虽然现居中部城市武汉,但实际上她从遥远的西部新疆边陲小城布尔津走来,对中国西部文学的喜爱使我格外看好她的这部新颖别致的长篇小说。以前只知道张好好是很优秀的诗人,也写散文,翻阅过她送笔者的散文集《最是暖老温贫》,但印象谈不上深刻,直至读到这本《布尔津光谱》,我才觉察到自己被震撼了,原来这位看似清秀温婉的女子,笔下却流荡着激越而深沉的西部乡土情愫。作家李锐曾这样说到张好好:"一个在阿勒泰山脚下长大的女孩,最终没有跟着额尔齐斯河向北,而是从布尔津出发一路向东,从阔大沉寂走向喧嚣纷繁,于是,世界在她心里,在这些'用树枝画写的文字'里合二为一。"[①] 笔者不知道如今长年置身于喧嚣都市的张好好是否还会几回梦回布尔津,但通过她呈现在读者面前的这本《布尔津光谱》,我们诚然感受到了她重回布尔津怀抱的那份生命体验。这是一份浓烈的乡愁,挥之不散,拂去还来。离开得越久越远,心中的那份执念就会越加地深沉,越加地刻骨铭心。对于如今的张好好而言,遥远的布尔津就是一个梦,《布尔津光谱》就是一个关于故乡小城的

---

① 见张好好散文集《最是暖老温贫》的封底文字,清华大学出版社2014年版。

梦幻文本，其中埋藏着作者和故乡亲人的前世今生。然而，是梦就终归有醒来的时刻，正如作者所说，"现实里竟然无处可寻。这让我略略吃惊。这么偌大的一个地球，竟然没有我们理想的家园了。"从前的故乡的大河只能在梦中流淌，"这就是河，它是生生死死，它是日行千里，它是逝去的便永不回头，它是你休想第二次携它的手"①。这是作者在《后记》里写的话，这份缱绻与决绝读来令人心悸，我们由此领悟了张好好的创作初衷，这就是对故乡、故土、故人的追忆与怀念，也是对记忆或梦幻中的理想家园的凭吊与忧思。与此相对应的是，作者通过书写布尔津家园的衰变与沦陷，也曲折地传递了她对乡土中国现代化进程的反思。

然而，与创作意图相比，笔者更感兴趣的是作者的叙述策略或作品的叙事形态。在笔者看来，张好好的《布尔津光谱》为中国现当代文学中的地方性叙事传统又增添了一部优秀的小说文本。我和作家刘醒龙曾经有过一个对话，核心话题就是"文学是小地方的事情"②。在刘醒龙三十多年的创作历程中，他写过很多小地方，诸如西河镇、天门口镇、界岭小学之类，他认为文学就是通过小地方叙事展现大历史风云，在历史家盯着大历史事件的时候，文学家却把眼神投向了小地方的日常生活，所以作家往往比史家更温情。在中国现代文学史上，大凡传世之作都是小地方的事情，如鲁迅笔下的鲁镇的事情，茅盾笔下的乌镇的事情，沈从文笔下湘西边城的事情，萧红笔下呼兰河县城的事情，师陀笔下果园城的事情，如此等等，不一而足。即使是那些依靠写大城市立足的作家，如老舍、巴金、曹禺、张爱玲等人，他们笔下的城市景观也往往是大城市的一隅之地，归根结底也还是小地方的事情。至于新时期的中国当代文学，执着于讲述小地

---

① 张好好：《后记：我们多么痴迷》，《布尔津光谱》，上海文艺出版社 2015 年版，第 291—292 页。
② 刘醒龙、李遇春：《文学是小地方的事情》，《上海文学》2014 年第 4 期。

方事情的作家作品就更多了，仅就长篇小说佳作而言，就有陈忠实的《白鹿原》、韩少功的《马桥词典》、刘醒龙的《圣天门口》、贾平凹的《秦腔》《古炉》和《带灯》、莫言的《丰乳肥臀》和《生死疲劳》、迟子建的《额尔古纳河右岸》、孙慧芬的《上塘书》、毕飞宇的《平原》、苏童的《河岸》、余华的《活着》和《许三观卖血记》、格非的"江南三部曲"、红柯的《乌尔禾》……即使是王安忆笔下的大上海，如《长恨歌》和《天香》之类，写的也是大都市里弄堂宅院的轶事逸闻，也是处处可见文学是小地方的事情。如此看来，地方性叙事俨然已成为中国现当代长篇小说创作中一个不可或缺的艺术传统。而"70 后"作家张好好的《布尔津光谱》正好传承了这一地方性叙事传统，而且无论在题材内容还是叙事形式上都努力做出了个人化的艺术探索。

近些年来，"地方性"这个概念在国内学界日渐流行起来。这个概念的流行大抵缘起于国内学界对美国阐释人类学家克利福德·吉尔兹理论学说的译介。按照吉尔兹在《地方性知识》一书中的观点，"地方性"与后现代文化研究理念密切相关，随着全世界人口的全球大循环和信息量的爆炸性大融汇，人类向着"地球村"看齐，而"这种思维方式的变化从根本上撼动了各种不同文化的人们的时间观和空间观，这种新的互动关系导引出了地方性知识的世界观与全球性知识的世界观的概念，而地方性和全球性的冲突恰是引发后现代思维的契机和它将试图解决的一个重要的问题"①。由此可见"地方性"是与"全球性"相对应的概念，它是对全球化的对抗和反动。而所谓全球化，它注定了是一种中心主义或者权威主义的话语霸权，在绝对的全球化视域中，地方性没有藏身之地。而在辩证的视域中，全球化（中心性）和地方性（边缘性）是一对矛盾，二者既对立又统一。具

---

① 王海龙：《导读二：细说吉尔兹》，《地方性知识——阐释人类学论文集》，[美]克利福德·吉尔兹著，王海龙、张家瑄译，中央编译出版社 2004 年版，第 41 页。

体到叙事领域中,一方面,权威主义的中心性叙事以"元叙事"或"宏大叙事"的姿态碾压或者遮蔽着地方性叙事;另一方面,地方性叙事不甘心于蛰居边缘,而以日常叙事或"小叙事"的姿态悄悄地瓦解着中心主义叙事的权威,正是在这种瓦解与反瓦解、压抑与反压抑的话语张力中,地方性叙事以其对权力的反抗姿态赢得了艺术的尊严。所以在很大程度上,中心性叙事或权威性叙事体现为正统的历史叙事,即正史,而地方性叙事或边缘性叙事则表现为民间的野史或秘史,这正是自古以来真正的文学作品往往被视为野史杂传的缘由。《水浒传》就是如此。它不同于《荡寇志》那样的权威主义或中心主义叙事,它以地方性叙事的姿态书写了一群民间草莽英雄的人生秘史,但《水浒传》毕竟是英雄的地方性叙事,而不是凡人的地方性叙事,只有到了五四以后的中国新文学中,以凡俗人生为重心的地方性叙事才得以大张其道,萧红的《呼兰河传》就是中国现代地方性叙事的经典范本。为一个小县城立传,而且不是那种正统的地方志(县志)写法,后者实际上是国史或王朝史的缩影,这正是《呼兰河传》在文学史上作为艺术范式的意义之所在。而张好好的《布尔津光谱》,在很大程度上也可以被视为一部《布尔津传》,作者为自己的西部县城布尔津作传,正与萧红当年为北国县城呼兰河作传一脉相承。当然,与萧红在民国战乱中的乡土启蒙情怀相比,和平年代的张好好要凸显的则是现代化忧思。

无论如何,《布尔津光谱》并不是《布尔津传》,作者做出如此命名必然隐含着她独特的艺术诉求。显然,张好好想在地方志文体和史传叙事传统的基础上往前再走一步。不难看出,《布尔津光谱》的地方性叙事中隐含着一种"光谱"诗学,这是一种后现代语境中诞生的非中心主义叙事美学,它有别于巴赫金所谓的复调诗学,但二者之间也存在着一定的关联或相似性。众所周知,俄国巴赫金的复调诗学是从现代音乐学中借用过来的一种诗学理论,它主要诉诸文学作品中的人物声音,声音是复调诗学的核心范畴和艺术介质,而"光谱"诗学是从现代物理学(光学)中化用过来的一种诗学理念,它主要诉诸文学作品中的形象色彩,色彩是光谱诗学的核心范畴和艺术介质。与之相对应的是,复调诗学是音调的诗学,而"光谱"诗学是色调的诗学。所谓音调的诗学,不仅仅包括单声部的单调诗学,还包括多声部的复调诗学;同理,所谓色调的诗学,不仅仅包括单色调的单调诗学,也包括多色调的复调诗学,这是两种诗学的相通之处。但二者的本质性差异也是不容混淆的,毕竟"光谱"诗学是一种色彩的诗学,追求色彩诗学的作家显然比追求声音诗学的作家更注重营造作品的画面感和艺术氛围;而追求声音诗学的作家显然要比追求色彩诗学的作家更注重刻画人物的立体性格,或曰更热衷于塑造艺术典型,由此也更注重内在的心理描写,而色彩诗学则更注重外在形象的客观描绘或多彩写真。显然,《布尔津光谱》的作者张好好是一位迷恋色彩诗学的作家,诗人车前子曾这样评说张好好的散文,他说想起她散文的一些特点,首先就是"年画"两字:"河边的桃花铺天盖地,对着圆满的月亮,那个四月的春天……""张好好的散文有饱满的轮廓线,在这个轮廓线中间,她又孜孜不倦,她细致地填色……""有时候,我读着读着,觉得张好好的散文又像油画。她散文里的阳光,像印象派笔端金光闪闪的细节。"他最后总结道:"张好好:天青色与洋红的散文家,里面有玫瑰、葡萄干和香葱的碎碎的末。"[①] 这种诗化的评说实在是精彩,它确实道出了张好好散文诗学中对色彩的无意识迷恋,无论是中国式的年画还是西洋式的油画,也无论是传统写意的国画抑或现代主义的印象派,总之张好好都能较好地融会于笔端,把古与今、中与西、内地与边地的色彩熔铸起来,

---

① 车前子:《序:荡漾》,《最是暧老温贫》(张好好著),清华大学出版社2014年版,第3—4页。

形成自己独特的艺术个性。这虽然说的是张好好的散文风格,但移用来评点张好好的长篇小说创作也是同样适用的。确实如此,读者不难在《布尔津光谱》中领略到作者对新疆边地小城布尔津自然风光和风土人情的精妙描绘,而且作者特别善于填色和添彩,时而浓墨重彩,时而云淡风轻,疏密有致、仪态万千,加上书中特意配上了赵宏林先生的数帧插画,可谓文字的色彩与绘画的色彩相得益彰,给这部别致的作品平添了几分诗画同一的妖娆。

作为一位崇尚"光谱"诗学的作家,就如同一位摄影爱好者,张好好必然会对叙述视角格外地重视,这主要是为了能看到更加复杂多样、更加五彩缤纷的生活"光谱"。在很大程度上,叙述视角就相当于光谱学中的分光镜或者摄谱仪,它是一种生活的色散系统或色散装置,能把五彩缤纷的生活复色光加以解析或分散,让读者透视到生活的斑斓或斑驳,这就是生活的光谱诗学或光谱分析。实际上,《布尔津光谱》的叙述视角的选择确实是让作者煞费苦心。与前辈萧红在《呼兰河传》里选择第一人称"我"做单一的限知性叙事不同,张好好在《布尔津光谱》里同时选择了两个"我"进行立体式的交叉叙事:一个"我"是张爽冬,他是一个胎死腹中的亡灵,他被埋葬在布尔津城外的红柳崖上,但他的魂灵是不死的,始终关注着父母的生活和三个姐姐的成长,而且始终谛视着整个布尔津小城的命运。另一个"我"是大灰猫,这是一只通灵的猫,灵性十足,它能传承它的祖辈的集体记忆,故而它能知悉布尔津城的前世今生,它对布尔津人的历史与现实了如指掌,它的存在很好地弥补了张爽冬作为第一人称限知性叙事人的不足。平心而论,如果仅仅选择张爽冬做亡灵叙事,这种做法并不新鲜,方方的《风景》、莫言的《生死疲劳》、余华的《第七天》都是这方面的中国当代文学著例。新时期以来,当代中国小说家受西方现代派文学的影响,一直比较热衷于选择亡灵叙事、傻子叙事、疯子叙事以及儿童叙事,如阿来的《尘埃落定》、贾平凹的《秦腔》、莫言的《红高粱》、余华的《在细雨中呼喊》等，都堪称非常态叙事范本。而《布尔津光谱》中的爽冬，既是弃婴也是死婴，集亡灵叙事与儿童叙事于一身，选择他做第一人称叙事人可以更便于作者客观冷静地透视布尔津人的生活光谱，毕竟亡灵的眼光更加神秘，婴儿的眼光更加纯净，两种眼光交织能更客观地还原生活光谱的多样性，也能更冷静地解析生活光谱的复杂性。但仅仅一个"我"显然不够，在爽冬之外作者又添置了另一个"我"——大灰猫，通过动物叙事来弥补人物叙事的不足，由此拓展了文本的叙述视界，增强了叙述视角的立体感和整体性，这是非常符合《布尔津光谱》的"光谱"诗学诉求的做法。当然，这两个"我"之间是经常展开对话的，在很多的时候它们如影随形甚至已经二位一体。如果说爽冬更多地充当第一人称限知性叙事人，那么大灰猫就更多地充当第一人称非限知性叙事人，它们的结合既能很好地克服了传统型全知全能叙事人的"过度叙事"的泛滥，也能避免现代派文学中常见的限知性视角所导致的"神秘叙事"给读者所带来的阅读障蔽。

除了对作为色散系统或分光装置的叙事视角进行界定之外，"光谱"诗学的关键之处还在于对小说作品所透视的生活光谱进行光谱分析。如前所说，"光谱"诗学有别于复调诗学的本质之处即在于前者诉诸人物声音，后者诉诸形象颜色，这里所谓的形象当然不仅仅是指人物形象，还包括小说中其他的具象，包括人物所置身的生活环境（自然环境和社会环境、历史环境和现实环境），甚至还包括虚拟或想象的形象，这是文学之为虚构的本质表现。一般而言，复调诗学和复调小说大都是指所谓的心理小说，至少是热衷于对人物心理进行主观刻画或精神分析的小说，如巴赫金十分推崇的陀思妥耶夫斯基的小说，还有当今西方文学巨擘米兰·昆德拉的小说，都是以心理描写或心理分析见长的复调小说。复调小说家善于通过精神心理分析来让不同的人物发出自己独特的声音，以此宣告自己作为独特的精神个体的存在价值,并且在此基础上,让具有不同声音的人物之间展开精神对话,由此形成文本内部众声喧哗的格局。显然,复调小说或心理小说的大量涌现,是对传统的情节型小说的艺术突围,因为传统的小说形态大多是单调或主调小说,因此格外注重小说中心情节的编织和中心人物的塑造,而复调型的心理小说则打破了这种中心主义叙事模式,使作品成为开放的多元的反中心文本,《卡拉马佐夫兄弟》《生命中不能承受之轻》就是这方面最好的例子。但打破传统的中心主义叙事模式也还存在着不同于复调小说或心理小说的艺术路径,比如"光谱"诗学和"光谱"小说同样也能做到这一点,只不过后者采用了不同的叙述策略而已。具体而言,遵从"光谱"诗学的"光谱"小说家更喜欢采用散文化或诗化小说的艺术结构形式,他们和复调小说家一样反对文本中心主义,既反对情节中心主义也反对人物中心主义,但他们并不热衷于对人物进行主观化的心理描写或精神分析,而是更多地采用白描方式,以外写内,以实写虚,避免了主观心理小说的直白或直露,使人物的精神状态更加含蓄和蕴藉。由于习惯于采用散文化或诗化小说的结构形式,"光谱"小说往往呈现出散点透视和拼贴组合的结构特征,而在这种结构形式中更能发挥"光谱"小说家善于营造立体画面感、善于营造环境氛围、善于勾勒轮廓和填充色彩的艺术本能,从而达到对生活光谱进行深度描写或深度解析的艺术目的。在这方面,沈从文的《边城》、萧红的《呼兰河传》、迟子建的《额尔古纳河右岸》都是十分出色的例证,它们把小说的"光谱"诗学发挥到了艺术极致。而张好好的《布尔津光谱》无疑是一部继往开来的"光谱"小说,作者在向文坛前辈和文学经典致敬的同时,也敏锐地觉察并发现了"光谱"诗学的存在,这是尤为值得人称道的地方。

不难看出,作为一部"光谱"小说,《布尔津光谱》中所透视的生活光谱并非那种单一的线性生活光谱,而是复杂的带状生活光谱。

张好好笔下的布尔津带状生活光谱是色彩斑斓的,作者如同一个高明的画师在既有轮廓下着色添彩,有明有暗、有浓有淡、有疏有密、有深有浅,从而深度地描绘了一长幅关于布尔津的历史与现实、人情与风土的艺术画卷。全书由三十二章组成,每一章之间虽然彼此联系,构成了一个艺术的整体,但各自之间又有相对的独立性,宛如三十二篇清幽隽永的散文,而且其中洋溢着浓郁的诗情画意。如果借用茅盾评论《呼兰河传》的说法,《布尔津光谱》也可以被称之为"一篇叙事诗,一幅多彩的风土画,一串凄婉的歌谣"[①],它们在小说的散文化和诗化艺术的追求上是一脉相承的。正如《呼兰河传》中作者用了大量的笔墨和篇幅去描绘东北边地小城——呼兰河县的自然风光和民俗风情一样,我们看到,张好好在《布尔津光谱》中同样运用了散点透视的方法对西北新疆边地小城——布尔津县的自然风光和民俗风情进行了精细的描述,这里有黄沙土、红柳花、白桦林、苍鹰、白熊,这里有深谷、大河、雪山、戈壁滩、土坯房,这里是一个多民族杂居之所,除了汉族移民之外,主要居住着哈萨克和其他少数民族后裔,尽管每个民族的生活风俗习惯不同,但又彼此融合,形成了布尔津独特的多姿多彩的生活光谱。小说的第一章中以亡灵"我"的第一人称这样描绘着布尔津的风光,其中正好隐含着作者对"光谱"诗学的理解:

  布尔津北边那片深邃的大森林再向北,有一条叫作喀纳斯的河正千年万年不变地从更北面的、中国版图大公鸡最尾巴尖上叫作友谊峰的冰川一路流淌下来,半路与一条叫作禾木的河相遇,

---

① 茅盾:《〈呼兰河传〉序》,《萧红全集·小说卷Ⅱ》(章海宁主编),北京燕山出版社2014年版,第259页。

它们一起向着布尔津小镇而来——穿过密密的黑松林，翻越无数大山，又穿身而过由白桦白杨白蔷薇共挺立的大森林，一头跌入布尔津河。于是布尔津河就带着冰川至冷的雪气和黑松林的神秘幽香，与额尔齐斯河是完全的两个脾气。/额尔齐斯河的源头在阿勒泰山谷里，它一路款款而来，不曾与陡峭悬崖的惊险狭路相逢，河边自生出大片的树木，树木之外便是戈壁，荒野的小花扑闪如蝴蝶。河水是一个长发公主，性格温和，天生便知道有一个大海的王子在西面的远方等待着她的到来。/它们一个在城北，一个在城南，一个凛冽激越，一个沉郁温厚，在离布尔津小镇二十里远的西面汇成同一条河——额尔齐斯河与布尔津河相融，它们一起地用力，携手向着遥远的北冰洋走去。永不回头。/布尔津便是夹在两条河V字形平原上的一座小镇。

这是关于布尔津自然地理环境的一幅色彩斑斓的美丽画卷。看得出来，作者采用了全景式的、发散性的"光谱"分析视角，把与布尔津城有关的四条河流的外在形貌和内在性格用多彩多姿的画笔做了深度描写，其中喀纳斯河和禾木河是远景，它们带着冰川的雪气和黑松林的幽香汇入布尔津河，给布尔津河注入了神秘的色泽和凛冽激越的性情；而额尔齐斯河从遥远的山谷和森林里走来，静静地穿越着戈壁和荒野，如同长发飘飘的美丽公主，以其沉郁温厚的性情与布尔津河相遇，然后携手奔向遥远的北冰洋。这段深度描写有近景有远景，有宏观有微观，有近聚焦也有长镜头，四条河流既融汇但又各有不同的色彩和面目，作者仿佛是动用了分光镜或摄谱仪，将环绕布尔津城的多条河流的"光谱"解析得生动而鲜明。显然，这段深度描写中的河流谱系是带状的而不是线形的，是空间的而不是时间的，其中隐含着作者的带状"光谱"诗学，它注重的是叙事文本的空间结构而不是时间结构，即致力于不同章节或场景的片段组合，而放弃了那种常见的人物或情节中心主义叙事模式。

总之，张好好笔下的自然形象描绘是发散式的、印象式的，光谱分析式的，给人色彩斑斓的印象，与之相对应的是，她笔下的人物形象描绘也是光谱分析式的，不同的人物形象系列在作品中呈带状分布，构成了人物形象带状光谱，而且这些不同系列的人物彩带虽然时有交叉与融合，但又各自形象鲜活，具有不同的性格色泽。事实上，张好好的笔下经常出现"七色花"或"七色光"的意象，这与她有意无意地实践着"光谱"诗学理念有关。"赤橙黄绿青蓝紫"，大自然之光绚丽缤纷，可以进行无穷的色彩组合与编码，这也为诉诸形象色彩的"光谱"作家的艺术创作提供了无限的可能性。毫无疑问，《布尔津光谱》中的人物彩带是多样化的，大体上可以分为这样的几个系列：首先当然是以张海生和小凤仙夫妇为中心而形成的家族人物谱系，这个大系列中又可以分为三个小系列，即以张海生为代表的父系家族人物系列，以小凤仙和玉成舅舅为代表的母系家族人物系列，以爽夏、爽秋、爽春三姐妹和死去的弟弟爽冬为代表的子辈人物系列。这些不同的人物系列如同带状光谱一样在叙事人的色散装置的透视下显现着各自的光与影、性格与色彩。也许我们无法准确地给这些人物一一加以特定的色彩定性，但他们各自的性格色泽无疑是鲜明的，彼此之间不可替代或混淆。这就是光谱分析或光谱诗学的艺术效应。比如喜欢看《五角丛书》的爽夏是秀外慧中的，而经常默默无闻地做家务的爽秋是多愁善感的，而沉醉于大自然绘画的爽春则是活泼可爱的，她们的性格色彩是如此的鲜明，充分体现了人性之光的多姿多彩。再比如海生和小凤仙夫妇，虽然都经历了家族的政治劫难而漂泊西北天地间，但祖籍山东烟台的海生的性格是隐忍和坚韧的，处处体现出宽厚乃至于憨厚的性情；而来自四川成都双流的小凤仙却是泼辣和精明的，身上有一股子打理小家庭过好日子的勇气；而她的胞弟玉成却是忧郁多疑的，无法适应大西北的边地生活。至于海生的父母亲、小凤仙的父母亲，各自经历着惨痛的政治遭际，但性格色泽同样可圈可点，都不是那种刻板概念化的人物形象。

其次，《布尔津光谱》中的人物带状光谱还包括其他几个人物系列，按照粗浅的性别划分，一个是性格各异的男性移民系列，一个是命运相似的女性移民系列。就前者而言，在食堂做包子的董师傅，职业淘金的戚老汉，养蜂人老水，烧石灰窑的老杨，汽车司机吴师傅，联合社的电工老曲，供销社的老钱，这些人物形象很难说塑造得如何的立体，但各自的性格色彩却是鲜明的，尤其是老戚、老水和老杨，令人印象深刻。淘金人老戚的传奇身世和喜欢讲古的活泛性格，养蜂人老水的萍踪浪迹和对爱情的纯情执念，老杨因儿女婚事的不如意而上吊自杀，都是小说中浓墨重彩的篇章。就后者而言，大约作者是女性的缘故，小说中对布尔津的女性形象给予了格外的关注，除了小凤仙和她的三个女儿之外，能构成人物系列或曰人物彩带的有梅、梅的孃孃、青木、钱小燕、钱小苹、吴美娟、老杨的疯子媳妇等，这些都是汉族的女性移民，有的来自湖南，有的来自四川，有的来自山东，至于本土的哈萨克族女性则有阿娜尔，也是小说中重点描绘的女性人物。作者以散点透视的笔法对这些女性人物进行个体聚焦，观照并解析出她们各自独特的性格色彩，如梅因恋爱不遂意而选择了凄美决绝的死，这和她的孃孃多年以前初到布尔津就被河水吞没一样的悲苦，二者的命运之间仿佛有着相同的密码；还有钱家姐妹，小燕表面上赢得了令人艳羡的婚姻，但很快因为丈夫的堕落而自食其果，小苹则一直抱着逃离故乡的隐秘愿望；原本勤奋好学的吴美娟也因为父亲的堕落而蒙羞远走；至于湖南妹子青木，聪明而执拗，她和养蜂人老水的爱情令人感慨。以上这些人物系列或者人物光谱大约都是有着真实的生活原型的，其他人物不得而知，但我们确实可以在张海生和小凤仙的身上看到作者父母亲的影像，也可以在张家三姐妹的身上看到作者自己的艺术身影,所以借用茅盾评论《呼兰河传》的说法,《布尔津光谱》"好像是自传,但又不完全是自传","正因其不完全像自传,所以更好,更有意义"①。唯其具有史传的性质,所以这两部小说都属于那种传承了中国小说野史杂传叙事传统的作品,它们在刻画人物形象的时候更多的不是采用现代西方式的心理透视或精神分析,也不是采用传统现实主义小说塑造"典型环境中的典型性格"的方法,而是径直取用中国传统的散点透视和白描的手法,点染式地或曰写意式地刻画人物形象,勾勒人物形象轮廓并加以填色添彩。

从以上分析中不难发现,《布尔津光谱》中确实隐含着一种"光谱"叙事诗学,而且这种"光谱"诗学有着自己的艺术渊源,我们不仅可以把它追溯至萧红的《呼兰河传》这样的中国现代文学经典作品,而且还可以进一步推衍至中国现当代小说史上的散文化或诗化小说的一脉。这意味着,以鲁迅、郁达夫、废名、沈从文、萧红、孙犁、汪曾祺、张承志、迟子建等人为代表的中国现当代散文化或诗化小说传统已然在实践的层面建构了中国的"光谱"叙事诗学,而张好好的《布尔津光谱》则很好地延续了这一诗学传统,并且通过"光谱"的命名触摸到了这一诗学传统的本质。当然,"光谱"诗学不仅仅属于中国文学,在外国文学中同样存在着这种诗学传统,比如屠格涅夫的《猎人笔记》、艾特马托夫的《白轮船》就是这方面最好的例子,而且这些闪烁着"光谱"诗学光芒的作品确实对中国现当代散文化和诗化小说的创作产生过巨大的影响。如前所说,"光谱"诗学更多地作用于散文化或诗化小说,而"复调"诗学更多地作用于心理小说以及意识流小说,前者属于形象色彩的诗学,后者属于人物声音的

---

① 茅盾:《〈呼兰河传〉序》,《萧红全集·小说卷Ⅱ》(章海宁主编),北京燕山出版社2014年版,第258页。

诗学，二者之间有相似或相通之处，但也存在着本质上的差异，并不能互相取代。其实，二者之间的差异是多方面的，最后还需要补充一点，即"复调"诗学中特别强调各种声音之间的不兼容和差异性，而"光谱"诗学则在强调各种颜色的差异性的基础上也推崇各种颜色之间的同一性。按照巴赫金关于陀思妥耶夫斯基复调小说的说法，"众多独立而互不融合的声音和意识纷呈，由许多各有充分价值的声音（声部）组成真正的复调。"① 显然，复调小说诗学强调的是文本中多种人物声音的独立性和互不融合的特性，它追求的是众声喧哗的差异性艺术效果，而不是同一性的共鸣艺术效果。这在很大程度上打破了中心主义叙事传统，使得文本内部充满矛盾性、冲突性和悖谬性。而在"光谱"小说诗学中，一方面，整个小说文本中异彩纷呈，各种形象（包括自然物象、风俗景象和人物形象乃至于虚拟意象）在散点透视或个案聚焦下闪烁着不同的色彩和光泽，使得文本如同五彩斑斓的艺术画卷；另一方面，这些色彩各异的形象或者形象各异的色彩又统一在某种总体色调之中，形成或冷峻深沉或明朗清丽或奔放热烈的艺术风格，这正如作为复合光的白光，通过三棱镜的色散，会分解成赤橙黄绿青蓝紫七色光彩带一样，实际上七色光是表层的显相，而白色光则是深层的本相。当然，众所周知，当大自然的七种颜色混合在一起的时候，原以为会色彩斑斓、炫人眼目，实际上却会漆黑一团，甚至成了白色的对立面，这表现在文学作品中则往往是以乐景写哀情，以外在的鲜艳明丽来折射内心的黯淡落寞。这正如茅盾评论《呼兰河传》时所指出的那样："呼兰河这小城的生活是充满了各种各样的声响和色彩的，可又是刻板单调。呼兰河小城的生活是寂寞的。萧红的童年生活就是在这种样的寂寞环境中过

---

① ［俄］巴赫金：《陀思妥耶夫斯基的复调小说和评论著作对它的解释》，《巴赫金文论选》，中国社会科学出版社1996年版，第3页。

去的。这在她心灵上留的烙印有多么深,自然不言而喻。"① 同理,我们在《布尔津光谱》中所发现的声响和色彩也是多种多样的,在这方面完全可以和《呼兰河传》相媲美,但《布尔津光谱》的总体色调又是清冷幽深的,虽然不像《呼兰河传》那般的刻板单调和寂寞凄冷,但在作者鲜艳灵动的表层叙述中确实隐含了沉郁厚重的底色。这正如在布尔津小城附近交汇的两条河,布尔津河是"凛冽激越"的,带着冰山的雪气和黑松林的幽冷,充满了西部边地男性的雄性荷尔蒙;而额尔齐斯河是"沉郁温厚"的,夹岸都是森林和荒野,一路款款而来,如同孤独美丽的长发公主。在某种意义上,沉郁温厚的额尔齐斯河是《布尔津光谱》的深层本相,而凛冽激越的布尔津河不过是《布尔津光谱》的表层显相而已。这正如小说第二十七章"旅行"中所写的那样:

> 白茫茫大地一片真干净。大灰猫说,《红楼梦》里这句话我最喜欢,贾宝玉披着红斗篷在大雪地里越走越淡,我就觉得那片雪地正是额尔齐斯河旁冬天的大戈壁。/戈壁上除了平整整的雪什么也没有,摇曳了三个季节的灰灰菜、苜蓿草、苦豆子,全都不见了,只有白色白色白色,轻缓起伏如静静的海,万道金光刺下来,又反射出万道金光洒回天空。我们必须紧紧闭上眼睛,不然就有被刺瞎的危险。

行文至接近尾声之时,作者借叙述人之一的大灰猫之口,给这部万花筒般的"光谱"小说算是做了结论。这就是,布尔津人七色光一

---

① 茅盾:《〈呼兰河传〉序》,《萧红全集·小说卷Ⅱ》(章海宁主编),北京燕山出版社2014年版,第258页。

样的斑斓生活归根结底只是白色,"只有白色白色白色",单调而刻板,繁华落尽归于白,然而这极致的白不正是深沉的黑的对立面吗?两种极端色彩之间的转化原来是如此的容易!面对金光万道的太阳,如果不闭上双眼,我们很可能就陷入浓重的黑暗之中。这里的白就是黑,它们都是幻灭或者虚无的符码,既单调刻板而又沉郁阴冷。在阅读《布尔津光谱》的过程中,这种由七色光而转入黑白世界的体验十分强烈,其中凝聚着作者对布尔津人的生活形态和历史命运的忧思。这部作品尽管表面上写得鲜艳灵动、色彩斑驳,但实际上骨子里沉郁的黑白底色是注定了的,这从作者开篇即确定的亡灵叙事中可以略窥端倪。海生和小凤仙唯一的儿子因为计划生育政策和经济贫困的现状而被放弃,这就是叙事人之一的爽冬的由来。丧子之痛贯穿着海生的后半生,海生经常孤独地探望埋葬儿子的红柳崖,实际上儿子的亡灵也从未离开过他们,始终关注着父母和姐姐的人生,这看似温暖的叙事中其实隐含着彻骨的悲凉。除了爽冬和大灰猫这两个显在的叙述人之外,这部作品还有一个隐含作者在充当潜在的叙述人,这就是作者张好好的艺术化身,她在张家三姐妹的身上不时地获得艺术的投影。而《布尔津光谱》这部长篇小说也可以说是作者张好好对故土往事的追忆与怀念,这使得这部作品带有很强烈的寻根意识,追寻故乡故土之根,追寻家族历史之根,在追寻中表达着对故乡记忆随风消散的悲情。

小说中的布尔津城和布尔津人经历着时代的变迁和历史的嬗变。20世纪六七十年代的布尔津是贫困的、偏僻的边地,但它也是内地流民的安身立命之所,汉族流民和少数民族兄弟和睦相处,在政治动荡中营构着心灵的乐土。虽然那时候的他们也有着人世的悲欢离合,但那些都是人之所以作为人的一部分,并不影响布尔津城和布尔津人的根本命运。比如梅的孃孃的死就是自然的正常的死亡,她被布尔津河所意外吞没,这当然是人间惨剧,但她的死也可以说是对大自然的皈依，未尝不是获得另一种幸福和安宁。而到了梅的死就不同了，性质上已经发生了根本的变化。时代已经翻转到了改革开放的20世纪80年代，布尔津城和布尔津人的思想观念和人生态度都发生了很大变化，所以才有了梅因恋人的负心而自杀的悲剧。钱小燕的婚姻悲剧也可以作如是观。她的夫婿因为无法控制自己的欲望而锒铛入狱，这自然也是因为改革开放给这个偏远的边城带来的思想侵蚀所酿成的。还有爽夏最好的女同学吴美娟，她们经常一同购买和阅读《五角丛书》，享受着现代知识与文明的快乐，但由于吴美娟的父亲汽车司机吴师傅做了欲望的俘虏，美娟也被迫告别了布尔津城。哈萨克姑娘阿娜尔的命运也被时代所裹挟，长大后的她只能告别故土去大城市乌鲁木齐做保姆，离开布尔津城的时候她留下了热泪。还有老杨的惨死，也是因为钱家父女所做出的功利主义婚姻选择所导致的惨剧，也和布尔津城的时代风尚发生了改变相关。确实如此，改革不仅是经济的变革，同时也是人心的变革，人心的变革既能发扬人的主体性，也能导致人的欲望的膨胀，改革由此成了一柄双刃剑。养蜂人老水的弟弟小水，还有小水媳妇，他们一道来到布尔津贩卖虫草，这尽管会带动当地经济的发展，但毕竟也会腐蚀当地原住民的自然心理状态。淘金人戚老汉后来被卷入水晶球抢劫案也并不是偶然的，这里面隐含了深刻的时代精神的变迁。连一向朴实憨厚的张海生后来也难以抵制时代的诱惑，这个原本安分守己的木匠也开始谋求着布尔津城的工业化和商业化运作，他甚至和发廊妹有了不明不白的暧昧，更严重的是他内心的德性之美和悲悯之情在消逝，他竟然开始主动遗弃大灰猫了，他把大灰猫当成了累赘和负担而忘了初心，他已然不再能体验到大灰猫和他儿子的亡灵早已经二位一体。海生对大灰猫的遗弃其实就是对儿子亡灵的遗弃，这说明了他内心中情感的日渐淡漠和沙化。这是静悄悄地发生的几乎无事的悲剧，然而它给《布尔津光谱》投下了浓重的阴影。

这意味着,《布尔津光谱》在七色光或万花筒式的"光谱"叙事的背后,确实隐藏着沉郁阴冷的情感底色,无论外在的描述如何的斑斓或者华美,也掩饰不住作者和人物内心的孤寂。所以,作为一部倾力实践"光谱"诗学的"光谱"小说,《布尔津光谱》中的形象色彩既是多元的、复杂的,又是一致的、单纯的,五彩斑斓是其表层叙事风格,而黑白底色则是其深层叙事精神。这与我们熟知的复调诗学和复调小说是存在着本质区别的,因为复调诗学更多地强调人物声音的对立性和差异性,拒绝接受声音的同一性;而"光谱"诗学虽然也强调形象色彩的对立性和差异性,但同时也主张形象色彩在差异性背后具有同一性。显然,复调小说和复调诗学在反对传统中心主义叙事模式的道路上走得更远,而"光谱"诗学和"光谱"小说则更多地追求在传统与现代两种小说叙事模式上取得艺术的平衡。

后　记

　　这是我在去年编定的一本集子。按照现如今的出版流程，当初就预料到，出书肯定是年后的事了，故而编集时没有顺手写后记。原以为拖到春节假期可以写，然而老天爷心狠，这个春节过成了一场大灾难，国人无喜庆可言，唯有恐惧和悲哀。而我所在的"大武汉"又首当其冲，一夜之间成了疫情中的焦点，这就让我始终没有为这本集子画上一个句号的心情。但正如国士钟南山所言，武汉从来就是一座英雄的城市，武汉人民是一定能过关的！这给劫难中的武汉人树立了坚定的信念。卑微如我，从中也感受到了正义和光明的力量。我坚信武汉总有解封的那一天！等那一天到来之时，我就动手写这篇延宕已久的后记。今天是 2020 年 4 月 8 日，时值官宣的武汉解封日，我置身在封城长达两月之久的大武汉市郊一处陪读村里百感交集。尽管"解封"不意味着"解防"，更不意味着"解放"，因为无情的疫魔还在神出鬼没地变着法子寻觅人群中的可袭击目标，但毕竟我生活了整整三十年的这座城市重新启动了，如同被病毒攻击过的电脑，小心翼翼地开启了新的旅程。

诚然，生活需要继续。具体说到这本集子，当初确实有想过用《中国文学传统的复兴续集》或《二集》做书名。四年前我在商务印书馆出过一本《中国文学传统的复兴》，不少师友给予赞誉，这让我收获了接下来写这本续集的学术勇气。但人到中年，岁月倥偬，这一坚持又是四年，才有了与前一本体量大体相当的书稿。而我却不再年轻，直奔天命之年而去。更要命的是，随着年齿渐长，我发现自己写文章发表的热情似乎也在渐渐消散。我越来越喜欢上了史料，常常把大多数的时光抛洒在故纸堆中，编纂我那仿佛永远也编纂不完的《中国现当代旧体诗词编年史稿》。要知道百年中国旧体文献藏量丰富，我穷其一生也许只能爬梳个大概，能尝鼎一脔也就谢天谢地了。坦率地说，在武汉封城的这段困苦时光里，唯有旧体诗词编年这项似乎述而不作、枯燥无比的"缀学"工作，才是激发我内心学术激情的唯一源泉。封城的日子我没有写一篇所谓的论文，友人善意的约稿我也全部婉拒，我越来越意识到当初没有把这本集子叫作《续集》或《二集》是多么明智的事。毫无疑问，有了二集，还会有三集、四集之类，我至少将为此预支八年时光。想想就觉得压力山大。子曰："知之者不如好之者，好之者不如乐之者。"学问之事，兹事体大，以乐之者为上。反观吾辈中人，多少汲汲于功名之徒，知之犹不足，好之更无论，而把一己囚禁于学术樊笼中，苦不堪言，如此之窘境，又焉能做出像样的学问来。以此为戒，我觉得斩断自己写三集、四集的念头也好。真正的学术需要一份洒脱、一份率真，行乎所当行，止乎所当止，冯虚御风，始能浩浩荡荡。倘若一辈子执着于功利主义之学，丧失学术求真之本性，岂不悲哉！

还记得去年请於老师作序时我就说过，这一本和我的上一本书是姊妹篇。一本叫"复兴"，一本称"涅槃"，其实是一个意思。涅槃云者，本就寓有重生之意。重生即复活，而复活并非借尸还魂，而是新生。新生也就是复兴。说来也巧，鲁迅先生早年留学日本时曾尝试创办一本文学刊物，名字就叫《新生》，可惜以失败而告终。先生后来虽然反传统言辞甚是激烈，但骨子里他是爱惜我们这个民族的遗产的，他对中国古典传统的熟稔几乎无出其右者，以至于反叛起来招招致命。然而致命其实也不可怕，因为传统是可以死而复生的，毋宁说传统必须死而复生，否则就只能一味地老朽下去，岂不成了人间怪胎。由此看来，复兴其实并不神秘，不过是人世间的常识而已。无独有偶，胡适先生当年留学美国时也接触了复兴观念，以至于他一辈子都对文艺复兴情有独钟，他盼望现代中国能够来一场文艺复兴运动。这场运动不是对欧洲文艺复兴运动的照搬照抄，而是必须适合中国国情和中国传统，所以他后来才如此钟情于整理国故，希望运用现代理性眼光和方法来改造我们的传统，最终抵达中国的文艺复兴之鹄的。不仅如此，胡适在北大指导傅斯年、罗家伦等弟子们创办学生刊物时，其英文刊名就叫 Renaissance，而中国刊名则是大名鼎鼎的《新潮》杂志。可见当年的"新潮"其实已经隐含了"复兴"之义。更有意味的是，一直以反对胡适新文学革命为志业的学衡派文人，他们留美归国后创办的《学衡》杂志，据说最初的刊名就拟定的《文艺复兴》，可惜被胡博士的弟子们拔了头筹，他们只好改叫《学衡》了。但中国的文艺复兴观念，却是一直涌动在学衡派文人胸中的，吴宓、胡先骕、李思纯等人莫不如此。而说起当年清华园的国学四大导师，诸如王国维、梁启超、陈寅恪先生，他们的中国文艺复兴理想也无一不是念兹在兹的。至于五四时期名噪一时的青春诗人郭沫若，凭借着他的长诗《凤凰涅槃》而一举成名，而诗中那逢五百年而集香木自焚、在烈火中死而更生的凤凰，正寄托了五四一代复兴中国的雄奇想象，其意境之灿烂悲壮，至今仍令后人心向往之。五四而后，中国文艺复兴的构想与行动，一百年来层出不穷，不绝如缕。惜乎未能得到学界足够的重视。

鄙人不才，十多年来一直致力于挖掘百年中国文学（新体与旧体）

进程中的文艺复兴思潮及其复杂因子。收在这本集子中的文章，基本作于 2016 年至 2019 年间。全书的体例、结构、思路、方法，大体与上一本《中国文学传统的复兴》相仿。但于我而言，写一本重复自己过去的书显然不是本意，我希望自己在这本书中能将既有的中国文艺复兴话题引向深入，引向阔大，但这很可能仅止于一个良好的私人愿景，距离愿景的达成又何啻千里万里之遥。比如上一本书出版后，有友人直陈拙著过于迷恋中国文体传统的复兴而忽视了中国文化或思想传统的复兴，我深以为然。故而在本书中我有意加大了论述当代中国文学对中国古典文化或思想传统进行创造性转化的力度。但毕竟由于积习甚深，我早已习惯于从形式角度探究中国文学问题，即使探讨文化或思想问题，我也希望自己能够从形式角度出发，进抵文学的思想或文化内容层面，如此方能有的放矢，不至于沦为泛文化批评。又有友人说，拙著似乎过于强调中国现当代文学中的复兴话语，而有意无意地忽视或贬低了启蒙话语与革命话语。这当然是可以理解的误解。在这本书里我愿意澄清，启蒙、革命和复兴，分别是我们理解百年中国文学历史进程的三个话语向度，它们之间并不存在你死我活、非此即彼的对立，而是三位一体的和合共生状态。《中庸》云："万物并育而不相害，道并行而不相悖。"此之谓也。窃以为只有从这三种话语向度出发，立体地审视百年现代中国文学进程，我们才能还原并把握历史的本相和全景，否则各执一端，只会单见树木而遗忘大森林之存在。

  感谢恩师於可训先生。早在去年五月初他就为拙著写好了序言。他在序言里对拙著勉励有加，但也直陈了中国的文艺复兴研究之任重道远、困难重重。多年来亲炙謦欬，坐而论道之时，如沐春风之夜，实乃人生快意事。记得每年四月是恩师的生日。往年我们几个弟子会陪老师喝点小酒以祝嘏，黄师母则每陪伴于恩师左右。今年则往景不可复现矣。庚子举国疫情弥漫，武汉则疫情尤重，贤良的

图书在版编目(CIP)数据

中国文学传统的涅槃/李遇春著.—北京:商务印书馆,2020
ISBN 978-7-100-18515-8

Ⅰ.①中… Ⅱ.①李… Ⅲ.①中国文学—当代文学—文学研究 Ⅳ.①I206.7

中国版本图书馆CIP数据核字(2020)第088645号

权利保留,侵权必究。

中国文学传统的涅槃

李遇春 著

商 务 印 书 馆 出 版
(北京王府井大街36号 邮政编码100710)
商 务 印 书 馆 发 行
山东临沂新华印刷物流
集团有限责任公司印制
ISBN 978-7-100-18515-8

2020年6月第1版　开本960×1360 1/16
2020年6月第1次印刷　印张23⅝
定价:58.00元

黄师母因心脏病突发，未及有效救治而猝然离世。据云从发病至怀抱师母骨灰而返，前后不过数小时，恩师之恸，无人能深味也。今日虽云武汉解封之日，然社会上无症状感染者尚有不少，我所从事的教育行业远未到返校之期。所以依旧无法登门探望痛失老伴的恩师，也无法给师母灵前恭敬上一瓣心香。我只能在内心深处为师母祈福，愿师母在天国远离疾祸，保佑我们的恩师平安吉祥。

2020年4月8日李遇春记于大武汉解封之日